महावीर

महावीर

(21 जून, 1931 को प्रकाशित सत्याग्रह विशेषांक)

संपादन

संजय कृष्ण

प्रभात प्रकाशन

प्रकाशक • **प्रभात प्रकाशन प्रा. लि.**
4/19 आसफ अली रोड,
नई दिल्ली–110002

संस्करण • 2025
मूल्य • चार सौ रुपए
मुद्रक • प्रिंट मीडिया, नई दिल्ली

MAHAVEER

Ed. Shri Sanjay Krishna ₹ 400.00
Published by Prabhat Prakashan, 4/19 Asaf Ali Road, New Delhi-2
e-mail: prabhatbooks@gmail.com ISBN 978-93-5322-171-3

साप्ताहिक 'महावीर' का सत्याग्रह अंक

देश की आजादी में पत्र-पत्रिकाओं ने भी महत्त्वपूर्ण भूमिका निभाई है। उस समय के आंदोलन के दस्तावेजीकरण का काम इन पत्र-पत्रिकाओं ने बखूबी किया। जाने-अनजाने एक तरह से ये पत्रिकाएँ 'इतिहास' लेखन कर रही थीं। इन्हीं पत्रिकाओं में एक है बिहार से प्रकाशित साप्ताहिक—'महावीर'। इस पत्रिका के बारे में जो जानकारी मिलती है, वह पर्याप्त नहीं, आधी-अधूरी है। लेकिन इस एक अंक में जो जानकारी मिलती है, वह दुर्लभ है। इस पत्रिका के बारे में पत्रकारिता के इतिहास की पुस्तकें भी सर्वथा मौन हैं।

इसका एक विशेषांक 'सत्याग्रह' पर आया था। 21 जून, 1931 में यह अंक निकला था। इस अंक के बारे में संपादक ने बहुत ईमानदारी से लिखा है, इन पंक्तियों में उन्हीं घटनाओं का संक्षिप्त विवरण देने का प्रयत्न किया गया है। हम जानते हैं कि सत्याग्रह आंदोलन का ठीक-ठीक वर्णन करने में हजारों-हजार पृष्ठों को रँगना पड़ेगा, और तब की अपेक्षा कहीं अधिक खोज-ढूँढ़ और जाँच-पड़ताल करनी पड़ेगी और उसके लिए तो महान् साधनों की आवश्यकता है, जिसका हमारे पास सर्वथा अभाव है। इन्हीं बातों और कठिनाइयों को ध्यान में रखते हुए हम ने इस अंक में सत्याग्रह सिद्धांतों के संक्षिप्त विवेचन के साथ भारतीय सत्याग्रह का थोड़ा वर्णन करते हुए बिहार प्रांत में होनेवाली घटनाओं पर अधिक जोर दिया है।'

लघुपत्रिकाओं के साथ यह दिक्कत तब भी थी, आज भी है। साधनों का अभाव और समय पर लेखकों का पर्याप्त और अपेक्षित सहयोग नहीं मिल पाने के बावजूद जो अंक निकला, वह कम महत्त्वपूर्ण नहीं है। दुर्भाग्य से 'महावीर' का यही 'सत्याग्रह' विशेषांक ही उपलब्ध है। डबल डिमाई आकार में यह पत्रिका छपी थी। अंक के मुख्य पृष्ठ पर गांधीजी लाठी लिये हुए सबसे आगे हैं और उनके पीछे सत्याग्रहियों की 'एस' आकार में लंबी कतार है। नीचे मध्य में विजय-यात्रा

लिखा हुआ है और फिर उसके नीचे संपादक का नाम—विश्वनाथ सहाय वर्मा। सबसे ऊपर बाएँ संस्थापक श्री जगतनारायण लाल और दाहिने में पंजीयन नं. पी-186।

बिहार से प्रकाशित इस साप्ताहिक 'महावीर' के बारे में कहीं कोई विस्तृत या अपेक्षाकृत पर्याप्त जानकारी नहीं मिलती। हिंदी पत्रकारिता के इतिहास ग्रंथों में भी कहीं-कहीं ही इसका जिक्र बहुत ही चलताऊ ढंग से एकाध पंक्तियों में मिलता है। चूँकि अपने इतिहास के प्रति आलस्य प्रवृत्ति, अपने समय को नजरअंदाज करने के कारण कई चीजें हमारी आँखों के सामने ही ओझल हो जाती हैं या नष्ट। या फिर जो चीजें हमारे विचारों में फिट नहीं बैठतीं, उसे नजरअंदाज करना ही उचित प्रतीत होता है। यह प्रवृत्ति कई पत्रिकाओं के साथ दिखाई पड़ती है। और यह आत्महंता प्रवृत्ति आज भी हमारे मस्तिष्क में बैठी हुई है, इसलिए हम आज भी लापरवाह बने हुए हैं। 'महावीर' के साथ ऐसा ही हुआ। हमने इसे सुरक्षित नहीं रखा। बहुत खोजते हुए राँची के संतुलाल पुस्तकालय में इसका एक विशेषांक मिला। जाहिर है कि यह दुर्लभ अंक है। हो सकता है कि कहीं कोई और पुराने पुस्तकालयों में एकाध फाइलें पड़ी हों, लेकिन ऐसा कम ही जान पड़ता है, क्योंकि बिहार की पत्र-पत्रिकाओं पर शोधपूर्ण काम करनेवाले पं. रामजी मिश्र 'मनोहर' इस बारे में कोई बहुत जानकारी नहीं दे पाते। वे अपनी शोधपूर्ण कृति 'बिहार में हिंदी-पत्रकारिता का विकास' में बस एक पैराग्राफ की संक्षिप्त जानकारी देते हैं—'सन् 1926-27 में बाबू जगतनारायण लाल ने साप्ताहिक 'महावीर' निकाला, जिसके वे स्वयं संपादक भी थे। यह अपने समय का बड़ा ही संदर्भपूर्ण एवं सुसंपादित पत्र था। जगत बाबू राजनीति से सक्रिय रूप से जुड़े थे, अतः समयाभाव तथा अर्थाभाव के कारण यह मुश्किल से पाँच-छह वर्ष ही चल सका। इसके कई महत्त्वपूर्ण विशेषांक निकले, जिनमें बिहार के राजनीतिक आंदोलन का महत्त्वपूर्ण अंश छिपा पड़ा है। दुर्भाग्यवश इसकी फाइलें न तो जगत बाबू के परिवारवालों के पास हैं और न कहीं पुस्तकालयों में ही सुरक्षित हैं।' मनोहरजी ने काफी श्रम किया है, लेकिन उन्हें 'महावीर' का कोई अंक सुलभ नहीं हो सका, जबकि यह पटना से ही प्रकाशित होता था। इस संक्षिप्त जानकारी से पता चलता है कि इसके संपादक जगतनारायण लाल थे कि कहीं सुरक्षित हो, लेकिन उनकी लिखी पुस्तक की एक भूमिका मिलती है। इस पुस्तक के लेखक राँची के गुलाब नारायण तिवारी थे। पुस्तक का नाम है—'हिंदू जाति के भयंकर संहार अर्थात् छोटानागपुर में ईसाई

धर्म'। इसे बिहार प्रांतीय हिंदू सभा, पटना ने प्रकाशित किया था। रामेश्वर प्रसाद, श्रीकृष्ण प्रेस, मुरादपुर, पटना से यह पुस्तिका छपी है।

बिहार में हिंदी पत्रकारिता का आरंभ 1872 से मान सकते हैं। इसी साल 'बिहार बंधु' नामक पत्र निकला। इसके बाद पत्रों के प्रकाशन का सिलसिला शुरू हो गया। गांधी युग में और जोर पकड़ा, तब बिहार भी आजादी के आंदोलन का एक प्रमुख केंद्र बन चुका था। चंपारण आंदोलन ने भारतीय राजनीति को एक नई दिशा दिखाई। इससे आंदोलन से एक राजनीतिक वातावरण बना और फिर पत्र-पत्रिकाओं की जरूरत महसूस होने लगी। यही कारण है कि चंपारण आंदोलन के बाद यहाँ से कई तेजस्वी साप्ताहिक तथा मासिक पत्र निकाले गए। जगदीश प्रसाद चतुर्वेदी ने 'हिंदी पत्रकारिता का इतिहास' में 'बिहार के पत्र' बिहार की पत्रकारिता की चर्चा करते हुए लिखा है—सन् 1926 में पटना से श्री गंगाशरण सिंह, श्री जयप्रकाश नारायण और श्री रामवृक्ष बेनीपुरी ने 'युवक' पत्र निकाला, जिसमें दिनकरजी की राष्ट्रीय कविताएँ सबसे पहले प्रकाशित हुईं। सन् 1930 में श्री देवव्रत शास्त्री ने साप्ताहिक 'नवशक्ति' का प्रकाशन किया, जो स्वाधीनता-प्राप्ति तक बिहार का सबसे लोकप्रिय साप्ताहिक था। सन् 1936 में उसका दैनिक संस्करण प्रकाशित हुआ, परंतु वह अधिक समय तक नहीं चल सका। पर उनकी आँखों से भी 'महावीर' ओझल ही रहा।

'बिहार शताब्दी के सौ नायक' में जगतनारायण लाल नहीं हैं। पर एक जानकारी जरूर मिलती है, वह है श्रीकांत ठाकुर विद्यालंकार के बारे में। इनका संबंध भी 'महावीर' से था। लेखक ने लिखा है—भारत के हिंदी पत्रकारिता के ज्योतिर्मय पुंज पंडित श्रीकांत ठाकुर विद्यालंकार का जन्म 17 जुलाई, 1901 को मधुबनी के कोइलख गाँव में हुआ था। उन्होंने 1913 ई. में दरभंगा हाई स्कूल से मैट्रिक की परीक्षा पास करने के उपरांत पटना स्थित बिहार विद्यापीठ से 1922 ई. में स्नातक की परीक्षा उत्तीर्ण की। यह वह दौर था, जब पूरे देश में आजादी की लड़ाई जोर पकड़ रही थी और हर देशवासी राष्ट्र पर अपना संपूर्ण न्योछावर करने को आतुर था। उन्होंने 1926 ई. में राजेंद्र प्रसाद की सलाह पर हिंदी साप्ताहिक 'महावीर' के सहायक संपादक के रूप में पत्रकारिता की शुरुआत की। यह पत्र जगतनारायण लाल का था। कुछ ही माह बाद वे कलकत्ता से प्रकाशित 'स्वतंत्र' में चले गए। इस पत्र के संपादक पंडित अंबिका प्रसाद वाजपेयी थे। यहाँ वे 1930 ई. तक रहे। श्रीकांत के बारे में कुछ और जानकारी है। पर 'महावीर' व जगतनारायण के बारे में बस इतना ही।

मोहम्मद साजिद की पुस्तक 'मुसलिम पॉलिटिक्स इन बिहार : चेंचिंग कंटूर' में जरूर इस पत्रिका के बारे में कुछ पर्याप्त जानकारी मिलती है। जगतनारायण लाल बिहार में हिंदू सभा और ऑल इंडिया हिंदू महासभा के जनरल सेक्रेटरी बने। इसके बाद 1926 में 'महावीर' नामक साप्ताहिक पत्र की शुरुआत की। संपादन भी खुद ही करते थे। इसमें सांप्रदयिक लेख काफी प्रमुखता से प्रकाशित होते थे। वे 1922 से 28 तक बिहार कांग्रेस के सहायक सचिव भी रहे। 1930 में पटना जिला कांग्रेस के सचिव रहे। इसी के साथ सेवा समिति से भी जुड़े रहे। इसी साल उन्होंने हिंदुस्थान सेवा संघ की स्थापना की। 1934 में उन्होंने कांग्रेस छोड़ दी। 1937 में मदनमोहन मालवीय की 'इडीपेंडेंट पार्टी' के साथ जुड़े। जगतनारायण लाल ने अपने संस्मरण में लिखा है कि 'महावीर' हिंदू विचारधारा का समर्थक पत्र है। 1926 में यह पत्र साप्ताहिक शुरू हुआ। 1932 में यह दैनिक हो गया और 1932 में ही सरकारी विरोध के कारण बंद हो गया। लेखक ने लिखा है कि पहले वह ईसाइयों को संकट के तौर पर देख रहे थे। बाद में मुसलमानों के विरोधी हो गए। ओमप्रकाश प्रसाद अपनी पुस्तक 'बिहार : एक ऐतिहासिक अध्ययन' में उनकी दूसरी छवि पेश करते हैं। लिखते हैं—जगतनारायण लाल एवं राजेंद्र प्रसाद के कारण वे स्वतंत्रता संग्राम में शामिल हुए और मालवीयजी के कारण हिंदू महासभा से उनकी निकटता हुई। 1937 के निर्वाचन के बाद लाल बिहार मंत्रिमंडल में सभा सचिव बने। 1940-42 की लंबी जेल यात्राओं के बाद 1957 में वे बिहार सरकार में मंत्री बनाए गए। सामाजिक क्षेत्र में काम करने के लिए उन्होंने 'बिहार सेवा समिति' का गठन किया। 1926 में उन्हें अखिल भारतीय हिंदू महासभा का महामंत्री चुना गया। से सांप्रदायिक सौहार्द के समर्थक थे। छुआछूत का निवारण और महिलाओं के उत्थान के कार्यों में भी उनकी रुचि थी। वे प्रबुद्ध वक्ता और श्रोताओं को घंटों अपनी वाणी से मुग्ध रख सकते थे। अपने समय में बिहार के राजनीतिक और सामाजिक जीवन में उनका महत्त्वपूर्ण स्थान था। 1966 में उनका देहांत हुआ।

दो महत्त्वपूर्ण लेखकों ने जगतनारायण लाल को अपने-अपने ढंग से देखा। एक के लिए वे सांप्रदायिक थे और दूसरे के लिए सांप्रदायिक सौहार्द के समर्थक। मूल्यांकन में अपने-अपने पूर्वग्रह और राजनीतिक विचारधारा की पक्षधरता भी हो सकती है। बहरहाल, एक बात और उल्लेखनीय है कि अपने समय के सर्वाधिक चर्चित साहित्यकार-संपादक शिवपूजन सहाय ने कई पत्र-पत्रिकाओं का संपादन

किया। वे नई-नई पत्र-पत्रिकाओं के बारे में लिखते रहे है, लेकिन उन्होंने न कभी 'महावीर' पर एक शब्द लिखा, न जगत नारायण लाल पर। 'महावीर' के इस विशेषांक पर तो कतई नहीं। जबकि जगत नारायण लाल चर्चित लेखक और नेता थे। हाँ, एकाध बार एक हिंदी साहित्य के सम्मेलन में उनके नाम का जिक्र वे जरूर करते हैं। रामवृक्ष बेनीपुरी अपने संस्मरण 'पत्रकार जीवन के पैंतीस वर्ष' में दो पंक्तियों में इसका हवाला दिया है—"बाबू जगतनारायण लाल ने 'महावीर' नाम का साप्ताहिक पत्र निकाला था, जिसके संपादकीय विभाग में श्री विश्वनाथ सहाय और राधाकृष्ण (सुप्रसिद्ध कहानी लेखक) थे। यह हिंदू संगठन का हिमायती था।" बेनीपुरी ने जिस राधाकृष्ण का जिक्र किया है, वे राँची के रहने वाले थे। राधाकृष्ण ने एक तरह से पत्रकारिता जीवन की शुरुआत इसी पत्रिका से की थी। फिर कहानी लेखन की ओर मुड़ गए। कहानी के साथ-साथ व्यंग्य भी लिखा। प्रेमचंद के निकट हुए। उनके निधन पर कुछ दिनों तक 'हंस' भी सँभाला। फिल्म लेखन भी किया। फिर राँची में 'आदिवासी' पत्रिका का संपादन किया। इस लेखक के काम को भी भूला दिया गया। खैर, 'महावीर' के बारे में अब तक कुल जमा यही जानकारी मिलती है। हो सकता है कि कुछ और हो, जो मैं अपनी सीमाओं के चलते देख नहीं पाया।

'महावीर' के इस 'सत्याग्रह' अंक में कुल 49 लेख शामिल हैं। अंतिम 49वाँ लेख नहीं, बल्कि 'बिहार के रणबाँकुरे' नाम से पूरे प्रदेश के राजबंदियों की एक लंबी सूची है। पूरी नहीं, जितनी मिल सकी। संपादक ने इस बारे में पहले ही संपादकीय में आगाह कर दिया, 'हम अपनी त्रुटियों और साधनाभावों से सजग हैं। जिस थोड़े समय में और प्रतिकूल परिस्थिति में हमें इसका प्रकाशन करना पड़ा, उसे खयाल कर घबराहट होती है तथा अपनी उन त्रुटियों के लिए हम पाठकों से क्षमा चाहते हैं। लेखों के चुनाव में भी हमें बहुत से विद्वानों के लेख ओर कविताएँ अपनी इच्छा के विपरीत इसलिए रख छोड़नी पड़ी कि हमारे पास अधिक स्थान ही न था। हम उन सज्जनों से क्षमा चाहते हैं।

इसी प्रकार चित्रों के चुनाव में भी कई प्रमुख नेताओं ओर कार्यकर्ताओं के चित्र हमें अभाग्यवश कोशिश करने पर भी नहीं मिल सके, जिसका हमें हार्दिक खेद है और यह अभाव ऐसा है, जो हमें सदा खटकता रहेगा तथा इसके लिए भी हम क्षमा-प्रार्थी हैं। उसी तरह बिहार के राजबंदियों की नामावली भी अधूरी रह गई है। कई जिलों से तो राजबंदियों की सूची मिली ही नहीं और कई जगहों की सूची

आने पर भी वह अधूरी निकली। इस कारण उन त्रुटियों का खयाल हमें दु:खित कर रहे हैं।

अंक के विषय सूची से कुछ अनुमान लगा सकते हैं। सबसे पहले भारतीय नेताओं के दिव्य संदेश हैं। उस समय के बड़े नेताओं के संदेश प्रकाशित हैं। महात्मा गांधी के तीन लेख—'कष्ट सहन का नियम', 'स्वराज्य का एक लक्षण' एवं 'अहिंसा' हैं। बाबू राजेंद्र प्रसाद का 'सत्य' और 'सत्याग्रह' नामक लेख हैं। श्री प्रकाश का 'सत्याग्रह का खतरा', जगतनारायण लाल की 'राजबंदी जीवन व सत्याग्रह की मीमांसा के साथ स्वामी सहजानंद सरस्वती का लेख सत्याग्रह की कमजोरियाँ और उनके निवारण के उपाय' आदि शामिल हैं। कविताओं में श्री अरविंद का 'माता का संदेश', रामधारी सिंह दिनकर की कविता 'भव', 'बेगूसराय गोली कांड'—श्री कपिलदेव नारायण सिंह सुहृद, बिस्मिल इलाहाबादी की 'फरियादें बिस्मिल' आदि कविताएँ प्रकाशित हैं। इसके अलावा 'सत्याग्रह और महिलाएँ', 'बिहार में सत्याग्रह', 'बिहार में चौकीदारी कर बंदी', 'बिहार के शहीद' आदि दुर्लभ, जानकारीपरक और महत्त्वपूर्ण लेख हैं। सबसे महत्त्वपूर्ण उपलब्धि जिलों के सत्याग्रह की रिपोर्ट है, तब झारखंड भी बिहार का हिस्सा था। कुछ जिलों की रिपोर्ट प्रकाशित है—सारण में सत्याग्रह, मुजफ्फरपुर में सत्याग्रह, चंपारण में सत्याग्रह, दरभंगा में सत्याग्रह, शाहाबाद में सत्याग्रह, भागलपुर में सत्याग्रह, प्रांत के कुल जेलयात्री, बीहपुर सत्याग्रह, मुंगेर के सत्याग्रह, पटना नगर में सत्याग्रह, पटना जिला में सत्याग्रह, गया में सत्याग्रह, पूर्णिया में सत्याग्रह, राँची में सत्याग्रह, तमिलनाडु में सत्याग्रह आदि। इन लेखों में सत्याग्रह के बारे में संक्षिप्त जानकारी है और किनके नेतृत्व में सत्याग्रह हुए, किन-किन लोगों ने भाग लिया, इसकी भी जानकारी दी गई है। उस समय के कई महत्त्वपूर्ण लेखकों ने इस अंक में योगदान दिया। प्रांत के 'कुल जेलयात्री' के अलावा 'बिहार के वीर बाँकुरे' 12 पेज में दिया गया है। इसमें वृहद् बिहार के जिलों के सत्याग्रह और राजबंदियों की सूची है। यह सबसे ज्यादा महत्त्वपूर्ण है। इसलिए 'महावीर' के इस अंक का महत्त्व बढ़ जाता है। इसके अलावा इसमें उस समय के कई बड़े नेताओं की तसवीरें भी हैं। डॉ. मोख्तार अहमद अंसारी, डॉ. सैयद महमूद, अब्दुल गफ्फार खान, पुरुलिया के जिमूत वाहन सेन, हजारीबाग की सरस्वती देवी एवं मीरा देवी, प्रो. अब्दुल बारी, जे.एम. सेनगुप्ता के साथ जगतनारायण लाल एवं उनकी पत्नी की भी। उस समय के प्रमुख सत्याग्रहियों की तसवीरें, जो सुलभ हो सकीं, दी गई हैं।

यह अंक अब दोबारा प्रकाशित हो रहा है। यह अंक नहीं, एक दस्तावेज है। इसे जानना हम सबके लिए जरूरी है, अपने समय को समझने के लिए और उस दौर को भी। इस अंक के बारे में शुरुआती जानकारी देने के लिए राधाकृष्ण के पुत्र सुधीर लाल के प्रति भी हम कृतज्ञ हैं। वे न बताते तो पता नहीं, यह अंक सुरक्षित रह पाता या फिर दीमक चट कर जाते। झारखंड के सबसे पुराने पुस्तकालय 'संतुलाल पुस्तकालय' के मिश्राजी के प्रति भी, जहाँ यह प्रति मिली। अब यह पत्रिका आपके हाथों में है। इसे पढ़ें और अपनी राय से हमें अवगत कराएँ। मुझे खुशी होगी।

—संजय कृष्ण

राँची

अनुक्रम

भारतीय नेताओं की दिव्य-संदेश-मालिका

पंडित जवाहरलाल नेहरू

वीर–श्रेष्ठ पंडित जवाहरलालजी ने सत्याग्रह विशेषांक के निमित्त यह संदेश भेजा है:-

स्वराज्य की हम हर समय चर्चा करते हैं, पूर्ण स्वराज्य के प्रस्ताव स्वीकार करते हैं। लेकिन स्वराज्य क्या चीज है, इस पर हम कम गौर करते हैं। हमको इस बात को अच्छी तरह समझ लेना चाहिए कि स्वराज्य ऐसा होगा, जिसमें हुकूमत की ताकत आम जनता के हाथों में हो और उन्हीं के लिए हमारा सब कारोबार चले। मेरी राय में साम्यवाद के उसूलों पर चलकर हम देश की गरीब जनता को उठा सकते हैं।

—जवाहरलाल नेहरू

***

नायडू सरोजनी

भारत की कोकिला वीरबाला श्रीमती सरोजनी नायडू ने 'महावीर' के इस अंक के लिए यह उत्साह–वर्धक संदेश दिया है :-

हजारो हजार वीर पुरुषों और स्त्रियों के त्याग अथवा कष्ट–सहन के अनुभव की एक–एक घटना, भारतीय जनता के लिए नाशहीन स्वतंत्रता के सार में परिणत होती गई है।

—सरोजनी नायडू

***

श्री चक्रवर्ती राजागोपालाचार

प्रसिद्ध पूजनीय नेता श्री राजागोपालाचार ने हमारे विशेषांक के लिए निम्नलिखित संदेश दिया है :-

उधर जिस समय महात्मा गांधी और कांग्रेस प्रतिनिधि मंडल के लोगों से समझौते की बातें करते और उनसे अपने अधिकार छोड़जोन की कोशिशों में होंगे, उस समय कांग्रेस के कार्यकर्ताओं को सिर्फ बैठे-बैठे इन कार्रवाइयों को देखते और उनपर तर्क करते न रहना चाहिए, बल्कि अधिक नहीं तो दिन में आठ घंटे काम करके कांग्रेस संस्थानों को देश भर में मजबूत बनाना, लोगों को अपने-अपने उपायों से नशीली चीजों और उन विदेशी वस्त्रों की ओर से हटाना चाहिए, जो आज हमारे देसी वस्त्र व्यवसाय के अस्तित्त्व और उन्नति को खतरे में डाले हुए हैं। इन दोनों कामों जोरदार प्रचार करने के लिए और जब संभव हो, शांतिमय धरना बैठाने के लिए बहुत ज्यादा कार्यशक्ति और ध्यान देने की जरूरत होगी। इसीलिए कोई यह न समझे कि यह चैन का वक्त है।

—श्री राजागोपालाचार

***

सरदार सार्दूल सिंह

प्रसिद्ध सिख नेता सरदार सार्दूल सिंह कविशीर ने हमारे सत्याग्रह-विशेषांक के लिए यह संदेश भेजा है :-

यह सच है कि गांधीजी के सत्याग्रह आंदोलन का तात्कालिक उद्देश्य भारतीय आजादी की प्राप्ति है, मगर यह कहना तो बड़ी भूल होगी कि यह आंदोलन आदि से अंत तक इसीलिए है। सत्याग्रह में लगे हुए सभी लोगों को यह जानना चाहिए कि आंदोलन विश्व-व्यापी शांति के लिए है। यह सारी मानव जाति की शांति-स्थापना का आंदोलन है। आज दुनिया में इतनी अधिक घृणा और वैमनस्य छा गया है कि जल्द उपाय से ही इसका अंत हो सकेगा। गांधीजी द्वारा प्रतिपादित सत्याग्रह सिद्धांत ही इस मर्ज की अचूक दवा है। इस तरह की संभावनाओं से परिपूर्ण इस आंदोलन के साथ संबद्ध होना सचमुच ही गौरव की बात है।

***

देशभक्त बेंकटपैया

मद्रास प्रांत के प्रसिद्ध नेता देशभक्त कोंडा बैंकटपैया ने यह संदेश भेजा है :-

हमारे देश की स्वतंत्रता की लड़ाई ऐसी दशा में पहुँच गई है कि सरकार कांग्रेस को भारत की असंख्य जनता द्वारा सम्मानित देश की सबसे प्रबल संस्था स्वीकार करने को बाध्य हुई है। महात्मा गांधी और सरकार के बीच अभी जो क्षणिक संधि हुई है, उसने तो भारतीयों के मानने योग्य शासन पद्धति तैयार कऱने का एक मौका दिया है। अभी यह कहना असंभव है कि इस दिशा में हमारे प्रयत्न सफल होंगे या नहीं। इसीलिए यह आवश्यक है कि हम लोग लड़ाई फिर से आरंभ करने और उसे पूरे उत्साह और दृढ़ता के साथ जारी रखने को तैयार रहें। हमें कांग्रेस की संस्थानों को परिपुष्ट करना है और रचनात्त्मक कार्यक्रम की संधि की शर्तों को मानते हुए पूरा करना है। यह भूलना न चाहिए कि यदि हम सफल हुए और एक सर्वमान्य शासन विधान तैयार कर सके, तो वैसा हालातों में तो हमारी जिम्मेवारी और भी बढ़ जाती है। और हम लोग अपनी आजादी को तभी कायम रख सकते हैं, जब हम नई परिस्थिति की आवश्यकताओं के अनुकूल हो सकें।

❋ ❋ ❋

सरोजनी नायडू

श्रीयुत प्रकाशम्

मद्रास के प्रसिद्ध नेता श्रीयुत टी. प्रकाशम् ने सत्याग्रह विशेषांक के लिए यह संदेश दिया है :-

'महावीर' वही पत्र है, जिसने 5-7 वर्षों में बिहार की जनता में राष्ट्रीयता के प्रसार और वर्तमान बिहार के निर्माण में बड़ा भाग लिया है। इस पत्र तथा इनके जन्मदाता श्री जगत नारायणलाल के परिश्रम, त्याग और कष्ट-सहन का ही यह परिणाम है कि इधर एक वर्ष के अंदर बिहार स्वतंत्रता के युद्ध में पहला दर्जा प्राप्त कर सका है। मैं इस पत्र और उन मित्रों की, जो इसे बड़ी श्रद्धा और उत्साह से चला रहे हैं, दीर्घायु और उन्नति चाहता हूँ। और आशा करता हूँ कि उन्हें अपने परिश्रमों को जारी रखने का काफी बल और हिम्मत मिलेगी।

—टी. प्रकाशम्

❋ ❋ ❋

श्रीयुत अणे

प्रसिद्ध महाराष्ट्र नेता श्रीयुत एम. एस. अणे महोदय ने 'महावीर' के लिए यह संदेश भेजा है :-

इस नाजुक समय में जो देश सेवा करने को व्यग्र हैं, उनके लिए आत्म-संयमयुक्त आत्म-त्याग महामंत्र होना चाहिए। त्याग का भाव तो आगे बढ़ाने वाली शक्ति है और आत्म-संयम भाव जो इंजन को उस ठीक रास्ते पर रखने का काम करता है, जो कि अभीष्ट ध्येय पर पहुँचाता है। इस लड़ाई में जगा हुआ उमंग तभी उपयोगी काम में लग सकेगा, जब उसपर आत्म-संयम का नियंत्रण हो। यही तो उपनिषद् और श्री कृष्ण की श्रीमद् भागवत् गीता की शिक्षाओं का सार है, यही शिक्षा स्वर्गीय लोकमांय तिलक ने अपनी अमर कीर्ति 'गीता रहस्य' के द्वारा अपने देशवासियों पर जताने की कोशिश की। यही सिद्धांत महात्मा गांधी अपने जीवन और अपने उपदेशों में प्रदर्शित कर रहे हैं। मातृभूमि की सेवा करने की उत्कट इच्छा-पूर्ति के लिए देश के युवकों को इसी शिक्षा का अनुसरण करना चाहिए। पिछले साल ने सारी दुनिया को स्पष्ट बतला दिया कि भारतीय अब इस महान् सत्य के तत्त्व को समझ गए हैं और मुझे आशा है कि अपने देश की आजादी की लड़ाई में इस सिद्धांत के पालन का दृढ़ निश्चय सारे सभ्य संसार को भगवद् गीता के महान् धर्म के रास्ते पर ला सकने में सफल होगा।

—एम.एस. अणे

***

श्रद्धेय श्री जमना लाल बजाज

त्यागवीर सेठ जमना लालजी ने हमारे लिए यह दिव्य संदेश भेजा है :-

आशा है, 'महावीर' बिहार प्रांत में राष्ट्रीय महासभा के प्रस्तावों का और खासकर रचनात्मक कार्य का प्रचार सफलतापूर्वक करेगा व साथ में अस्पृश्यता, परदा-प्रथा आदि सभी हानिकारक प्रथाओं को जोर के साथ हटाने में सफलता प्राप्त करेगा।

—जमना लाल बजाज

***

स्वर्गीय लाला लाजपत राय

आपके ही सभापतित्व में कलकत्ता के स्पेशल कांग्रेस ने असहयोग का श्रीगणेश किया। आप ही लाहौर में साइमन कमीशन के बहिष्कार का नेतृत्त्व करते हुए पुलिस की लाठियों से घायल होकर कुछ बाद स्वर्गवासी हुए। आपकी ही चिता से निकले हुए अग्नि ने राष्ट्रीय वायुमंडल को पुनः जीवित बना दिया।

स्वर्गीय पंडित मोतीलाल नेहरू

भारतीय राजनीतिज्ञों के सरताज, जिन्हें 30 जून, 1930 को 6 मास की कैद की सजा मिली और जेल में आपका स्वास्थ्य बिगड़ गया। सरकार ने आपको समय के पहले ही छोड़ दिया। सत्याग्रह की सामयिक विजय और संधि को अपनी आँखों देखकर स्वर्ग को सिधारे।

❑

महावीर

ता: 21 जून 1931 ई:

हमारी भेंट

उस अव्यक्त लीलाधर की दया से जिसकी ही यह सारी व्यक्त लीला है—आज हमें अपने पाठकों को इस सत्याग्रह विशेषांक की भेंट करते बड़ा हर्ष हो रहा है। जिन पावन आकांक्षाओं और सुंदर अभिलाषाओं की प्रबल प्रेरणा ने इस विचार को जन्म दिया, उन्हीं की स्मृति हमारे मार्ग में कठिनाइयों और बाधाओं के पहाड़ के रहते हुए भी इस कठिन एवं कष्टकर प्रयास में हमें सदा प्रोत्साहित करती रही है। कवि माधुरी वीणा के तारों को छेड़कर सुकोमल भावों को काव्य की माला पहनाकर सत्य के लिए भिन्न-भिन्न रूपों का शृंगारमय चित्रण कर अपनी श्रद्धांजलि अपर्ण करता है। अनंत रूप से चलते हुए संसार-चक्र में प्रकृति की सतत प्रवाहिनी मनोरम और रहस्यमयी क्रीड़ाओं में प्राण एवं सार-रूप से अंतर्निहित सत्य ही तो कविता का केंद्र, कला का लक्ष्य और साहित्य का जीवनोद्देश्य है।

उसी सत्य रूपी फौवारे के छींटे, प्रेम, भक्ति, त्याग, सेवा आदि स्वर्गीय गुण है। कवि, कलाकार, चित्रकार, इतिहासकार इन्हीं गुणों को भिन्न-भिन्न रूपों में व्यक्त कर अपने को धन्य मानते हैं, वे इन्हीं गुणों के नायकों की उपासना में, उनके पावन-चरित्रों में के चित्रण में अपनी कला की सफलता मानते हैं।

वर्तमान युग आश्चर्यजनक चमत्कारों और अभूतपूर्व आविष्कारों का है। वैज्ञानिक और तत्वान्वेषी अज्ञान की अंधेरी कंदराओं में छिपे हुए सत्य की खोज कर उसे दुनिया की खुली आँखों के सामने प्रकाशित कर देते हैं। इन तपस्वियों ने सत्य की खोज में अपने जीवन तक न्योछावर कर दिए हैं। परंतु सारे आविष्कारों और चमत्कारों की चमक उस सिद्धांत के सामने फीकी पड़ जाती है, जिसका आविष्कार महात्मा गांधी ने किया है। जिस समय मानव समाज सत्त पथ से अलग

होकर असत की ओर अवरुद्ध गति से दौड़ लगा रहा है, हिंसा और स्वार्थ के भार से पृथ्वी दबी जा रही है, पारस्परिक प्रतिद्वंद्विता, दुराचार और रक्त-शोषण ने इस दुनिया के रूप को बिल्कुल भद्दा बना दिया है, और आबोहवा ऐसी बन गई है, मानो सबके दम घुट रहे हों, ऐसे समय में काले बादलों से घिरे हुए आकाश में बिजली की तीव्र रेखा की तरह महात्मा गांधी के अहिंसा और सत्याग्रह सिद्धांतों का उदय होता है और वह धीरे-धीरे प्रचंड सूर्य का रूप धारण करता है। यों तो सभ्यताओं, धर्मों और धार्मिक सिद्धांतों की जननी भारत भूमि के लिए ये अहिंसा और सत्य के सिद्धांत कुछ नए नहीं हैं, बल्कि मानव स्मृति जहाँ तक पहुँच सकती है, वहाँ तक इन सिद्धांतों का पता लगता है, और अगर सच पूछिए तो सत्य के अव्यक्त होने से इनमें नयापन हो भी क्या सकता है, फिर भी उन्हीं अटल और सर्वव्यापक सिद्धांतों के व्यवहार (Application) के तरीकों में निस्संदेह नयापन हुआ करता है और सुधारकों और सत्य के संदेश-वाहकों की विशेषता तो उसी व्यवहार के नए और समय के अनुरूप ढंग निकालने में हुआ करती हैं।

कैसी भयंकर परिस्थिति आ गई थी! सत्य और अहिंसा का बातें तो केवल कल्पना के प्रदेश में विचरती थीं, एक देश दूसरे के खून के प्यासे हो रहे थे, शासन-व्यवस्था, जो प्रारंभ में समाज की रक्षा और भलाई के लिए बनाई गई थी; ऐसा विकृत रूप धारण कर चुकी कि वे सब जगह अपने प्रतिपालकों के लिए ही अत्याचार और अन्याय का चक्र बन गई।

बड़े-बड़े राजनीतिज्ञ देश-प्रेम के नाम पर; ऊँचे सिद्धांतों की आड़ में अपने देशवासियों के मुँह की रोटियाँ निर्दयीतापूर्वक छीनकर गोले बारूद और सांघातिक अस्त्रशस्त्रों की सृष्टि में लगे हुए थे। गत जर्मन-युद्ध में असंख्य नर-मुंडों की आहुति और असीम धनराशि के स्वाहा होने पर भी राजनीतिज्ञों के खून की प्यास ठंडी न हुई, हिंसा और युद्ध के भार से कराहते हुए मानव-परिवार में स्थापना और नि:शस्त्रीकरण (Disarmament) के लाख प्रयत्नों के बाद भी यही मालूम हुआ कि इस मर्ज की कोई दवा नहीं या वैद्यों के निदान की जड़ में ही कहीं भयंकर भूल है। ठीक उसी समय ऐन मौके पर गिरे हुए हिंदुस्तान में, जो दुनिया के आघातों का लक्ष्य बना हुआ है, महात्मा गांधी ऐसे सिद्धांतों की घोषणा करते हैं, जो इस जड़वाद के युग में बिल्कुल असंभवनीय मालूम होते हुए भी प्रयोग और व्यवहार को कड़ी कसौटी पर खरे उतर चुके हैं और अब कपोल-कल्पित भावना नहीं हैं, बल्कि चपल राजनीति के अखाड़े में बाजी मार चुके हैं। जहाँ एक दिन उन सिद्धांतों को आजमाइश को गुड़ियों का खेल समझकर उसका मजाक

उड़ता था, उसके नायकों और सूत्रधारों को विपथगामी आदर्शवादी बताया जाता था, वहीं आज दुनिया की छाती पर उस सिद्धांत की सफलता और अविफलता का झंडा गाड़ दिया गया है और उसके प्रबल विरोधियों को भी उस महामंत्र की अमोघता तस्लीम करनी पड़ी है। यह बड़ी विचित्र लीला है, जो आश्चर्य को भी आश्चर्यचकित किए बिना न रहेगी।

तब वे सिद्धांत हैं क्या, उस सत्याग्रह का रूप क्या है? सत्याग्रह की ठीक-ठीक परिभाषा कठिन है। इसके आचार्य महात्मा गांधी ने इस कठिनाई को स्वीकार करते हुए सत्याग्रह की व्याख्या यों की है—

"तो सत्याग्रह का शब्दार्थ हुआ—सत्य पर आग्रह करना और इसका अर्थ हुआ सत्य-बल। सत्य आत्मा है। इसीलिए इसे आत्मिक बल कहते हैं। इसमें हिंसा के लिए स्थान नहीं है, चूँकि मनुष्य पूर्ण सत्य को जानने का अधिकारी नहीं है, इसीलिए मनुष्य को दूसरों को सजा देने का भी अधिकार नहीं है।"

दुनिया में प्रचलित राजनीतिक और सामाजिक बुराइयों को निकालने के सारे प्रयत्नों की विफलता की आलोचना करते हुए महात्मा गांधी आगे लिखते हैं—

"हिंसा के उपाय अपने उद्देश्य की प्राप्ति में विफल ही नहीं हुए, बल्कि उनका उल्टा परिणाम हुआ। क्योंकि जहाँ एक बार मैदान में शारीरिक बल का आगमन हुआ कि वह अपने से भी बढ़कर बल का आह्वान करता है, जो थोड़े समय के लिए उसे दबा देती है। तब वह और अधिक बल लाता है और इसी प्रकार हिंसा की जंजीर बढ़ती और मजबूत होती जाती है। यह तरीका ही गलत है, क्योंकि इस सत्य का खयाल नहीं रखा जाता है कि बुराई कभी बुराई को मिटा नहीं सकती बल्कि वह तो भलाई से ही मिट सकती है।...किसी मर्ज को हटाने का एकमात्र उपाय उसके कारणों को मिटा देना है। सब लोग शासन की बुराइयों में प्रत्यक्ष रूप से भाग लेना छोड़ दें और वह आप से आप गायब हो जाएगी इसीलिए आत्मशुद्धि न कि हिंसा या सुधार-इसका इलाज है। शासन से अपना सहयोग हटाकर अपने को शुद्ध करना यही तो असहयोग का महा-मंत्र है।"

इन्हीं सिद्धांतों को जैसा महात्माजी कहते हैं, आप घरेलू समस्याओं से लेकर संसार के क्लिष्टातिक्लिष्ट और पेचीदे प्रश्नों को हल करने में लग सकते हैं। यह भारत का सौभाग्य था कि महात्मा गांधी उसे मिले और यह महात्मा गांधी के लिए भारत को अपने सिद्धांतों व्यापक प्रयोगशाला बनाना भी कुछ कम मौके की बात न थी। क्योंकि यह तो वही प्रदेश है, जिसने दुनिया को उपनिषद् का पाठ पढ़ाया, गीता और दर्शनों को जन्म दिया, और जहाँ मानव समाज की रहस्ययी उलझनों को

सुलझाने में भगवान् बुद्धदेव और महापुरुष महावीर आदि ने जन्म धारण किया और अहिंसा की मीठी बाँसुरी बजाई।

इसी अनुकूल क्षेत्र में नवयुग के देवदूत महात्मा गांधी ने भारतीय परंपरा और आर्य संस्कृति के सच्चे आदर्शों का पालन करते हुए सत्याग्रह का बीज बोया। आरंभ में चारों ओर शंकाएँ, संदेह और अविश्वास दीख पड़ते थे। दुनिया की रफ्तार को देखते हुए कौन विश्वास करता कि अहिंसा का यह शस्त्र इतना प्रबल प्रचंड होगा। मगर मानव-समाज को इस आश्चर्य का अनुभव करना बाकी था और संसार का इतिहास, जो अब तक राजनीति के नरमेद्य यज्ञ के बलिदानों के खून से लिखा गया है, अब दूसरी स्याही से लिखा जानेवाला था। फलत: महात्मा गांधी ने सत्याग्रह की भेरी बजा दी और देश आशाओं और निराशाओं के बीच उछलता हुआ, वर्तमान सत्याग्रह के किनारे लगा।

इस बीच में भारतीय रणांगन में जो लीलाएँ हुईं उनका वर्णन कठिन है। भारत की सूखी नसों में यौवन का तेज देखा गया, उसने दुनिया को चकाचौंध में डाल दिया। सत्याग्रहियों के कष्ट-सहन और आत्मोत्सर्ग ने वह आँधी पैदा कर दी जिसने दिग्गजों को कंपा दिया, पृथ्वी थर्रा गई, दुनिया की चंचल आँखें इधर ही बँध गईं, पाशविक बल का घमंड चूर हो गया। यह विचित्र लीला थी, बिल्कुल विचित्र, बिल्कुल अजीब। जिन पर अत्याचार होते, वे हँसते और अत्याचारी शमका चादर में मुँह छिपा कर रोते। जो अपनी जान की बाजी लगाकर आगे बढ़ते, वे तो निर्भय शांति और सुख की नींद सोते, और जिनकी संरक्षिता के सारे सामान मौजूद थे, जिनके बाल भी बांके न हो सकते, उनके दिलों में बेचैनी का घुड़-दौड़ होता। हमारे कवि ने क्या सुंदर कहा है—

यह विस्मय बड़ा प्रबल है।
बल को बलहील रिझाते।
मरनेवाले हँसते हैं।
आँसू है; बधिक बहाते।

क्या आपको और प्रमाण की आवश्यकता है? लीजिए, वह भी लीजिए। सर्व शक्तिशाली को ब्रिटिश सरकार के कर्णधार प्रधानमंत्री श्री मेकडानाल्डका ही प्रमाण-पत्र लीजिए। सत्याग्रह की विजयका प्रशंसा-पत्र वही था जब 29 जनवरी को उन्होंने इंग्लैंड की कॉमन-सभा (House of Commons) में भारत में दमन-नीति के समर्थकों की कड़ी आलोचनाओं का जवाब देते हुए कहा :-

''मान लीजिए कि हम भारत में समझौते को नीति का अनुसरण नहीं करते,

तो क्या परिणाम होगा? दमन के सिवा और कुछ नहीं और वह दमन भी बड़ा विचित्र अशांति-दायक ऐसा दमन, जिससे न हमें यश मिलता है, न सफलता। यह तो जन-समूह का दमन है, जिसमें अधिकांश बच्चे और अबलाएँ हैं। यह संस्थानों पर दमन नहीं है, संगठनों का दमन नहीं है, बल्कि यह बढ़ते-बढ़ते सारी आबादी के दमन का रूप धारण करेगा। यदि हम (अंग्रेज जाति) अपनी सेनाओं को हिमालय से लेकर कुमारी अंतरीप तक घुमाने को तैयार हों, तो आप हमें रोकिए। यदि हम लोग केवल लोगों को ही नहीं बल्कि जमाने की रफ्तार को बल से दबाने को तैयार हों, तब आप हमें रोकिए। यदि हम सारी दुनिया के देखने के लिए यह नाटक करना चाहते हैं कि हमारी राजनीतिक बुद्धि का दीवाला हो गया है जो कि **हमारे नाम और ख्याति को सचमुच ही बहुत नीचा गिराने वाला** है, तब तो आप हमें आगे बढ़ने से रोकिए…''

देश में घटनेवाली शानदार घटनाओं ने, वीरों के आत्मविश्वास और अहिंसात्मक शौर्य ने स्वभावत: सबके हृदयों में वीर-पूजा (Her worship) के भाव को जन्म दिया और उसी वीरता की उपासना की प्रेरणा ने हमारे इस वर्तमान प्रयास का रूप धारण किया है। हम जानते हैं, स्वयं इस महायज्ञ के पुरोहित महात्मा गांधी जानते हैं कि हमारी सत्याग्रही सेना कमजोरियों और अभावों से भरी हुई है, हमारे सिपाही दीक्षित नहीं हैं, हमारे लोग त्याग के अलौकिक भावों के रस को नहीं देख सके हैं, यह सब होते हुए भी, देश ने जो कुछ किया, वह स्तुत्य और आश्चर्यजनक है और उन अभावों का ज्ञान रखते हुए जब हम अपने देशवासियों की प्रगति को देखते हैं, तो श्रद्धा की मात्रा और बढ़ जाती है और सात्त्विक गर्व से सिर जरा ऊपर उठ जाता है।

इन पंक्तियों में उन्हीं घटनाओं का संक्षिप्त विवरण देने का प्रयत्न किया गया है। हम जानते हैं कि सत्याग्रह आंदोलन की ठीक-ठीक वर्णन करने में हजारों पृष्ठों को रँगना पड़ेगा, और आज की अपेक्षा कहीं अधिक खोज, ढूँढ़ और जाँच-पड़ताल करनी पड़ेगी और उसके लिए तो महान् साधनों की आवश्यकता है, जिसका हमारे पास सर्वथा अभाव है। इन्हीं बातों और कठिनाइयों को ध्यान में रखते हुए हमने इस अंक में सत्याग्रह सिद्धांतों के संक्षिप्त विवेचन के साथ भारतीय सत्याग्रह का थोड़ा वर्णन करते हुए बिहार प्रांत में होनेवाली घटनाओं पर अधिक जोर दिया है। फिर भी अपने इस प्रयास में हम कहाँ तक सफल हो सके हैं, यह सोचते हुए संकोच हो रहा है, पर उस विषय का विचार तो हम पाठकों पर ही छोड़ देना चाहते हैं।

हम अपनी त्रुटियों और साधनाभावों से सजग हैं। जिस थोड़े समय और

प्रतिकूल परिस्थिति में हमें इसका प्रकाशन करना पड़ा है, उसे खयाल कर घबराहट होती है और अपनी उन त्रुटियों के लिए पाठकों से क्षमा चाहते हैं। लेखों के चुनाव में भी हमें बहुत से विद्वानों के लेख और कविताएँ अपनी इच्छा के विपरीत इसीलिए रख छोड़नी पड़ी कि हमारे पास अधिक स्थान ही न था। हम उन सज्जनों से क्षमा चाहते हैं। इसी प्रकार चित्रों के चुनाव में भी कई प्रमुख नेताओं और कार्यकर्ताओं के चित्र हमें अभाग्यवश कोशिश करने पर भी नहीं मिल सके, जिसका हमें हार्दिक खेद है और यह अभाव ऐसा है, जो हमें सदा खटकता रहेगा और इसके लिए भी हम क्षमा-प्रार्थी हैं। उसी तरह बिहार की राजबंदियों की नामावली भी अधूरी रह गई है। कई जिलों से तो राजबंदियों की सूची मिली ही नहीं है, और कई जगहों की लिस्ट आने पर भी वह अधूरी निकली, इसी कारण उन त्रुटियों के खयाल हमें दुखित कर रहे हैं।

इस अवसर पर हम उन पूजनीय नेताओं को हार्दिक धन्यवाद देते हैं, जिन्होंने अपने दिव्य संदेशों के द्वारा इस अंक को अलंकृत किया है, साथ ही उन विद्वानों, सुकवियों और लेखकों को भी हम धन्यवाद दिए बिना नहीं रह सकते, जिनका 'महावीर' पर सदा प्रेम रहता आया है और जिन्होंने उसी भाव से प्रेरित होकर हमारे इस यज्ञ में सहयोग प्रदान किया है।

इसी नम्र निवेदन के साथ हम आपको सत्याग्रह विशेषांक के अगले पृष्ठों की ओर आमंत्रित करते हुए अपनी तुच्छ भेंट अर्पण करते हैं और ईश्वर से प्रार्थना है कि हमारे वीरों के त्याग, आत्मोत्सर्ग, चाहे वे किसी मात्रा, किसी क्षेत्र या किसी भी रूप में हों, हम सबों के अंदर सत्य की भावना को जगावें और अपने पापों और कमजोरियों से छुटकारा पाने में हमारे सहायक बनें और हमारे देश और जाति के लिए ध्रुव तारा बनाकर सत्य के मार्ग पर हमें सदा अग्रसर करते रहें।

असतो मा सद्गमय

❑

कष्ट-सहन का नियम

ले. महात्मा गांधी

कष्ट–सहन की अग्नि के द्वारा शुद्ध हुए बिना कोई देश कभी ऊपर नहीं उठा है। माता इसीलिए तकलीफ सहती है कि उसका बच्चा जीए। गेहूँ के जमने की शर्त यही है कि उसके बीज का दाना नष्ट हो जाए। मृत्यु से जीवन पैदा होता है। तो क्या हिंदुस्तान कष्ट–सहन द्वारा आत्म–शुद्धि के शाश्वत नियम का पालन किए बिना ही अपनी गुलामी से निकल सकेगा?

अगर हमारे सलाह देनेवालों की बात ठीक हो तो हिंदुस्तान बिना तकलीफ के ही अपने उद्‌देश्य की प्राप्ति करेगा। उनका मंतव्य यह है कि 1919 की घटनाएँ दुहराई जानी न चाहिए। वे असहयोग से इसीलिए डरते हैं, चूँकि उसमें बहुतों को कष्ट सहना पड़ेगा। अगर हैंपडेन ने इसी तरह दलील दी होती तो वह कभी जहाज–कर देना बंद न करता, और न वाट टेलर ही विद्रोह का झंडा खड़ा करता। इंग्लैंड और फ्रांस के इतिहास इस तरह की घटनाओं से भरे पड़े हैं कि लोगों ने कष्ट की मात्रा की परवाह न कर उचित मार्ग का अनुसरण किया है। वे नायक तो कभी भी यह सोचने को न रुके कि जनता को भी उनकी इच्छा के विपरीत मुसीबतें सहनी पड़ेंगी। तो फिर हम यह आशा क्यों करें कि हमारा इतिहास दूसरी तरह लिखा जाएगा? अगर हो सके तो यह संभव है कि पहले के लोगों की भूलों से हम सबक सीखकर उनसे ज्यादा अच्छा काम करें, मगर कष्ट–सहन के नियम को कैसे छोड़ा जा सकता है, जो हमारे अस्तित्त्व का अनिवार्य आधार है। ज्यादा अच्छा काम करने का तरीका तो यही है कि यदि संभव हो तो हम अपनी ओर से हिंसा को निकालकर उन्नति की गति को तेज करें और अपने कष्ट–सहन के तरीके में अधिक शुद्धता का भाव लावें। अगर हम चाहें, तो अपनी अधीरता में जैसा कि सनफिन आंदोलनवाले करते हैं, बुराई करनेवाले को शारीरिक बल से अपनी बात

पर झुकाने का रास्ता अख्तियार न कर सकते हैं, या जैसा कि पिछले साल हममें से कुछ लोगों ने हड़ताल कराने के लिए किया था, अपने पड़ोसियों को अपने तरीकों के मनाने के लिए डराने से रुक सकते हैं। कष्ट-सहनेवाले ने जितना कष्ट सहा, इसी पैमाने से उन्नति नापी जा सकती है। कितना ही शुद्ध कष्ट-सहन होगा, उतनी ही अधिक उन्नति होगी। इसीलिए जेसस (ईसा) का कष्ट-सहन संकटापन्न संसार को मुक्त करने के लिए काफी निकला। अपनी प्रगति में, उन्होंने यह नहीं सोचा कि उनके पड़ोसियों को कितनी तकलीफ खुशी या नाखुशी सहनी पड़ेगी। इसी तरह एक हरिश्चंद्र का कष्ट-सहन सत्य का राज्य पुनः स्थापित करने के लिए काफी हुआ। वे तो यह जानते ही होंगे कि उनके राजगद्दी से उतर जाने पर उनकी प्रजा को अपनी इच्छा के विपरीत तकलीफें सहनी पड़ेंगी। पर उन्होंने इसकी परवाह न की, क्योंकि वे सत्य के सिवा दूसरे रास्ते पर चलने को तैयार न थे।

मैं पहले ही कह चुका हूँ कि मैं जलियाँवाला बाग के हत्याकांड को उतना बुरा नहीं मानता, जितना कि अपने लोगों द्वारा अंग्रेजों की हत्या या संपत्ति के नाश को। अमृतसर की भयकंरता ने सार्वजनिक ध्यान को लाहौर की और भी बड़ी सुस्ती से बढ़नेवाली भयंकरता की ओर से हटा लिया, जहाँ के निवासियों को धीरे-धीरे पस्त बना देने की कोशिशें की गई थीं। मगर ऊपर उठने के पहले हमें इन तरीकों के बीच कई बार गुजरते रहना होगा, जबकि अंत में उनके द्वारा हम स्वेच्छा से कष्ट सहना और उससे प्रसन्न होना सीख न लें। मुझे यह विश्वास है कि लाहौरवालों का जो अपमान किया गया, उसका कोई योग्य कारण न था। उन लोगों ने एक भी अंग्रेज को चोट न पहुँचाई, उन लोगों ने संपत्ति को भी नष्ट न किया। मगर एक हठी शासक, गुलामों के तौक को फेंकने के लिए कोशिशें करता हुआ जनता को दबाने का दृढ़ निश्चय कर चुका था। और अगर मुझसे कहा जाए कि यह सब मेरे सत्याग्रह के प्रचार के कारण हुआ तो मैं कहूँगा कि इसी कारण से मैं सत्याग्रह का और भी जोरदार प्रचार करूँगा, जब तक मेरे दम में दम है। और लोगों से यह कहूँगा कि दूसरी बार तुम लोग ओडायरशाही दंभ का जवाब जबरदस्ती बिक्री की धमकियों से डरकर अपनी दुकानें खोलकर न दो, बल्कि अत्याचारी को बुरे से बुरा काम करने दो और वह तुम्हारा सबकुछ बेच डाले, मगर तुम्हारी अजेय आत्मा नहीं बिक सकती। पुरातन ऋषि शरीर को कष्ट देते थे, जिससे भीतरी आत्मा मुक्त हो जाए, उनके शरीर ऐसे बन जाएँ कि उनमें अपनी बातें मनवाने की कोशिश करनेवाले आतताई के अत्याचारों का प्रभाव न पड़ सके। और अगर भारत अपनी प्राचीन बुद्धि पर आना चाहता है, और यूरोप की गलतियों से बचना चाहता है, अगर भारत, जैसा कि यूरोप में हुआ है, पृथ्वी पर

शैतान के राज्य के बदले ईश्वर का राज्य स्थापित करना चाहता है तो मैं भारत को संतानों से जोर देकर कहूँगा कि तुम मीठी बातों तथा हमें घेरनेवाली चालाकियों और कष्ट-सहन के भय के बहकावे में न आवें, बल्कि आज जो यूरोप में हो रहा है, उसे देखो और इसी से समझो कि हमें तकलीफें सहनी पड़ेंगी, जैसा कि यूरोप को भी करना पड़ा है। मगर औरों को कष्ट देने का तरीका अख्तियार नहीं करना चाहिए। जर्मनी यूरोप पर दखल चाहता था और मित्र-राष्ट्र भी जर्मनी को दबाकर वैसा ही करना चाहते थे। जर्मनी की पराजय से यूरोप को कुछ लाभ नहीं पहुँचा। मित्र-राष्ट्रों ने भी तो अपने को वैसा की धोखेबाज, निर्दयी, लालची और स्वार्थी साबित किया है, जैसा कि जर्मनी था या हो सकता था।

पिछले साल मैंने जिस भूल की शिकायत की थी, उसे लोगों के कष्ट-सहन से संबंध था, बल्कि वह तो उन गलतियों के संबंध में था जो कि लोगों ने की थीं और इसका कारण यह था कि लोगों को सत्याग्रह सिद्धांत की पूरी जानकारी न थी। तब कष्ट-सहन के नियम के शब्दों में असहयोग का क्या अर्थ होगा? हमारी मरजी के खिलाफ हम पर शासन करने वाली सरकार के साथ अपना सहयोग हटाने के कारण जो असुविधाएँ और हानियाँ हों, उन्हें स्वेच्छा से सहने को तैयार रहना चाहिए। थोरियों का कहना है कि अन्यायी राज्य में अधिकार और संपत्ति का रखना जुर्म है, और वैसी हालत में निर्धनता ही गुण है। यह संभव है कि बीच की अवस्थाओं में हमसे भूलें हों, यह भी हो सकता है कि ऐसा कष्ट-सहन हो, जिसके बिना भी काम चल सकता था। परंतु ये बातें राष्ट्र के सत्यानाश की अपेक्षा क्षम्य है।

हम लोगों को उस समय तक ठहरने से इनकार कर देना चाहिए जबकि बुराई करनेवाला अपने अन्याय-भाव को समझ ले। हम लोगों को अपने या दूसरों के कष्ट-सहन के डर से इसमें भाग न लेना चाहिए। मगर हमें उन बुराइयों का मुकाबला बुराई करनेवाले को प्रत्त्यक्ष या अप्रत्त्यक्ष रूप से मदद देना छोड़कर करना चाहिए।

अगर कोई पिता अन्याय करता है तो उसकी संतानों का यह कर्तव्य है कि वे अपने पिता का आश्रय छोड़ दें। अगर किसी संस्था का प्रधान उस संस्था को अनैतिक रूप से चलाता है, तो विद्यार्थियों को उस स्कूल को छोड़ देना चाहिए। अगर किसी संगठन का सभापति बुरा है, तो उसके सदस्यों को उसकी बुराई से अपना हाथ अकलंकित रखने के लिए अपने को उनसे अलग कर लेना चाहिए, ठीक ऐसे ही अगर कोई सरकार अन्याय करती है तो प्रजा को पूर्ण रूप से या अंशत: उससे अपना सहयोग इस तरह हटा लेना चाहिए कि शासक की दुष्टता निकल जाए।

❑

अहिंसा

मैं स्वप्न देखनेवाला नहीं हूँ। मैं व्यवहार-कुशल आदर्शवादी होने का दावा रखता हूँ। अहिंसा का धर्म केवल ऋषियों और साधुओं के लिए नहीं है। यह जन साधारण के लिए भी है, जिस तरह हिंसा पशुओं का नियम है, वैसे ही अहिंसा मनुष्यों में समाज का नियम है। पशुओं में आत्मा सुप्त रही है, इसीलिए यह शारीरिक बल के सिवा दूसरे नियम को नहीं जानता। मनुष्य की उच्चता यह चाहती है कि वह उच्चतर नियमों का, आत्म-बल का पालन करे।

इसीलिए मैंने हिंदुस्तान के सामने आत्म-बलिदान के प्राचीन नियम को रखने की हिम्मत की है। क्योंकि सत्याग्रह और उसकी शाखाएँ-असहयोग और भद्र अवज्ञा-कष्ट-सहन के नियम के नए नाम के सिवा और कुछ नहीं है। हिंसा के बीच जिन ऋषियों ने अहिंसा का आविष्कार किया, वे न्यूटन से बढ़कर होशियार थे। वे स्वंय ही विलिंगटन से बढ़कर योद्धा थे। शस्त्र संचालन का ज्ञान स्वयं रखते हुए वे उनकी अनुपयुक्तता को समझ सके, और अशांत विश्व को यह पाठ पढ़ाया कि उसकी मुक्ति हिंसा से नहीं, बल्कि अहिंसा द्वारा हो सकती है।

—यंग इंडिया में महात्मा गांधी

* * *

इस तरह के जितने उदाहरण मैंने सोचे हैं, उन सबों में शारीरिक या मानसिक कष्ट-सहन का माद्दा है, इसके बिना स्वतंत्रता की प्राप्ति असंभव है।

'यंग इंडिया'

(16 जून 1920)

श्री विट्ठल भाई पटेल

भारतीय धारा सभा के ख्यातिलब्धों, अध्यक्ष जिन्होंने सरकार की नीति के विरोध में अध्यक्ष-पद से इस्तीफा दे दिया और कांग्रेस कार्य-समिति के सदस्य बनकर जेल गए।

श्रीमती सरोजनी नायडू

कांग्रेस की भूतपूर्व अध्यक्षा, जो धरसना नमक सत्याग्रह में वीरतापूर्वक डटी रहीं और जेल गईं।

महामना पं. मदन मोहन मालवीय

भारत के वयोवृद्ध देश पूज्य नेता, जो सरकार की, दमन-नीति के कारण कई बार कानून-भंग करने को बाध्य हुए और गैर-कानूनी कांग्रेस कार्य-समिति के सदस्य होने के कारण जेल भेजे गए। आप अपनी अवधि पूरी होने के पहले ही छोड़ दिए गए।

सत्य और सत्याग्रह

ले.—भारत-रत्न श्री राजेंद्र प्रसादजी एम.ए.एम.एल.

सत्याग्रह शब्द का आविष्कार दक्षिण अफ्रीका में उस समय हुआ था, जब वहाँ महात्मा गांधी प्रवासी भारतीयों को साथ लेकर वहाँ के कानूनों के विरोध के लिए प्रस्तुत हो गए। अंग्रेजी में जो शब्द उस समय में प्रचलित था और जिसको इसका पर्यायवाचक समझना था वह Passive Resistance है। पर महात्मा गांधी ने बताया है कि अंग्रेजी का यह शब्द महात्माजी की भावना को स्पष्ट नहीं करता। शब्दार्थ यदि लिया जाए तो सत्याग्रह का अर्थ है, सत्य पर आग्रह। इसीलिए इसका मुख्य 'अ' है सत्य। महात्माजी ने लिखा है कि सत्य और अहिंसा सूक्ष्म विचार में दोनों एक ही हैं। इसीलिए कोई भी ऐसी बात अथवा कर्म, जो सत्य की अवहेलना करे, वह सत्याग्रह के विरुद्ध है, और सत्य यहाँ पर बहुत ही व्यापक अर्थ में उपयुक्त है। सत्य केवल वचन और कर्म में ही नहीं पर ध्यान और विचार में भी, भावना और मनसा में भी होना ही चाहिए। इसीलिए जो सत्याग्रह कार्यक्रम महात्माजी ने निर्धारित किया है, उसमें मनसा-वाचा-कर्मणा सभी तौर से सत्य का पालन होना चाहिए।

अहिंसा का एक दूसरा रूप सत्य का है। इसीलिए इस कार्यक्रम में अहिंसा का पालन भी वैसा ही अनिवार्य है-जैसा सत्य का और उसका पालन मनसा-वाचा-कर्मणा सभी प्रकार से होना चाहिए। इन मौलिक सिद्धांतों को ध्यान में रखकर कुछ बातें निश्चित रूप से कही जा सकती हैं, जिनका पालन सत्याग्रह के लिए अत्यावश्यक है। यदि हम सत्य का पालन करना एकमात्र कर्तव्य समझते हैं तो हमको निर्भय होना आवश्यक है। क्योंकि यदि हमने किसी भय से सत्य की अवहेलना की अथवा सत्य को त्याग दिया तो हमने सत्य का पालन नहीं किया। इसी प्रकार किसी प्रलोभन में पड़कर अथवा अपनी बात ऊपर रखने के लिए

अथवा गुस्से में आकर अथवा मद और घमंड के बस होकर हमने सत्य की मनसा-वाचा-कर्मणा किसी भी प्रकार अवहेलना की तो फिर भी हम सत्यवादी नहीं रहे। इसीलिए यदि हम यह कहें कि सच्चे सत्यवादी के प्राय: यह लक्षण और कार्य होते हैं, जो श्रीमद् भगवत् गीता के द्वितीय अध्याय में बताए स्थित प्रज्ञ के होने चाहिए तो यह अत्युक्ति नहीं होगी। महात्माजी के आश्रम में वही श्लोक प्रतिदिन संध्या की प्रार्थना में इसीलिए दुहराए जाते हैं कि उनके अनुयायी इस बात को समझें कि सत्याग्रही और स्थित प्रज्ञ एक ही है। आदर्श बहुत ऊँचा है। पहुँचना कठिन है, पर आदर्श ऐसा ही होना भी चाहिए। यदि उसे कोई आसानी से प्राप्त कर ले तो वह आदर्श नहीं रह जाता, वह व्यक्ति विशेष की संपत्ति हो जाता है।

अस्तु, सत्याग्रही अहिंसा का व्रती होता है। इसीलिए वह किसी के प्रति द्वेष भाव नहीं रखता और न उसका कोई दुश्मन या बैरी होता है। हाँ, कुछ लोगों के साथ इस संसार में, जिसमें सत्याग्रहियों की संख्या बहुत ही थोड़ी है, उसकी मुठभेड़ हो जाएगा करती है। क्योंकि उसका यह धर्म है कि सत्य और अहिंसा का वह हर हालत में पालन और प्रतिपादन करेगा और जब ऐसे लोगों से उसका मुकाबला होता है, तब उसके द्वारा पहुँचाए गए कष्टों को सहकर भी असत्य और अहिंसा पर डटा रहना पड़ता है। जब कभी ऐसी परिस्थिति उपस्थित हो जाती है, तब उसे सत्याग्रह करना पड़ता है। वह इस मौके की खोज या ताक में नहीं रहता। उसे इस प्रकार के अवसर खुद उपस्थित मिलते हैं, क्योंकि जहाँ कहीं अन्याय है और सत्याग्रही का इस देश या काल या परिस्थिति से संपर्क है तो उसे अवश्यमेव उसका मुकाबला करना पड़ता है। जहाँ ऐसी परिस्थिति नहीं, वहाँ सत्य और अहिंसा को सामने रखते हुए वह सत्याग्रह के लिए कारण नहीं गढ़ सकता, इसीलिए सत्याग्रह एक प्रकार से सत्याग्रही के लिए अनिवार्य हो जाता है।

सत्याग्रही को फलाफल की भी चिंता नहीं रहती। क्योंकि सत्याग्रही के लिए सबसे बड़ा फल यही है कि वह सत्य की रक्षा करता है और यदि इसमें वह समर्थ रहा तो फिर सांसारिक दृष्टि से यह सफल मनोरथ हुआ था नहीं, यह प्रश्न ही नहीं उठता। वह तो सत्य का पालन करनेवाला है और जो दूसरी बातें उसके फलस्वरूप मिलती हैं, वे तो गौण हैं।

उसका कोई दुश्मन भी नहीं होता। किसी के प्रति द्वेष भाव और वैरभाव रखना अहिंसा के विरुद्ध है। जो कुछ सत्याग्रही करता है, वह वैरभाव से नहीं प्रेमभाव से। उसका उद्देश्य किसी को नीचा दिखलाना नहीं है। वह चाहता है कि जो विरोधी है, वह भी सत्य-पथ पर आ जाए और अपनी भूल को स्वीकार करके सच्चा प्रायश्चित्त

कर लेवे और सत्य-पथ का अवलंबनकर लेवे, इसीलिए जहाँ सत्याग्रही की पूरी सफलता होती है, वहाँ सत्याग्रही और प्रतिपक्षी दोनों अंत में एक हो जाते हैं, दोनों के विचार, उद्देश्य और कार्य एक हो जाते हैं। जहाँ यह स्थिति नहीं पहुँचती, वहीं सत्याग्रह की पूरी सफलता नहीं समझी जा सकती और अधूरी सफलता का कारण सत्याग्रही की अपनी न्यूनता है।

सत्याग्रह-संग्राम में हमने लिखा है कि जितने लोग इसमें शरीक हुए, वे सभी इन सिद्धांतों को पूरा जान और मानकर नहीं शरीक हुए थे। इसका यह फल हुआ कि बहुत अंशों में हमारी सफलता नहीं हुई। हम फल के लोभ से बहुत काम सिद्धांत के विरुद्ध भी कर देते और विचार का प्रवाह तो कभी सत्याग्रह के रास्ते पूरा चलता ही नहीं। विचार की बड़ी शक्ति है। इसीलिए यदि हम सत्याग्रह में सफलता चाहते हैं तो मनस-वाचा-कर्मणा सब प्रकार से सत्य और अहिंसा का पालन करना चाहिए और अपनी ओर से उसमें कुछ मिलाकर फल निकालने के गलत प्रयत्न में कार्यक्रम की सफलता में बाधक नहीं बनना चाहिए। संसार इस नए प्रयोग को बड़ी सहानुभूति पूर्ण, पर कड़ी निगाह से देख रहा है। हमारा कर्तव्य है कि महात्माजी की तपस्या में अपने विचारों और सिद्धांतों की खिचड़ी बनाकर उपद्रव के कारण न बनें, यथा साध्य उसमें सहायता देना ही कर्तव्य व कठिन काम अवश्य है, पर यदि हमारी सच्ची इच्छा है और सच्चा प्रयत्न है तो इतना ही हम कह सकते हैं और हमारे लिए यह इच्छा और प्रयत्न ही काफी है।

❑

सत्याग्रह का खतरा

(लेखक—श्रीयुत श्री प्रकाश बार-एट-लॉट, मंत्री भारतीय कांग्रेस कमिटी)

जब चारों तरफ से सत्याग्रह की प्रशंसा हो रही है और विगत युद्ध के नतीजे को देखकर सब एक दूसरे को बधाई दे रहे हैं तो संभवतः यह अनुचित है कि कोई समालोचनात्त्मक दृष्टि उठाकर उस पर देखे। पर मैं तो अपने भाइयों से अवश्य इस बात पर विचार करने पर भी प्रार्थना करने का साहस करुँगा कि यह मार्ग खतरे से खाली नही है, और हमें अच्छे परिणाम के साथ-साथ कटु परिणाम का भी अनुभव करना पड़ रहा है। इससे बचने का हमें यत्न करना है।

कितनी ही अवस्था में सत्याग्रह दुराग्रह में परिवर्तित हो जाता है। नियम की अवहेलना करना इसका मौलिक सिद्धांत होने के कारण हम अच्छे नियमों की भी अवहेलना करना शुरू कर देते हैं और परस्पर में असहयोग का तरीका बरतने लगते हैं। शत्रु के विरुद्ध नहीं, अपने ही विरूद्ध इस अस्त्र का उपयोग करते हैं। शत्रु के खराब नियमों के विरोध में नहीं, अपने ही अच्छे नियमों के विरोध में असहयोग कर बैठते हैं। एक विशेष प्रकार की मनोवृत्ति पैदा हो जाती है, जिससे यह सब अनिवार्य है। युद्ध के अंत में होने पर भिन्न-भिन्न कांग्रेस संस्थाओं की मुसीबतें और पारस्परिक मनोमालिन्य को देखकर ये विचार मन में आए, जिन्हें स्पष्टता के साथ मैंने यहाँ लिख दिए। मेरी सबसे प्रार्थना है कि उद्‌देश्य को अच्छी तरह नजर में रखकर आगा-पीछा सब देखकर एक-एक तकलीफ को अच्छी तरह समझकर सर्वथा सद्‌भाव से पूरित होकर हमें इस संग्राम में आना चाहिए। हम ऐसा करेंगे तो हमें व्यर्थ का सामना न करना पड़ेगा और स्वयं को परस्पर की शिकायतों से हम परहेज करेंगे। बना-बनाया काम बिगाड़ना बुद्धिमानी नहीं है। आशा है, हमारे शब्दों का वास्तविक आंतरिक भावों को देख भाई अप्रसन्न न होगा।

❑

भारतीय सत्याग्रह

For freedom' battle once begun
Though baffled oft is over won.

1921–22 में असहयोग आंदोलन की प्रत्यक्ष सफलता न देखकर साधारण जनता के दिमाग में 1921 के बाद स्वराज्य की प्राप्ति के संबंध में निराशा-सी होने लगी और लोग समझने लगे थे कि अब फिर हिंदुस्तान जल्द उठ न सकेगा। बाद की घटनाओं से यह धारणा दृढ़ होती गई। महात्मा गांधी जिन्हें जनता अपना त्राता समझती थी, राजनीतिक क्षेत्र से अलग हो चुके थे। काउंसिलें, जो एक समय माया मंदिर समझी जाती थीं, असहयोगी राजनीतिज्ञों की क्रीड़ा स्थली बन गई और व्याख्यानबाजी के सिवा देश के सामने कोई दूसरा कार्यक्रम ही नजर न आने लगा। असहयोग के प्रवाह ने अपने अस्तित्त्व के जो स्मारक छोड़ दिए थे, वे धीरे-धीरे विलीन होते चले गए और जो बचे उनकी शक्ति, शालीनता और सम्मान क्षीण होता गया। इन विकट और अप्रिय सत्यों के सामने केवल सुदूरदर्शी आशावादी ही उस अंधियाली की काली चादरों में ज्योत्सना की धुँधली किनारी देख सकता था। बेचारे वे कार्यकर्ता जिन्हें असहयोग की चाह ने अपने पेशों से खींचकर देश भक्ति का भस्म रमाने को बाध्य किया था, अविचल आदर्श को लिये हुए भी विचल-बुद्धि अवश्य हो रहे थे और सुदूर भविष्य में स्थित सफलता की वही काल्पनिक आभा उन्हें जिला रही थी, पर किसे विश्वास था कि अभागे देश का भाग्य इतना जल्द चमक उठेगा और असहयोग के वे स्वप्नवत दिन फिर देखने को मिलेंगे। इतना ही नहीं, किसे खयाल था कि ऐसे दिन आने वाले हैं, जिनके सामने 1921 के दिन बिल्कुल फीके पड़ जाएँगे और सोया हुआ देश निराशा से पस्त-हिम्मत हुआ देश यों कमर कसकर ताल ठोकके मैदान-ए-जंग में आ डटेगा ?

इसका रहस्य क्या है ? मनुष्य के भाग्य की तरह देश और समाजों के भाग्य में भी ज्वार आया करते हैं, जो मौका पाकर अविश्वसनीय सफलताओं और अमूल्य

प्रसादों को सहज ही इकट्ठा कर देते हैं। और ऐसे ज्वार किन दृष्ट एवं अदृष्ट शक्तियों और ग्रहों के संयोग-वियोग से पैदा हो जाते हैं और पैदा होने पर किन फलों को उत्पन्न करते हैं, यह स्थूल मानवी दृष्टि के परे हैं।

नहीं तो क्यों बड़े-बड़े साम्राज्य, जिनके सामने दुनिया सिर झुकाती थी, आज प्राचीन इतिहास के जर्जर पन्नों में मुँह छिपाए हुए हैं? बड़े-बड़े राजवंश, जिनके आतंक के सामने शत्रु सहम जाते थे, आज उनके नामोनिशान भी नहीं हैं। संपत्ति और साधन के अक्षय समझे जानेवाले भंडार और खजाने आज अजाएब घरों में नुमाइश की सामग्री बने हुए हैं।

भारत के भाग्य में भी वही ज्वार बड़ी तेजी से चला जाता था, जिसके फलस्वरूप 1930 में भारत का सत्याग्रह 'नए जोश और प्रबल प्रवाह, के रूप में आ गया और देश ने अद्‌भुत और आश्चर्यजनक चमत्कार कर दिखाया।

घटना चक्र

गवर्मेंट ऑफ इंडिया एक्ट (1919) में यह व्यवस्था की गई थी कि दस वर्ष के अंदर एक जाँच कमिटी बनाई जाएगी जो इस बात को देखेगी कि भारत में राजनीतिक सुधारों को किस तरह व्यापक बनाया जाए जिससे यह देश कुछ समय के बाद अपने अंतिम उद्‌देश्य पर पहुँच जाए। 1919 वाले इसकानून ने भारत में जिस शासन सुधार और प्रतिनिधि-सत्तात्मक प्रणाली की स्थापना की, वह ऐसी बेकाम और धोखे की टट्टी निकली कि चारों ओर से उसकी अवहेलना होने लगी और यह बात एक बार नहीं, हजारों बार काउंसिलों, अखबारों या सभामंडलों में कही गई कि यह शासन-व्यवस्था सर्वथा निंदनीय है।

खैर, अंत में इन त्रुटियों की जाँच करने और भावी सुधार के संबंध में प्रस्ताव करने के विचार से ब्रिटिश सरकार की आज्ञा से भारत के वाइसराय लार्ड इरविन ने 1927 के 8 नवंबर को यह घोषित किया कि ब्रिटिश पार्लियामेंट के 7 सदस्य ही ऐसे शाही कमीशन के सदस्य होंगे।

विरोध

ब्रिटिश सरकार के इस निश्चय ने सारे देश और सभी दलों में भयंकर विरोध का भाव उत्पन्न किया और भारत के भाग्य निर्णय के संबंध में जाँच करने के लिए 7 अंग्रेजों की नियुक्ति ने सारे देश के नाजुक स्वाभिमान को ऐसी निर्दयीतापूर्वक ठुकराया कि सभी दल एक स्वर में इस राष्ट्रीय अपमान की आलोचना करने लगे

और भारत के नरम दल के नरम वालों आत्म-सम्मान को भी बड़ा धक्का लगा था और यह एक बिरला ही अवसर था जबकि नरम-गरम छोटे-बड़े सभी एक स्वर में इसका तिरस्कार करने लगे। भारत की राष्ट्रीय जागृति से ब्रिटिश सरकार की इस नई काररवाई ने बड़ी सहायता की। सारे देश में विरोध की लहर उठी और साथ ही ब्रिटिश सरकार की बदनीयती का खुलासा-सबूत भी मिल गया।

साइमन कमीशन

उसके बाद दूसरे साल सर जान साइमन के नेतृत्व में 7 गोरों के दल में पाँव रखते ही बहिष्कार और 'साइमन, गोबैक' (Simon, Go back) के जोरदार आंदोलन और प्रदर्शन ने देश को जगाने में बहुत बड़ा काम किया। जहाँ-जहाँ साइमन कमीशन गया, वहाँ-वहाँ लोगों ने हजारों-लाखों की संख्या में उपस्थित होकर इन मनहूस आगंतुकों का जोरदार तिरस्कार किया। इसी बीच में भारत सरकार की नौकरशाही की काली करतूतों के कारण प्रातः स्मरणीय पंजाब केसरी लाला लाजपत राय पर लाहौर स्टेशन पर इसी संबंध में जब मार पड़ी और पीछे संभवतः उसी आघात से उनके प्राण निकले, तब गुलाम देश की सर्द नसों में फिर से गरम खून बहने लगा।

इन घटनाओं के अलावा यह भी तो सच ही है कि भारत में ब्रिटिश राज्य के फल दिन-पर-दिन कटु नजर आते हैं, और ब्रिटिश जाति की व्यापारिक नीति के कारण देश दिन-पर-दिन गरीब होता जाता है और हमारे बच्चों के मुँह से रोटियाँ जबरदस्ती छीनी जाकर विदेशों की धनराशि बढ़ाती है। इसके ऊपर से भारत के नवजात राष्ट्रीय आत्मगौरव को डेग-डेग पर सभ्यता और शक्ति के मद में चूर अंग्रेज जाति की निर्दयी ठोकर खानी पड़ती है, जिसे अब हमारे बच्चे भी बुरा मानने लग गए हैं। ये ही चिह्न आनेवाली बड़ी बाधा की ओर दृढ़तापूर्वक संकेत कर रहे थे।

कलकत्ता कांग्रेस

1928 के अंत में राष्ट्रीय महासभा का अधिवेशन कलकत्ते में बड़े समारोह के साथ हुआ और वहाँ यह साफ-साफ शब्दों में स्थिर कर दिया गया कि अगर एक साल के अंदर भारत में औपनिवेशिक स्वराज की स्थापना न हुई तो पूर्ण स्वाधीनता ही कांग्रेस का लक्ष्य रहेगी। 1929 साल में कांग्रेस की बिखरी हुई शक्तियों का एकीकरण हुआ और राष्ट्रीय सैनिक गण धीरे-धीरे अपने कार्य में तत्परता से जुटने लगे, जिसके कारण देश में कांग्रेस का संदेश दूर-दूर तक पहुँचा।

वाइसराय की घोषणा

1929 के इनेगिने दिन जल्दी-जल्दी बीत रहे थे कि लार्ड इरविन ने 31 अक्टूबर 1929 को ब्रिटिश सरकार की आज्ञा से भारत में ब्रिटिश शासन के उद्‌देश्यों का खुलासा किया, जिसमें उन्होंने कहा कि ब्रिटिश शासन का स्वाभाविक उद्‌देश्य भारत में यथासंभव औपनिवेशिक स्वराज्य की स्थापना करना है और साइमन कमीशन की रिपोर्ट के बाद सभी दलों का एक गोल-मेज सम्मेलन होगा, जिसमें भारतीय समस्या पर विचार होगा। इस घोषणा में औपनिवेशिक स्वराज्य का नाम सुनते ही नरम दल के नेताओं के मुँह में पानी आ गया और उन्हें इस घोषणा के द्वारा भारत भूमि में अति शीघ्र टपकनेवाले स्वराज्य का सूक्ष्म शरीर नजर आने लगा। फलत: राजनीतिक नेताओं का एक सम्मेलन बुलाया गया और उसमें महात्मा गांधी भी सम्मिलित किए गए, मगर सारी बातों पर विचार कर सम्मेलन ने बड़े लाट की घोषणा की नेक-नीयती की तारीफ करते हुए उसे अस्पष्ट और अपूर्ण बतलाया और यह भी कहा गया कि इस घोषणा से यह साफ नहीं होता कि स्वराज्य की स्थापना कब होगी और गोल-मेज सभा का उद्‌देश्य स्वराज्य पर बहस करना नहीं, पर उसका मसविदा तैयार करना होगा।

बड़े लाट से बातें

कुछ लोगों ने यह उचित समझा कि बड़े लाट भारतीय नेताओं से मिलें और आमने-सामने बातें हो जाएँ। महात्मा गांधी, पं. मोतीलाल नेहरू, अध्यक्ष पटेल, मि. जिन्ना और सर तेज बहादुर सप्रू आमंत्रित किए गए तथा 23 दिसंबर को लाहौर कांग्रेस के रास्ते में ही महात्माजी दिल्ली उतर गए। 3 घंटों तक बड़े लाट से बातें हुईं। मगर महात्मा गांधी को संतुष्ट न कर सकें। उनका कांग्रेस की ओर से कहना था कि ब्रिटिश सरकार यह विश्वास दिलाए कि वह आगामी गोल-मेज सभा में भारत में औपनिवेशिक स्वराज्य की स्थापना के प्रस्ताव का समर्थन करेगी। बड़े लाट को इस तरह के आश्वासन में बडी कानूनी कठिनाइयाँ दीख पड़ीं और यह भेंट बेकार गई। कांग्रेस की इस नीति से कुछ नरम नेता नाराज हुए, मगर उनकी आँखें भी पीछे खुलीं।

लाहौर कांग्रेस

देश बड़ी नाजुक स्थिति में पहुँच गया था। भावी शासन की समस्याएँ नए साँचों में ढलने जा रही थीं। ऐसी हालत में लाहौर में होनेवाले कांग्रेस की जिम्मेवारी

बहुत बड़ी थी। नवजवानों के सरताज पं. जवाहरलाल नेहरू कांग्रेस के सभापति चुने गए थे। उन्हीं की अध्यक्षता में कलकत्ता कांग्रेस की गई प्रतिज्ञा को पूरा करते हुए लाहौर कांग्रेस ने अपना उद्‌देश्य 'स्वराज्य' की जगह पर 'पूर्ण स्वाधीन' का शब्द रख दिया और उसके साथ ही यह प्रस्ताव भी पास हुआ कि अब देश शीघ्र ही कानूनों को तोड़ने और सरकारी टैक्स ने देने की तैयारी में लग जाए और उचित समय पर इसकार्यक्रम को पूर्ण रूप से काम में लाया जाए।

स्वराज्य पताका

कांग्रेस ने केवल प्रस्ताव ही नहीं किया, बल्कि 31 दिसंबर की आधी रात तक जैसा कि महात्माजी ने प्रतिज्ञा की थी, सब लोग औपनिवेशिक स्वराज्य की बाट जोहते रहे और उसके बाद रावी के सुनसान तट पर रात भर जागकर पहली जनवरी 1930 की पहली घड़ी में आजादी के फरिश्तों के रूप में राष्ट्रपति ने आकाश मंडल को साक्षी देकर, भारतीय स्वतंत्रता की गगन-चुंबी ध्वजा फहराई। भारतीय स्वराज्य के इस महायज्ञ ने वहाँ उपस्थित रहनेवालों के हृदयों में गहरा प्रभाव डाल और वे उस ध्वजा को फहराने के बाद उसकी शान रखने के लिए धर्म के पाश में बँध गए। उस दिन की ऊषा ने स्वतंत्रता की सुगंध का अनुभव किया। लाहौर से चलनेवाली पश्चिमी वायु ने सारे देश में आजादी का संदेश पहुँचा दिया पहली जनवरी के उदीयमान सूर्य ने भारतीय स्वाधीनता का अभिनंदन किया और उनकी प्रखर किरणों के बीच फैलते हुए राष्ट्रीय झंडे ने संसार में भारत का सिर ऊँचा कर दिया।

नई जागृति

लाहौर कांग्रेस से लौटकर प्रांतों के प्रतिनिधि स्वतंत्रता का संदेश लेते आए। उन्हें मालूम हो चुका था कि महात्मा गांधी भयंकर तूफान उठानेवाले हैं जो एक बार दुनिया को हिला देगा। राष्ट्रीय कार्यों में नव जीवन आ गया, अधमरी कांग्रेस संस्थाओं में जान आ गई। युद्ध के बाजे बजने लगे, युद्ध के साज सजने लगे। अस्तु

स्वाधीनता दिवस

देश का घटना-चक्र तीव्र गति से चलने लगा। कांग्रेस की नई कार्य समिति ने 29 जनवरी, 1930 रविवार, को देश भर 'स्वाधीनता दिवस' मनाए जाने का आदेश दिया। इसका उद्‌देश्य देश भर में पूर्ण स्वाधीनता संबंधी कांग्रेस के निश्चय का प्रदर्शन करना था। राष्ट्रपति जवाहरलाल जी जो महात्मा गांधी तथा अन्य नेताओं ने स्वाधीनता दिवस को समारोह के रूप में मनाने की जोरदार अपील की। कांग्रेस कार्य

समिति ने उस अवसर पर पढ़ी जानेवाली स्वाधीनता की घोषणा का एक मजमून तैयार किया था, जो काफी जोशीला और प्रभावोत्पादक था। 29 जनवरी को सारे देश ने बड़ी-बड़ी सभाएँ कर स्थान-स्थान पर राष्ट्रीय झंडे फहराकर और कहीं कहीं जुलूस निकालकर इस प्रोग्राम का पालन किया और संध्या समय घोषणा पढ़ी गई। इसकार्यक्रम की आशातीत सफलता नई जागृति का पहला प्रत्यक्ष चिह्न था।

काउंसिल बहिष्कार

लाहौर कांग्रेस के बाद ही राष्ट्रपति पं. जवाहरलाल तथा पं. मोतीलाल नेहरू ने यह आदेश दिया कि केंद्रीय तथा प्रांतीय धारा सभाओं के सभी कांग्रेसी सदस्य कांग्रेस की आज्ञा मानकर निकल आएँ। इस अपील का परिणाम यह हुआ कि देश भर की काउंसिलों के बहुत से सदस्य इन माया-मंदिरों को ठुकराकर बाहर चले आए और काउंसिलों की मर्यादा बिल्कुल कम हो गई।

उधर देश की प्रगति को देखकर लार्ड इरविन के होश उड़े और उन्होंने अपने मीठे शब्दों की तह में छिपी हुई धमकी दिखाते हुए कहा कि अगर कानून-भंग आंदोलन शुरू हुआ तो सरकार उसे रोकने में अपनी सारी शक्ति लगा देगी।

इन धमकियों के जवाब में महात्मा गांधी ने 'यंग इंडिया' द्वारा बतलाया कि अगर ब्रिटिश सरकार हमारी 11 शर्तें मान ले तो फिर हम कानून-भंग की चर्चा ही न करेंगे। उन्होंने अपनी 11 शर्तों में सार्वजनिक लाभ की बातें रखी थीं।

सरदार गांधी

15 फरवरी को अहमदाबाद में कांग्रेस कार्य समिति की बैठक हुई, जिसमें यह निश्यच किया गया कि अब देश में कानून भंग आरंभ हो और इसकाम के संचालन के लिए महात्मा गांधी पहले सत्याग्रह सरदार बनाए गए और उन्हें कार्य समिति ने संचालन का पूर्ण अधिकार दिया।

इस निश्चय के बाद महात्मा ने साफ-साफ घोषित कर दिया कि सत्याग्रह को सबसे अधिक खतरा हिंसा होने से है, मगर फिर भी उन्होंने यह भी बता दिया कि अगर हिंसा का विस्फोट हुआ भी तो भी 1922 में जैसा बारदोली में हुआ था, उस प्रकार सत्याग्रह को बंद न किया जाएगा।

समझौते के लिए

सच्चे सत्याग्रही की तरह महात्मा गांधी ने नमक सत्याग्रह आरंभ करने के पहले 2 मार्च, 1930 को सत्याग्रहाश्रम साबरमती के आगंतुक अंग्रेज मि. रेजिनाल्ड

रोनाल्ड के हाथ बड़े लाट के पास एक पत्र भेजा, जिसमें उन्होंने अपने सत्याग्रह सिद्धांत की व्याख्या करते हुए बतलाया कि भारत में ब्रिटिश शासन ने इस हद से ज्यादा नुकसान पहुँचाया है और देश को दरिद्रता की खाई में गिरा दिया। उन्होंने यह भी बतलाया कि इंग्लैंड के प्रधानमंत्री का वेतन लगभग 5400) महीना है, और बड़े लाट का वेतन 21000/- रोज वेतन मिलते हैं जो एक भारतीय की आमदनी से 7 हजार गुना अधिक है और इंग्लैंड के प्रधानमंत्री की आमदनी वहाँ की औसत आमदनी से 9 गुना अधिक है। भारतीय दुःखों की गणना कराते हुए अंत में महात्मा गांधी ने लिखा कि अगर मेरी बातें आपके दिल पर असर नहीं पहुँचातीं तो आप जान लें कि हर महीने के 11वें दिन मैं नमक-कानून को तोड़ने के लिए निकल पड़ूँगा।

उत्तर

इस पत्र के उत्तर में बड़े लाट के प्राइवेट सेक्रेटरी ने लाट साहब की ओर से यह लिखा—"बड़े लाट साहब को यह जानकर दुःख हुआ कि आप ऐसा काम करने का सोच रहे हैं, जिसके स्पष्ट परिणाम कानून का निरादर और सार्वजनिक शांति को खतरे में डालना होगा।

इतने ही में गुजरात के एक गाँव में किसानों की सभा में भाषण करते देते हुए सरदार वल्लभ भाई पटेल 7 मार्च को पकड़ लिये गए और उन्हें 3 मास कैद और 500/- जुरमाने की सजा मिली। सरदार वल्लभ भाई की गिरफ्तारी का गुजरात पर बड़ा प्रभाव पड़ा और किसानों ने महात्मा गांधी के सामने निश्चय किया कि स्वराज्य लिए बिना वे न तो चैन लेंगे और न सरदार को चैन लेने देंगे।

12 मार्च को नमक-सत्याग्रह के लिए समुद्र तट की यात्रा आरंभ करने के पहले महात्माजी ने सत्याग्रह संबंधी आदेश दिया और बताया कि लोगों को कांग्रेस का हुक्म मानना चाहिए और जहाँ कांग्रेस न हो, वहाँ हर आदमी अपने आप नेतृत्व ग्रहण करे।

दांडी यात्रा

12 मार्च का दिन भारतीय इतिहास में लाल अक्षर में लिखे जाने योग्य है। उसी दिन 6 बजे भोर में अपनी प्रार्थना खत्म कर महात्मा गांधी अपने चुने हुए 76 सत्याग्रहियों के साथ समुद्र-तट के लिए पैदल रवाना हो गए। 'विजय या मृत्यु' ये ही शब्द महात्माजी के मुँह पर थे और उन्होंने अपने शब्दों से स्पष्ट कर दिया कि वे किस दृढ़ता और आत्मविश्वास के साथ इस महायज्ञ को आरंभ करने जा

रहे थे। अहमदाबाद के लोग हजारों को संख्या में इकट्ठे होकर कलियुग की इस नवीन लंका-विजय की तैयारी के दृश्य को देखकर अपनी आँखों को तृप्त कर रहे थे। 12 मार्च की खबरों ने देश में हलचल मचा दी और आजादी की लड़ाई का बिगुल बज गया।

1930 के सत्याग्रह को सफल बनाने में और उसकी सफलता के अनुकूल वातावरण पैदा करने में महात्माजी को 2 मार्चवाली यात्रा का कितना महत्त्वपूर्ण स्थान है, इस प्रश्न का उत्तर हम अपने दिल से ही पूछ सकते हैं। अपने साथ जानेवाले सत्याग्रही सैनिकों को महात्माजी जो आदेश दे रहे थे, और उनके अंदर जिस दृढ़ निश्चयता का भाव उदय हो रहा था, वह सच्चा सत्याग्रही ही समझ सकता है। यह बात तय हो चुकी थी कि बिना नमक-कानून को मिटाए कोई सत्याग्रही सत्याग्रहाश्रम वापस नहीं आ सकता। स्वयं महात्मा गांधी ने कहा था कि या तो मैं स्वराज्य लूँगा या समुद्र में मेरी लाश तैरती नजर आएगी। सत्याग्रही हृदय की ये बातें बिजली की तरह जनता पर प्रभाव डाल रही थीं और अहमदाबाद से 120 मील की पैदल यात्रा, वह भी महात्माजी के समान दुर्बल-काय-वृद्ध मनुष्य के लिए क्या कठिन तपस्या से कम था? इस शांति सेना को साथ लेकर महात्माजी का हर रोज 8 मील से 10 मील पैदल चलना, रास्ते में गाँववालों का आतिथ्य-ग्रहण और उपदेश, इन बातों की उपमा संसार के इतिहास के मथने पर भी शायद ही मिले। उनकी यात्रा के एक-एक दिन भारतीय स्वराज्य लक्ष्य को हमारे निकट लाते गए और गुजरात की भूमि यहाँ के कँटीले और धूल से भरे हुए रास्ते, जिन्होंने महात्माजी के नंगे पाँव को अपनी जलती हुई छाती पर धारण किया, युगयुगांतर के लिए पवित्र हो गए और उन्हें अमरत्व मिल गया।

12 मार्च को ये विजय-यात्री असलई गाँव में ठहरे, वहाँ से 13 तारीख को बरेजा और नवगाँव, 14 तारीख को वासना, 15 तारीख को मतार, नड़ियाद, वोरिआवी और दाभाव आदि-आदि गाँवों से गुजरते हुए 16 तारीख को आनंद पहुँचे। इन सभी जगहों में महात्मा गांधी का अपूर्व देवतुल्य स्वागत हुआ और लोगों ने अपनी श्रद्धांजलि भेंट की। जिन रास्तों से महात्माजी गुजरते, वहाँ के लोग स्वराज्य की तैयारी पूरी कर लेते और अपनी त्रुटियों के लिए पश्चाताप करते थे। महात्माजी सबको आत्मशुद्धि का उपदेश देते जाते थे और इस प्रकार धर्माचार्य के इस गुरु-मंत्र को गुजरात के सीधे-सादे किसानों ने धार्मिक भाव से माना और यही कारण है कि गुजरात ने हिंदुस्तान का मुँह उज्ज्वल किया और त्याग एवं देशभक्ति का आदर्श दुनिया के सामने रखा।

रोटी के बदले पत्थर

इसी समय महात्मा गांधी ने वाइसराय के पत्र पर टिप्पणी करते हुए लिखा— "मैं तो घुटने टेककर उनसे रोटी की भिक्षा माँगने गया था, मगर मुझे पत्थर मिले। अगर बड़े लाट चाहते तो नमक कर को रद्द कर मेरा हाथ रोक देते, मगर उन्होंने ऐसा नहीं किया। मगर उसका अभी समय नहीं आया है। बड़े लाट तो उस राष्ट्र के प्रतिनिधि हैं, जो आसानी से झुकता नहीं। अनुनय-विनय से वह देश माननेवाला नहीं। यह तो शारीरिक बल की ही सुनता है। अंग्रेज लोग बड़े खेल-तमाशों पर लट्टू हो जाते हैं, लड़ाई की बातें बड़े चाव से सुनते हैं। मगर वे अब कष्ट-सहन की बातें भी सुनेंगे। वे लोग हमारे देश से कई करोड़ रुपए हर साल चूमते हैं, उसे वे हमारी बहसों से नहीं छोड़ देंगे। इसीलिए बड़े लाट के उत्तर से मुझे आश्चर्य नहीं होता। मगर मैं यह तो जानता ही हूँ कि अब नमक टैक्स तो जानेवाला ही है और उसके साथ और भी बहुत सी चीजें बशर्ते कि मैंने उनके पास जो लिखा था, वह सच हो। बड़े लाट लिखते हैं कि मेरी कार्रवाई शांति-भंग करनेवाली है। ठीक है, कानून के पोथों के रहने पर भी हम लोग तो यही जानते हैं कि ब्रिटिश सरकार की इच्छा ही कानून है और जेलों की शांति के सिवा दूसरी शांति है ही नहीं। भारत एक बड़ी सी जेल ही है। इसकानून का मैं विरोध करता हूँ और इसे अपना पावन कर्तव्य समझता हूँ कि जबरदस्ती लाई गई इस शांति के दुःखद ताँते को तोड़ता हूँ।"

प्रांतों को आदेश

इसी समय 21 मार्च को भारतीय कांग्रेस कमिटी की बैठक अहमदाबाद में हुई, जिसने प्रांतों को यह अधिकार दिया कि वह कानून-भंग की तैयारियाँ पूरी करें और यथोचित रूप से कानून तोड़ना आरंभ कर दें। उस प्रस्ताव में पहले नमक-कानून पर ही जोर दिया गया। प्रांतों में तो तैयारियाँ हो रही थीं। भिन्न-भिन्न प्रांतों ने अपनी युद्ध समितियाँ बनाईं और अपने परीक्षित अनुभवी नेताओं को प्रांतीय संचालक बनाया।

यात्रा समाप्त

5 अप्रैल को महात्माजी की समुद्र तट पर दंडी ग्राम में पहुँच गए। दूसरे दिन 6 अप्रैल को, जो सत्याग्रह दिवस के नाम से प्रसिद्ध है और जिस दिन जलियाँवाला बाग हत्याकांड हुआ था, सवेरे समुद्र में स्नान करने के बाद महायज्ञ के अनुकूल प्रार्थना और उपवास कर महात्माजी ने 8 बजे किनारे से नमक के ढेले उठाये। उनके स्वयंसेवकों ने भी नमक उठाया। इस प्रकार नमक-कानून, जिसके अनुसार समुद्र के

किनारे से नमक उठाना जुर्म है, खुले आम तोड़ा गया। उसके बाद महात्मा गांधी ने वक्तव्य प्रकाशित किया कि जो लोग कानून की सजाओं से नहीं डरते हैं, नमक उठा सकते हैं। सेनापति महात्मा गांधी का इशारा पाते ही गुजरात तथा अन्य प्रांतो में नमक उठाया जाने लगा। विरमगाँव के पास श्री मणीलाल कोठरी और उनके स्वयंसेवकों ने नमक उठाया और वे गिरफ्तार कर जेल भेजे गए। भीमराद में समुद्र किनारे महात्माजी के सुपुत्र श्री रामदास गांधी ने 55 मन नमक इकट्ठा किया और वे अपने साथियों के साथ गिरफ्तार किए गए। जलालपुर में भी महात्माजी के स्वयंसेवक नमक उठाते हुए गिरफ्तार किए गए। बंबई में श्री के.एफ. नारीमन, श्रीमती अवंतिका बाई गोखले श्रीमती कमला चट्टोपाध्याय आदि ने नमक-कानून तोड़ा और श्री नारीमन शाम को गिरफ्तार हुए। जुहु में सेठ जमनालाल जी बजाज समुद्र का पानी औंटते हुए गिरफ्तार किए गए। बंगाल में महिशबयान और कोटाई, में समुद्र तट पर नमक इकट्ठा किया गया। बिहार के भिन्न-भिन्न जिलों में नोनी मिट्टा से नमक बनाया जाने लगा। युक्त प्रांत में भी नमक बनने लगा। मद्रास, कर्नाटक, मध्य प्रांत भी पीछे न रहे और नमक-कानून की धज्जियाँ उड़ने लगीं। साथ ही दमन का भी दौर शुरू हुआ और पहले तो गिरफ्तारियाँ होती रहीं, पीछे मजिस्ट्रेटों के अलावा पुलिस की लाठियाँ भी सत्याग्रहियों को कानून भंग की सजाएँ देने लगीं और उनपर तरह-तरह के अत्याचार होने लगे, जिनका वर्णन दुःखद और सरकार के लिए लज्जापूर्ण है। 10 अप्रैल को राष्ट्रपति जवाहरलाल ने प्रयाग में नमक बनाया। बंबई में समुद्र के किनारे लाखों आदमियों ने एकत्रित होकर नमक-कानून की पुतली को सबके सामने जला दिया और उसे समुद्र में फेंक दिया।

राष्ट्रपति गिरफ्तार

नमक-कानूम के अनुसार राष्ट्रपति जवाहरलाल गिरफ्तार किए गए और उन्हें 4 मास की सजा मिली। उनके बाद महात्मा गांधी की सलाह से पं. मोतीलाल नेहरू ने भारतीय सत्याग्रह का संचालन ग्रहण किया।

उसी समय कलकत्ते में जब्त पुस्तकों को सभी में पढ़ते हुए श्री जे.एम. सेनगुप्त दुबारा पकड़े गए और उन्हें सजा दी गई।

कराँची में लोगों ने बड़ी तादाद में समुद्र तट पर धावा किया और लगभग 10 हजार मन नमक उठा लाए।

सारे देश में गिरफ्तारियों की धूम मच गई और साधारण श्रेणी के लोग, जो पहले राष्ट्रीय आंदोलन से अलग थे, काम में जुटने लगे और युद्ध समितियों के लिए बड़ी संख्या में स्वयंसेवक जुटने लगे।

राष्ट्रपति बल्लभ भाई पटेल

करॉंची कांग्रेस के सभापति और बारदोली सत्याग्रह के सरदार तथा विजेता।

डॉक्टर अंसारी

डॉ. मोख्तार अहमद अंसारी, मद्रास कांग्रेस के सभापति और वर्तमान सत्याग्रह के चौथे संचालक।

श्रीयुत जे. एम. सेनगुप्त

बंगाल सत्याग्रह के एक प्रमुख संचालक और प्रसिद्ध नेता।

श्री बाबू राजेंद्र प्रसादजी

बिहार के राष्ट्रीय जीवन के प्राण, बिहार सत्याग्रह के पहले संचालक और भारतीय सत्याग्रह के अंतिम डिक्टेटर।

भारत-युवक, हृदय सम्राट
पं. जवाहरलाल नेहरू

महाराष्ट्र वीर
डॉ. वी. एस. मुंजे

हिंदू हृदय सम्राट और निर्भीक योद्धा, डॉ. वी. एस. मुंजे, जिन्होंने गत आंदोलन में दो बार कानून भंग किया और फिर हिंदू-हितों के रक्षार्थ गोल-मेज कॉन्फ्रेंस में गए।

कराँची कांग्रेस विषय-समिति में नेतृत्त्व

आर्डिनेंस राज्य

इसी बीच में ब्रिटिश सरकार के शस्त्रागृह से धड़ाधड़ दमन के धराऊ अस्त्र निकलने लगे। देश के साधारण कानूनों को स्थगित कर वाइसराय महोदय ने विशेषताओं (Ordinaness) की शरण ली और धड़ाधड़ आर्डिनेंस पास होने लगे। बंगाल का आर्डिनेंस फिर से जारी किया गया, उधर लाहौर षड्यंत्र केस की सुनाई के लिए जाब्ता फौजदारी के मामूली दफों को ताक पर रखकर नए नियम बनाए। उधर 26 अप्रैल को राष्ट्रीय समाचार-पत्रों के सिर पर राहु के रूप में प्रेस आर्डिनेंस नाचने लगा और उसने पत्रों की स्वतंत्रता पर कुठाराघात किया, जिसके कारण आत्मसम्मानी राष्ट्रीय-पत्रों का जीवन ही मुश्किल हो गया। इस आर्डिनेंस ने जिला मजिस्ट्रटों को बहुत अधिकार दे डाले और दिलजले मजिस्ट्रेटों ने जी खोलकर राष्ट्रवादी पत्रों से बदला चुकाया। इस आर्डिनेंस का दुष्परिणाम यह हुआ कि देश में सच्ची खबरों का प्रचार रुक गया और झूठी अफवाहें फैलने लगीं। कांग्रेस कमिटियाँ अपने परचे हाथ से लिखकर या साइक्लोस्टाइल से छापकर बँटवाया करती पर अंत में सरकार ने उसे भी रोकने की चेष्टा की और इस आशय का एक आर्डिनेंस और पास हो गया, जिसके अनुसार साइक्लोस्टाइल या डुप्लीकेट का रखना भी जुर्म हो गया और इस संबंध में न मालूम कितनी ही तलाशियाँ हुईं और गिरफ्तारियाँ की गईं।

धरसना कांड

धरसना बंबई प्रांत में सरकारी नमक का सबसे बड़ा गोदाम है, जहाँ नमक इकट्ठा कर चलान किया जाता है। यहाँ पुलिस का कड़ा पहरा रहता है और उसके आस-पास भी जाने की मुमानियत है। नमक-सत्याग्रह को हद तक पहुँचाने के विचार से सत्याग्रहियों ने धरसना के सरकारी नमक गोदाम पर सत्याग्रह करने का निश्चय प्रकट किया। पहले एक बार महात्माजी कह चुके थे कि सरकार मेरी कार्रवाइयों को अभी उपेक्षा की दृष्टि से देखती हुई नजर आ रही है, मगर मैं कुछ ऐसा करने जा रहा हूँ जिससे वह अधिक दिनों तक यह नीति न रख सकेगी। धरसना सत्याग्रह के लिए बहुत से चुने हुए सत्याग्रही आ गए और सरकार के किले पर सत्याग्रह का आक्रमण आरंभ होनेवाला था।

महात्माजी की गिरफ्तारी

महात्माजी इसकी पूरी तैयारी कर रहे थे। करड़ी में सत्याग्रह कैंप डाले गए और उनके पास में घायलों की सेवा के लिए डॉक्टरी प्रबंध भी किए गए। परंतु

सरकार अब इन भीषण तैयारियों के बीच अपने आपको सँभाल न सकी और 4 मई 1930 को आधी रात में जब सारी दुनिया सो चुकी थी, चुपके से जिला मजिस्ट्रेट तथा पुलिस अफसरों ने महात्माजी को नींद से जगाकर उनकी गिरफ्तारी का शुभ संदेश सुनाया। महात्माजी एक मृतप्राय उप नियम के अुनसार (1927 का 25वाँ रेगुलेशन) गिरफ्तार हुए और उन्हें यरवदा जेल में अनिश्चित काल के लिए बंद कर दिया गया। इस प्रकार सत्याग्रह के आचार्य सरदार गांधी अपनी सत्याग्रह सेना से अलग कर दिए गए।

परंतु वही कहावत है—'जस-जस सुरसा बदन बढ़ावा, तासु दुगुन कपि रूप दिखावा।' दमन के जोर के दुगुना आंदोलन का जोर बढ़ा। महात्माजी की गिरफ्तारी पर सारे देश में पूरी हड़ताल रही तथा लोगों का जोश और भी बढ़ा।

महात्माजी ने अपने बाद बड़ोदा राज्य के भूतपूर्व चीफ जस्टिस श्री अव्वास तैयबजी को भारतीय सत्याग्रह का संचालक बनाया।

महात्माजी की चेतावनी

अपनी गिरफ्तारी के पहले महात्माजी ने वाइसराय के नाम से एक दूसरा पत्र लिखा था, जो उनकी जेल-यात्रा के बाद बड़े लाट के पास भेजा गया। उसके कुछ अंश ये हैं—"मैंने बहुत असमंजस के बाद धरसना के नमक गोदाम पर सत्याग्रह करने का निश्चय किया है। मुझे आशा है कि सरकार सत्याग्रहियों के साथ सभ्यता का व्यवहार करेगी। मगर मैं देखता हूँ कि बड़े-बड़े नेताओं के साथ तो मुलायमियत की जा रही है, मगर साधारण स्वयंसेवकों के साथ बहुत बुरा और कहीं-कहीं घृणित व्यवहार हुआ है। इसकी खबरें बंगाल, बिहार, उत्कल, युक्त प्रांत सभी जगहों से आ रही हैं। कराँची, पेशावर, मद्रास आदि जगहों में अकारण गोली चला दी गई है। आगे चलकर महात्माजी ने लिखा—"अब आपने देश में आर्डिनेंस राज्य कायम कर दिया। इसमें आश्चर्य ही क्या है कि मैं मार्शल-लॉ का परदापोश रूप कहूँ? मगर यह तो अभी सत्याग्रह का पाँचवा ही सप्ताह है। यदि आप नमक-कानून को न उठा देंगे तो मैं धरसना के गोदाम पर सत्याग्रह करूँगा।"

महात्माजी की गिरफ्तारी के बाद बारदोली के किसानों ने यह प्रस्ताव किया कि महात्माजी की गिरफ्तारी के बाद अब बारदोली के किसान बिना महात्मा गांधी या सरदार बल्लभ भाई पटेल की आज्ञा के सरकारी लगान न देंगे।

श्री अव्वास तैयबजी महात्माजी की गिरफ्तारी के बाद 'धरसना की चढ़ाई' की तैयारी में अपने 87 स्वयंसेवकों के साथ गिरफ्तार कर लिये गए।

श्रीमती सरोजनी नायडू; श्री मणिलाल गांधी, इमाम साहब आदि के नेतृत्त्व में हजारों सत्याग्रहियों ने धरसना के गोदाम पर अधिकार करने के लिए धावा किया। वहाँ पर पुलिस ने लाठी प्रहार किया, जिसके फलस्वरूप एक दिन में 320 सत्याग्रही घायल हुए। पहले दिन श्रीमती नायडू को गोदाम के हाते के निकट पुलिस 27 घंटे तक घेरे बैठे रही, अंत में देवीजी गिरफ्तार होकर वहाँ से हटाई गईं, परंतु उन्हें फिर छोड़ दिया गया। कुछ ही दिनों के बाद वे फिर गिरफ्तार हुईं। धरसना के सत्याग्रह में पुलिस ने भयंकर ज्यादतियाँ कीं जिन्हें सुनकर आश्चर्य होता है। जिम्मेदार दर्शकों ने बताया कि लोगों के पीछे बेतहास घोड़े दौड़ाए जाते थे, लाठियों की वर्षा होती थी, सत्याग्रहियों को लाठियों से मर्मस्थलों पर भी मारा जाता था और गोलियाँ दी जाती थीं। कितने स्वयंसेवकों को बेहोश करके छोड़ा जाता था। सवारों की चढ़ाई में गाँव में भगदड़ मच जाती और यह भी खबर है कि कुछ लोग घोड़ों के टापों के नीच पड़ गए और जख्मी हुए। घर के बरामदों में भी दर्शकों को मारा गया। इस प्रकार कई दिनों तक धरसना का भीषण कांड चलता रहा और यहाँ के अत्याचारों की खबरें ब्रिटिश शासन अपकीर्तियों का उत्तरोत्तर प्रचार करती गईं।

देश में कार्य की प्रगति जारी रही। धरसना के अलावा बदाला तथा अन्य गोदामों पर भी सत्याग्रह होते रहे। देश के अन्य भागों में नमक बनता रहा और सरकारी आज्ञाओं का खुल्लम-खुल्ला तिरस्कार होता रहा। दमन-चक्र भी अपने नित-नूतन शिकारों को जेलों में भरता रहा। लाठी कांड और गिरफ्तारियों की धूम मच गई, प्राय: सभी प्रसिद्ध नेता जेलों में चले गए।

महिलाएँ

पुरुषों को देखकर स्त्रियाँ भी सत्याग्रह में पीछे न रहीं। पेशावर में गोली चली और वहाँ के अत्याचारों और हत्याकांड की उड़ती हुई खबरों ने देश में सनसनी फैला दी और सच्ची खबरों के अभाव में नाना प्रकार की अफवाह फैलने लगीं। यद्यपि पेशावर-हत्याकांड के संबंध में निश्चयात्त्मक रूप से कुछ लिखने की सामग्री हमारे सामने नहीं है, फिर भी इसमें थोड़ा संदेह है कि कांड अपने ढंग का एक ही है और यह ब्रिटिश शासन की कलंक कालिमा के रूप में बना रहेगा। इसी के फलस्वरूप अफरीदियों ने पेशावर तथा सीमांत नगरों पर हिंसात्मक आक्रमण आरंभ कर दिया और तुरंगजई के हाजी साहब एक लाख वीरों के साथ डटे रहे।

अन्य आर्डिनेंस

इधर पुलिस तथा अन्य अधिकारी कानून के नाम पर गैर–कानूनी काम कर रहे थे, उधर शासन के सरताज लार्ड इरविन अपने सलाहकारों से घिरे रहकर, दमन के नए–नए साँचे तैयार कर ब्रिटिश शासन के नंगे रूप का परिचय दे रहे थे। विदेशी कपड़े की दुकानों पर धरना देना रोकने के लिए मैंचेस्टर और लंकाशायर के रोते हुए व्यापारियों की आँख पोछने के लिए भारत सरकार ने दो नए आर्डिनेंस जारी कर दिए। इनमें एक था, पिकेटिंग से संबंध करनेवाले गिरफ्तार कर लिए जाते थे। दूसरा आर्डिनेंस था कर–बंदी से संबंध रखनेवाला। जो लोग टैक्स न देने के लिए प्रचार करते या किसी से कहते थे इस आर्डिनेंस के अनुसार जेलों में ठूस दिए जाते।

पं. मोतीलाल नेहरू

इसी बीच जून महीने में प्रांतीय सरकारों ने कांग्रेस पार्किंग कमिटी तथा अन्यान्य कांग्रेस संस्थाओं को सरकारी करार दिया और डॉक्टर सैयद महमूद गिरफ्तार कर लिये गए। देश भर में अन्य गिरफ्तारियाँ भी हुईं।

इस समय विदेशी वस्त्र बहिष्कार पर बड़ा जोर लगाया गया और इंग्लैंड से विदेशी माल का आयात बिलकुल घट गया। गिरफ्तारियों और पुलिस के अत्याचारों ने किसी को तटस्थ न रहने दिया। किसी का बेटा जेल में, किसी का भाई जेल में तो कोई स्वयं राह चलते अनायास लाठियों की चोट खाकर सरकार का दुश्मन बन गया।

बंबई नगर

सत्याग्रह के इतिहास में बंबई का नाम अमर रहेगा। वहाँ के सभी श्रेणी के लोगों ने सत्याग्रह में पूरी मदद की और हर तरह की तकलीफें झेलते हुए सरकार के दाँत खट्टे कर दिए। वहाँ की महिलाओं ने कमाल कर दिखाया और लाठियों की मार बंबई की जनता के उत्साह को न घटा सकी।

संधिचर्चा

जुलाई महीने में सरतेज बहादुर सप्रू और श्री जयकर ने समझौते की बाते शुरुकी और दो बार महात्माजी से यरवदा जेल में मिले, पं. मोतीलाल नेहरू और जवाहरलालजी ने नैनी जेल में मिले, फिर शिमला की मंजिलें तय कीं और बहुत आशा हो रही थी कि समझौता हो जाएगा। बल्कि इस संधि–चर्चा से राष्ट्रीय कार्यों में कुछ ढिलाई सी पड़ गई। मगर अंत में मालूम हुआ कि यह कोशिशें व्यर्थ हुईं और जब दोनों प्रांतों के विचार प्रकाशित हुए तो सभी पर यही प्रभाव पड़ा कि सरकार

वास्तव में जरा भी झुकना नहीं चाहती थी और नौकरशाही की जिद से यह सारा गुड़ गोबर हो गया और देश को फिर भी स्वेच्छा से अत्याचारों का शिकार बनना पड़ा।

नई जागृति

समझौते की विफलता के बाद कार्यकर्ताओं ने और भी अधिक जोर लगाया और विदेशी बहिष्कार और शराब आदि की दुकानों पर पिकेटिंग और भी जोरों से चल पड़ी। इसी बीच में कांग्रेस वर्किंग कमिटी के मेंबर गिरफ्तार होते गए और उनकी जगहों पर नए-नए मेंबर नियुक्त होते गए। भूतपूर्व अध्यक्ष पटेल, महामना पं. मदन मोहन मालवीय, डॉं. अंसारी, मो.अफजल हक, पा. दीनदयाल सिंह आदि गिरफ्तार कर लिये गए। उन के रिक्त स्थानों को नए-नए लोग गैर-कानूनी कमिटी की स्वेच्छा से सदस्य बनते गए।

इस समय सत्याग्रह की बिल्कुल विचित्र स्थिति हो गई थी। देश के प्राय: सभी गिरफ्तार नेता जेलों में आराम कर रहे थे, अत्याचार अपनी सीमा पर पहुँच चुके थे, और सत्याग्रह-सेना के संचालन का काम न मालूम किन अदृष्य शक्तियों के सहारे चलता रहा। नए-नए कार्यकर्ता, नए-नए नेता, नए-नए सहायक कार्यकर्ता क्षेत्र में आते मालूम होता था, मानों सत्य और न्याय पक्ष के समर्थक भगवान् करुणामय स्वयं ही भारत के विधायक बने हुए हैं। नहीं तो किसे विश्वास था कि ब्रिटिश शासन की सारी शक्तियाँ और दमन के विकराल साधनों के रहते भी, भारत के नवजात राष्ट्रीय उमंग का कोमल पौधा रौंदा न जा सकेगा?

गोल-मेज सभा

इस समय हम लोग इंग्लैंड में होनेवाली गोल-मेज सभा के निकट पहुँच जाते हैं। भारतीय जनता के विरोध करने पर भी गोल-मेज सभा के लिए प्रतिनिधि नामजद कर भेजे गए और चिंताग्रस्त इंग्लैंड भारतीय समस्याओं में शीघ्र ही गोते लगाने लगा और बहिष्कार तथा कानून भंग की बढ़ती हुई प्रगति से घबराकर दमन-विफलता पर शोक प्रकट करता हुआ भविष्य के लिए अंधकार में प्रकाश का रास्ता ढूँढ़ने लगा।

अब तक पण्डित मोतीलाल नेहरूजी अपनी अस्वस्थता और चिंताजनक स्वास्थ्य के कारण छोड़ दिए जा चुके थे। पंडित जवाहरलाल नेहरू भी छूट गए और देश में अन्यान्य नेतागण भी अपनी अवधि समाप्त कर छूटते गए। इन नेताओं के आगमनों से देश की बिखरी हुई शक्तियों के सँभालने और सत्याग्रह-संग्राम

की आवश्यक सामग्रियों के जुटाने में बड़ी मदद मिली और एक बार फिर जोश फैल गया। राष्ट्रपति जवाहरलाल नेहरू को सरकार ने गिरफ्तार कर दो साल की सजा दे दी।

सरकार के इसकार्य-विरोध में यह निश्चय किया गया कि 16 नवंबर को सारे देश में जवाहर दिवस मनाया जाए और राष्ट्रपति के भाषण को भी ठुकराया जाए। देश में जवाहर दिवस बड़े जोश से मनाया गया और उसी प्रकार सरकार ने खुलकर दमन भी किया उस दिन न मालूम कितने सिर फूटे, इसकी गणना असंभव है। बेगूसराय में गोली भी चल गई।

अक्तूबर मास में आर्डिनेंस की अवधि बीत गई थी, परंतु सरकार ने अपनी हार की स्वीकृति के रूप में 24 दिसंबर को फिर भी उन काले कानूनों को और भी विषमय बनाकर जारी कर दिया। कर-बंदी और पिकेंटिंग आर्डिनेंस भी खत्म हो गए, परंतु सरकार ने उसे दुहराया नहीं। शायद कांग्रेस संस्थाओं को गैर-कानूनी घोषित करनेवाले आर्डिनेंस के द्वारा पुलिस के हाथ में काफी अधिकार आ गए थे, इसीलिए बड़े लाट ने इन दो मुर्द आर्डिनेंस को, जिनकी कृपा से देश में सबसे अधिक गिरफ्तारी हो चुकी थी, जिलाना आवश्यक न समझा। जिस समय गोल-मेज सभा बैठी हुई थी और भारत को स्वराज्य देने की मजेदार बातें चल रही थीं, उस समय भी पुलिस के हाथ पहले की तरह अपने काम में लगे रहे और लाठियाँ अपनी ड्यूटी में लगी रहीं, जिसके कारण उस सभा के कुछ मेंबरों को भी सरकार को चेतावनी देनी पड़ी।

1931

अब हम 1931 साल में पहुँचते हैं। इस समय तक गोल-मेज सभा का काम खत्म हो चुका था। उसकी भिन्न-भिन्न कमिटियों की रिपोर्टें प्रकाशित हो चुकी थीं। फेडरल स्कीम (संयुक्त शासन विधान) की चारों ओर प्रशंसा हो रही थी और नरम दलवालों को भारतीय आकाश में स्वराज्य का सूर्य शीघ्रता से उदय होते नजर आ रहा था। प्रधानमंत्री श्री मेकडानल ने गोल-मेज सभा की सफलता की प्रशंसा करते हुए

सहयोग की हाँक

भारतीय राजनीतिज्ञों से और खासकर कांग्रेस दल से स्वराज्य के विधान को पूरा करने की अपील करते हुए 'बीती ताहि बिसारिदे' का संकेत किया। इंगलैंड से भारतीय सदस्य लौट आए।

संधि-चर्चा

और फिर भी प्रधानमंत्री की अपील के आधार पर और इस आशा में कि गोल-मेज की भावी बैठकों में कांग्रेस दल सम्मिलित हो सकेगा, सर तेज बहादुर सप्रू, मि. जयकर और महामांय श्री निवास शास्त्री एक बार फिर शांति और समझौते के देवदूत बनकर सरकार और महात्मा गांधी से विचार करने लगे। बहुत दौड़-धूप और दिलों के इम्तिहान (Searching of Hearts) के बाद आशा की रेखा नजर आई और भारतीय स्थिति की गंभीरता से सहमी हुई 'किंकर्तव्यविमूढ़' सरकार ने कांग्रेस कार्य समिति के सभी सदस्यों को बिना किसी शर्त के प्रधानमंत्री की अपील पर विचार करने के खयाल से छोड़ दिया।

महात्माजी की रिहाई

यरवदा जेल की ऊँची दीवारों ने भारत हृदय सम्राट महात्मा गांधी, श्रीमती सरोजनी नायडू आदि को अपने घेरे से बाहर कर दिया। नैनी जेल से पं.जवाहरलाल नेहरू अन्य सहयोगियों के साथ छूट गए। इस प्रकार देश के आदरणीय नेता सत्याग्रह की विजय पताका उड़ाते हुए जेलों से बाहर आ गए और महात्मा गांधी बड़े लाट से कई बार मिले।

समझौता

आशा और निराशा की ऊँची लहरों के बीच समझौते की नाव आखिर किनारे लगी और होली के पवित्र त्योहार के दिन जब सारा देश खुशियों के रंग में सराबोर हो रहा था, कांग्रेस के प्रतिनिधि स्वरूप महात्मा गांधी और राजराजेश्वर सम्राट जार्ज के प्रतिनिधि (लार्ड इरविन) ने एक साथ बैठकर संधि की अस्थायी शर्तों पर हस्ताक्षर किया। अभी थोड़े ही दिन पहले जो अपराधियों के लिए बनाए गए जेल के अतिथि थे, और जिनके छूटने की अवधि ही नहीं दीखती थी, वे ही अर्धनंग लंगोटी धारी फकीर, जिसने ब्रिटिश राज्य के कानूनों की धज्जियाँ उड़ाई थीं, बड़े लाट की राजकीय इमारतों में बड़े लाट के सामने बैठकर दुनिया के सामने सत्याग्रह की अजेयता और अविफलता के जीते जागते प्रमाण दिखाकर संसार को आश्चर्य चकित कर दिया।

पर समझौते को खुशहाली अनायास ही उस राजनीतिक राजर्षि के देहावसान के कारण फीकी पड़ जाती है जिसने देश को अविरल सेवा में अपने बाल पकाए, त्याग की उस अनुपम प्रतिमा ने, जिसने अभी थोड़े ही दिन पहले अपने 'आनंद

भवन' को कांग्रेस को देकर अपने सर्वस्व न्यौछावर के यज्ञ को पूरा किया था, चार सेनापति की तरह संधि की कोशिशों में लखनऊ में प्राण छोड़ दिया। देश में सन्नाटा छा गया, राष्ट्र जी खोलकर रोया, भारत माता की गोद सूनी हो गई।

परंतु उसी वीर तपस्वी की समाधि पर फौरन ही सत्याग्रह की विजय पताका फहराई गई। संधि हो गई, जेलों के फाटक खुले और वीर सत्याग्रहियों की लंबी कतारें सिर ऊँचा किए, बाहर निकल आईं। दुनिया ने सत्याग्रह कर विजय देखी, हिंसा और प्रति हिंसा से दबा हुआ मानव-समाज बीसवीं सदी के इस विस्मयजनक प्रयोग को देखकर स्तब्ध सा हो गया।

❑

राज-बंदी-जीवन

श्री जगतनारायण वी.एस.सी.

भूमिका

जेल की दुनिया निराली होती है। वहाँ रहने के लिए घरों की बनावट विचित्र प्रकार की होती है। वहाँ के बाशिंदे मानव समाज के चुने हुए कुछ-न-कुछ विशेषता रखनेवाले असाधारण व्यक्ति होते हैं। उनमें से प्रत्येक की राम कहानी अपने-अपने ढंग की निराली होती है। उनकी आत्म कथाओं का संग्रह यदि प्रकाशित किया जाए तो समाज को उससे बहुत लाभ पहुँचने की आशा की जा सकती है। रोचकता में शायद कोई उपन्यास उसका मुकाबला नहीं कर सकता। मनुष्य जीवन के गुप्त सच्चे रहस्यों पर बहुत प्रकाश पड़ता है। ऐसी रचना जैसी आकर्षक और मनोहारी होती, वैसी ही उपदेश प्रद भी होगी। खैर, इस लेख का इस विषय से विशेष संबंध नहीं। यहाँ तो इतना ही कह देना काफी है कि इस जेल रूपी नई दुनिया की सारी बातें निराली होती हैं। यहाँ के बाशिंदें निराले,यहाँ के कर्मचारी निराले, यहाँ के कायदे-कानून निराले, यहाँ के रम रेयाजात निराले, खुलासा यह है कि यहाँ का सारा जीवन एक खास ढंग का निराला होता है।

बाहर से कोई आदमी इस दुनिया की हालत को पूरे तौर से नहीं जान सकता। साधारणत: 2 तरह की भयानक भावनाएँ जेल-जीवन के संबंध में हम लोगों की मानसिक दृष्टि के सामने खड़ी रहती हैं। अकसर हम लोग ऐसा समझा करते हैं कि जेल के भीतर सभी कैदियों को अलग-अलग काल कोठरियों में रहना पड़ता होगा, जहाँ कोई किसी से मिल नहीं सकता होगा, बात नहीं कर सकता होगा, इत्यादि इत्यादि। जेल में प्रवेश करने से पहले तक मेरे भी मनोभाव ठीक इसी प्रकार के थे। जेल के संबंध में इधर-उधर से कुछ सुनने, जानने का मौका भी मिला था, पर ये भावनाएँ दूर नहीं हुईं थीं। ये अगर दूर हुई तो उसी समय, जब मुझे वास्तव में

जेल में के भीतर घुसना पड़ा। मुझे अच्छी तरह याद है कि जब मैं बाढ़ सब जेल में पहुँचाया जा रहा था, बाढ़ सब डिवीजन के पुलिस इंसपेक्टर मेरे साथ थे, उस समय फाटक के नजदीक जाते समय हृदय में एक विचित्र भाव आ रहा था। मालूम नहीं किस अँधेरे घर में जाना होगा। मैं भगवान् से भीतर-ही-भीतर प्रार्थना कर रहा था कि मुझे शक्ति दें कि चाहे जो कुछ कठिनाइयाँ जेल के भीतर मेरे सामने आएँ, उन्हें मैं सहर्ष बरदाश्त कर सकूँ। पर भीतर जाने पर मैंने देखा कि मुझे लोग एक खास मकान (वार्ड) में ले गए जो बहुत साफ-सुथरा था, वायु तथा प्रकाश के पहुँचने का पूरा सामान था। उसके साथ एक सहन भी थी। यह औरतों के रहने का वार्ड था। उस समय कोई औरत कैदी वहाँ नहीं थी और मुझे लोग साधारण कैदियों से अलग और कुछ खास विचार के साथ रखना चाहते थे, इसीलिए मैं वहाँ अकेले ही रखा गया। उसके दूसरे ही दिन तीन-चार और राजनीतिक बंदी वहाँ पहुँचे और मेरे साथ उसी कमरे में रहे।

फिर भी यह एक सब-जेल थी। मैं समझता था कि इस छोटी जेल में साधारणत: थोड़े ही दिनों के लिए लोग रखे जाते थे। इसीलिए मुश्किल है कि इन सब-जेलों में जेल के कड़े नियम न बरते जाते होंगे, पर बड़ी जेलों में तो अवश्य बरते जाते होंगे। जिस समय पटना डिस्ट्रिक जेल मे फाटक पर कैदी लिबास पहन लेने के बाद मैं भीतर पहुँचाया जाता था, उस समय दो वार्डों के बीच एक छोटी गली से होकर मुझे जाना पड़ा। मैं समझता था कि इससे आगे जाने पर मुझे काल कोठरी मिलेगी। पर ज्यों ही मैं उस छोटी गली को पार कर बाहर निकला कि सहन में एकाएक पंद्रह बीस राजनीतिक बंदियों पर मेरी दृष्टि पड़ी। सभी मुझे देख आनंद और उमंग से भर आए। ज्ञान बाबू, जो मुझ से एक दिन पहले यहाँ पहुँचे थे, दौड़कर मुझसे मिले और इसी प्रकार सभी भाई मिले। उस समय मैं हैरत में पड़ गया। मुझे समझ में नहीं आता था कि हम लोग जेल में हैं अथवा कोई खेल हो रहा है।

उन लोगों को वहाँ देखकर मुझे भी बहुत संतोष हुआ। धीरे-धीरे जेल संबंधी भयानक भावनाएँ दूर होने लगीं, मैं उन लोगों के साथ उनके रहने के घर में गया। बैठकर मैंने बातें कीं। पर फिर मेरे दिल में खयाल आया कि जेल कर्मचारियों से पूछना चाहिए कि मुझे रहने के लिए ये लोग कहाँ स्थान देंगे। उस समय मेरे मित्रों ने समझाया कि जहाँ मैं था, वही मेरे रहने का स्थान था।

ऐसी कोई बात नहीं कि इस प्रकार की घटनाएँ मेरे ही साथ हुई हों। और लोगों से भी बात करने पर पता चला था कि जेल जाने के पहले उनके दिलों में भी ऐसी ही भावनाएँ भरी रहती थीं। यों तो जेल के संबंध में बहुत पुस्तकें निकल

चुकी हैं, पर शायद अब तक कोई पुस्तक ऐसी नहीं निकली है, जिसमें जेल-जीवन के सभी अंगों को स्पष्ट रूप से लोगों के सामने उपस्थित करने की कोशिश की गई हो। एक ऐसी पुस्तक की बड़ी आवश्यकता है। जिस समय मैं जेल के भीतर था, उस समय इस पुस्तक के लिखने की इच्छा हुई थी। पर जेल में मैं इसे लिख नहीं सकता था, क्योंकि जेल संबंधी कोई बात लिखने का हक हम लोगों को नहीं था और चोरी से मैं कुछ लिखना नहीं चाहता था। बाहर आने पर तरह-तरह की कार्रवाईयों में व्यस्त रहने के कारण यह इच्छा रूप में ही अब तक रह पाई है। फिर भी कुछ अवकाश पाने पर इस इच्छा को कार्य रूप में परिणत करने का विचार है। देखें, कब तक मौका मिलता है।

इस छोटे लेख में केवल राजनीतिक बंदियों के जीवन से संबंध रखनेवाली कुछ विशेष बातों पर ही प्रकाश डालने की कोशिश की जाएगी। जेलों के भीतर हम लोग अकसर सोचा करते थे कि जेल का सुधार कई तौर से करना अत्यंत आवश्यक है। पर बाहर आने पर सभी का खयाल उधर से एकदम फिरा हुआ दीख पड़ता है। बात असल यह है कि राष्ट्रीयता के और गूढ़ प्रश्नों के सामने जेल सुधार का प्रश्न अत्यंत तुच्छ प्रतीत होता है। असली अख्तियार हाथ में आने पर बातों बात में इसका सुधार कर लिया जा सकता है। फिर भी इसको एकदम भूल जाना उचित नहीं। कौन कह सकता है कि थोड़े ही समय में फिर राजनीतिक कार्यकर्ताओं को जेलों की चहार-दीवारियों के अंदर बंद न रहना पड़े। भगवान् करे, वह दिन आए। पर हमें तो तैयार बैठे रहना है। स्वतंत्रता-संग्राम छेड़ा जा सकता है। यह तो उस समय तक कदापि बंद नहीं किया जा सकता कि जब तक पूर्ण स्वाधीनता हासिल न हो जाए। इसीलिए जेल-जीवन के संबंध में कुछ ध्यान देना अत्यंत आवश्यक है।

जेल-जीवन

साधारण विचार से जेल समाज के उन व्यक्तियों के लिए है, जिनकी वजह से समाज को जान और माल की हानि पहुँचती हो और जो दूसरे किसी प्रकार से अपने को सुधार नहीं सकते हों। इस विचार से जेल चोर, डाकुओं, पॉकेटमारों, गुंडों और बदमाशों का अड्डा होता है। पर यहाँ पर उनको रखने का विशेष अभिप्राय यह होना चाहिए कि जेल की अवधि समाप्त कर बाहर निकलने पर वे समाज के अच्छे सदस्य, देश के सच्चे नागरिक बन सकें। पर जैसी परिस्थिति जेलों की देखने में आती है, उससे साफ मालूम ह्योता है कि यह लक्ष्य कदापि सामने नहीं रखा जाता है। बल्कि इसके खिलाफ अकसर मौके पर जेल के कर्मचारी या

बंदियों को पहले से भी अधिक बिगाड़ने में सहायक बनते हैं। नतीजा यह होता है कि जेल से लौटने पर गुंडे, बदमाश और भी अधिक बदमाश बन जाते हैं। खैर, इस स्थान पर इसके बारे में बहुत लिखने का मौका नहीं है।

अब रही राजबंदियों की बात, यद्यपि साधारण भाव से यह कहा जाता है कि राजबंदियों और साधारण बंदियों में कुछ अंतर नहीं करना चाहिए, पर व्यावहारिक रूप से इस पर अमल करना मुश्किल नहीं मालूम होता। दोनों प्रकार के बंदियों में एक बहुत बड़ा अंतर रहता है। साधारण कैदी अपने किसी घृणित कर्म के कारण जेल जाने की वजह से सदैव अपना सिर नीचे किए रहता है। उसको जेल कर्मचारियों का सदा भय बना रहता है। वह हमेशा उनको खुश करने की फिक्र में लगा रहता है जिससे उसको कोई कष्ट न होने पाए और उसका मार्का (Resmission) जो साधारणत: महीने में चार दिन और विशेष कार्य के लिए और भी अधिक मिलता है, वह न कटने पाए। इसमें संदेह नहीं कि उनके साथ भी मनुष्यता का व्यवहार होना चाहिए, जो आज नहीं होता है, उनके सुधार का उपाय होना चाहिए, जिस पर आज जरा भी ध्यान नहीं दिया जाता है। फिर भी राजनीतिक बंदियों की बात इनसे एकदम पृथक है। खासकर सत्याग्रह में भाग लेनेवाले राजबंदी तो किसी घृणित कार्य के लिए जेल नहीं भेजे जाते हैं, उनको अपने त्याग तथा देश हितैषी कार्यों के लिए कोई खास पारितोषिक मिलने के बदले आज जेलों में जाना पड़ता है अथवा दूसरी तरह की यातनाओं का शिकार बनना पड़ता है, क्योंकि दुर्भाग्यवश अभी तक हमारे देश में स्वराज्य नहीं है। इसीलिए ऐसा आदमी जब जेल जाता है तो उसके हृदय का भाव ऊँचा बना रहता है। वह अपने को देश के लिए दु:ख सहने वाले शहीदों, सेवकों में अपनी गिनती करने लगता है। उनके लिए जेल कर्मचारियों का कोई भय नहीं रहता और समय आ जाने पर निर्भीकता के साथ मानुषिक बरताव के लिए लड़-भिड़ जाता है, जेल में भी सत्याग्रह आरंभ कर देता है। इसीलिए व्यावहारिक दृष्टि से दोनों श्रेणी के बंदियों को अलग-अलग रखना तथा भिन्न-भिन्न तरीकों से दोनों के साथ बरताव करना जेल कर्मचारियों के लिए आवश्यक हो जाता है।

देश के सभी सच्चे सेवकों ने देश के निमित्त जेल जाने पर जेल को तपोभूमि समझा है। पर बहुत दु:ख की बात है कि बहुतेरे कार्यकर्ता तथा स्वयंसेवक जेलों में जाने पर इस तपस्या की बात को बिल्कुल भूल जाते हैं। वहाँ जाने पर कुछ ऐसी नीच कार्रवाइयाँ भी वहाँ कर बैठते हैं, जिनसे न केवल वे खुद बदनाम होते हैं जिनकी वजह से समस्त सत्याग्रही समाज और इस पवित्र आंदोलन की भी

शिकायत करने का लोगों को मौका मिल जाता है। इसीलिए अत्यंत आवश्यक है कि जेल को तपोभूमि समझकर वहाँ तपस्वी सा जीवन व्यतीत कर देश के निमित्त तपस्या करने की शिक्षा देश के कार्यकर्ताओं तथा स्वयंसेवकों को पहले से ही दी जानी चाहिए। यदि वे ऐसा करें तो जेल स्वर्ग सा पवित्र हो सकता है और साथ ही जेल में बैठकर अपनी तपस्या द्वारा राजनीतिक कार्यों को वे बहुत आगे बढ़ा सकते हैं। ऐसे कितने कम आदमी हैं, जो ऐसा समझते हों कि जेल में जो हमारा एक-एक दिन गुजर रहा है, उसकी वजह से राजनीतिक आंदोलन आगे की ओर बढ़ता जा रहा है और हमारी सफलता का दिन तेजी के साथ नजदीक आता जा रहा है पर ऐसा वही समझ सकता है और कह सकता है, जो तपस्या का भाव हृदय में रखता हो, इसीलिए आगे के लिए इस बात पर जोर देना, सभी राजनीतिक कार्यकर्ताओं को इस तपस्या के लिए तैयार रखना परम आवश्यक है। ऐसा नहीं होने के कारण जेलों में आने से जितना अधिक काम निकलना चाहिए, उतना नहीं निकल पाता।

जेल की बुराइयाँ और उनके सुधार

यह एक बहुत विस्तृत विषय है और इस संबंध में चंद बातों में मतभेद भी हो सकता है। यहाँ पर चंद मुख्य बातों को संक्षेप में दिखाने की कोशिश की जाएगी।

(1) जेल सुधार का स्थान होना चाहिए—इस बारे में आज का जेल-जीवन अत्यंत ही दूषित है। जेल संबंधी सभी नियमों को और विशेषतः जेल संबंधी प्रधान नीति में परिवर्तन लाना आवश्यक है, इसमें संदेह नहीं कि ऐसा करने के लिए कुछ नियमों में कर्मचारियों आदि का शिक्षा में बहुत कुछ परिवर्तन करना पड़ेगा। पर यह एक जरूरी वस्तु है और समाज के हित के लिहाज से इस पर ध्यान दिए बिना काम नहीं चल सकता।

(2) जेल की जाँच—साधारणतः जेल के बड़े-बड़े ऑफिसर तो जेलों की जाँच कर ही लिया करते हैं। दूसरे-दूसरे लोग भी समय-समय पर जाँच के लिए जाया करते हैं, पर डर से जेल की काफी शिकायतों का पता नहीं चलता। संचालक की ओर से विश्वास पात्र सज्जनों को भी जरूर जेलों की असली हालत का पता लगाने का मौका देना चाहिए। दुःख के साथ लिखना पड़ता है कि अकसर जेल कमिटी के मेंबर भी, जो जेल-सुधार के लिए बैठते हैं, जेल की शिकायतों की खबर नहीं रखते। ऑफिसर लोगों की जाँचें तो महज नुमाइश हुआ करती है। राजबंदियों के सामने गत वर्ष ऐसी किसी जाँच का अवसर नहीं मिला। और

साधारण कैदियों को इतनी हिम्मत नहीं रहती है कि किसी ऑफिसर के सामने मुँह खोलकर शिकायतें रख सकें। यदि कोई ऐसी ढिठाई करे तो आखिर उसे रहना तो है उसी जेल की कर्मचारियों के पंजे में, उसकी अच्छी तरह खबर पीछे ली जाती है।

(3) राजबंदियों का विभाग—राजबंदियों को 'ए', 'बी' तथा 'सी' श्रेणी में विभक्त कर अलग-अलग और दूसरे प्रकार के नियमों के अनुसार रखने की प्रथा अत्यंत हानिकर है। इस प्रकार के विभाग में राय देनेवाले कुछ सदस्यों से बात करने पर पता चलता है कि धोखे में पड़कर उन्होंने इसमें अनुमति दी थी। उनका खयाल था कि सभी राजनीतिक कैदी 'बी' डिवीजन में रखे जाएँगे, 'सी' डिवीजन में नहीं, और उनमें से जो खास खयाल के योग्य होंगे वे 'ए' में रखे जाएँगे। उनकी आँखे खुली जब उन्होंने देखा कि इस प्रांत में कम-से-कम सैकड़ों 98 तो 'सी' डिवीजन में रखे गए थे।

पर यदि काफी तादाद में सभी डिवीजनों में लोग रखे गए होते तो भी यह प्रथा हानिकर ही है। इसे एकदम उठा देना ही उचित है। इसकी वजह से कार्यकर्ताओं और स्वयंसेवकों में बहुत दुःखदायी भेदभाव आ जाता है साथ ही प्रधान कार्यकर्ताओं के अलग रहने से और दूसरे कार्यकर्ताओं तथा स्वयंसेवकों के अलग रहने से जेलों में बंदियों की तरह की दिक्कतों का सामना करना पड़ता है और जेल कर्मचारियों का काम भी बहुत कठिन हो जाता है।

कुछ लोग कहते हैं कि इस विभाग का रहना जरूरी है, क्योंकि बाहर भी हम सब बिल्कुल एक ही तौर से, एक ही खर्चे में अपना खर्च नहीं चलाते हैं, पर इस बहस में कुछ तथ्य नहीं है। जिस प्रकार धनी गरीब रहते हुए भी बिरादरी के जलसों में सबको एक भाव से रखा जाता है, जिस प्रकार बाहर भी आश्रमों में सभी कार्यकर्ता तथा स्वयंसेवक एक श्रेणी का जीवन बिताने की कोशिश करते हैं, उसी प्रकार जेलों में भी सभी राजबंदियों की केवल एक श्रेणी होनी चाहिए।

(4) जेल के पाखानें—बेपरदगी की यहाँ हद हो जाती है। पाखानों की बनावट ऐसी होनी चाहिए कि जो आदमी पाखानों पर बैठे हों, दूसरे आदमी उधर से आते-जाते समय उनको बेपरदा न देख सकें। साथ ही आबदस्त के लिए प्रत्येक पाखाने पीछे एक मग का इंतजाम होना चाहिए। चालीस-पचास पाखानों पर एक या दो मग एक टब पानी के पास रख देना चाहिए कि सभी लोग पाखाने से फारिग होकर उसी जगह आबदस्त लेंगे यह रिवाज एकदम खराब है।

(5) राजबंदियों के पोशाक तथा बिछावन— उनके लिए आज जो दो

जंघिया और एक कुरता पहनने के लिए दिया जाता है, यह बहुत ही कम और शिष्टता के लिहाज से विरोध करने योग्य है। उन सभी को दो-दो पूरी आस्तीनवाले कुरते और दो-दो पायजामे दिए जाने चाहिए। बिछावन तथा ओढ़ना भी सिर्फ कंबल ही कंबल मिलते हैं, इनसे भी सिवाय तकलीफ के कुछ लाभ नहीं निकलता। इन बातों में साधारणत: आज जो 'बी' डिवीजन का (दर्जा) रखा गया है उसी हिसाब से सभी राजबंदियों का इंतजाम होना चाहिए।

(6) **भोजन**—भोजन के मामले में 'सी' डिवीजन का Standard बहुत ही कम है, इसे भी 'बी' डिवीजन की नाई स्वास्थ्यकर बनाना चाहिए।

साथ ही विशेष आवश्यकतावालों के लिए विशेष प्रकार के भोजन का प्रबंध भी होना चाहिए। इस बार जेलों में कुछ आदमी थे, जो केवल फलाहारी थे अथवा जिन्होंने इस बारह वर्षों से नमक नहीं खाया था। ऐसे लोगों के लिए कुछ इंतजाम हुआ पर बहुत कष्ट उठाने के बाद। ऐसा नहीं होना चाहिए।

(7) **बरतन**—जेल के बरतनों को भी बदल देना बहुत जरूरी है। लोहे की बाल्टियों में भोजन तथा पानी फौरन खराब हो जाता है, पर मजबूरन उन्हीं से काम लेना पड़ता है। बहुत साफ करने पर भी उसमें रखा हुआ भोजन तथा पानी ग्रहण करने लायक नहीं रहता। इनको बदलकर दूसरे धातु के बरतनों का प्रबंध करना अत्यावश्यक है।

(8) **त्योहारादि**—त्योहार तथा एकादशी व्रत और रविवार को अनूना भोजन का साधारण तौर से, जो चाहे उनके लिए प्रबँध होना चाहिए। अभी जेल कर्मचारियों की मरजी पर इनका इंतजाम करना या न करना रहता है। कभी खुश हो गए तो इंतजाम कर देते हैं। नहीं तो नहीं करते। इसकी वजह से व्रत करनेवालों को बहुत कष्ट होता है। साथ ही व्रत के मौकों पर इस तरह की चीजें मँगाई जा सकती है इस नियम को भी बदलना चाहिए और स्वास्थ्यकर भोजन-फलाहार आदि का प्रबंध करना चाहिए।

(9) **जेलों में समाचार-पत्र**—राजनीतिक बंदियों को समाचार-पत्र अवश्य देने का प्रबंध करना चाहिए।

(10) **जेल लाइब्रेरी तथा पुस्तकें**—जेलों में लाइब्रेरी रखने का नियम है पर बहुत कम बरता जाता है। राजबंदियों का तो पढ़ना लिखना जीवन है। उनके लिए जिस प्रकार भोजन आवश्यक है, उसी प्रकार पढ़ना-लिखना भी आवश्यक है। इसीलिए राजबंदियों को काफी किताबें देने का प्रबंध करना चाहिए। हाँ, किताबों को सुपरिंटेंडेंट पास किया करें। इसमें किसी को क्या उज्र हो सकता है।

बा. ब्रजकिशोर प्रसाद

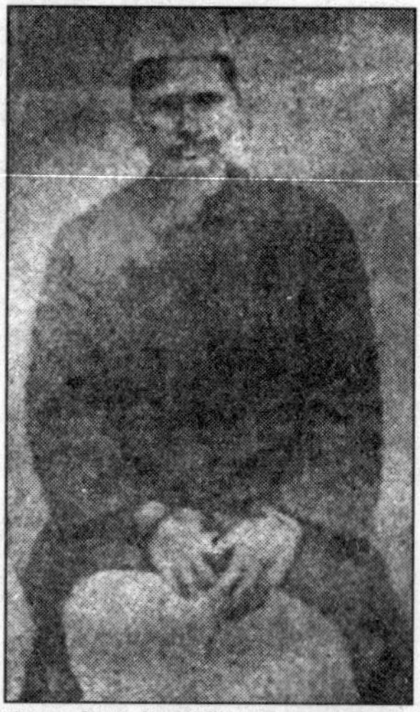

बिहार के वयोवृद्ध नेता, जिनका बिहार सत्याग्रह के संचालन में बहुत बड़ा हाथ रहा है।

बा. श्रीकृष्ण सिंह

बिहार के वयोवृद्ध नेता, जिनका बिहार सत्याग्रह के संचालन में बहुत बड़ा हाथ रहा है।

बाबू जगत नारायणलाल

बिहार के प्रमुख नेता, हिंदू महासभा के प्रधानमंत्री और पटना जिला के प्रथम सरदार जिनकी देशभक्ति और तदर्थ होनेवाली कड़ी यातनाओं से देश भली-भाँति परिचित है, जिन पर छठी बार अभी फिर अभियोग चल रहा है।

बाबू नारायण प्रसाद सिंह

सारन ज़िले के मान्य और त्यागी नेता, तथा भूतपूर्व एम.एल.ए. जिन्हें तक कानून को भंग करने के हेतु एक वर्ष की सजा मिली थी।

बा. पद्मराजजी जैन

बा. प्रा. हिंदू सभा के प्रधानमंत्री और हिंदू महासभा के एक मंत्री, जो गत आंदोलन में अपनी पुत्री समेत 6मास के लिए जेल गए थे।

सरदार नर्मदा प्रसाद सिंह

आगरा प्रा. हिंदू सभा के मंत्री और प्रयाग के प्रमुख कांग्रेस नेता, जो गत आंदोलन में जेल गए थे।

श्री कृष्णकांतजी मालवीय

सहयोगी 'अभ्युदय' के यशस्वी संपादक, जिन्हें गत वर्ष धारा 124 ए में सजा हुई।

(11) लिखने की सामग्री—इसकी बहुत ही ज्यादा शिकायत देखने में आती है। वाजिब तरीके से कागज, कॉपी, कलम, दवात, पेंसिल नहीं दी जाती है। नतीजा यह होता है कि बहुत से पत्र आदि चोरी से जेलों के भीतर आते हैं और बाहर जाते हैं। इसके लिए भी काफी सुविधा राजबंदियों को दी जानी चाहिए।

(12) पत्र भेजने तथा पाने की सुविधा—'सी' डिवीजन में तीन महीने में एकबार पत्र लिखने का हक मिलता था। इसको बदलकर ज्यादा-से-ज्यादा एक पक्ष में पत्र पाने तथा भेजने का हक दिया जाना चाहिए।

(13) भेंट मुलाकात भी 'सी' डिवीजन में तीन महीने में एक बार करने मौका दिया जाता है और वह भी छड़ के आर-पार से। यह प्रथा सत्याग्रही राजबंदियों के लिए अत्यंत अनुचित है, उनके सम्मान के विरुद्ध है। दोनों पार्टियों को एक कमरे में बैठकर मुलाकात करने का मौका देना चाहिए।

(14) राजबंदियों से काम—जेल में जाकर राजबंदियों को खुशी से काम करना चाहिए, यह राय सभी नेतागण से मिलती है। पर काम हमेशा शक्ति के अनुसार होना चाहिए। खासकर तेल पेरने का, यानी कोल्हू चलाने का जो काम है, वह तो जेलों से उठा ही देना चाहिए। राजबंदियों के लिए सबसे भारी सजा तो यही है कि वे अपने काम से अलग हटा दिए जाते हैं। दूसरे कठिन काम के लिए उन्हें मजबूर करना, उनपर दबाव डालना नितांत अनुचित है। कोल्हू का काम और कामों की अपेक्षा बहुत ही आपत्तिजनक है। इस भद्दे तरीके से मनुष्य द्वारा तेल निकलवाने के इसकाम को लोगों को शक्तिहीन बनाने के लिए ही रखा गया है। इनसे शुद्ध तेल निकलता है तो वह काम तो आसानी से जेलों में बंद बैलों को रखकर अथवा दूसरे प्रकार की मशीनों द्वारा किया जा सकता है। यह एकदम भद्दी प्रथा है। जेल में भय दिखाने का यह खास अस्त्र है, इसके द्वारा जो दबाव लोगों पर डाला जा सकता है, उसके जरिए बहुत अनुचित लाभ कर्मचारी इस रास्ते से उठाते हैं। इसीलिए इसे अवश्य जेलों से उठा देना चाहिए।

(15) तकला—कहीं-कहीं पर राजबंदियों को तकला तथा रुई नहीं दी जाती। इसका भी प्रबंध होना चाहिए कि जो नियमित रूप से बाहर तकला बलाया करते हैं, उन्हें भीतर भी चलाने की आजादी हो।

4. जेल में हम क्या सीख सकते हैं?

ऊपर कहा जा चुका है कि जेल एक अत्यंत विचित्र स्थान है। यहाँ से हम बहुत से अच्छे-अच्छे पाठ भी सीख सकते हैं। चंद ऐसी शिक्षाओं का संक्षेप में वर्णन किया जाता है—

(1) जेल का भय—जेल का भय सदा के लिए दूर भाग जाता है। जन-साधारण की सेवा करनेवालों के लिए एक न एक बार जेल से हो आना अत्यावश्यक प्रतीत होता है। इसके बिना जीवन अधूरा रह जाता है। यहाँ कुछ दिन ऐसे विशेष अनुभव प्राप्त होते हैं, जो और जगहों में नहीं हासिल हो सकते और अधिकारी वर्ग के हाथों में जन साधारण के सेवकों को डराने तथा सजा देने का जो यह एक भारी अस्त्र होता है, इसका महत्त्व डराने के लिहाज से बराबर के लिए अलग हो जाता है।

(2) राजबंदियों के लिए जेल तपोभूमि है—इस विषय को ऊपर भी लिखा जा चुका है। इस सोच के साथ जेल-जीवन बिताने से जिस लक्ष्य के लिए हम लड़ रहे हैं, उसको तपस्या द्वारा नजदीक लाने में सहायता मिलती है।

(3) आत्म-सुधार—आत्म-सुधार के लिए जेल एक अत्यंत ही उपयुक्त स्थान है। यहाँ हमको सोचने और विचारने का बहुत सावकाश मिलता है। इसीलिए यदि हम चाहें तो इस समय को इस प्रकार काम में ला सकते हैं कि जेल से बाहर जाते समय तक अपने कुछ दुर्गुणों को वहीं छोड़े आ सकते हैं और साथ ही कुछ नए सद्‌गुणों का अपने भीतर विकास कर सकते हैं।

(4) आराम तथा आत्म-संयम—जो देश के सच्चे सेवक हैं, वे बाहर काम करते-करते थक जाते हैं। उनको आराम की बड़ी आवश्यकता रहती है। सरकार उन्हें जेलों में बंद कर आराम का अवसर देती है। इस आराम के साथ-साथ हम अपनी शक्तियों का संयम भी वहाँ बैठे-बैठे कर सकते हैं। आगे कार्य करने का ढंग सोच कर आसानी से रखा जा सकता है।

(5) आगे के लिए तैयार—यदि हम चाहें तो अपने बाहरी कार्य के लिए अपने को तैयार कर लेने का मौका हमको वहाँ मिलता है, इसके कई कारण हैं। न काम-काज की फिक्र रहती है, न बाल-बच्चों की फिक्र रहती है, न अपनी रोजी हासिल करने अथवा चंदा जमा करने की फिक्र रहती है। साथ ही सैंकड़ों-हजारों सेवकों को एक साथ रहने का अवसर मिलता है। बाहर यदि हम पचास स्वयंसेवकों को एक स्थान पर एक महीने के लिए भी रखकर उनको शिक्षा देना चाहें, तो हमें पचासों किस्म की कठिनाइयों का सामना करना पड़ता है, जिनकी वजह से ऐसा करने से हम बहुधा समर्थ रहा करते हैं। पर जेलों में तो हमें हजारों की तादाद में महीनों तक एक साथ, एक जगह रहने का मौका मिलता है और साथ ही न खाने-पीने की फिक्र रहती है और न दूसरे तरह के झंझट हमारे साथ रहते हैं। इस विचार से देखने से जेल हमारे लिए एक अत्यंत ही लाभदायक स्थान बनाए जा सकते हैं। गत वर्ष पटना कैम्प जेल में इसकी पूरी कोशिश की गई। सुपरिंडेंट से कहकर

ड्रल करने की इजाजत भी ली गई थी, पर फिर भी लोगों का भाव इधर नहीं रहने के कारण कुछ काम नहीं निकल सका। यदि आज हजारों-हजार की तादाद में जेलों में रहनेवाले स्वयंसेवक तथा कार्यकर्ता अपने को जेलों में रहनेवाले सच्चे स्वयंसेवक तथा कार्यकर्ता बनने में उनमें जो त्रुटियाँ थीं उन्हें दूर करके निकले होते तो आज बाहर आने पर कार्यक्षेत्र में पहले से कितने अधिक कार्यकुशल तथा शक्तिशाली बने रहते।

(6) व्यावहारिक मनोविज्ञान का अध्ययन—जेलों में इतनी भिन्न-भिन्न प्रकृति, भिन्न-भिन्न स्वभाववाले आदमी एक साथ एकत्र होते हैं कि व्यावहारिक मनोविज्ञान के अध्ययन का वहाँ पर बहुत ही अच्छा अवसर मिलता है। सत्याग्रह बंदियों के साथ जन साधारण के मनोविज्ञान (Mass mentality) का अध्ययन बहुत अच्छी तरह से वहाँ किया जा सकता है।

(7) खरे-खोटे की परख—खरे-खोटे की परख के लिए तो जेल अचूक कसौटी का काम कर देती है। वहाँ सभी लोगों को मजबूरन ज्यादा समय संयल के साथ रहने का अवसर मिलता है। उस समय लोगों की साधारण, स्वाभाविक वृत्तियाँ बहुत जोरों के साथ प्रत्यक्ष रूप से प्रकट हो जाती हैं। गत आंदोलन में जो जेलों के भीतर स्वयंसेवकों अनुपयुक्त आचरणों की शिकायतें सुनने में आयी हैं, उसका प्रधान कारण यही था। बाहर आत्म-संयमी बनने का अभ्यास नहीं रहने के कारण ही ऐसा संभव हो सका। इसीलिए देश के लिए ये काम करनेवालों को बहुत चाव के साथ आने आपको तैयार करना चाहिए, नहीं तो यदि उन्हें जेलों में जाना पड़ा तो अपनी आदतों के कारण उन्हें बहुत कष्ट उठाना पड़ेगा, तरह-तरह के भी करने पड़ेगे। वहाँ अपनी स्वाभाविक वृत्तियों का दबाए तथा छिपाए रखना बहुत कठिन है। जब तक बाहर से आत्म-संयम का अभ्यास नहीं हो, ऐसा नहीं हो सकता।

(8) सच्ची बिरादरी का अभ्यास—जेलों के भीतर आप से आप सभी लोगों में सच्ची बिरादरी का भाव आ जाया करता है। वहाँ कोई नहीं पूछता है कि कौन हिंदू है या कौन मुसलमान है। सब लोग भाई-भाई से एक होकर रहते हैं। भीतर में यह जात-पात का भेदभाव जाता रहा है, अस्पृश्यता का प्रश्न आप से आप हल हो जा चुका है। हिंदू-मुसलमान का कोई झगड़ा ही नहीं। यदि बाहर भी हम वहाँ सच्ची बिरादरी, भाई-भाई का भाव रख सकते तो वार्त्ता बात में समाज की दशा पलट जाती और राष्ट्रीयता की लड़ाई भी बहुत वेग के साथ आगे निकल जाती।

(9) श्रम का महत्त्व (Dignity of Labour)—श्रम के महत्त्व का पाठ भी हम वहाँ अच्छी तरह सीखते हैं। बाहर जिन लोगों पर दो-दो, चार-चार नौकर

लगे रहते हैं, जो कोई भी काम अपने हाथों से नहीं किया करते हैं, भीतर जाने पर सभी लोग शौक से कुछ-न-कुछ काम करते हैं। वहाँ न अपना कपड़ा साफ कर लेना कोई अपनी इज्जत के खिलाफ समझता है, न चौके में काम करना, न चक्की चलाना। बाहर आने पर समाज की पुरानी प्रथा का इतना भारी सिक्का हम पर जमा हुआ है कि हम इस अत्यंत महत्त्वपूर्ण बात को भूल जाते हैं। प्रत्येक मनुष्य को इस बात का अभ्यास डालने की जरूरत है कि काम कोई नीचा नहीं है। श्रम का महत्त्व जब हम नहीं समझेंगे तब तक हमारी दरिद्रता दूर नहीं हो सकती।

(10) सफाई—जेलों में सफाई पर बहुत विशेष ध्यान दिया जाता है। रहने के घर से लेकर पाखाने तक सभी बहुत साफ-सुथरे रखे जाते हैं। बाहर हातों की बात तो छोड़ दीजिए, कई शहरों में म्युनिसिपैलिटी का इंतजाम रहते हुए भी वैसी सफाई नहीं पाई जाती हैं, जैसी जेलों में पाई जाती है। गंदगी हमारे देश में बहुत भरी हुई है। इसीलिए सफाई के अभ्यास पर भी काफी जोर देना चाहिए।

(11) ठीक समय पर काम करना (Puaet uslity)—यह बात भी जेलों में खूब अच्छी तरह से देखने में आती है। यदि ऐसा नहीं होता तो हजारो-हजार बंदी ठीक समय पर न काम कर सकते थे। न भोजन पा सकते थे और न शाम को साढ़े छह-सात बजते-बजते उनकी गिनती करके फाटक बंद किया जा सकता था। यह भी हमारे लिए एक बहुत महत्त्व का पाठ है। भारतवर्ष में लोगों के साधारण जीवन में आज यदि यह कहीं पाया जाता है तो जेलखानों में।

(12) काम का सिलसिला, चौके का काम—काम का सिलसिला हम जेलों में अच्छी तरह सीख सकते हैं। उदाहरणार्थ चौके के काम को लीजिए। बाहर यदि किसी अवसर पर हमें पचास आदमियों को भी खिलाना होता है तो दिन के तीन बजते हैं और रात को एक या दो बजे के भीतर फुरसत नहीं होती। पर जेलों में जहाँ तीन-तीन, चार-चार हजार आदमियों को भी खिलाना होता है, वहाँ दिन को सबको ग्यारह बजते-बजते और शाम को छह-साढ़े-छह बजे रोजाना भोजन मिल जाया करता है और सात बजते-बजते सभी अपने-अपने बेरिक में बंद कर दिए जाते हैं। यह भी एक बहुत अच्छी सीखने लायक चीजें हैं।

इसी प्रकार और बहुत सी बातें जेलखानों में सीखी जा सकती हैं। आवश्यकता है, शुद्ध भाव रखने की, परखने की नजर और सीखने की चाह रखने की। इन्हीं के अभाव के कारण हम जेलों में रहकर उतना लाभ नहीं उठा पाते हैं, जितना हमें उठाना चाहिए।

5. आगे के लिए चेतावनी

गत सत्याग्रह आंदोलनों में जेल-जीवन ने बहुतों को सुधार दिया है। पर कुछ लोगों को ऐसा भड़का दिया है कि वे इस आंदोलन से ही अलग रहना अच्छा समझने लगे हैं। इसका प्रधान कारण है जेल-जीवन की हमारी कमजोरियाँ। ऊपर बताया जा चुका है कि वहाँ पर किस तौर से हमारी कमजोरियाँ व्यक्त हो गई थीं और उनके होने का काफी कारण भी था, क्योंकि बाहर से हमें अन्य समय का काफी अभ्यास नहीं रहा था। अकसर मौके पर ये कमजोरियाँ बहुत स्थूल तथा भद्दा रूप धारण कर लिया करती थीं। साथ ही केवल अनपढ़ किसानों अथवा मजदूरों में ही वे कमजोरियाँ नहीं दीख पड़ीं, बल्कि देश तथा प्रांत के बड़े-बड़े नेता कहलानेवाले सुशिक्षित लोगों में भी और सभी कैसी भी मामलों में कि चोरी से कागज-पत्र एकबार आदि मँगवाने में, साधारण भोजन आदि की बातों में। एक सज्जन का कहना था कि जब वे जेल के बाहर थे और सुनते थे कि राजनीतिक बंदी मामूली खाने-पीने की बातों पर लड़ाई-झगड़ा करते हैं तो उनको यह सुनकर अचंभा होती था कि देश के इतने भारी कारखानेवाले और सत्याग्रह स्वयंसेवक इतना नीचे कैसे गिर सकते थे। पर जेल में जाने पर ऊपर बताए हुए कारण के अनुसार उन्होंने भी ऐसा करना जरूरी समझ रखा था। इन घृणित तथा सम्मान विरुद्ध कार्रवाइयों को सत्याग्रहियों द्वारा होते देख हमारे कुछ भाइयों का खयाल इधर से बहुत फिर गया है। पर इसका यह उत्तर कदापि नहीं हो सकता कि आंदोलन को ही छोड़ दिया जाए। ऐसा होना अनिवार्य था। ऐसा हुआ। अब आवश्यकता है कि लोगों का इस प्रकार निर्णय किया जाए कि आगे चलकर ऐसी कमजोरियों के शिकार न बन सकें। हमें तो यदि इसके खिलाफ इस बात का हर्ष है कि हमारी इतनी गिरी अवस्था रहने पर भी, जन साधारण को देश-कार्य की कोई शिक्षा न मिले रहने पर भी लोगों ने इस हद तक साथ दिया। उनका जेल का आवरण कुछ अंशों में शिकायत लायक तथा घृणित अवश्य रहा था, जिस हद तक लोगों ने जेल-जीवन में अपने कर्तव्य को ऐसी दशा में निभाया वह वास्तव में सराहनीय है। इसीलिए अब शिकवे-शिकायत की बातों को छोड़कर आगे के लिए सुधार की बातों पर प्रत्येक देश प्रेमी सज्जन को ध्यान देना चाहिए।

एक बहुत जरूरी काम यह है कि प्रांतीय कांग्रेस कमिटी द्वारा इस बात का प्रबंध किया जाना चाहिए कि स्वयंसेवक को और शिक्षाओं के साथ-साथ जेल संबंधी आवश्यक बातों की भी शिक्षा दी जाए। इसके लिए चंद बातों पर तो उन्हें

खुद अपनी राय कायम करनी चाहिए कि जेल में उन्हें किस प्रकार जीवन व्यतीत करना चाहिए। इस संबंध में महात्मा गांधी तथा अन्य महानुभावों की कुछ रायें निकल चुकी हैं, पर वह काफी नहीं है। उनको आगे बढ़ाने तथा साफ करने की आवश्यकता है। अकसर ऐसे मौके पर झगड़ा और आपस में मतभेद भी हो जाया करता है कि जेलों में जोड़ा चलना चाहिए अथवा नहीं। कौन सा काम करना चाहिए कौन सा काम नहीं करना चाहिए। चक्की चलानी चाहिए या नहीं, इत्यादि-इत्यादि। इन सभी बातों पर तजवीज करके राय निकाल लेना बहुत जरूरी है। ऐसी कुछ आवश्यक बातों का जिक्र विचारार्थ नीचे किया जा रहा है।

(1) स्वयंसेवकों को जेल संबंधी आवश्यक बातों की जानकारी पहले ही करा देनी चाहिए, जैसे वहाँ का दैनिक जीवन कैसा होता है, वहाँ के और कायदे-कानून, राय-रेवाजात कैसे होते हैं।

(2) उनको यह भी समझा देना चाहिए कि जेल में भी सच्चे सत्याग्रहियों की तरह उन्हें रहना चाहिए। वहाँ जाकर चोरी से उन्हें कोई काम नहीं करना चाहिए।

(3) जेल कर्मचारियों के प्रति उनका कैसा बरताव होना चाहिए। गत आंदोलनों में बहुत लोग इस खयाल के थे कि हम तो कानून से लड़नेवाले हैं। हमारा काम बाहर भी कानून तोड़ना था, भीतर भी हमें कानून तोड़ना चाहिए। कुछ लोग समझते थे कि हमारा काम बाधा डालने (Obstruction) का है। हमको जेल का संचालन असंभव कर देना चाहिए। कुछ लोग इन खयालों के थे कि अपने सिद्धांतों की रक्षा करते हुए हमें जेल के कर्मचारियों के साथ मिलकर काम करना चाहिए। ऐसे खयालात के तफरकों की वजह से आपस में भी झगड़े हो जाते थे और कमचारियों के साथ भी झगड़े रहते थे। इसीलिए इस विषय में स्पष्ट सलाह उनको दी जानी चाहिए।

(4) जेल के किन-किन नियमों का पालन करना चाहिए और किन-किन का नहीं। उदाहरणार्थ जोड़ा या फूट, फायदे से या बिना किसी कायदे के साथ चलने-फिरने के बारे में भी बहुत मतभेद तथा झगड़ा-तकरार हुआ करता है, इस बात को भी स्पष्ट कर देना चाहिए।

(5) कौन-कौन से काम करने चाहिए और कौन-कौन से नहीं। कोल्हू के जरिए बंदियों पर जेल कर्मचारी बहुत दबाव डाला करते हैं। इसके बारे में राजबंदियों को क्या करना चाहिए। पटना कैंप जेल में भी प्रायः दो महीने या शायद इससे भी अधिक कोल्हू नहीं चलाने की वजह से तेल का मिलना एकदम बंद था। पीछे बिना कोल्हू चलाए हुए भी तेल मिला, पर यह भी झगड़े का एक कारण रहा।

(6) त्योहारों-व्रतों तथा अन्य अधिकारों को हासिल करने के लिए उन्हें कैसे काम करना चाहिए। इन बातों के न जानने से अकसर लोग बात-बात पर शोर मचाने लगते हैं अथवा बाटी पीटने लगते हैं। बात-बात में अनशन करने लगते हैं, हालाँकि अनुभव से देखा गया कि सामूहिक रूप से अनशन अधिक देर तक नहीं चलाया जा सकता है। समय-समय पर पहले से ही उपवास की आदत भी डालनी अच्छी होगी, केवल जेल जाने ही के खयाल से नहीं, बल्कि उससे और भी लाभ है।

(7) जेल की चीजों की उन्हें कैसे रक्षा करनी चाहिए? अकसर लोग जेल का दीवाला निकालने के खयाल से चीजों को बहुत बरबाद कर दिया करते हैं। कपड़े फाड़-फाड़कर तरह की चीजें बना लेते हैं। चक्की आदि तोड़ दिया करते हैं। वे यह नहीं समझते कि ये सारी चीजें अपनी हैं और बहुत चाव के साथ हमें इनकी रक्षा करनी चाहिए।

इसी प्रकार से और भी बहुत आवश्यक बातें हो सकती हैं, जिनकी शिक्षा स्वयंसेवकों को पहले ही अवश्य मिल जानी चाहिए। शिक्षा का सिलसिला जारी करने से कुछ कमजोर स्वयंसेवक, जो अपने मुँह में कालिमा लगा माफी माँगकर वापस आ जाते हैं, उनकी भी संख्या कम हो जाएगी, क्योंकि उस हालत में केवल चुने हुए लोग जो हर प्रकार से देशहित में कष्ट-सहन के लिए तैयार रहेंगे, वे ही जेल जा सकेंगे।

अंत में फिर पाठकों का ध्यान इस ओर दिला देना आवश्यक प्रतीत होता है कि जेल की ओर से हमें अपना ध्यान एकदम नहीं खींच लेना चाहिए। अब तक जो सफलता मिली है, आशातीत है। पर हमें अभी बहुत कुछ करना बाकी है। उसमें हमको आज से भी कहीं अधिक कष्टों को सहने के लिए तैयार रखना होगा। उसके लिए तैयारी करने का समय आज ही है। इसीलिए इस रचनात्मक कार्य पर भी हमें विशेष ध्यान देना चाहिए। ऐसा न हो कि हम सोचते विचारते रह जाएँ और फिर लड़ाई का समय आ जाए। उस समय हमें पछताना होगा। आज तैयारी का अवसर मौजूद है। हमें हरगिज हाथ से नहीं जाने देना चाहिए।

❑

सत्याग्रह की मीमांसा

हिंसा या अहिंसा?

(ले. श्री जगत नारायणलालजी एम.ए.एल.एल.बी.)

भारतीय राजनीति में स्वराज्य की प्राप्ति के लिए राष्ट्र महासभा सत्याग्रह और असहयोग इन दो अस्त्रों का प्रयोग कर रही है। इन दोनों अस्त्रों के प्रयोग का परिपक्व ज्ञान रखनेवाले और आचार्य हैं महात्मा गांधी। राष्ट्र महासभा ने अस्त्रों का प्रयोग महात्मा गांधी की प्रेरणा से स्वीकार किया। और वे ही इन अस्त्रों के प्रयोग के कुशल ज्ञाता हैं, इसीलिए उनको अपना मुख्य नेता बनाया।

ये सिद्धांत नए नहीं हैं। इनका प्रयोग भी जहाँ तहाँ जिस किसी ने समय-समय पर किया। परंतु इतना कम और इतने कम व्यापक रूप में कि उनका प्रयोग हिंदुस्तान में जब महात्मा गांधी ने आरंभ किया तो ये ऐसे नवीन और विचित्र मालूम हुए कि लोग चकित और हैरान रह गए।

असहयोग का बड़ा ही मार्मिक विवेचन महात्मा टाल्सटॉय ने अपने एक छोटे से लेख 'दि वन थिंग नोड फुल' में किया है। वह रूस की सहस्रों प्रजा को युद्धस्थल में जाकर कटते-मरते और शेष लोगों को कर भार से तबाह होते हुए देखकर अपने हृदय भेदी शब्दों में कहता है "ऐ रूसवासियों! तुम्हारी इच्छा न रहते हुए भी युद्ध क्यों छेड़ा जाता है, कौन छेड़ता है और कौन तुम्हें जबरदस्ती लड़ाइयों में भेजकर कटवाता है और कर भार से तबाह करता है? वही न! जो राज्य शासन का अधिकारी बन बैठता है और चाहे वह कितना ही निकम्मा-नालायक और क्रूर क्यों नहीं, जैसे चाहता है, वैसे उस शासन रूपी मशीन को चलाता और चलाकर तुम्हें बलात् पोसता और बरबाद करता है? उस मशीन को चलने की सारी शक्ति तुम्हीं प्रदान करते, तुम्हीं कर देते हो, तुम्हीं आदमी देते हो, तुम्हीं हुक्म मानते और

तुम्हीं अपने ऊपर जबरदस्ती होने देते हो, तुम्हीं शासन रूपी मशीन के कलपुरजे हो, तुम्हीं शासन रूपी विशाल अट्टालिका की नींव और आधार-स्तंभ हो। तुम हट जाओ, अपना हाथ खींच लो, अट्टालिका आधार शून्य होकर धड़ाम से जमीन पर आ गिरे और चकनाचूर हो जाए।'' इन्हीं मार्मिक शब्दों में टाल्सटॉय ने असहयोग और अराजकता 'Anarchism' का मंत्र फूँका और जगाया था। वह आज भी काम कर रहा है, करबंदी सरकारी नौकरियों, कचहरियों और विद्यालयों तथा अन्य संस्थानों से असहयोग और सरकार की आमदनी के अन्य सभी स्रोतों को बंद करना इसी असहयोग सिद्धांत के क्रियात्मक रूप हैं। इनका पूर्ण प्रयोग तो किसी भी शासन के अस्तित्त्व को जड़ से मिटाने के लिए काफी है, परंतु आंशिक प्रयोग भी जितना ही दूरगामी हो, शत्रु को उतना ही पंगु बनानेवाला होगा। हंगरी ने 'कोसूथ' के नेतृत्त्व में इसी सिद्धांत का प्रयोग करके आस्ट्रिया की पराधीनता से अपने को मुक्त किया था। कोरिया ने भी बहुत दिनों तक इस सिद्धांत का प्रयोग आत्म-रक्षा के हेतु आगे रखा। अब सत्याग्रह को देखें। सत्याग्रह की विवेचना का ठीक-ठीक अधिकार इसके आचार्य को प्राप्त है। फिर भी इस मार्ग पर थोड़ा बहुत चलने वाले यात्रियों को भी अपने उल्टे सीधे अनुभवों को कहने का कुछ अवसर दिया ही जा सकता है। इसी नाते हम भी कुछ कहेंगे। सत्याग्रह का मार्ग अनुभूत और पुराना है। मुनष्यों में जो श्रेष्ठ महात्मा या महापुरुष हो चुके हैं, उनमें से बहुतों ने इस मार्ग का अनुसरण करके अपना कष्ट सहिष्णुता के द्वारा अथवा अपने नश्वर शरीर तक को देकर सत्य की अजेयता और आत्मा की नित्यता को प्रमाणित किया। ईसा, प्रह्लाद, सुकरात प्रभृति सैकड़ों, सहस्रों, विख्यात और अविख्यात, ज्ञात और अज्ञात लोगों ने सत्याग्रह का अवलंबन किया और करके संसार को दिखाया कि सत्याग्रही की तपस्या एवं बलि के द्वारा सत्य का सिद्धांत और भी पुष्ट और अमर हो जाता है।

सत्याग्रह की नींव है, सत्य और अहिंसा। अहिंसा की नींव है, विश्व प्रेम। विश्व प्रेम की नींव है, आत्म-ज्ञान, आत्मैक्य का अनुभव। एक ही आत्मा घट-घट में व्याप्त है, पिंड और ब्रह्मांड दोनों ही में ओत-प्रोत है, ''एकस्सदु विप्रा बहुधा वदन्ति,'' यह जाने बिना विश्व-प्रेम असंभव है। वह जानना भी सिद्धांत रूप में या मौखिक नहीं, बल्कि वास्तविक अनुभव जन्य होना चाहिए। कितने लोग इस सिद्धांत को जाने बिना ही अपने आचरण के द्वारा, प्रेम व्यवहार के द्वारा इसका आंशिक स्वाद चख लेते हैं। कितने सिद्धांत को जानकर आचरण में न लाकर उसके अनुभव से वंचित रह जाते हैं। जो हो, आत्म-ज्ञान ही वह अंतिम सीढ़ी है, जिस पहुँचने पर वह अनुभव करता है! ''यस्मिन सर्वानि भूतानि अत्मैवाभूद्विजानतः। तय को

मोहः कश्शोक एकत्त्वमनुपश्यतः !' शोक और मोह, राग और द्वेष से रहित होकर पूर्ण एकता का अनुभव करता है और स्वामी रामतीर्थ के शब्दों में यों चिल्ला उठता है, ''जिसे देखना ही मुहाल था, न था जिसका नामोनिशां कहीं। सो, हरेक जरः में इश्क ने मुझे उसका जलवा दिखा दिया''! (2) करूँ क्या बयाँ मैं हम निशीं अर उसकिं लुत्फे निगाह का। कि तय्युनातका कैद से मुझे एकदम में छोड़ दिया'।

सत्य और अहिंसा के पूर्ण अनुभव का अवसान तो यहीं पहुँचकर होता है, परंतु हम तो यहाँ सत्य और अहिंसा के तत्त्व को सत्याग्रह के व्यावहारिक प्रयोग में देखना चाहते हैं।

संसार में लोग सत्य का पक्ष लेकर लड़ते आए हैं और असत्य का पक्ष लेकर भी। सत्य के पक्ष में लड़ने वालों ने भी हिंसा का प्रयोग किया है, असत्य के पक्ष में लड़नेवाले तो प्रायः बराबर करते ही आए हैं। सत्य पक्ष को लेकर लड़नेवाला हिंसा का प्रयोग करे या अहिंसा का अथवा दोनों में जिसका चाहे उसका? इस प्रश्न का उत्तर है, परंतु सहज नहीं है। गीता का अनंत और अद्भुत ज्ञान इसी प्रश्न को हल करता है। और हल करके जीवन-मार्ग का प्रदीप सदा के लिए स्थापित करता है।

महात्मा गांधी का आग्रह है कि गीता हिंसा का प्रतिपालन नहीं करता, हिंसा की मंजूरी नहीं देता। उनकी समझ में तो सारी गीता की कथा नहीं, समूचा महाभारत ही हर मनुष्य के भीतर होनेवाले घोर अंतर्युद्ध का रूपक मात्र है। वे कहते हैं कि यदि गीता हिंसा को मंजूरी देता है तो इस अर्थ को माननेवाले पहले अपने अन्यायी पिता-माता और सगे स्वजन पर ही इसका प्रयोग आरंभ करें। ऐसा वे कर तो सकते हैं नहीं, इसीलिए औरों पर भी हिंसा का प्रयोग न करना चाहिए, यह बात उनकी समझ में आ जाएगी। मैं छोटा आदमी हूँ, फिर भी महात्मा गांधी की इस धारणा और दलील को मानने के लिए तैयार नहीं हूँ। ऐसा कहने में मेरी हिम्मत और बढ़ जाती है, जब मैं देखता हूँ कि मेरे पक्ष में लोकमान्य सरीखे बहुत बड़े-बड़े विद्वान् और महापुरुष भी हैं। इन पक्तियों के पढ़नेवाले को यह विचित्र मालूम होगा कि इनका लेखक बैठा तो है तो पुष्टि और मीमांसा करने सत्य और अहिंसा को और अहिंसा के उस प्रतिपादन को, जिसे इसके आधुनिक आचार्य ने गीता से सिद्ध किया है, गलत बतलाता है। बात ऐसी ही है, गीता हमारे मन से और उपरोक्त विद्वानों के अनुसार अहिंसा को जीवन का सर्वमान्य नियम बताते हुए भी जो असत्य के पक्ष में हठ और दुराग्रह कर रहा हो, उसके प्रति हिंसा के प्रयोग को भी अनुचित नहीं, बल्कि समुचित बताता है। तो फिर सत्य के पक्ष में लड़नेवाला हिंसा का प्रयोग करे या अहिंसा का। यदि हिंसा जायज ही है तो उससे वह भागे क्यों, यही प्रश्न

सामने आ खड़ा होता है।

1921–22 में जब मैं असहयोग और सत्याग्रह का अनुयायी होते हुए और इस पर न केवल राजनीतिक बल्कि समग्र जीवन के व्यवहार में आचरण करने की आंतरिक लालसा रखते हुए कारावास में दाखिल हुआ तो वहाँ पहले-पहल गीतामृत का कुछ वास्तविक रसास्वादन करने लगा और लोकमान्य लिखित गीता रहस्य की दूसरी आहुति करता था, यही प्रश्न मेरे सामने आ खड़ा हुआ। कारावास में भी उन दिनों मुझे प्रसंगवश एकांतवास मिला हुआ था, और उस समय आध्यात्मिक चर्चा में जो हमारे साथी थे, उनसे अलग रहने पर यह शंका पैदा हुई। जीवन स्वीकृत सिद्धांत पर प्रबल आघात होने के कारण जो मानसिक विफलता होती है उसे अच्छी तरह भोगनी पड़ी। अकेला था। आत्म-चिंतन के अतिरिक्त कोई दूसरा उपाय नहीं था। अंत में अपने मन ने ही इस शंका का समाधान किया। यही समाधान लिखता हूँ और वही सत्याग्रह के संबंध में मेरी धारणा है। इसकी जो कुछ भी कीमत हो, न हो, लोगों के सामने रख देता हूँ।

(क) वेदाविनाशिनं नित्यं य एनमजयव्ययम्। कथंस पुरुषः पाथ के धातयति हन्ति कम्।

(ख) य एनं वेत्ति हन्तांर यश्चैनं मन्यते हत्तम्। उभौ तौ न विजानीत नायं हन्ति न हन्यते।

इन वाक्यों के द्वारा भगवान् ने देह की अनित्यता और आत्मा की नित्यता को प्रमाणित करते हुए किंकर्तव्यविमूढ़ अर्जुन को बताया है कि असत्य का पक्ष लेने वाले स्वजनों से भी तुझे सशस्त्र लड़ने में कोई दोष न होगा। इसीलिए 'मया हतांस्त्वं जहि मा व्यस्थिठा, युद्धस्व जैतासि रणे सपत्नान्'॥ मैं तो इन्हें पहले ही मार चुका हूँ। तू लड़ और मार, इन शत्रुओं पर अवश्य विजयी होगा। परंतु संसार में, स्वजनों के बीच संग्राम हो, अर्जुन सरीखा योद्धा हो और वह अपने स्वजनों के प्रति पूर्ण श्रद्धावान् होते हुए लड़ने के लिए विवश होकर कर्तव्यविमूढ़ हो रहा हो, ऐसी अवस्था आती ही कब है? साधारणतः जो संग्राम होता है, वह तो स्वजनों नहीं परजनों के बीच, और उनमें जो योद्धा अथवा प्रधान योद्धा दोनों ओर होते हैं, वे एक दूसरे के प्रति श्रद्धालु और प्रेमातुर नहीं होते, बल्कि उनके हृदय में क्रोध और द्वेष की अग्नि सुलगती रहती है। वे कर्तव्यवश नहीं बल्कि क्रोध के आवेश में आकर लड़ते हैं। क्रोध से स्मृति विभ्रम और स्मृति विभ्रम से बुद्धिनाश होता है, कर्तव्य-कर्तव्य का ज्ञान चला जाता है। ऐसी दशा में वह जो कुछ करता है गलत करता है, कम करता है या अधिक करता है, इसका तो उसे ज्ञान रहता ही नहीं। वह

अन्यायी के विरुद्ध लड़ने को तैयार होता है और अन्याय के गंभीर गर्त में गिरकर सत्यानाश को प्राप्त होता है।

हिंसा में एक और अवगुण है। हिंसा प्रतिहिंसा का भाव जीवित करती है और प्रतिहिंसा उत्तरोत्तर हिंसा का, उसकी इति कहाँ होगी इसका पता नहीं लगता। पीढ़ी-दर-पीढ़ी चलनेवाली पारिवारिक लड़ाइयों में यही बात देखने में आती है। यह हिंसा का प्रयोग करनेवाले दोनों पक्ष के उत्तरोत्तर विनाश का ही कारण होता है, न केवल ऐहिक, बल्कि अमुश्मिक अकल्याण का भी।

सत्याग्रह की प्रगति ठीक उल्टी है। सत्याग्रही सत्य की विजय के हेतु अन्यायी के विरुद्ध अहिंसा अस्त्र का प्रयोग करता है, अपनी तपस्या और कष्ट सहिष्णुता के द्वारा अन्यायी के हृदय को पिघलाकर परिमार्जित करता और अंतर्निहित प्रेम और कर्तव्य की भावना को जाग्रत करता है। इससे उभय पक्ष का हृदय शुद्ध होता और परस्पर द्वेष के बदले प्रेम की वृद्धि होती है। द्वेष और घृणा का तो यहाँ स्थान ही नहीं। हिंसा के अनुचर हैं द्वेष और घृणा, अहिंसा के प्रेम और आत्मीयता। इसीलिए साधारण मनुष्य अथवा मनुष्य समूह के लिए सत्याग्रह का मार्ग ही अधिक कल्याणकारी और शंकारहित होता है। परंतु जो राग और द्वेष शून्य हो और केवल कर्तव्य की भावना से भाषित हो, वह अहिंसा और हिंसा, इन दोनों में से जिस किसी अस्त्र का प्रयोग करना चाहे, बेखटक कर सकता है। परंतु ऐसे लोग हैं कितने? इसीलिए तो हिंसा का मार्ग सर्व साधारण के लिए अधिक भयावह है।

वादी प्रतिवादी से चोट पाकर जब स्वयं जवाब देने लगता है तो बदले में एक का चार चुका देता है, क्योंकि वह क्रोध के वश में होकर कर्तव्य-ज्ञान को भूल जाता है। परंतु न्यायाधीश वादी प्रतिवादी की परस्पर द्वेष भावना से रहित होने के कारण उचित से अधिक दंड नहीं देता और दंड प्राण दंड भी हो तो भी हिंसा का अभियोग इसपर और उसकी आज्ञा से प्राण लेनेवालों पर नहीं आता। हिंसा का प्रयोग करनेवाला जब अपने को न्यायाधीश की इस रागद्वेष शून्यता की स्थिति में रख ले तब कोई खतरा नहीं। परंतु जब तक ऐसा न हो, तब तक तो खतरा ही खतरा है, इसीलिए सर्व साधारण के लिए सत्याग्रह अर्थात् अहिंसात्मक युद्ध का मार्ग ही सुरक्षित और श्रेयस्कर है और हर हालत में दोनों पक्ष को ऊँचा उठानेवाला है।

***

मंच पर श्री सुभाषचंद्र बोस

मंच पर कांग्रेस के प्रमुख नेता गण बैठे हैं। श्री सुभाष बोस बीच में हैं।

श्री अब्दुल गफ्फार खाँ

'सीमा प्रांत के गांधी,' जो सरहद के लोकप्रिय सत्याग्रही नेता हैं।

डॉ. सैयद महमूद

छपरा के प्रसिद्ध बैरिस्टर और अखिल भारतवर्षीय कांग्रेस कमिटी के प्रधानमंत्री।

प्रो. अब्दुल बारी

बिहार के वीर युवक नेता, जिन्हें बीहपुर सत्याग्रह में कई बार पुलिस की निर्दयी लाठियों का शिकार बनना पड़ा और आप कई बार जख्मी हुए।

श्री बिपिन बिहारी वर्मा

भूतपूर्व बैरिस्टर और चंपारन में सत्याग्रह के अग्रगण्य नेता, जिन्होंने अपने अथक परिश्रम से उस जिले को आगे बढ़ाया है।

पं. प्रजापति मिश्र

चंपारन जिले के प्रसिद्ध त्यागी सेवक।

श्री जिमूत बाहन सेन

आपने पुरुलिया जिले में बड़ी जागृति उत्पन्न की है और गत सत्याग्रह में जेल गए।

सत्याग्रही सेना की कमजोरियाँ और उनके निवारण के उपाय

ले. स्वामी सहजानंद सरस्वती

भारतीय स्वातंत्र्य-युद्ध में सत्याग्रह का प्रवेश नागपुर की कांग्रेस से ही शुरू होता है जबकि 1920 के दिसंबर में राष्ट्रीय महासभा ने इस युद्ध का स्वरूप पलट दिया। उस समय तो प्रस्ताव के रूप में ही सत्याग्रह आया। मगर 1921 साल के बीतते, न बीतते इसे व्यावहारिक रूप भी मिला और प्रायः बीस-पच्चीस सहस्र सत्याग्रही सैनिक नौकरशाही के कोपभाजन हो कारागारों की चहारदीवारी के भीतर देश के इसकोने से उसकोने तक, बंद कर दिए गए! लेकिन हमारे दुर्भाग्य से उस समय चौरी-चौरा के करते यह संग्राम स्थगित हो गया और प्रायः 8 वर्ष इसकी यही दशा रही। इस दीर्घ विश्राम के बाद गत वर्ष इस युद्ध को व्यापक रूप मिला जिसने एक बार समस्त संसार को और अपनी पाशविक शक्ति के मद में मस्त विदेशी सरकार को भी आश्चर्यचकित कर दिया। पशुबल के सहारे अपने हृताधिकारों की प्राप्ति और उनकी रक्षा तथा विश्वव्यापक शांति का सुखद स्वप्न देखने वाली दुनिया आज उस बात को अपनी आँखों से देख रही है, जिसे वह ध्यान में भी नहीं ला सकी थी। शत्रु को एक गाली दिए, एक तमाचा लगाए या उसका एक बूँद रक्त बहाए बिना ही अपने स्वत्व की प्राप्ति की जा सकती है और इस प्रकार विशाल से विशाल देश परतंत्रता से मुक्ति पा सकता है, यह बात लोगों के दिमाग में भी नहीं आ सकती थी। लेकिन महात्मा गांधी के प्रताप से आज इस सिद्धांत की व्यवहारतः परीक्षा हो रही है और इसमें बहुत कुछ सफलता भी प्राप्त हो चुकी है। निस्संदेह स्वतंत्रता के संग्राम के इतिहास में यह अभूतपूर्व लड़ाई है और इसकी सफलता पर न केवल भारत का ही, किंतु समस्त संसार का वास्तविक कल्याण निर्भर है। क्या स्वतंत्र और क्या परतंत्र सभी देश आज किसी न किसी रूप से पशुबल के शिकार

हो रहे हैं। सैनिक बल की अभिवृद्धि की होड़ में सभी राष्ट्र पिसे जा रहे हैं और बेतरह अखरनेवाले कर-भार से संसार भर की जनता त्राहि-त्राहि कर रही है। इस महान् संकट से संसार को छुटकारा दिलाने का सुंदर मार्ग भारतवर्ष दिखाने जा रहा है और इस सत्याग्रह-संग्राम के रूप में उसी अद्वितीय कल्याणकारी मार्ग की परीक्षा हो रही है। इस बीसवीं शताब्दी में महात्माजी की कृपा से वास्तविक जगद्गुरुता का पद लेने को भारत अग्रसर हो रहा है और यदि इस युद्ध में इसने सफलता पा ली तो संसार-व्यापिनी शांति का सच्चा पथ प्रदर्शक होने के नाते इसके सिर जगद्गुरुता का ताज निश्चय ही बँधेगा। इस प्रकार देखने से इस सत्याग्रह में इस देश को दुहरे लाभ हैं। यही कारण है, जिससे हम चाहते हैं कि हमारी विजय इस युद्ध में अवश्य हो और सच्ची विजय हो, न कि दिखावटी और ऊपरी। फलतः इसके सैनिकों में इस महान् और पवित्र युद्ध की दृष्टि से, जो त्रुटियाँ हमें दीख पड़ती हैं, उन्हीं का दिग्दर्शन कराते हुए उन्हें दूर करने का अनुरोध करना इस लेख का लक्ष्य है। 1921 वाले और गत वर्षवाले दोनों ही युद्ध में एक तुच्छ सैनिक के नाते अन्यान्य सैनिकों के साथ बाहर काम करने और जेल में भी रहने का मौका हमें मिला है। यहाँ तक कि हमें बाहर और भीतर दोनों ही जगह युद्ध करते बीता है। अंतर केवल इतना ही रहा है कि बाहर तो विदेशी सरकार और उसके खुल्लमखुल्ला साथियों के साथ और भीतर अपने ही सहयोगी सैनिकों के साथ, न कि सरकार के साथ। इसके सिवाय इस बार बिहार प्रांत में और गत बार यहाँ और युक्तप्रांत दोनों में ही काम करने और जेलों में रहने का अवसर मिला है। युक्तप्रांत में तो साधारण सैनिक से लेकर बड़े-बड़े सेनापतियों के साथ जेल में रहने और अनुभव प्राप्त करने का अवसर लगभग एक वर्ष तक मिला, लेकिन बिहार में केवल बड़े कहे जानेवालों के ही साथ जेल-जीवन व्यतीत हुआ है। ऐसी दशा में उनके संबंध का अनुभव तो साक्षात् हुआ है। हाँ, साधारण सैनिकों के बारे में विश्वस्त सूत्रों से जानकारी प्राप्त करने और उसकी छानबीन करन के बाद जिस परिणाम पर मैं पहुँचा हूँ, उसी का दिग्दर्शन आगे है। लेकिन हर हालत में पाठकों को मैं यह विश्वास दिलाता हूँ कि वे इसमें अत्युक्ति का लेश न पाएँगे।

इतनी बात तो बिना संकोच और आगा-पीछा के ही कही जा सकती है कि सत्याग्रही सैनिक के कर्तव्यों और धर्मों की कसौटी पर कसे जाने के बाद सोलहों आने या कुछ ही कम-बेश खरे उतरनेवाले तो मुश्किल से एकाध प्रतिशत ही मिलेंगे, सोलह आने की बात ही जाने दीजिए। बारह और आठ आने भी खरे सैनिकों की संख्या प्रतिशत नगण्य के बराबर ही है और अधिकांश लोग उन नियमों के पालन के

अपवाद ही पाए गए हैं, जो सत्याग्रह के लिए संग्राम के सूत्रधार महात्मा ने निर्दिष्ट कर दिए हैं। इसमें भी खूबी यह है कि सत्याग्रहियों का दर्जा ज्यों-ज्यों ऊपर होता जाता है त्यों-त्यों इन नियमों की अवहेलना की प्रवृत्ति अधिकाधिक बढ़ती हुई देखी जाती है। यहाँ तक कि नेता या लीडर नामधारी लोग यदि जेल के बाहर डर, संकोच या और कारणों से, चाहे ऊपरी मन से ही सही, कुछ मानते भी हैं तो जेल के भीतर पद रखते ही पूर्ण स्वतंत्र हो जाते हैं। इसके विपरीत अपेक्षाकृत साधारण सैनिक में यह बुराई क्रमशः कम पाई जाती है। यह तो मानी हुई बात है कि साधारण सैनिक से भूल होने की जितनी आशा है, उतनी ही बड़े से कदापि नहीं। कारण, बड़े लोग तो समझदार तथा पढ़-लिखे होने के कारण सभी नियमों के जानकार समझें जाएँगे ही और यह मानना ही पड़ेगा कि इन नियमों की अवहेलना से होनेवाली हानियों को वे ज्यादा समझते हैं। विपरीत इसके छोटा सा सिपाही नियमों की खूबियों और बारीकियों को कहाँ तक जानेगा? उसकी योग्यता, जानकारी और हस्ती ही क्या ठहरी? खासकर जब यह आंदोलन सार्वजनिक (Mass Movement) हो गया है तब तो खामखाह अशिक्षित अधकचरे और सीधे-सादे सैनिक इसमें आएंगे ही। फिर वे नियमों के रहस्यों को क्यों जानने लगे? उनके लिए तो जेल और मारपीट वगैरह के भय का त्याग मात्र ही पर्याप्त समझा जाता है, बशर्ते कि वे बदले में मारपीट न करने के वचनबद्ध हों। ऐसी दशा में उनसे भूलें तो बहुत संभव है और वह क्षन्तव्य है। अनुभव ने बताया है कि बात इसके विपरीत है।

जो जितने ही बड़े हैं, भूलें भी उनसे उतनी ही अधिक हुई हैं। बल्कि उनके संबंधों में भूल शब्द का प्रयोग अन्याय है। भूल तो अनजाने में होती है और यह बात साधारण सैनिक के ही लिए लागू है। बड़े तो सभी बातें जानते हैं। अतएव वे भूल नहीं करते, किंतु नियमों की अवहेलना करते हैं, यही कहना उचित है। और जब इस बात पर ध्यान देते हैं कि ये नियम संबंधी जितनी भी भूलें और अवहेलनाएँ हुईं उनमें अधिकांश जेल के भीतर ही हुईं, जेल के बाहर तो अपेक्षाकृत बहुत कम हुईं तो बड़े कहे जानेवालों की कर्तव्य-विमुखता की गंभीरता का रहस्य स्पष्ट विदित हो जाता है। यह तो सभी जानते हैं कि साधारणतया जेल-जीवन बाहरी जीवन से निराला ही होता है। ऐसी दशा में बहुत संभव है कि साधारण स्वयंसेवक अपनी आवश्यकताओं का क्रीत दास होने के कारण जेल में भूलें कर सकता है, चोरी-मिथ्यावाद या दगा-फरेब कर सकता है, अपराधियों या उनके पिट्ठुओं के समक्ष दीनता दिखा सकता है। कारण, वहाँ वह अपनी आवश्यकताओं की पूर्ति नहीं कर सकता और उसे यह शिक्षा तो पर्याप्त रूप में नहीं दी जा सकी है कि उन

आवश्यकताओं से मुहँ मोड़ ले। लेकिन जो लोग बड़े कहे जाते हैं, उनके लिए तो जेल में बहुतेरी सुविधाएँ थीं। सरकार के वर्गीकरण में यही तो खूबी है कि कुछ लोगों कुछ चुनकर अलग रखती है और उन्हें यथासंभव सुविधाएँ देती है जिससे उनकी आवश्यकताएँ पूरी हो जाएँ। फिर भी उन्होंने जेल में क्या-क्या नहीं किया? यदि एकाध बातों में वे चूके हों तो नाम भी लिया जाए, लेकिन यहाँ तो बात ही विपरीत है। चूकों को गिनना तो कठिन क्या, एक तरह से असंभव ही है। यहाँ तक कि बहुत सोचने-विचारने के बाद भी पता लगाना मुश्किल है कि किस बात में वे नहीं चूके। तिसपर भी तुर्रा यह कि उनके ही किसी साथी ने बार-बार चेताया और कहा सुनी भी की जिससे वे संभल जाएँ। लेकिन उन्हें क्या परवाह। एक तो चेतानेवाला ही लंका में विभीषण की तरह इने-गिने-एकाध। फिर उनकी 'नक्कार खाने में तूती की आवाज'। मेरा तो विश्वास है कि साधारण सैनिक ऐसी हठधर्मी कभी नहीं दिखा सकते, जैसी उन्होंने दिखाई! यह है हमारे पतन की पराकाष्ठा! हमारे इस पतन के लिए जेल के अधिकारियों ने ही हमें तमाचे लगाए हैं और हमारी खिल्ली उड़ाई है। यहाँ तक कि साधारण (अराजनीतिक) कैदियों तक ने हमसे घृणा प्रकट की है। फिर भी हमें होश नहीं आया है और शर्म से हमने अपना सिर नीचा नहीं किया है।

जेलों में जाने पर सत्याग्रहियों में जो कमजोरियाँ प्रकट होती हैं उसका वास्तविक कारण यह है कि हम अपने को साधारण युद्ध के सैनिक समझ यह मान बैठते हैं कि जेल की चहारदीवारी के भीतर जाते ही हमारा युद्ध खत्म हो जाता है और हम अपने को युद्ध के कैदी (War-Prisoners) मानकर तदनुकूल ही आचरण करने लग जाते हैं। हमने चार बार जेलों में अधिकारियों के सामने इसी मनोवृत्ति का परिचय देते हुए उनसे सुविधाओं (Privileges) का दावा किया है। हालाँकि बात ठीक इसके विपरीत है। सत्याग्रही की लड़ाई तो तब तक बराबर जारी रहती है, जब तक अपना लक्ष्य प्राप्त कर नहीं लेता। चाहे जेल के भीतर हो या बाहर, वह तो अपने को चौबीसों घंटे युद्ध क्षेत्र में ही डटा समझता है। जेलयात्रा तो केवल युद्ध-क्षेत्र का परिवर्तन (Change of Front) मात्र है। उसे तो अपने त्याग, कष्ट सहिष्णुता अहिंसा और प्रेम से हिम्मत और मर्दानगी से शत्रुओं को पराजित करना है, न कि उन्हें कष्ट देकर। साथ ही, जहाँ बाहर कानूनों की सविनय अवज्ञा करके लड़ाई जारी रखना है, वहाँ भीतर जाने पर कानूनों को मानकर, बशर्ते कि वे आत्म-सम्मान के घातक न हों। जेलों में तो एक और विशेषता होती है। बाहर तो सत्याग्रही को अपने अन्न, वस्त्र, आवास और दवादारू का स्वयंमेव प्रबंध करना पड़ता है।

लेकिन जेलों में तो यह चिंता भी नहीं रहती। किंतु शत्रु को ही सबकुछ करना पड़ता है। ऐसी दशा में तो लड़ाई में और अनुकूलता हो जाती है और सच्चे सत्याग्रही को धन्यवाद देना चाहिए कि शत्रु ने स्वयंमेव ऐसा अवसर दिया है। लेकिन शोक कि हमारी मनोवृत्ति ही विपरीत है। जहाँ जेलों में जाकर अपने उच्च विचार, सदाचार, नम्रता, निर्भयता, सत्यपरायणता आदि देवी विभूतियों से उस नारकीय स्थान को स्वर्ग बनाने का यत्न करते और वहाँ के रहनेवाले पतित जीवों को अपने आत्मबल एवं त्याग से आकर्षित तथा प्रभावित करते, उनकी आत्मा पर मोहिनी प्रभाव डालते, तहाँ हम ठीक इसके विपरीत आचरण करने लग जाते हैं। हम समझ बैठते हैं कि हम तो युद्ध कैदी हैं और इस समय शत्रु के कब्जे में हैं इत्यादि। तिसपर भी तुर्रा यह कि साधारण कैदियों से अपने को बहुत ऊँचा मानते हैं। वहाँ आकर हम भी वही काम करते हैं, बल्कि और भी बुरा करते हैं, जैसा कि साधारण कैदी करते हैं—वही चोरी, कपट, मिथ्याचार, दगा, फरेब प्रवृत्ति। इसमें भी खूबी यह है कि जहाँ साधारण कैदी अपने इन कामों को बुरा समझता हुआ करता है तहाँ हम उन्हीं कामों को करने में शान समझते हैं। यह विचार तो देशभक्त, शहीद और त्यागी होने का दावा नहीं करता और न 'महात्मा गांधी की जय', 'भारत माता की जय' आदि के बुलंद नारे लगाता है। लेकिन हम तो यह सबकुछ करते हुए भी बुराइयों में उससे बाजी मार ले जाते हैं। ऐसी दशा में यदि शायद किसी प्रकार उसकी बुराइयाँ क्षन्तव्य भी समझी जा सकें, तो भी हमारे ये ज्वलंत दुर्गुण कैसे लक्ष्य हो सकते हैं। फलतः बाहर हमने जो कुछ किया है और उसके फलस्वरूप इस धर्म युद्ध में विजय के जितने ही निकट पहुँचे हैं, उस सभी को मटियामेट करने में ही हमारा जेल-जीवन बीतता है, बल्कि उससे भी ज्यादा हानि पहुचाने में।

जेल के भीतरः युद्ध की दशा वाली मनोवृत्ति के कूच कर जाने से हमारी दुहरी हानि हुई है। अपने प्रकृत लक्ष्य से तो हम बहुत दूर जा पड़े हैं, यह बात निर्विवाद है। लेकिन इससे भी बुरी बात यह हुई कि हमारी सच्ची संघशक्ति जाती रही है। अधिकारियों के साथ ऊधम और लड़त में कोई-न-कोई बहानेबाजी करके हमने अपनी संघशक्ति का भले ही परिचय दिया हो और इस तरह उन्हें दबाया भी हो, मगर यह सच्ची संघ शक्ति नहीं है। सत्याग्रही की संघशक्ति नहीं है। सत्याग्रही की संघशक्ति तो इस बात में है कि वहाँ जाकर अपने नियमों के पालन करने में हम स्वरसता दिखावें और यदि हममें कोई त्रुटियाँ हों तो वहाँ ऐसा संघ बना लें, जिसमें हमारे अच्छे से अच्छे आदमी हों और वे जो कुछ सुझाएँ, अक्षरशः उसी का पालन करें। जो ऐसा न करे, उसे दंडित करें और इस तरह आज्ञाधारिता को ठीक उसी

तरह जारी रखें, जिस तरह बाहर रखते थे। यह कितने मर्मांतक कष्ट की बात है कि जहाँ बाहर रहने पर अपने अदने से भी सरदार की आज्ञा हमारे लिए शिरोधार्य थी, तहाँ जेल में जाते ही बड़े से बड़े की भी हँसी उड़ाने लगे और यदि वह हमारी भूलों को सुझाएँ तो उसी की जान के ग्राहक तक बन जाने को तैयार हो गए। यह कोई कवि कल्पना नहीं, किंतु सच्ची बातें हैं। जेल की चहारदीवारी के भीतर जाते ही हममें से हरएक महात्मा गांधी और पं. मोतीलाल से कम नहीं रह जाता। यह हमारी बदकिस्मती है सही, लेकिन बात ऐसी ही है। किसी अनुभवी आत्मा ने कहा है कि "जेल उन ऐसी चुनी जगहों में एक है, जहाँ मनुष्य के असली रूप का पता लग जाता है"—The jail is one of the few places where a man is seen in his true colours" इस कथन की सत्यता का अक्षरशः अनुभव जितना सत्याग्रहियों के जेल-जीवन में हुआ है उतना शायद ही कहीं हो सकेगा। जेल-जीवन के जहरीले वायुमंडल ने जितना हम पर असर करके हमें पूरी तरह मूँड़ा है उतना शायद ही किसी को मूँड़ा होगा फिर भी इससे बढ़कर दुःख की बात और क्या हो सकती है, कि हम इसे महसूस करते ही नहीं।

जेल में जाते ही हम तपाक से साथ कह बैठते हैं कि हम मामूली कैदी थोड़े ही हैं, हालाँकि महात्माजी ने बार-बार कहा और लिखा है कि हमें अपने आपको मामूली (यहाँ तक कि खूनी) कैदी से बड़ा न समझना चाहिए। लेकिन ठीक इसके विपरीत ही हमारा आचरण बात-बात में होता रहा है। हजारीबाग जेल में जब 'बी' श्रेणी के कैदियों के लिए खास तरह के कपड़े की बात तय पाई तो हममें से बहुतेरों ने केवल इसलिए अनशन तक किया और उसकी धमकियाँ तक दे डालीं कि वे कपड़े हमें फौरन मिलें क्योंकि काफी कपड़ों के न होने से उनके मिलने में देर हो रही थी। इस मनोवृत्ति के लिए दो ही कारण थे। एक तो यह कि हम मामूली कैदियों से जुदा समझे जाएँ। दूसरा यह कि किसी बहाने जेल अधिकारियों को तंग करें। ऐसे मौके बार-बार आते गए, जब हमारी इन क्षुद्र मनोवृत्तियों ने हम पर विजय पाई। लेकिन क्या यह बात एक सत्याग्रही नामधारी को शोभा देती है ? क्या इस प्रकार जेल अधिकारियों को परेशान करने और बड़े बनने की शान में हम अपने प्राण प्रिय सिद्धांत की हत्या करने से बाज आए ? आखिर मामूली कैदियों से अपने को बड़ा मानने का हमें हक ही क्या है। और इसीलिए अपने साथ विशेष प्रकार के बरताव का दावा भी हम क्योंकर कर सकते हैं। डाकू, चोर, बदमाश कैदी, समाज को हानि पहुँचाने के कारण ही तद् द्वारा सरकार के शत्रु समझे जाकर जेलों में बंद किए जाते हैं। वे साक्षात् सरकार के शत्रु नहीं हैं यदि उन्हें स्वच्छंद विचरने दिया

जाए तो वे सरकार का कुछ नहीं बिगाड़ते। विपरीत इसके राजनीतिक कैदी तो इस सरकार को ही मिटा देने पर तुले हैं। ऐसी दशा में वे तो सरकार के साक्षात् शत्रु हैं। फिर उसी सरकार से अच्छे बरताव की आशा ही क्यों करें। रह गई विचार या मनोवृत्ति की विशेषता। उसका भी तो असली पता जेलों में जाने पर ही लगता है, जिससे सिद्ध होता है कि वस्तुगत्या हम उनसे भी गए-गुजरे साबित हुए।

जेल के भीतर हममें एक और भी बुरी बीमारी फैल गई और 1921 से लेकर आज तक बराबर देखने में आता है कि वह घटने की बजाए बढ़ती ही गई है। आत्मा, सिद्धांत विचार और धर्म के नाम पर हम बहुत अधिक अविचार एवं हठधर्मी से काम लेते हैं। बात-बात में धर्म और आत्मा या सिद्धांत को ला घुसेड़ते और अंध हठ से काम लेते हैं। नतीजा यह होता है कि कोई किसी की सुनता ही नहीं। आत्मा, सिद्धांत या धर्म वगैरह बहुत बड़ी चीजें हैं। इन्हें हर बातों में ला घसीटना इनकी मर्यादा को रसातल भेजना है। जो चीज हर बात में दखल देने लगती है, उसकी कद्र जाती रहती है और अफसोस कि हम धर्मादि को ऐसा ही बनाने पर तुले से हो रहे हैं। यही दशा अनशन की भी है। इसके बारे में भी गंभीर विचार से काम शायद ही कभी लिया जाता हो। इस तरह धीर-धीरे जेलों में अनशन के महत्त्व को भी हम घटाते जा रहे हैं। जेल के अधिकारी इससे भयभीत होते हैं। बस, हमने बार-बार यही मंत्र जपना शुरू कर दिया। यह ठीक नहीं है। अनशन करना तो प्राणों की बाजी लगाना है। ऐसी दशा में प्राणों से बढ़कर किसी वस्तु के ही लिए इसका अवलंबन किया जाना चाहिए, तभी यह उचित होगा। मगर इस विचार से हम काम लेते कहाँ हैं। नतीजा यह होता है कि इसकी भी मर्यादा घटती जा रही है। तिसपर भी तुर्रा यह कि बेपेंदी के लोटे की तरह हम इधर-उधर लुढ़कते रहते हैं। हममें दृढ़ता नहीं होती। फलतः अनशन शुरू तो कर देते हैं, लेकिन कष्ट का दबाव पड़ते ही दब जाते और उसे तोड़ देते हैं। इससे तो और भी हानि होती है। यह बात केवल अनशन के ही बारे में नहीं है। हमने देखा है कि गंभीर विचार एवं दृढ़ता से गोया हमने नाता ही तोड़ लिया है। फलतः बात-बात में हम बच्चों की तरह फिसलते रहते हैं। मालूम होता है कि उत्तरदायित्त्व का पाठ हमने पढ़ा ही नहीं है। इसी से हमने अपने को बहुत नीचे गिरा दिया है।

अब तक हमने जेल-जीवन, ही भूलों का दिग्दर्शन कराया है, क्योंकि हम सत्याग्रहियों का असली रूप वहीं प्रकट होता है। बाहर तो लोक लाज, भय, शान आदि कारणों से हमारी कमजोरियाँ छिपी रहती हैं। लेकिन जेल में ऐसा कोई नियंत्रण एवं बँधन न होने के कारण वे एकाएक प्रकट हो जाती है। अतएव उन्हीं

पर प्रकाश डालना उचित प्रतीत हुआ है। बाहर की कमजोरियों को तो लोग जानते भी हैं। अतएवं उनके बारे में लिखना एक तरह से व्यर्थ सा ही है। यद्यपि जेल के भीतर भी बहुत सी कमजोरियाँ देखने में आईं। लेकिन सबको गिनाने से लेख बहुत बढ़ जाएगा। इसी से दिग्दर्शन मात्र करा दिया है।

अब रही इनके सुधार की बात। सबसे पहली और जरूरी बात यह है कि बाहरी व्यवहार के लिए कांग्रेस जितनी शिक्षा देती और नजर रखती है, सख्ती रखती है, जेल-जीवन के लिए भी उतनी ही ताकीद रखकर शिक्षा दे। एतदर्थ कांग्रेस की ओर से जेल-जीवन की पूरी नियमावली बननी चाहिए, जिसमें श्रेणी विभाग को भी बात आ जाए। श्रेणी विभाग के बारे में कांग्रेस की सख्त आशा होनी चाहिए कि इसे कोई स्वीकार न करे और जो इसके लिए तैयार न हों, वे जेल का नाम लें। इस श्रेणाी विभाग ने जितनी हानि की है और हमें नीचे गिरने का जितना मौका दिया है, उतना शायद ही किसी ने। मैं तो 1921 में भी देख चुका हूँ कि इससे हमारा कितना पतन हुआ तथा सत्याग्रहियों में आपस में ही कितना भेदभाव बढ़ा। जेल जाने पर कम-से-कम कितनी और अधिक-से-अधिक कितनी सुविधाएँ हम स्वीकार कर सकते हैं, इसका स्पष्ट आदेश होना चाहिए।

इसके सिवाय हमारी मनोवृत्ति को भी बदलने का यत्न होना चाहिए। हमें ऐसी शिक्षा दी जानी चाहिए, जिससे जेल के भीतर भी हम अपने को युद्ध क्षेत्र में ही समझें और वहाँ भी ठीक-ठीक आज्ञाधारिता का परिचय दें। एतदर्थ सत्याग्रह सैनिक के लिए अथ से इति तक पूरी नियमावली बनवाकर उसके पालन की शपथ हर एक से ली जानी चाहिए। जिस प्रकार सशस्त्र युद्ध में सैनिकों से प्रतिज्ञायें कराई जाती है, ठीक वही रीति हमारे लिए भी लागू है। इसके बिना काम नहीं चलेगा। एतदर्थ स्थान-स्थान पर शिक्षा केंद्र खुलने चाहिए। चाहे छोटे या बड़े सभी को समान नियमों की पाबंदी के लिए विवश होना चाहिए।

जेल के भीतर या बाहर जो कमजोरियाँ हममें प्रतीत हों, उन्हें निस्संकोच होकर जनता में प्रकट करना चाहिए। यही हमारे लिए अंकुश और नियंत्रण है। दूसरा दंड या दबाव हम दे ही क्या सकते हैं? यह काम करने में मिथ्या प्रतिष्ठा या शान (Prestige) हमारे मार्ग का प्रतिबंध होनी चाहिए। जिस शान के लिए हम सरकार को कोसते हैं, उसी के नीचे हम स्वयं पिस जाएँ यह कितनी लज्जा की बात है।

नियम पालन या आज्ञाधारिता (Discipline) में बहुत सख्ती से काम लिया जाना चाहिए, फिर चाहे वह जेल के भीतर हो या बाहर, और जो अपराधी पाए जाएँ उनका उचित दंड अविलंब होना चाहिए, चाहे वह बड़े हों या छोटे। दंड में

किसी प्रकार का संकोच या लिहाज न होना चाहिए और उसका व्यवहार समान रूप से होना चाहिए।

***

—"स्वराज्य का एक लक्षण यहाँ देता हूँ। स्वराज्य मृत्यु के भय का त्याग है। जो जाति मृत्यु भय से डरेगी, वह कभी स्वराज्य प्राप्त नहीं कर सकती। यदि प्राप्त भी कर ले तो उसकी रक्षा नहीं कर सकती।

अंग्रेज अपनी जान अपनी जेब में रखते हैं। अरबी और पाठान लोग मृत्यु को एक साधारण दुःख से बढ़कर नहीं समझते। वे संबंधी के मरने पर कभी रोते नहीं। ये लोग मारते हैं और मारते हैं, परंतु जो मरते नहीं, बल्कि मरने को ही तैयार रहते हैं, उनकी क्या बात है। ऐसे लोग तो संसार की प्रशंसा प्राप्त कर लेते हैं।"

—महात्मा गांधी

***

श्री अनुग्रह नारायण सिंहजी स्वामी

बिहार के प्रमुख नेता और तीसरे डिक्टेटर।

भवानी दयाल संन्यासी

दक्षिण अफ्रीका के प्रसिद्ध सत्याग्रही, जो अब अपनी जन्मभूमि शाहाबाद जिले में निवास करते हैं और उसी जिले के प्रधान की हैसियत से उन्हें दो साल कैद की सजा दी गई थी।

बाबू मथुरा प्रसादजी

बिहार प्रांतीय कांग्रेस कमिटी के सहकारी मंत्री, जो गया जिले को जगाते हुए जेल गए।

श्री निवारण चंद्र दास

पुरुलिया के त्यागी नेता, आप बड़े शुद्ध विचार और निश्चल आचार के व्यक्ति हैं।

पं. भरत मिश्रजी

आप छपरा जिले के प्रथम डिक्टेटर थे। गत आंदोलन में आपको दो बार जेल जाना पड़ा था।

प्रो. ज्ञान साहा

आप बिहार हिंदुस्थानी सेवा दल के मंत्री हैं। 124ए धारा में आपको डेढ़ साल की सजा मिली थी।

बाईं ओर से श्री फूलन प्रसाद वर्मा वकील हाइकोर्ट पटना, श्री मुरली मनोहर प्रसादजी, जो संपादक सर्चलाइट, बाबू सारंगधवर सिंह खजानची बिहार प्रांतीय कांग्रेस कमिटी, आप तीनों सज्जनों को पुलिस एक्ट के अनुसार सजा हुई थी।

श्री जगतनारायण बी. एस. सी.

आप पटना जिला कांग्रेस कमिटी के तीसरे डिक्टेटर हैं। आपको डेढ़ साल की सजा हुई थी।

रणाह्वान

श्री जयनारायण झा 'विनीत', विद्यालंकार, 'विशारद'

उठ, चल ओ भारत नव जवान! गा वज्र घोष में अग्नि-गान।
धधके धकधक धू-धू कराल
यौवन की संजीवनी ज्वाल,
लपटें लपटें विक्रम विशाल,
हो जाए जगत उत्तप्त लाल
जल थल नभ दिगमंडल समस्त, हो जाए प्रलय पागल समान।
उठ, चल ओ भारत नव जवान! गा वज्र घोष में अग्नि गान।१॥
पावन परिवर्तन सुगुण वान
भव-उथल पुथल-टंकार खान,
ले उठा प्रलय का धनुष तान
चोखे चोखे निर्माण बाण
हो ध्वंश वायु वाहन सवार, क्या सुन न रहा है रणाह्वान?
उठ, चल ओ भारत नव जवान, गा वज्र घोष में अग्नि गान।२॥
शार्दूल शक्ति-संचय अपार
ओ भैरव! प्रलयंकर प्रहार
कर कालांतक सा बार बार
बँध जाए शत्रु-संहार तार
मच जाए हा-हा-कार घोष, रच जाए वर-विप्लव-विधान।
उठ, चल ओ भारत नव जवान! गा वज्र घोष में अग्नि-गान।३॥
ओ वीर भद्र! ओ रुष्ट रुद्र!
कर भ्रू-विलास, भू आसमुद्र।
कर ले अब हस्तामलक क्षुद्र।
भेदोपभेद : का भाव शुद्र—
आमूल लोप कर दे, लहरा दे सौम्य साम्य सागर महान्।
उठ, चल ओ भारत नव जवान! गा वज्र घोष में अग्नि-गान।४॥

***

जगौनी

श्री 'विनीत', विद्यालंकार, 'विशारद'

जाग, जाग, जाग शेर हिंद! जाग जाग।
लूटते तुम्हें असंख्य दस्यु नींद त्याग॥
हरि निकेत में बिहार
खल सियार लूट मार
है मचा रहे, शिकार-
खेल सानुराग।
जाग, जाग, जाग शेर हिंद! जाग जाग॥
भ्रांति भूरि तोड़ ताड़
वन विपक्षा को पहाड़
उठ दहाड़ छोड छाड़
घातक : विराग,
जाग, जाग, जाग शेर हिंद! जाग जाग॥
वैर वंश को कुठार
दस्युतादि पवि-प्रहार
जो बने, जला अपार
सा प्रकोप आग।
जाग, जाग, जाग शेर हिंद! जाग जाग॥

अब

श्री रामधारी सिंह "दिनकर"

(यह कविता उस समय लिखी गई थी, जब भारतीय राजनीति के बूढ़े चाणक्य, मोतीलालजी का देहावसान हो चुका था तथा सर सप्रू साहब शकुनी बनकर गांधीजी को वायसराय साहब के यहाँ समझौते के लिए ले गए थे।)

अस्त्र-शस्त्र है सेनापति है,
है रण के सब साज सही।
चंद्रगुप्त के साथ किंतु,

चाणक्य दीखते आज नहीं॥
रिपु तो है दुर्योधन, मातुल
का हम क्यों अपमानकरें॥
द्यूत खेलते हैं पांडव
भगवान् हाय कल्याण करें॥
हे हरि! होना साथ शूल
मग के सारे जंचते जावे।
वधिकों के इस स्वर्ण-जाल से
राजहंस बचते जावें॥

× × ×

जीर्ण तरी है, चटुल धार है, उमड़ रही भीषण आँधी।
हो अधीर मत जननि! लिए पतवार खड़े तेरे गांधी॥

महात्मा गांधी

(१)

जग की इस घोर अमा में,
फैली कैसी उजियाली?
किन किरणों की आभा से,
झिलमिला उठी अंधियाली ?

(२)

किसका इंगित पा जगती,
शैशव की ओर चली है?
मुरझाने विश्व-कुसुम को,
फिर करता कौन कली है?

(३)

नव-जीवन फूँक रहा है,
जग के आकुल प्राणों में ।
यह जादू छिपा हुआ है,
किस गायक के गानों में?

(४)
वंशी की मीठी ध्वनि पर,
विषधर-फण नत होते हैं।
कढ़ती न म्यान से असि है,
असहाय वीर रोते हैं॥

(५)
यह विस्मय बड़ा प्रबल है,
बल को बलहीन रिझाते।
मरनेवाले हँसते हैं,
आँसू हैं बधिक बहाते॥

(६)
गरदन असि पर धरने को,
घर-घर से शिशु कढ़ते हैं।
निष्ठुर बधिकों से भिड़ने,
अब राजहंस बढ़ते हैं॥

(७)
यह विश्व-प्रेम का गायन,
किस 'ईसा' ने गाया है?
फिर फैल रही भारत में,
किस 'गौतम' की माया है?

(८)
हँसता 'प्रह्लाद' अनल में,
जुल्मी की लख नाराजी।
कोई 'दधीचि' धरता है,
अपने प्राणों की बाजी॥

(९)
जीवन की चिता बनाकर,
सुलगाकर भीषण ज्वाला।
जगती के घोर तिमिर में,
करता यह कौन उजाला?

(१०)
यह कौन नाश के पथ से,
इस जग को खींच रहा है ?
मानवता के पौधे को,
आँसू से सींच रहा है ॥
(११)
गूँजती विश्व में तेरी,
ऋषि! शांतिमयी हुँकारे।
कुंठित पड़ती जाती है,
तीखी असियों की धारें ॥
(१२)
मानवता मुक्ति, रुधिर की,
लथपथ से चाह रही है।
ऋषिराज! विकल जगती यह,
तक तेरी राह रही है ॥
(१३)
जगती के धूमिल नभ पर,
शिशु-रवि का स्वर्ण उदय हो।
गावे मानवता युग-युग,
''ऋषिराज! तुम्हारी जय हो''

—श्री रामधारी सिंह

माता का संदेश

बीर कुलीन के वंशज हो तुम
कायर कूर कहैयो ना।
दीजियो प्राण सहर्ष स्वदेश पै
हिम्मत ओज भगैयो ना॥
गैयो गगन भेदि ज्वालामयी गीत
फूट की वेलि उगैयो ना।
बाण भले चलि है तन पै
पर शत्रु से पीठ दिखैयो ना॥

—''श्री अरविंद''

भावना

श्री रामचंद्र शर्मा, अमहरा

(१)

गौरव होगा भारत का वीर गुजरात कभी,
वोरसद मंदिर में जमघट किसानों का॥
ताज वारडोली, साज वाज बंगाल होगा,
राज होगा भारत पर भारतीय आनों को॥
संयुक्त देश, बंबे, मद्रास आदि भूषण होंगे,
होगा पंजाब में मेला दीवानों का॥
देश पर प्यार होगा, तन-मन निसार होगा,
हार होगा माँ को बिहार-बलिदानों का॥

(२)

सुख होगा, साज होगा, सुंदर स्वराज होगा,
भारती जवाहर को ताज पहिरावेंगे॥
धन होगा, धाम होगा, पुनः सुनाम होगा,
ग्राम होंगे गौरव के गीत लोग गावेंगे॥
सारे भारतवर्ष में बहेगी प्रेम गंगा सी
विश्व में तिरंगा हम फेर फहरावेंगें॥
सतलुज के किनारे हाय! भगत के खून पर
रो रो स्वाधीनता की मंदिर बनावेंगें॥

स्वतंत्रता-पंचक

(श्री मधुसूदन ओझा "स्वतंत्र")

(१)

अंतर्दाह प्रज्वलित होकर उगल रहा है चिनगारी!
ऐसा भीषण प्रलय मचेगा—उथल-पुथल होगी जारी!!
दृश्य भयानक होगा ऐसा, सारा जग तक काँप उठे!
भीषण-क्रंदन से चारों दिक्, प्रलय-अग्नि से पाट उठे!!
प्रलयंकर शंकर का तांडव-नृत्य वहाँ फीका होगा!
अमर पागलों का मरना ही जहाँ आत्म-क्रीड़ा होगा!!

(२)

किसके श्री चरणों में अपना मस्तक अरे नवाते हो!
आत्म समर्पण कैसा तेरा पतन-मृत्यु अपनाते हो!!
दोनों की जब स्वार्थ-मयी धारा दो दिशि में बहती है!
निशा, प्रकाश, स्वतंत्र, गुलामी में कैसे निभ सकती है!!
शांति पराजय में सुख क्या है, जिसे गुलामी कहते हैं!
उससे तो अच्छा मर जाना, वीर धीरता गहते हैं!!

(३)

अरे! वेदना जिसे समझ कायर गीदड़ सा मरते हैं!
उसे बीर गण समुद सहज ही प्रेमालिंगन करते हैं!!
कितनों ने जीवन रक्षा में स्वनिर्मल भेंट चढ़ाया है!
अधिक क्षुद्र कायरता वश हो केवल पाप कमाया है!!
माँ के वे अभिमान लाल जो बलि वेदी चढ़ जाते हैं!
वे कपूत, कायर जननी के सुत जो दूध लजाते हैं!!

(४)

शूल फूल मत समझ अरे! जो सादर शीश चढ़ाते हैं!
उनका मरना सफल जगत में अजर अमर पद पाते हैं!!
जीते जी निज जीवन जग में, काम नहीं कर जाते हैं!
मरकर वही जगाते उनको औ शहीद-पद पाते हैं!!
कौन जानता है शरीर की गति क्या होगी जीवन में!
घुल-घुलकर सड़ना होगा या क्या होगा इस प्रिय तन में!!

(५)

जिनके दिल में आजादी की चिनगारी है लगी हुई!
जिनके रोम-रोम में मर मिट जाने की है साध भरी!!
ऐसे ही प्रण-बार युवक गण शीश चढ़ाने आ जावें!
तभी स्वतंत्रता-प्राप्त देश में, राष्ट्र-पताका फहरावें!!
चैन न लो मरते दम बीरो! युद्ध-क्षेत्र में डट जाओ!
प्रिय स्वराज्य को ले लो तुम या अमर-पुरी पद ही पाओ!!

'उद्‌वोधन'

लेखक —मधुसूदन ओझा 'स्वतंत्र'

बस, आगे ही बढ़ते जाओ!
भटक-भटककर क्यों जाते हो, जीवन-पथ में क्या पाते हो?
जो, आगे-पीछे पग लाते हो, पग-पग पर पछताते हो!!
    हाँ, तनिक नहीं तुम घबराओ॥ बस.॥
यदि, विघ्न-घटा घन घिर आवे, मूसलधार अरे बरसावे
काली अंधियारी छा जावे, बिजली कड़क-कड़क घहरावे॥
    पर, तनिक नहीं तुम भय खाओ। बस.॥
पथ में दुर्लंघ नद को पाकर, हटे न पग पीछे घबरा कर।
बहता हो भीषण बवंडर या घड़ियालों मगरों का डर॥
    अपने मन में अरे न लाओ। बस.॥
कालनेमि, वंचक मिल जावे, सब्ज बाग अपना दिखलावे।
टुकड़ों पर तुमको फुसलावे, कभी न विपथ तुम्हें कर पावे॥
    मृग तृष्णा से जान बचाओ। बस.॥
गिर-गह् वर घन-घोर प्रांत-वन, पगडंडी हो शून्य अरे जन!
घातक शेर व्याघ्र से छन-छन खतरे में हो तेरा जीवन॥
    धर धीरज भय-भूत भगाओ। बस.॥
पवन वेग से बहता सर-सर, खाई में गिरने का हो डर।
दुर्गम गिरि-पथ से तुम चलकर, बैठ न जाओ थककर पल भर॥
    तो भी विजय-ध्वजा फहराओ। बस.॥
विघ्नों की परवाह न करके, मुँह से कभी आह ना निकले।
चाहे, प्रलय-प्रेम घन बरसे, हटे न पग पीछे भी भय से॥
    प्रिय स्वतंत्रता को अपनाओ। बस.॥
अपना जीवन-सर्बस देकर, रण चंडी का खप्पर भर-भर।
स्वतंत्रता का सैनिक बनकर, सत्याग्रह के रण में मर-मर॥
अब, जोश जवानी दिखलाओ। बस आगे को बढ़ते जाओ॥

❑

सत्याग्रही प्रह्लाद की प्रतिज्ञा

राम–नाम का मंत्र का मजा है मृदु मैंने चखा,
छोड़ूँगा इसे न सिर चाहे काट धर दो।
मूली के समान मुझे काट डालो छप–छप,
भेजने को स्वर्गधाम
चाहो तो जहर दो।
अग्नि में जला दो मुझे
जल में गला दो मुझे,
धूल में मिला दो चाहे तीर तन भर दो।
पावन स्वपथ से न तिल भर टलूँगा कभी,
गिरी से गिरा के चाहे चूर–चूर कर दो॥

—'श्री अरविंद'

फरियादे बिस्मिल

(कविवर 'बिस्मिल' इलाहाबादी)

सितम पर हम सितम लाखों सहेंगे।
मगर हिरफिर के 'गिरजा' में रहेंगे॥
बदन में खून तक बाकी नहीं है।
मेरी आँखों में आँसू क्या बहेंगे॥
सभा में चुप नहीं रहने के 'बिस्मिल'।
खरी जो बात होगी वह कहेंगे॥

* * *

बेगूसराय गोली-कांड के शहीदों के प्रति

हीरे सा जीवन इस जग में
होता यश का मोल।
वीरो! तुमन मृत्यु वधू का
प्यार चखा अनमोल॥
नन्हे से जीवन का माँ की
वेदी पर बलिदान।

इसीलिए तो सखे! तुम्हारा
करते हम सम्मान॥
टूटेंगी, अवश्य टूटेंगी;
माँ के पग की कड़ियाँ।
बरस चुकी हैं जब बंदूकों से
तुम पर फूल झड़ियाँ॥''

—श्री कपिलदेव नारायण सिंह 'सुदृढ़'

❑

सत्याग्रह और महिलाएँ

राजनीतिक जागृति के साथ समाज के अन्य विभागों के उत्थान का कितना गहरा संबंध है, यह बताने की आवश्यकता नहीं। भारत जैसे देश में और विशेष कर उत्तर भारत में परदा-प्रथा का जबरदस्त अखाड़ा।

गत सत्याग्रह आंदालन के कारण स्त्रियों के दृष्टिकोण में क्रांतिकारी और अभूतपूर्व तबादले हुए। महात्मा गांधी राजनीतिक सुधार के ही नहीं, सामाजिक क्रांति के भी मसीहा हैं। जिस समय उन्होंने पिछले साल सत्याग्रह आरंभ करने के पहले अपना यह दिव्य संदेश सुनाया कि विदेशी कपड़ो की दुकानों पर पुरुष धरना न दें, बल्कि महिलाएँ ही इसकाम को करें, उस समय मालूम हो गया कि महात्मा गांधी राजनीतिक प्रज्ञ ही नहीं, मानव-चरित्र विज्ञान के पारदर्शी ऋषि भी हैं। अपने इस निश्चय से उन्होंने कितनी दूरदर्शिता दिखाई, इसका अनुभव सभी को सत्याग्रह के पिछले भागों में हुआ। इस निश्चय का फल यह हुआ कि सारे देश में महिलाएँ महात्मा गांधी के इस निमत्रंण को स्वीकार कर बड़ी संख्या में आने लगीं और बंबई आदि स्थानों में तो महिलाओं ने कमाल कर दिखाया। भारतीय स्त्रियों में जागृति की ऐसी लहर हमारे देश के इतिहास में पहले कभी न उठी थी। यों तो माता लक्ष्मीबाई, वीरागंना पद्मिनी देवी आदि के उदाहरण हमारे मस्तकों को सदा ऊँचा बनाते रहेंगे, पर महिलाओं के अंदर इस तरह की सामूहिक जागृति का नमूना ढूढ़ने के लिए तो भारतीय इतिहास का नया संस्करण ही करना पड़ेगा।

श्रीमती नायडू

भारत कोकिला श्रीमती सरोजनी नायडू तो महात्माजी के धरसना तक गोदाम की चढ़ाई के अवसर पर ही वीर बाला की तरह सरकारी आशा का उल्लंघन कर जेल-यात्री बनीं। उनकी गिरफ्तारी के कारण भारत की अपेक्षा विदेशों में अधिक सनसनी फैली और अमेरिका संयुक्त राष्ट्र में तो इसके बाद विरोध की आँधी सी

बह चली पड़ी।

उधर बंबई के सत्याग्रह में हमारी बहनों और माताओं ने जो दृढ़ता दिखाई, उससे तो भारत का मुँह उजला हो जाता है। बंबई के सत्याग्रह की आशातीत सफलता का श्रेय अधिकतर वहाँ की वीर महिलाओं को है। जिन्होंने एक के बाद दूसरी, सत्याग्रह की संचालिकाएँ बनकर यह दिखला दिया कि उनके सुंदर और कोमल कमनीय शरीर के भीतर रण-चंडी की दृढ़ता और संचालन शक्ति मौजूद है। बीकानेर स्टेट के प्रधानमंत्री सर मानुभाई मेहता की सुपुत्री, प्रसिद्ध डॉ. जीवराज मेहता की धर्मपत्नी श्रीमती हंसा मेहता, भारतीय राष्ट्रीयता के पूजनीय महर्षि स्वर्गीय दादा भाई नौरोजी की पौत्री पारसी महिला श्रीमती पेरिन कैपटेन, हाईकोर्ट के जज स्व. श्री बदरुद्दीन तैयबजी की पौत्री श्रीमती लुकमानी, श्रीमती अवन्तिका बाई गोखले, श्रीमती रमीबाई कामदार, प्रसिद्ध कवि हरेन्द्रनाथ चट्टोपाध्याय की धर्मपत्नी श्रीमती कमला चट्टोपाध्याय, श्रीमती लीलावती मुंशी इत्यादि महिलाओं ने बंबई के सत्याग्रह में कमाल कर दिखाया। इनमें से तो कितनी देवियाँ तो बंबई सत्याग्रह की संचालिकाएँ बनीं और बड़ी दक्षता से अपना दायित्व निभाया।

महिलाओं की कवायद

बंबई के सत्याग्रह के लिए देश सेविका दलों के संगठन हुए और सैकड़ों महिलाएँ बाकायदा सैनिक कवायद किया करती थीं और बिगुल बजाकर राष्ट्रीयता का मंत्र फूँकती थीं। उन्हीं महिलाओं के प्रयत्न से बंबई की जागृति बहुत अधिक बढ़ गई और पुलिस के दाँत खट्टे किए।

पंजाब में श्रीमती लाढ़ो रानी जुतसी तथा अन्य जुतसी बहनों ने भी कमाल कर दिखाया और अपनी जेल यात्रा से पुरुषों की अकर्मण्यता का प्रायश्चित किया।

दिल्ली में महिलाओं ने पिकेटिंग में जोरदार भाग लिया।

युक्तप्रांत में तत्कालीन राष्ट्रपति पं. जवाहरलाल नेहरू की धर्मपत्नी कमला नेहरू, राष्ट्रपति की बहन श्रीमती उमा नेहरू, कुमारी कृष्णा नेहरू आदि महिलाओं ने बड़ी वीरता दिखाई। श्रीमती उमा नेहरू युक्त प्रांत की सत्याग्रह संचालिका थीं और इस हैसियत से उन्होंने अनुपम नेतृत्त्व और संगठन शक्ति का परिचय दिया। महामना पं. मदन मोहन मालवीय की पूजनीय धर्मपत्नी ने भी दो-एक अवसरों पर जुलूस में शरीक होकर समय के परिवर्तन का प्रमाण दिया था।

बंगाल

बंगाल की महिलाएँ तो पढ़ी-लिखी होती ही हैं, उन्होंने कलकत्ते की पिकेटिंग में शानदार भाग लिया। एक बार एक जुलूस में महिलाओं पर पुलिस ने लाठियाँ चलाई थीं, जिसके कारण सारे देश में बड़ी सनसनी फैली।

बिहार में

बिहार तो परदे का मानों अड्डा ही है। फिर भी पिछले सत्याग्रह के अवसर पर इस प्रांत की महिलाओं ने जो आश्चर्यजनक चमत्कार कर दिखाया, वह कभी भूला नहीं जा सकता। इस बात में पटना शहर बहुत आगे रहा। जिस समय विदेशी कपड़े पर धरना देने का अवसर आया, उस समय श्रीमती विंध्यवासिनी देवी, श्रीमती जगत नारायणलाल, श्रीमती रामचंद्र पंडित, श्रीमती नवल किशोर प्रसाद, श्रीमती सी.सी. दास, श्रीयुत हसन इमाम की सुपुत्री श्रीमती समी, कुमारी गौरी दास, श्रीमती चंद्रावती देवी तथा अन्यान्य बिहारी तथा बंगाली महिलाओं ने जिस मुस्तैदी और दृढ़ता से काम किया, वह पटना के लोगों को सदा याद रहेगा। ये महिलाएँ जिनका लालन-पालन आराम और चैन की गोद में हुआ है और जिन्होंने अच्छी तरह बारह का प्रकाश भी नहीं देखा था, लगातार कई घंटों तक स्थानीय मुरादपुर के वस्त्र-व्यापारी मारवाड़ियों की दुकानों पर राष्ट्रीय झंडा लिए जेठ की जलती धूप में धरना देती हुईं विचित्र शोभा पाती थीं। इन देवियों की कठिन तपश्चर्या ने सारे शहर को थर्रा दिया और व्यापारियों के छक्के छूट गए। मुरादपुर की बंबईवाली दुकान को छोड़कर और सभी व्यवसायियों ने कांग्रेस से सुलह कर ली और विदेशी कपड़े की गाँठे बँध गईं। पटना की बंबईवाली दुकान के ऊपर धरना जारी रहा। पटना के सुप्रसिद्ध बैरिस्टर मि. हसन इमाम की सुपुत्री महमूदा (श्रीमती समी) ने उस दुकान पर धरना देना शुरू किया। एक दिन गर्मी के कारण उनकी नाक से खून तक आ गया। श्रीमती विंध्यावासिनी देवी भी वहाँ धरना पर बैठती थीं। इस प्रशंसनीय प्रयास से पटना में वह जागृति हो गई, जो आज तक न हुई थी।

मि. हसन इमाम की योरोपियन धर्मपत्नी भी राष्ट्रीय कार्य में आगे आ गईं और उन्होंने भी बिहार के प्रमुख स्थानों में भ्रमण किया और विदेशी वस्त्र बहिष्कार के कार्यक्रम को बहुत अंशों में सफल बनाया।

हजारीबाग में—हजारीबाग के वकील भैया केदारनाथ की धर्मपत्नी श्रीमती सरस्वती देवी ने हजारीबाग की लाज रख ली और श्री कृष्ण बल्लभ सहाय और बा. राम नारायण सिंह की गिरफ्तारी के बाद उस जिले के कांग्रेस-कार्य को दूने

उत्साह और परिश्रम से करती रहीं। उन्हें गिरफ्तार कर हजारीबाग जेल में डाल दिया। अपने एक दुधमुँहे बच्चे के साथ देवीजी ने सहर्ष जेल यातनाएँ सहीं। उधर संथाल परगने में श्रीमती साधना देवी भी अपने देशप्रेम की बलिहारी जेल भेजी गई।

महिलाओं का जुलूस

पटना में महिलाओं की जागृति अपनी चरम सीमा पर उस सयम पहुँची, जब सत्याग्रह आंदोलन के प्रति स्त्रियों की सहानुभूति के प्रदर्शन में श्रीमती हसन इमाम, श्रीमती सी.सी. दास और दीनापुर के श्रीयुत डालमिया की सुपुत्री आदि के प्रयत्न से स्त्रियों का एक शानदार जुलूस निकालने का आयोजन किया गया। जुलूस की तैयारी कई दिन पहले से ही हो रही थी।

वह जुलूस या यों कहें कि स्त्रियों का एक असीम समुद्र फ्रेजर रोड से चलकर लौन से होता हुआ भँवर पोखर मैदान पहुँचा। उस जुलूस में हर श्रेणी की महिलाएँ लगभग 5000 की तादाद में थीं और राष्ट्रीय गान गाती हुई आगे बढ़ती जा रही थीं। लौन के पास बड़े जोरों का पानी आ गया, मगर स्त्रियों की दृढ़ता जरा भी कम न हुई। वे भीगती हुई भी अपने स्थान से न हटीं। यह जुलूस कानून के विरुद्ध अधिकारियों की आज्ञा के बिना ही निकाला गया था और इसके कारण श्रीममि हसन इमाम, मि. हसन इमाम की पुत्री, श्रीमती विंध्यावासिनी देवी तथा श्रीमती सी.सी.दास और उनकी पुत्री पर मुकदमा चला और उन सभी पर जुर्माना हुआ।

मुँगेर, सारन, चंपारन, हजारीबाग, पूर्णिया आदि जिलों में महिलाओं ने खूब काम किया। चंपारन में श्रीमती रामसुरन देवी ने महिलाओं का एक दल लेकर गाँवों में प्रचार किया। सारन जिले के जमींदार का एक दल लेकर गाँवों में प्रचार कार्य किया। सारन जिले के जमींदार बा. हरी माधव सिंहजी की धर्मपत्नी बहुरियाजी ने सारन जिले के गाँव-गाँव में कांग्रेस का संदेश पहुँचाया।

पूर्णिया जिले में श्रीमती सत्यवती देवी के प्रयत्न से चंदा उठाने में बड़ी सहायता मिली।

प्रांत के भिन्न स्थानों से सर्वश्रीमती सुरबाला देवी, मीराबाई, विद्यावती देवी, जनक दुलारी देवी, विद्या देवी, सेवा देवी, उर्मिला देवी, सुनीति देवी, रामसरूप देवी आदि महिलाएँ राष्ट्रीय कार्य करती हुई जेल गईं और सजाएँ भोगीं।

अक्टूबर मास में पटने जिले के पहले सत्याग्रही सरदार बाबू जगत नारायणलालजी ने दुबारा जेल जाते समय अपनी धर्मपत्नी श्रीमती रामप्यारी देवी को दानापुर कचहरी में ही मजिस्ट्रेट के सामने राष्ट्रीय झंडा देते हुए उन्हें जिले

का सरदार बनाया और श्रीमतीजी सारे जिले में घूम-घूमकर नव-जीवन का संचार करती रहीं और अंत में कतरी सराय में गिरफ्तार कर बिहार जेल में महीनों तक रखी गईं, पर उन्होंने जमानत न दी। अंत में उनपर जुर्माना कर उन्हें छोड़ दिया गया।

उपसंहार

इस प्रकार सत्याग्रह आंदोलन ने इस प्रांत के सामाजिक जीवन में बड़ी क्रांति कर दी है और जिस सुधार की चेष्टा में महात्मा गांधीजी के भतीजे स्व. श्री मगनलाल गांधी बिहार में आए और मृत्यु के शिकार बने, वह सुधार इस आंदोलन के कारण बहुत आगे बढ़ गया।

आज बिहार की स्त्रियाँ सामाजिक और राजनीतिक जीवन में अपना समुचित भाग लेने को आगे बढ़ रही हैं और वह समय दूर नहीं है जब हमारी माताएँ और बहनें केवल हरम की बीवियाँ और ड्योढ़ियों की कामिनियाँ न रहेंगी, बल्कि वे मानव जीवन के शृंगारमय एवं कर्ममय विभागों का सुंदर सम्मिश्रण बनकर हमारे जीवनों को आनंदमय बनाती हुई समाज को अधोगति की खाई से निकाल सकेंगी।

* * *

जो तुम कहो मुझे सो ही हूँ

हाँ, द्रोही हूँ, विद्रोही हूँ।
जो तुम कहो मुझे सो ही हूँ।

है न तनिक परवाह कहे तुम या दुनिया दीवाना।
मम कण-कण में 'मेरा है' का छिड़ा राग मस्ताना॥
कैसे मिले शांति पाए बिन-
इच्छा कर केहरि तो ही हूँ।
हाँ, द्रोही हूँ, विद्रोही हूँ।
जो तुम कहा मुझे सो ही हूँ॥

अंतर्जग में धधक रही है एक अनोखी आग।
दे दो, दे दो मेरा यह अपहरण-मोह दो त्याग।
धन, जन, तन, दुनिया से उसको
पाने को मैं निर्मोही हूँ।
हाँ, द्रोही हूँ, विद्रोही हूँ॥

जो तुम कहो मुझे सो ही हूँ॥
उबल रहा है खून, हो गया मन मतंग मतवाला।
प,पागल है प्राण-ग्लानि गुरु वृश्चिक दंशन ज्वाला॥
फिर अपहृत अपना-अपना कर
लेने को प्रलयारोही हूँ।
हाँ, द्रोही हूँ, विद्रोही हूँ॥
तुम कहो मुझे सोही हूँ॥

अभी मुझे मेरा लौटा दो पिला शांति का प्याला
तुम्हें मिटा देने को आकुल हैं अब अंतर्ज्वाला॥
शेषानल तृण सहसबाहु तुमको
मैं परशुराम कोही हूँ।
हाँ, द्रोही हूँ, विद्रोही हूँ॥
जो तुम कहो मुझे सो ही हूँ॥

—श्री 'विनीत'

बाबू ब्रज किशोर प्रसादजी, बाबू गोरख प्रसाद व बाबू धरणीधरजी।

यह ग्रुप 1917 ई. के चंपारन-सत्याग्रह के समय का है। बा. धरणीधर गत सत्याग्रह में दरभंगे जिले के सत्याग्रह में जेल गए। बा. ब्रजकिशारे प्रसादजी तो बिहार सत्याग्रह की जान ही रहे हैं।

हजारीबाग जिले के प्रसिद्ध नेता बा. रामनारायण सिंह और बा. कृष्ण बल्लभ सहाय, जिन्हें सत्याग्रह के आरंभ में ही एक-एक साल कैद की सजा हुई।

स्थान : हाथीदह के प्रीतिभोज में सम्मिलित पटना जिला की जेल मुक्त कार्यकर्ताओं तथा स्वयंसेवकों का एक ग्रुप।

हाथीदह पटना का प्रसिद्ध जमींदार परिवार (बाईं ओर से) बा. नर्मदेश्वर, प्रसाद सिंह, बा. जगदीश प्रसाद सिंह, बा. गजाधर प्रसाद सिंह और बा. रुद्रदेव प्रसाद सिंहजी, ये सभी जेल गए थे।

बिहार में सत्याग्रह

ऐतिहासिक महत्त्व

बिहार प्राचीन इतिहास का मनोहर श्रृंगार है। भारत-खंड का और कोई भू-भाग भी इतनी ऐतिहासिक प्रसिद्धि रखता है या नहीं, यह कहना कठिन है। हमारी प्राचीन दिगंतव्यापी राष्ट्रीय महत्ता की धवल कीर्ति, हमारे विश्वविख्यात गौरव की सदा फहरानेवाली पताका, हमारे अक्षय बल-पौरुष का अमिट प्रमाण-पत्र यही बिहार भूमि है जिसके एक-एक रजकण के साथ हमारे अतीत गौरव की करुणामयी स्मृतियाँ बँधी हुई है। यह पाटलिपुत्र-वृद्ध पाटलिग्राम, आर्य सभ्यता का विशाल केंद्र विश्वव्यापी भारतीय साम्राज्यवादी रम्य राजधानी मगध साम्राज्य और मौर्य वंश के भार से दबे हुए हमारे मस्तक को जरा ऊपर उठा देता है। पर साथ ही, यह बिहार—अतीत में अंतर्धान वह मगध साम्राज्य—भूगर्भ में अंतर्निहित हित वह पाटलिपुत्र हमारे शर्म, अद्य:पतन और पौरुषहीनता का व्यंग्यपूर्ण स्मारक भी है।

बिहार का भाग्य चक्र किन-किन पगडंडियों और राजपथों पर चक्कर लगा चुका है, इसके वर्णन का यह स्थान नहीं है और न वह इतना सरल ही है। वह आज तो पुरातत्त्व वैज्ञानिकों की बुद्धि के परीक्षा-स्थल और साधारण लोगों के लिए रहस्य और विस्मय का जादूगर बना हुआ है पर हमारा गर्ज तो केवल उसी प्रसंग से है, जो स्वतंत्रता की लड़ाई और खासकर सत्याग्रह आंदोलन से संबंध रखता है! इसके वर्णन के लिए आपको भारत के सहस्रों वर्षों के इतिहास को लाँघकर ब्रिटिश राज्य की जड़ में घुसना पड़ेगा। राबर्ट क्लाइव को बंगाल-विजय के बाद ईस्ट इंडिया कंपनी के ठेकेदार ने बिहार पर बड़े-बडे अत्याचार किए जिनके कारण भारत में गोरे राज्य का श्रीगणेश बड़ी बुरी तरह हुआ और नवीन भाग्य-विधाताओं के प्रति असहाय प्रजा के दिलों में असंतोष का बीज उसी समय बो दिया गया। इसके अलावा हिंदुस्तान के पुराने राजाओं और नवाबों के साथ भी तो ब्रिटिश राजनीतिज्ञों

ने ऐसी चालें चलीं और घातें लगाईं, कि वे भी अन्याय से उत्पीड़ित हो उठे। इन्हीं विभिन्न कारणों के एकत्रित परिणामस्वरूप 1857 ईसवी के गदर के ज्वालामुखी का भयंकर विस्फोट हुआ। उस गदर की लपटें बिहार में भी पहुँचीं, बल्कि पूर्वीय भारत में इस आंदोलन का संचालन केंद्र बिहार ही था। शाहाबाद के वीर बाँकुड़े बाबू कुँअर सिंह और उनके भाई बाबू अमर सिंह ने ब्रिटिश शासन को उखाड़ फेंकने के लिए सशस्त्र क्रांति की ध्वजा उड़ाई और सारे देश में एक ऐसी ज्वाला उठी कि ब्रिटिश शासन का कमजोर ढाँचा अब जला, तब जला मालूम होने लगा। खून की नदियाँ बह गईं, लाशों से रणक्षेत्र पट गए, युद्ध काल के अवश्यंभावी वो परिणाम के रूप में क्रूरता और निर्दयीता अपनी सीमा पर पहुँच गई।

सबकुछ होने पर भी भगवान् की इच्छा कुछ दूसरी ही थी। उन्हें सभ्यता के सिरमौर भारत देश को संचार का फिर से धर्मगुरु बनाना था। इसीलिए उन्होंने भारतीय क्रांति को खून के धब्बों से कलंकित न होने दिया और यह विद्रोह विफल हुआ। उस समय कौन जानता था कि थोड़े ही दिनों के बाद अहिंसात्मक असहयोग का ऐसा अमोघ अस्त्र निकल पड़ेगा, जिसके कारण भारत में अंग्रेजी राज्य की दृढ़तापूर्वक जमी हुई जड़ हिल जाएगी और अंत में उसे समय के प्रवाह में बह जाना पड़ेगा।

पहले बिहार बंगाल का ही एक अंग था, परंतु शासन-सुधार की नई योजनाओं के मुताबिक बिहार और उड़ीसा को एक स्वतंत्र प्रांत बनाया गया। नया प्रांत बनने के बाद ही यहाँ के सार्वजनिक जीवन में कुछ उन्नति सी हुई और प्रांत के भिन्न-भिन्न अंगों को दृढ़ करने की इच्छा प्रबल होती गई। इसके पहले भी पटना के सर अली इमाम, मि. सैयद हसन इमाम, श्री सच्चितानंद सिंह, बा. ब्रजकिशोर प्रसाद, स्वर्गीय बा. महेश नारायण आदि ने समय-समय पर प्रांत के राजनीतिक जीवन को उन्नत करने की चेष्टा की थी और 1911 में राष्ट्रीय महासभा (कांग्रेस) का एक अधिवेशन भी पटना में हो चुका था।

समय के परिवर्तनों ने धीरे-धीरे बिहार में नवयुवकों के नए दल को पैदा कर दिया, जो पीछे चलकर बिहार के सार्वजनिक जीवन में बड़ा ही महत्त्वपूर्ण भाग लेनेवाला था। उसी दल के शिरोमणि बिहार रत्न श्री राजेंद्र प्रसादजी थे।

चंपारन सत्याग्रह

यह बिहार का सौभाग्य था कि बीसवीं सदी के धर्माचार्य अवतारी ऋषि महात्मा गांधी ने, जिन्होंने दक्षिण अफ्रीका के पद-दलित भारतीयों के न्यायोचित

अधिकारों की स्थापना के लिए एक बिल्कुल नए प्रकार का सफल अहिंसात्मक अस्त्र निकाला था, पहले पहल भारत में बिहार को ही अपने सत्य के नए प्रयोग का कार्यक्षेत्र बनाया। चंपारन की निरीह प्रजा पर नीलों के अत्याचारों को शांतिमय उपायों से मिटाकर उस जिले की काया पलट दी। इस आश्चर्यजनक सत्याग्रह शस्त्र का महात्माजी ने कैसे उपयोग किया, यह एक स्वतंत्र अध्याय में ही है। हम यहाँ पर श्री राजेंद्र प्रसादजी की यशस्वी लेखनी से लिखित 'चंपारन में महात्मा गांधी' पुस्तक की भूमिका से दो वाक्य उद्धृत किए देते हैं—

''दक्षिण अफ्रीका से लौटकर महात्मा गांधी ने महत्त्व का जो पहला काम किया था, वह चंपारन में ही किया था। उस समय भारतवर्ष में 'होमरूल' का बड़ा शोर था। जब हम महात्माजी से कहते थे कि वे उस आंदोलन में चंपारन को भी लगा दें, तब वे यह कहा करते थे कि जो काम चंपारन में हो रहा है वही होमरूल स्थापित कर सकेगा। उस समय देश शायद ही इसके महत्त्व को समझ रहा हो और न हम ही ऐसा समझते थे। पर आज जबकि उस समय की कार्यशैली पर विचार करते हैं और गत 3 वर्षों के राष्ट्रीय इतिहास की ओर ध्यान देते हैं, तब जान पड़ता है कि यह महान् आंदोलन जो आज जारी है, चंपारन की घटना का ही एक अत्यंत विस्तृत और विराट् रूप है।

जिस प्रकार भारतवर्ष को अन्याय और दुराचार के भार से दबता हुआ देखकर महात्माजी ने असहयोग आंदोलन आरंभ किया, उसी प्रकार चंपारन की प्रजा को भी अन्याय और अत्याचार के बोझ से दबती हुई पाकर और उसका उद्धार करना अपना कर्तव्य समझकर उन्होंने वहाँ भी पदार्पण किया।''

उसी प्रसंग में श्री राजेंद्र प्रसादजी भविष्यवाणी के रूप में लिखते हैं—''चंपारन में जिस प्रकार सरकार ने स्वयं उन बातों को स्वीकार कर लिया, जिन को कि वहाँ की प्रजा प्राय: 60 वर्षों से रो-रोकर और कभी-कभी झगड़ कर जनाना चाहती थी, उसी प्रकार इसमें भी (असहयोग आंदोलन में) सरकार और सरकारी अफसर भारतवर्ष जो चाह रहा है, उसे स्वीकार करेंगे।'' वास्तव में वह भविष्यवाणी आज इतने वर्षों के बाद सत्य निकलती हुई नजर आ रही है और चंपारन के छोटे वृत्त में जिस महायज्ञ का आरंभ हुआ, उसी को पूर्णाहुति के रूप में आज सारे देश से अन्याय और अनाचार के मिटने को अब सूचनाएँ साफ-साफ मिलने लगी हैं।

1917 में चंपारन में महात्मा गांधी के साथ बिहार के कई प्रमुख नौनिहालों ने काम किया। उस सम्मानित दल में थे—बाबू ब्रजकिशोर प्रसादजी, बा. राजेंद्र प्रसादजी, बा. अनुग्रह नारायण सिंह, बा. शम्भु शरण वर्मा, बा. गोरख प्रसादजी, बा.

धरणीधर, बा.विंध्यवासिनी प्रसाद, बा. रामनवमी प्रसाद आदि। बस सेवक मंडल के सहयोग से महात्मा गांधी को अपने प्रयत्नों में सफलता मिली और मानव-चरित्र के अनुभवी पारखी महात्मा गांधी ने अपने इन सहयोगियों के बीच अपने भावी संबंध का बीज बो दिया। ऋषि तुल्य मो. मजहरुल हक और मि. हसन इमाम ने भी इसमें भाग लिया था।

असहयोग के पहले

1919 ई. में रौलट एक्ट पास हो चुका था। उसके विरुद्ध सारे देश ने आवाज उठाई। बिहार के प्रायः सभी नगरों में बड़ी-बड़ी सभाएँ की गईं और उसके विरुद्ध प्रस्ताव पास किए गए। उसके बाद महात्मा गांधी के आदेशानुसार सारे देश की तरह बिहार में भी हड़ताल मनाई गई। उसके बाद ही जलियाँवाला बाग हत्याकांड की प्रतिध्वनि ने देश को क्रोध से कँपा दिया और हमारे देश के इतिहास में नए खंड का आरंभ हुआ। अमृतसर कांग्रेस के बाद फिर नागपुर में कांग्रेस का विशेषाधिवेशन हुआ। उसमें बिहार के प्रतिनिधि भी गए थे और उन्होंने असहयोग आरंभ करने के पक्ष में वोट दिया। नागपुर कांग्रेस के बाद ही बिहार का राजनीतिक जीवन नए रास्ते पर आता है और बिलकुल नई जाग्रति के लक्षण दिखने लगते हैं। असहयोग की रागध्वनि बिहार के कोने-कोने में गूँज गई और इतने दिनों से सोया हुआ बिहार सिंह के रूप में उठ खड़ा हुआ। प्रांतभर के वकीलों, बैरिस्टरों, विद्यार्थियों और कुछ सरकारी नौकरों में खलबली मच गई। बहुत से वकीलों ने नागपुर कांग्रेस के बाद ही वकालत और विद्यार्थियों ने पढ़ाई छोड़ दी। दिसंबर मास में आरंभ में महात्मा गांधी बिहार में पधारे और प्रांत के अधिकांश जिलों का दौरा किया। उस समय तक प्रांत में नया जीवन आ चुका था और जो कुछ कमी रह गई थी, महात्माजी के पदार्पण से पूरी हो गई। प्रांत के चुने कार्यकर्ता आंदोलन में कूद पड़े। पटना हाइकोर्ट के ख्यातिलब्ध बैरिस्टर मौलाना मजहरुल हक, बाबू राजेंद्र प्रसाद, मौलवी खुर्स्सैद हसन, बाबू अनुग्रह नारायण सिंह, बाबू हरनंदन सहाय, बाबू विपिन बिहारी वर्मा, बाबू चंद्रबंसी सहाय, बाबू गोकुल माथुर और बैरिस्टर बाबू रामकिशोर लाल नंदकिशोर लाल नंदकूलियर आदि ने वकालत छोड़ी। पटना कॉलेज के संस्कृत अध्यापक, विद्यावरिधि पांडेय जगन्नाथ, वी.एन. कॉलेज के प्रो. बदरीनाथजी वर्मा, प्रो. योगेश्वर चट्टोपध्याय, श्री जलेश्वर प्रसादजी ने नौकरी छोड़ दी। पटना जिला कोर्ट से बाबू जगत नारायणलाल आदि कई वकील और मुख्तार निकल पड़े। उधर मुजफ्फरपुर में मो. शफी दाऊदी तथा बा. रामदयालु सिंह, बा. विंध्येश्वर प्रसाद वर्मा, बा.जनकधारी प्रसाद, बा. रामनवमी प्रसाद आदि

कार्यक्षेत्रो में जुट गए। उस जिलें में सबसे पहले ठाकुर रामनंदन सिंह कार्यक्षेत्र में आगे आए पीछे बा. दीपनारायण सिंह ने शिक्षा विभाग की डिप्टी-ए-इंस्पेक्टरी छोड़ी। बा. रामचरित्र सिंह ने जी.बी.बी. कॉलेज की प्रोफेसरी छोड़ दी। गया में बा. श्रीकृष्ण प्रकाश सेन, बा. राजकिशोरेलाल बैरिस्टर, बा. मुटुकुमारी प्रसाद वर्मा आदि आरा में बा. विंध्यवसिनी प्रसाद आदि, दरभंगे से बा. ब्रजकिशोर प्रसाद, बा. धरणीधर, बा. हरिनंदन दास आदि जो वहाँ अपने पेशों में अग्रणी थे, अदालतों से निकल पड़े, छपरे में मि. साले हुसैन, मि. जकरिया हाशमी बैरिस्टर, बा. विंधेश्वरी प्रसाद वकील, बा. मथुरा प्रसाद, बा. कमलाकांत मोखतार आदि आगे आ गए। मुँगेर में मि. शाह मुहम्मद जुबेर बैरिस्टर, बा. श्रीकृष्ण सिंह, बा. नेमधारी सिंह आदि ने कहचही को तिलाजंलि दे दी। उसी प्रकार चंपारन में बा. गोरख प्रसाद आदि पुरलिया के बैरिस्टर बा. जिमूतवाहन, आदि काम में आ गए। इस सूची में हर जिले के अन्य वकालों, मुख्तरों तथा दूसरे लोगों की पूरी नामावली का उल्लेख बड़ा विस्तृत हो जाएगा।

विद्यार्थियों के त्याग

असहयोग आंदोलन में सबसे बड़ा चमत्कार तो बिहार के विद्यार्थियों ने कर दिखाया। पटना तथा अन्य स्थानों के चुने हुए विद्यार्थी जो विद्या, बुद्धि एवं आचार के लिहाज से अपनी अपनी संस्थाओं के नाज थे, देश की पुकार सुनकर अपने भविष्य की जरा भी परवाह न कर आगे आ गए। स्कूलों के बच्चों से लेकर कॉलेजों के युवकों तक सभी श्रेणी के लोग प्रभावित हुए। महात्माजी की बिगुल ध्वनि उन कोमल हृदयों तक पहुँची, जो अभी शैशव के स्वप्न और यौवन की भावनाओं के प्रभावों से मुक्त न थे। बिहार ही में क्या, सारे देश में असहयोग के उत्कर्ष की यही चरम सीमा थी। युवकों ने अपने सामने पड़े हुए सारे जीवन के सांसारिक हौसलों और आकांक्षाओं को सेवा की वेदी पर चढ़ा दिया। इन्हीं युवकों ने प्रांत के कोने-कोन में स्वराज्य का सैनिक बनकर तपस्वी का बाना धारणकर आजादी का दीप जलाया है। कौन जानता है, अभी भी इस मंडल में एक दिन कोई ऐसा अज्ञात नायक निकल आवें, जो सारे देश को आश्चर्यचकित कर दे।

असहयोग

इस प्रकार असहयोग की आँधी ने सारे प्रांत भर में कार्यकर्ताओं की बाढ़ सी ला दी और वे ही देश के निस्स्वार्थ सेवक प्रांत के कोने-कोने में फैल कर पैदल चलकर कितनी ही यातनाएँ सहकर गाँवों में स्वराज्य का संदेश सुनाया। सोये हुए

देश में एक नया जागृति आ गई। गाँवों में पचांयते बनने लगी, कांग्रेस कमिटियों का संगठन किया गया, विदेशी कपड़ों तथा शराब की दुकानों पर पीछे चलकर धरना देने का आयोजन किया गया और खद्दर का प्रचार होने लगा। महात्मा गांधी ने बिहार का दो बार दौरा कर प्रांत के जीवन में जादू सा कर दिया। इसी अवसर पर सरकारी स्कूलों और कॉलेजों से निकले हुए विद्यार्थियों को शिक्षा देने और राष्ट्रीय सेवा के लिए उन्हें दीक्षित करने के लिए महात्मा गांधीजी ने बिहार विद्यापीठ का गठन किया, जिसके चांसलर देश भक्त मौलाना मजहरुल हक साहब हुए और बाबू राजेंद्र प्रसादजी वाइस चांसलर बनाए गए।

सदाकत आश्रम

उसके कुछ दिन पहले पटना की शानदार इमारत सिकंदर मंजिल के सुखों को लात मारकर ऋषितुल्य मो. मजहरुल हक साहब ने पटना से 2 मील हटकर गया किनारे सुनसान जगह में सदाकत आश्रम की स्थापना की और वहीं करघे और चरखे का काम सिखाने का बृहत् आयोजन किया, जिसके कारण सारे प्रांत में खद्दर प्रचार में बड़ी सहायता मिली। कौन जानता था कि एक दिल वही सदाकत आश्रम बिहार प्रांत के राष्ट्रीय जीवन का केंद्र बनेगा और उसके साथ कैसी-कैसी स्मृतियाँ बँधी रहेंगी। वह बात सच ही निकली और कुछ दिनों के बाद 1921 में ही बिहार विद्यापीठ वहीं चला गया।

असहयोग आंदोलन ने प्रांत की काया पलट कर दी, लोगों में वह जोश भर दिया, जो पहले कभी न देखा गया था, साधारण जनता में निर्भीकता का भाव आ गया और लोग खुलेआम ब्रिटिश शासन के कानून को तोड़कर सहर्ष जेल चले जाते थे। बिहार में राजनीतिक जागृति के साथ साहित्यिक उन्नति भी हुई। लौकिक भाषा में सुंदर कविताएँ लिखी गईं जो देहातों और शहरों के लोगों की जीभ पर रहने लगीं। बिहार में जिला सम्मेलनों तथा और सम्मेलनों की बाढ़ सी आ गई। बिहार प्रांतीय राजनीतिक सम्मेलन का शायद पहला अधिवेशन उसी साल आरा में मो. शफी दाऊदी के सभापतित्त्व में हुआ। कितने ही गाँवों में चौकीदारों के बदले स्वयंसेवक पहरा देने लगे, मुकदमे कचहरी का मुँह न देखने पाते थे, वहाँ गाँव-पंचायतों द्वारा फैसले होते थे। अधिकांश जगहों में मुठिया का तरीका जारी किया गया, जिसके कारण बहुत सी संस्थाओं का खर्च चल जाता था। साथ ही तिलक स्वराज फंड के लिए भी बिहार में रुपए काफी इकट्ठे किए गए और खेलाफत फंड के लिए भी बिहार ने काफी चंदा दिया। बिहार के प्रायः सभी जिलों ने उसमें अपना हाथ

बँटाया। राँची जिले के आदिम निवासी मुंडा उरांव भी आंदोलन में शरीक हुए और उनके प्रतिनिधि कांग्रेस तथा प्रांतीय कमिटियों में बड़ी श्रद्धा से सम्मिलित होते थे।

दमन

बिहार की प्रगति देखकर बिहार सरकार का माथा चकरा गया और दमन की लहर चल पड़ी। प्राय: सभी जिलों के मुख्य-मुख्य कार्यकर्ता जेल भेज दिए गए। और उनके पीछे नए कार्यकर्ता आते गए। इसीलिए दमन की रफ्तार और बढ़ी और कांग्रेस संस्थाएँ गैर-कानूनी घोषित कर दी गईं। फिर क्या था, गिरफ्तारियाँ और होने लगीं। 1921 के दिसंबर मास में अहमदाबाद कांग्रेस के समय तक बिहार की तैयारी अपनी चरम सीमा तक पहुँच गई थी और बिहार ने अहिंसात्मक संग्राम के लिए अपनी विशेष उपयोगिता अच्छी तरह प्रमाणित कर दी।

उसके बाद असहयोग की प्रगति रुहुक और चौरीचौरा कांड के कारण महात्माजी ने देश की चलती गाड़ी में जिस तरह इमरजेंसी ब्रेक (Emergency Break) लगा दिया, उसको दुहराने की जरूरत नहीं। बस यहीं से देश की जागृति का टेम्परेचर उतरने लगा।

गया कांग्रेस

1925 ईसवी ने देश के जोश को नीचे उतरते हुए देखा। पर बिहार भारतीय राष्ट्रीय महासभा के स्वागत की तैयारी में लगा रहा और गया में कांग्रेस का जो महान् अधिवेशन देश भक्तों के सम्राट देशबंधु चित्तरंजन दास के सभापतित्व में हुआ, वह सदा याद रखने की बात रहेगी। बिहार के प्राय: सभी जिलों ने धन-जन से स्वागत समिति की सहायता की और इसी कारण कांग्रेस का सुप्रबंध का बिहार अपना आत्म-सम्मान रख सका।

गया के बाद

यद्यपि गया कांग्रेस उस समय में ही हुआ था, जब देश पीछे की ओर जा रहा था, मगर उसकांग्रेस के बाद जब देश के सामने कोई जोशीला कार्यक्रम (Fighting Programme) न रहा था, तब काउंसिल प्रवेश के पक्ष और विपक्ष का झगड़ा चला और देश दो दलों में बंट गया। मगर बिहार महात्मा गांधी के सिद्धांतों के अनुसरण में सदा काउंसिल प्रदेश के विपक्ष में ही रहा और काउंसिल प्रदेश के पक्षपतियों को इस प्रांत में कम ही चेले मिले।

1923-1929

1923 से 1929 तक का बिहार का इतिहास रूखा कहा जाएगा। असहयोग आंदोलन द्वारा पैदा हुई महती कार्यशक्ति के उचित उपयोग का रास्ता न मिलने के कारण उसमें प्रतिक्रिया का ज्वार आ गया और देश के अनुरूप ही इस प्रांत में भी आपस के विद्वेषों और वैमनस्यों ने सिर उठाया, मगर यह सौभाग्य की बात है कि वह उतना भयंकर रूप न धारण कर सका और क्षणिक गोलमाल के सिवा उसका कोई स्थायी चिह्न बिहार के सार्वजनिक जीवन पर बाकी न रहा। जिलों के कार्यकर्ताओं ने काउंसिलों, जिला बोर्डों और म्युनिसपलिटियों पर अपना आधिपत्य जमाया और कई वर्षों तक बिहार के प्राय: सभी जिलों की स्थानीय संस्थाओं में कांग्रेस-जनों का बोलबाला रहा। काउंसिलों पर कांग्रेस की चढ़ाई हुई और प्राय: सभी कांग्रेस उम्मीदवार विजयी हुए। ये घटनाएँ इस सत्य के प्रमाण हैं कि बिहार में कांग्रेस का गहरा प्रभाव है।

कलकत्ता कांग्रेस के बाद

कलकर्ता कांग्रेस के बाद बिहार में नवजीवन के लक्षण नजर आए। जिले-जिले में कार्यकर्ताओं ने कांग्रेस के प्रोग्राम को पूरा करना आरंभ कर दिया। बड़ी संख्या में कांग्रेस के मेंबर बनाए जाने लगे, विदेशी वस्त्र बहिष्कार, प्रतिज्ञा-पत्र हस्ताक्षर होने लगे और खद्दर की बिक्री पैदावार बढ़ाई जाने लगी। 1929 का अंत होते-होते तो हम सत्याग्रह के पुनर्भव के किनारे पहुँच जाते हैं। लाहौर कांग्रेस के अवसर पर 1929 के 31वें दिसंबर की आधी रात में स्वतंत्रता की जो पताका फहराई गई, उसे नमस्कार कर बिहार के प्रतिनिधि-गण नया जोश साथ लेते आए और बिहार में नई लहरें उठीं। बिहार कांग्रेस प्रांतीय कांग्रेस कमिटी की बैठक हुई और उसने कांग्रेस के आदेश के पालन और सत्याग्रह कार्यक्रम को पूरा करने की योजना बनाई।

स्वतंत्रता दिवस

सारे प्रांत में कांग्रेस के आदेश के अनुसार 26 जनवरी को स्वतंत्रता की घोषणा संबंधी प्रस्ताव पास किए गए और राष्ट्रीय झंडा फहराया गया। 26 ता. के कार्यक्रम को इस प्रांत में जो सफलता मिली, वह इस बात का सूचक था कि आगे भी सत्याग्रह के स्वागत के लिए मैदान तैयार है। उसके बाद से जागृति बढ़ती ही गई और खद्दर और चरखे का प्रचार सहसा बहुत बढ़ गया, यहाँ तक कि चरखा

संघ उतने कपड़े जुटा न सकता था, जितनी माँग होनी थी।

सत्याग्रह के निकट

बिहार के कार्यकर्ता जोश और कार्यशक्ति से उतावले हो रहे थे, पर उनके मस्तिष्क सत्याग्रह की भावी प्रगति के संबंध में शंकाओं और संदेहों से खाली न थे। महात्मा गांधी के उस समय के लेखों और मनसूबों पर हमारे कार्यकर्ताओं को अखंड श्रद्धा होते हुए भी उनके मनों में पहलेपहल बहुत दृढ़ विश्वास का अभाव था। जिस समय मार्च के महीने में श्रद्धेय राजेंद्र प्रसादजी महात्मा गांधी से मिलकर आए, और जब उन्होंने कार्यकर्ताओं को बतलाया कि महात्माजी की वर्तमान सत्याग्रह की सफलता में कैसा कट्टर विश्वास और वे इस संग्राम को अपने जीवन का आखिरी युद्ध बनाना चाहते हैं, उस समय तक भी बहुत कम ही कार्यकर्ताओं को भविष्य की घटनावली का सूक्ष्म आभास भी मिल सका था। परंतु सत्याग्रह की सफलता और महात्मा गांधी के नेतृत्त्व में अविचल विश्वास रखते हुए बिहार के कार्यकर्ता जो इतने दिनों से जुझारु कार्यक्रम के लिए घड़िया गिन रहे थे, समर-क्षेत्र में कूद पड़े। युद्ध के सारे सामान इकट्ठे किए जाने लगे और युद्ध क्षेत्र के साज-बाज और नियमो-नियम बनाए जाने लगे। प्रांतीय कांग्रेस कार्य समिति ने बिहार प्रांतीय कांग्रेस कमिटी के सभापति और सत्याग्रह की प्रतिमा बा. राजेंद्र प्रसाद को बिहार सत्याग्रह का पहला सेनापति (Dictater) बनाया। महात्मा गांधी की विजय-यात्रा हो चुकी थी, देश की घटनावली अविश्वसनीय अभिनय की तरह चल रही थी और देश में शीघ्र ही उठनेवाले भंयकर तूफान के लक्षण सबकी आँखों के सामने दिख रहे थे।

सत्याग्रह आरंभ

समुद्र तट पर जलालपुर पहुँचकर महात्माजी ने नमक-कानून तोड़ा और उन्होंने उसी दिन युद्धारंभ का शंख बजा दिया। बिहार भी बारूद का वह भयनाक ढेर बन रहा था, जो चिनगारी लगते ही प्रलयंकर विस्फोट पैदा करती है। प्रांतीय सरदार श्री राजेंद्र बाबू ने प्रांत में सत्याग्रह शुरू होने का सिग्नल दिया और जिले-जिले में सत्याग्रह के अभूतपूर्व प्रयोग होने लगे। इस सत्याग्रह का जिलेवार वर्णन अगले पृष्ठों में दिया गया है, जिससे इस आंदोलन में बिहार के चमत्कार का पता लगेगा।

अखबार बंदी

इसी अवसर पर सरकार ने अखबार बंदी आर्डिनेंस जारी किया जिसकी वजह से बिहार के प्रमुख अंग्रेजी-पत्र 'सर्चलाइट' तथा उस प्रेस से तीन-तीन हजार की

जमानतें माँगी गईं, जिससे वह पत्र बंद हो गया। प्रसिद्ध हिंदी साप्ताहिक 'देश' भी वहीं छपता था, वह भी बेमौत मर गया। 'युवक' मासिक पत्रिका भी वहीं छपती थी, उसका भी यही भाग्य हुआ।

इधर हमारे श्रीकृष्ण प्रेस से जहाँ से 'महावीर' निकलता है, एक हजार की जमानत माँगी गई। इसकारण 'महावीर' भी, जिसके उस समय दैनिक संस्करण भी निकलते थे, बंद हो गया। मुजफ्फरपुर के 'लोकसंग्रह' से भी जमानत माँगी गई और वह भी बंद हो गया। इस प्रकार प्रांत-भर के राष्ट्रीय अखबार बंद हो गए और सरकार ने शक्ति संचार के महान् साधन को नष्ट कर दिया। पीछे जुलाई मास में 'महावीर'—संपादक श्री विश्वनाथ सहाय वर्मा के प्रयत्न से 'दैनिक संदेश' का जन्म हुआ और वह सत्याग्रह की पूरी खबरें छापता रहा, परंतु सरकार की कृपा से वह भी जमानत का शिकार बना और उसे भी बंद करना पड़ा।

प्रांतीय सरदार

बिहार सत्याग्रह-संग्राम में बड़ी मुस्तैदी से पैर बढ़ाता गया और प्रत्येक जिला एक दूसरे से बाजी मारने की चढ़ा-ऊपरी करने लगा। गिरफ्तारियों की धूम मच गई, कार्यकर्ता चुन-चुनकर जेल भेज दिए गए। ऐसे समय में बिहार के गौरवस्वरूप बा. ब्रज किशोर प्रसादजी ने प्रांत के सत्याग्रह के नाजुक सूत्रों को अपने अनुभवी हाथों मे रखा और जिस खूबी से उन्होंने सबकुछ किया, वह उन्हीं के योग्य था। उन्होंने सदाकत आश्रम में बैठकर बिहार विद्यापीठ के परीक्षित युवकों को साथ लेकर प्रांत के सत्याग्रह सेक्रेटेरियट का संचालन करने में आश्चर्यजनक चमत्कार दिखाया। हमारे बिहार से सत्याग्रह के संचालन और बिहार को सफलता के लक्ष पर पहुँचाने में उनका बड़ा हाथ है।

बिहार के पहले डिक्टेटर श्री राजेंद्र प्रसादजी हुए। तीन जुलाई को वे गिरफ्तार हुए, उनके बाद बाबू दीपनारायण सिंह (भागलपुर) सरदार नियुक्त हुए। उनकी गिरफ्तारी के बाद बाबू अनुग्रह नारायण सिंह ने प्रांत की बागडोर अपने हाथ में ली और समझौता हो जाने के पहले श्री राजेंद्र प्रसादजी के छूटने के समय तक वही सरदार रहे।

❑

चंपारन में सत्याग्रह

बिहार के राष्ट्रीय जीवन में चंपारन जिले का एक खास स्थान है। चंपारन जिला बिहार के अन्य जिलों के मुकाबले अधिक उपजाऊ है, पर साथ ही साथ यहाँ के निवासी औरों की अपेक्षा बहुत सीधे और बींसवी सदी की दुनियादारी की घुड़दौड़ में कुछ पिछड़े हुए समझे जाते हैं। परंतु महात्मा गांधी के सत्याग्रह के प्रयोग की बड़ी सफल प्रयोगशाला बनने का सौभाग्य इस जिले को आज ही नहीं बल्कि अहिंसात्मक सत्याग्रह आंदोलन के व्यापक रूप से चलाए जाने के पहले ही से प्राप्त है। यहाँ के लोग किस तरह गोरे नीलहों के अत्याचारों के बोझ से तड़प रहे थे और चंपारन के निरीह किसानों के साथ अपने को सभ्य कहनेवाली अंग्रेज जाति का कैसा असभ्य व्यवहार होता था, यह सब तो आज सार्वजनिक ज्ञान की बातें हैं और वे इतिहास के शांत पन्नों में अमरत्त्व पा चुकी हैं। भारत में सर्वत: राजनीतिक जागृति होने के बहुत पहले ही महात्मा गांधी का चंपारन में पदार्पण और शांत एवं अहिंसात्मक उपायों से अन्याय और अत्याचार के जबरदस्त किले पर सफल आक्रमण के कारण सत्याग्रह के व्यापक रूप का स्वागत करने के लिए अनुकूल वायुमंडल पैदा हो चुका था और यही कारण है कि जब 1921 ई. में महात्मा गांधी ने ब्रिटिश सिंह के खूँखार अयाल हिलाने को चुनौती दी और अहिंसात्मक असहयोग का शंखनाद हुआ, तब चंपारन बिहार के जिलों की अपेक्षा उस चहल-पहल में थोड़ा आगे ही रहा और उसके बाद के दस वर्षों में जागृति की जो आग राख से छिपी हुई सुलग रही थी, उसने अवसर पाकर और समय के प्रवाह की सहायता से ऐसा प्रचंड रूप धारण किया कि सभी आश्चर्यचकित हो गए।

इन विशेषताओं के साथ ही बिहार के कुछ अन्य जिलों की तरह चंपारन का भी यह सौभाग्य रहा है कि यहाँ निस्स्वार्थ कार्यकर्ताओं का एक ऐसा समूह बन

गया है, जिसने अनवरत और अदम्य उत्साह के साथ उस जिले के स्वस्थ राष्ट्रीय जीवन को चालू रखा है। उस सोने में भी कुछ सुगंध की मात्रा आ जाने से चंपारन का मस्तक और भी ऊँचा हो सका है। जहाँ हमारे और कई जिलों की राष्ट्रीय सेना के दीक्षित एवं परीक्षित उपनायकों में आपस की तू-तू-मैं-मैं और धींगा-धींगी ने वहाँ के सार्वजनिक जीवन के निर्मल स्रोत में मैल के धब्बे लगाए हैं, वहाँ बेचारा चंपारन, मानव चरित्र की साधारण त्रुटियों में अपना सामान्य भाग लेता हुआ भी उन नाशकारी संघर्षों एवं वैमनस्यों के प्रभाव से बचा रहा। यहाँ के साधारण कार्यकर्ता पारस्परिक विद्वेष एवं स्पर्धा के बदले साधारणतः एक दूसरे के प्रति सहयोग, श्रद्धा और अंशतः पारिवारिक मेलजोल का भाव रखते हैं। यही कारण है कि : समानों मंत्रः, समितिः समानों के वेदवाक्य के परिणामों से उन्हें लाभ हुआ।

इन्हीं सुविधाओं और सुंदर संस्कारों को लेकर चंपारन जिला अपने प्राण स्वरूप सर्वप्रियि नेता बाबू विपिन बिहारी वर्मा के सर्वमान्य नेतृत्त्व में गत वर्ष सत्याग्रह महा यज्ञ में कूद पड़े।

1926 में पंडित जवाहरलाल नेहरू का जिले में भ्रमण, 1929 में होनेवाले चंपारन जिला सम्मेलन, जिसके सभापति सरदार बल्लभ भाई पटेल हुए थे, तथा पहली अपील 1930 में राष्ट्रपति जवाहरलाल नेहरू का फिर सारे जिले में नवजीवन का संचार इन घटनाओं के साथ ही कितने ही कार्यनिष्ठ देश-सेवकों के अंदर परिश्रम ने सारे जिले में क्षेत्र तैयार कर रखा था। दूसरी अपील को जिला कांग्रेस कार्य-समिति ने अपनी साधारण कार्य-पद्धति को स्थगित कर अपने आपको सत्याग्रह युद्ध में परिणत कर दिया। संचालकों की लंबी खूबियाँ जिले, सबडिवीजनों तथा थानों तक में बन गईं।

सत्याग्रह सप्ताह (6 अप्रैल) के आरंभ में ही सरदार विपिन बिहारी वर्मा ने अन्य सत्याग्रहियों के साथ मोतिहारी से पैदल रवाना होकर 48 मील की यात्रा पैदल ही समाप्त कर जोगापट्टी थाने के पिपराहिच गाँव में 15 अप्रैल को नमक-कानून भंग किया। इस 48 मील की यात्रा का वर्णन बड़ा ही रोमांचकारी है। विपिन बाबू जन्म से ही आराम और चैन के वायुमंडल में पले थे। उनकी इस तपस्या ने चंपारन की जनता पर बिजली का सा असर पैदा किया। उनका दल जिन-जिन गाँवों से गुजरा, वहाँ की जनता ने उनके प्रति अपनी अखंड श्रद्धा व भक्ति दिखाई और स्वागत तथा विदाइयों एवं अभिनंदनों का ताँता सा बन गया। रास्ते में 2000 की थैलियाँ भेंट मिलीं। सारे जिले में सत्याग्रह तूफान से उथल-पुथल मच गई। 13 अप्रैल को जिले के कई स्थानों से सत्याग्रही जत्थे चल चुके थे, उन सभी ने नमक-कानून

तोड़ना आरंभ कर दिया और चारों ओर ब्रिटिश सरकार की प्रियतमा नौकरशाही की खुली आँखों के सामने कानून की धज्जियाँ उड़ाई जाने लगी।

दमन चक्र

साथ ही दमन चक्र भी चल पड़ा। गिरफ्तारियों की धूम मच गई, नमक के चूल्हे तोड़े-फोड़े जाने लगे, नमक छीना जाने लगा। पर दमन की ज्वाला के साथ ही सत्याग्रह का स्ट्रीम भी तेज होता गया और सारा जिला सत्याग्रह के प्रबल प्रवाह में परिग्लावित हो उठा।

पिपरहिया में श्रीयुत पुष्कर ठाकुर के इजलास से श्री विपिन बिहारी वर्मा को एक वर्ष और श्रीगणेश प्रसाद साहू को तथा पं. शिवधारी पांडेय को छह-छह मास की सजा हुई। अदालत में दर्शक की सियत से पूज्य राजेंद्र बाबू, प्रो. कृपलानी तथा मथुरा बाबू उपस्थित थे। उसी दिन कई स्थानों में कानून भंग हुआ और कितने लोग पकड़कर जेल भेज दिए गए, जैसे बा. रामदयाल प्रसाद साहू, पं. वैद्यनाथ मिश्र, बा. यमुना प्रसाद, पं. रामाहातियारी, बा. रामावतार सिंह, बा. रामलोचन सिंहजी आदि। उस समय का विवरण महात्मा गांधी के 'यंग इंडिया' में ता. 24वीं अप्रैल के अंक में विस्तारपूर्वक छपा था। विपिन बाबू के जेल में जाने के पश्चात् थोड़े ही समय के भीतर प्राय: 200 स्थानों में नमक-कानून भंग करने की नीयत से लोगों ने नमक बनाना आरंभ किया। युद्ध का रूप दिनों-दिन भीषण होता गया और शीघ्र ही पं. प्रजापति मिश्र, जो विपिन बाबू के पश्चात् सरदार बनाए गए थे, बा. हरिवंश सहाय, बा. जयनारायण प्रसाद, बा. विश्वनाथ सिंह, पं. युगेश्वर पाठक, पं. अमरदेव दुबे तथा बाबू जगंनाथ प्रसाद के अरिरिक्त अनेकों स्वयंसेवक द्रुत वेग से पकड़ लिये गए। युद्ध का रूप भीषण-तर हो गया। इनके पश्चात् श्री देवव्रत शास्त्री (सहकारी संपादक 'प्रताप', जिनका घर यहीं है) सरदार हुए। पं. विभूति मिश्र के साथ पं. विष्णुदेव दुबे वकील तथा श्रीदेवव्रत के साथ श्री कमलनाथ देव गिरफ्तार कर लिये गए। श्री देवव्रतजी के पश्चात् बाबू उत्तम नारायण सरदार बनाए गए। अब तक पुलिस का अत्याचार इस प्रकार बढ़ गया जिसका वर्णन एक पृथक् स्थान पर ही हो सकता है। बगहा में पुलिस की नादिरशाही का सामना करना आवश्यक हो गया। मोतिहारी-बार-एसोसिएशन की ओर से बगहा में पुलिस के अत्याचारों कर जाँच के लिए एक कमीशन भेजा गया जिसमें श्री बाबू जगतनाथ वकील बाबू वैद्यनाथ प्रसाद अग्रहरि वकील तथा बाबू बागेश्वरी प्रसाद वकील थे। उन लोगों के सामने तीन बातों के अभियोगों की जाँच करने का प्रश्न था—

(१) स्वयंसेवकों की देह में सूआ भोंकना।
(२) डोमों से स्वयंसेवकों के मुख में पेशाब कराना।
(३) स्वयंसेवकों को घर में बंद कर रात के समय माफी के लिए कहना और नहीं मानने पर मारकर बेहोश कर देना।

बगहा की पुलिस ने शे. रहमान मिआँ और बाबू मुरली प्रसाद दारोगा के नायकत्व में कितने अत्याचार किए, इसका अंदाजा इसी से लग सकता है। बेतिया में जैसे-जैसे अत्याचार हुए उनको देखकर और सुनकर रोंगटे खड़े हो जाते हैं मीना बाजार के प्रश्न को लेकर सैकड़ों स्वयंसेवक तथा सैकड़ों रुपए वहाँ भेजे गए। स्वयंसेवक मार-मारकर बेहोश कर दिए जाते और गाड़ी पर लाद-लादकर थाना में लाए जाते थे। इसी बीच में 'अमन-सभा' की पैदाइश सरकारी कर्मचारियों और जी हजूरों के संयोग से हुई। उसकी ओर से साप्ताहिक पत्र निकलने लगा। पत्र पर न मुद्रक का नाम, न प्रेस का नाम। हाँ, संपादक यमुना प्रसाद का नाम छपता रहा। कुछ दिनों तक बिहार बैंक की स्थानीय शाखा के मैनेजर और आनरेरी मजिस्ट्रेट विश्वंभर बाबू का नाम छपा। अमन-सभा के नाम पर कितने घर लूटे गए, कितने लोग हताहत हुए और कितनी मुकद्दमें-बाजियाँ हुईं। श्री उत्तम नारायण के बाद श्रीद् मुकुटधारी सिंह सरदार हुए। लगभग 1900 मनुष्य यहाँ से भिन्न-भिन्न दफाओं के अंदर जेल भेजे गए। अमन-सभा के संबंध से शे. रहमान दारोगा पर मंदिर में घुसकर पूजा के सामान तोड़-फोड़ देने तथा मूर्ति को अपवित्र करने का अभियोग कचहरी में लगाया गया। गल्ले की कीमत मिलाकर लगभग यहाँ 90,000 रुपए खर्च हुए। इतना होने पर चंपारन की लड़ाई एक शानदार लड़ाई हुई और सत्याग्रह का संदेश चंपारन के घर-घर पहुँचाया गया। बाबू केदारनाथ मोटानी और बा. महोदव प्रसाद, बा. ए.विशारद् चंपारन को इस युद्ध में मिले। चंपारन बड़ी सतर्कता और सावधानी से भावी युद्ध के लिए तैयार हो रहा है।

❑

बिहार में चौकीदारी करबंदी

यद्यपि चौकीदारी टिकस की दर बहुत ही कम है, परंतु देहातों में रहनेवाले लोग इसे बड़ा ही बुरा समझते हैं और लोग इसे आसानी से देते भी नहीं। कारण यह है कि इस टिकस की रकम से जिन चौकीदारों का पालन-पोषण होता है, देहातों में जान-माल की रक्षा के खयाल से उनकी कोई उपयोगिता भी है, यह किसी को समझ में नहीं आती। बात भी ठीक ही है। अगर सच पूछिए तो इन्हीं चौकीदारों के द्वारा भारत में ब्रिटिश शासन की जड़ देहातों में जम सकी हैं। और इसी चौकीदारी संगठन के हो जाने से आज यह दावे के साथ कहा जा सकता है कि हिंदुस्तान की कोई बस्ती नहीं है, जहाँ सम्राट् जार्ज का कोई प्रतिनिधि, नौकर या संवाददाता न रहता हो। चौकीदार देहातों की शासन सत्ता के अल्पतम केंद्र थाने से संबंध करता है और इन चौकीदारों के द्वारा देहातों के कोने-कोने में ब्रिटिश शासन का संदेश पहुँचाया करता है।

इसके अलावा चौकादारी की और उपयोगिता ही क्या है ? उसे इतना कम मुशाहरा मिलता है कि वह 24 घंटे का सरकारी नौकर हो ही नहीं सकता। इसीलिए व्यावहारिक दृष्टिकोण से चौकीदार थानेदार का भेदिया या जासूस होने के सिवा और कुछ नहीं कहा जा सकता। तब भला देहातों के रहनेवाले अपने गाढ़े पसीने की बची-खुची कमाई का एक अंश बिना कोई अपना लाभ देखे सरकार के अपने संगठन को दृढ़ करने के लिए ही स्वेच्छा से क्यों देने लगे।

अस्तु, बिहार में जब कानून-भंग आंदोलन आरंभ होनेवाला था उस समय कार्यकर्ताओं की यह धारणा थी कि यहाँ नमक-सत्याग्रह के बदले चौकीदार कर-बंदी का ही आंदोलन उठाया जाएगा और इसके अनुसार तैयारी भी की जा रही थी; मगर पीछे महात्मा गांधी ने सत्याग्रह के आरंभ में बंगाल-बिहार में चौकीदारी कर-बंदी और मध्य प्रांत तथा बंबई प्रांत में जंगल कानून तोड़ने की

मनाही कर दी। पहले नमक-कानून से ही शुरू हुआ; मगर ज्यों-ज्यों सरकार की ओर से दमन की ज्वाला तेज होती गई, त्यों-त्यों सरकारी सत्ता के निरादर के रूप में और उस दमन-चक्र के जवाब में और भी कानून काल और पात्र की सुविधा के अनुसार तोड़े जाने लगे। फलतः बंगाल और बिहार में चौकीदारी टिकस के बंद करने का निश्चय हो गया। अभी कर-बंदी शुरू न हुई थी कि शिमला शैल से नौकरशाही की सलाह से लार्ड इरविन ने Inlawful Insigation Ordinance (करबंदी आर्डिनेंस) का अग्निबाण छोड़ दिया। मगर दमन? न्याय के पक्षपातियों का दमन, निर्बलों का दमन अपने शरीर से ही ऐसी अदृश्य और भयंकर शक्तियों को पैदा करता है, जो अन्यथा उत्पन्न न हुई होती और ये ही विचित्र शक्तियाँ अपने जन्म के निमित्त कारणों के सत्यानाश की सहायक बनती हैं। संसार का इतिहास इस विकट सत्य का गवाह है।

कठिनाइयाँ

बस क्या था, क्रांति के वेग से चंचल बिहार में चौकीदारी कर-बंदों के आदेश की चिनगारियाँ चारों और फैलने लगीं। मगर इस आंदोलन के आचार्य स्वयं ही इस सत्य के कायल थे कि करबंदी का आंदोलन आरंभ करना क्या था मानो आग से खेलना था। वे इसकी झंझटों को जानते थे, इसके खतरों से परिचित थे, इस करबंदी के प्रोत्साहन से पैदा हुए मनोभाव के संभावित अनिष्टकारी फलों के आभास उन्हें मिल चुके थे। इसीलिए बिहार में बहुत फूँक-फूँककर इस ओर पाँव बढ़ाए गए।

इस आंदोलन के सारथी-गण यह जानते थे कि करबंदी ही जनता के त्याग और सहनशीलता की अग्नि परीक्षा की चरम सीमा है, क्योंकि लोग शारिरिक कष्ट तो कुछ हद तक सह सकते हैं, मगर भारत सरीखे दरिद्र देश में अपनी संपत्ति को न्योछावर करने का पाठ कम ही लोगों ने पढ़ा है। इसीलिए यह आंदोलन को चलाने का अर्थ तलवार की धार पर चलना है। फिर भी समय की रफ्तार और महात्मा गांधीजी की तपस्या को बलिहारी है कि इस महान् त्याग के इम्तिहान में बिहार के देहातों की अनाड़ी जनता खरी उतरी।

आरंभ

चंपारन जिले के ढाका, जोगापट्टी, मोतीहारी, बेतिया, मझौलिया, सुगौली आदि थानों से ही चौकीदारी कर-बंदी शुरू हुई। मुज्फ्फरपुर जिले के हाजीपुर

थाने में बिंदुपुर के आस-पास के 10 गाँवों ने पूरी तैयारी कर ली थी। उधर सारन जिले के बरेजा स्थान के आस-पास के कई गाँवों में भी कमर कस ली थी। भागलपुर जिले के बहपुर थाने में भी कुछ तैयारी हो चुकी थी। जुलाई महीने के बीच इन्हीं केंद्रों तथा मुँगेर जिले के कुछ गाँवों में बीसवीं सदी के इस अश्रुतपूर्व अमोघ राजनीतिक शस्त्र का प्रयोग शुरू किया गया।

जब्तियों की धूम

चंपारन में चौकीदारी न देने के जुर्म में भिन्न-भिन्न गाँवों में करीब 600 घरों में जब्तियों की सूचना प्रांतीय कांग्रेस कमिटी को मिली है। कितने गाँव ऐसे भी रह गए, जहाँ टिकस बंद थी, मगर जप्ती न हुई। जिम्मेवार और अनुभवी कार्यकर्ताओं के जेल में चले जाने के कारण सभी जगहों से नियमित खबरें भी न आ सकी। तो भी जानकारों का अनुमान है कि 500 रुपए के लगभग की चौकीदारी टिकस वसूल करने के लिए 7836 ॥।, ॥ का सामान कुर्क किया गया। ये आँकड़े जिला कांग्रेस कमिटी के तखमाने के आधार पर तैयार किए गए हैं और यह कोशिश की गई है कि किसी भी कुर्क की गई चीज का दाम बाजार भाव से अधिक न रखा जाए। फिर भी इसमें कुछ कमी-बेशी हो सकती है। मधुबन थाने में पुलिस की ज्यादती की हद हो गई और 7180 ॥ का सामान जप्त किया गया, इस प्रकार ढाका थाने में करीब 1500 रुपए का सामान जप्त किया गया। इस जिले में करबंदी तथा अन्य कारणों से अंदाज किया जाता है कि कुछ 16519। की चीजें जप्त की गई। इसके अलावा जो बरबादियाँ हुईं, उनके अंदाज का तो कोई आधार ही नहीं है।

स्पष्टीकरण

जब्तियाँ किस आधार पर की जाती थीं और लोगों को किस तरह नुकसान उठाना पड़ता था, इसके स्पष्ट कारण के लिए नीचे दिया गया ब्योरा काफी खास है। चंपारन जिले के कांग्रेस अधिकारियों ने यह ब्योरा तैयार किया है—

गाँव के नाम	टिकस बाकी	जप्त की गई संपत्ति का मूल्य
टवेलवां	१२)	५१॥।)
कौलपुर	४२॥)	२४४॥।)
अमवां	२७।)	५२२॥≶)
अमवां मझार	२१॥।)	२३८)
भवन पुर	२२॥)	३६४॥≈)
फरवा	६॥।)	१०४॥≈)
अगवरा	५)	२२॥।≈)
जगन्नाथपुर	८)	३१॥)
फुलवारी	५)	६५≈)
चौराहा	१६॥)	३०१≈)
ढेकहा	४॥)	१०५)
महारा	१२।)	७५६)
	सारन	
हनरथिया	२८)	४२८)
नयका टोला	२)	३२)
श्रीनगर	×	७५६)
भोरकेन्द्र, वरेजाकेन्द्र	४६।≈)	७६४≈)
अन्यकेन्द्र	६॥≈)	२७५८॥≈)॥
	मुजफ्फरपुरके	
शिवहर थानेमें	४॥)	३४३)
"	॥।)	४)
अन्य केन्द्र	२१≶)	३८१॥≶)

ये तो बहुतों में से थोड़े से उदाहरण हैं। राँची, भागलपुर, पूर्णिया आदि जिलों के कई केंद्रो से ऐसी खबरें और आँकड़े मिले हैं।

सैनिक राज्य

और सबसे विचित्र बात तो यह है कि ये जप्तियाँ, अन्य साधारण जब्तियों की तरह नहीं हुई हैं। बल्कि अधिकतर जगहों में पुलिस के भारी जत्थे और कहीं-कहीं

फौजी सिपाही, जिनमें गुरखे और अफरीदी होते थे, गाँव-गाँव में जाकर जनता में आतंक फैलाने की चेष्टा करते और देहात के लोगों के साथ ऐसा व्यवहार करते, जिसे लोग कभी न भूल सकेंगे और भारत में दमन की विकराल स्मृतियाँ बनी रहेंगी। चंपारन और सारन जिलों में पुलिस और फौजियों ने जो कुछ किया उसका कुछ वर्णन इस अंक के दूसरे अध्याय में भी मिलेगा।

सारन जिले के अर्कपुर गाँव में उस जिले में शांति-रक्षा के लिए नियुक्त ऊँचे अधिकारी ए.एस.पी. के सामने ही लोगों के घरों से कई घड़े अचार और घी के निकाले जाने के अभियोग लगाए गए हैं।

मुजफ्फरपुर जिले के विंदुरपुर केंद्र में भी भंयकर ऊधम मचाए जाने की खबर मिली है। कहा जाता है कि वहाँ कितने ही घरों से चौखट-किवाड़ उखाड़े गए। यहाँ तक कहा जाता है कि तंबाकू की फसल को घोड़ों के टापों से रौंदवा दिया गया।

गैर कानूनी काम

इन सारी जब्तियों और कुर्कियों में सबसे दुःखद बात यह थी कि अपने ही कानून की अवहेलना कर सरकारी अधिकारी एक तरह की प्रतिहिंसा और प्रतिशोध के भावों से प्रेरित होकर देहाती लोगों को तंग कर रहे थे। कई जगहों से बरतनों के तोड़े जाने, कागजों को नष्ट किए जाने और एकाध जगह तो गल्लों में आग लगा देने तक की सूचना मिली है। जप्तियाँ जो हुई, सो हुई, पर बरबादियाँ उससे भी ज्यादा हुईं।

और जिलों में

सारी रिपोर्टों को देखने से मालूम होता है कि केवल सारन जिले में ही 600 के लगभग बाकी टैक्स के लिए अंदाजन 1919॥॥ का सामान जप्त किया गया।

भागलपुर जिले में 200 से अधिक घरों में जप्ती हुई। करीब 150 चौकीदारी टैक्स वसूल करने के लिए प्राय: 2656। का सामान जप्त किया गया। इसमें बीहपुर आश्रम की क्षति का हिसाब नहीं है।

मुजफ्फरपुर जिलें में करीब 50 टैक्स बाकी होने के कारण लगभग 2467। का माल जप्त हुआ।

राँची में 20 घरों में जप्ती हुई।

पूर्णिया जिले के 6 गाँवों में जप्ती हुईं। और बहुत बरबादियाँ हुईं।

मुँगेर जिले में भी कुछ जप्तियाँ हुई हैं जिनका पूरा विवरण प्राप्त नहीं हुआ है।

इस प्रकार अंदाजा लगाया जाता है कि समस्त प्रांत में (उड़िसा को छोड़कर) 232053॥। दो लाख बत्तीस हजार तिरपन रुपया तेरह आना तीन पाई की जप्तियाँ हुई हैं। इसके अलावा सारन जिले में चौकीदारी कर-बंद के संबंध में कई जगह गोलियाँ भी चल गई हैं, जिनका विस्तृत वर्णन उस जिले के सत्याग्रह के विवरण में मिलेगा।

❑

बिहार के शहीद

जान मनुष्यों को ही नहीं, पशुओं को भी सबसे प्यारी चीज हुआ करती है। और त्याग की परीक्षा, त्यक्त विषय पर त्यागी की ममता की मात्रा के ही अनुपात से होती है। तो फिर जिन वीरों ने मातृभूमि की बलिबेदी पर अपने आपको स्वेच्छा से बलिदान होने दिया, उनके त्याग की महत्ता तो बड़े से बड़े मापदंड द्वार भी मापी नहीं जा सकती। और उन वीरों के आत्मोत्सर्ग की समता तो स्वर्ग के देवता भी नहीं कर सकते, बड़े-बड़े आजन्म त्यागी उनके पंतधे में नहीं बैठ सकते, जिन्होनें जेलों की बंद चहारदीवारियों के भीतर अपने प्रियजनों और घरवालों से बिल्कुल अलग और असंबंध रहकर दारा-पुत्र-पुत्री सबकी मानव-सुलभ ममताओं को बलपूर्वक ठुकराकर अपने आपको घुल-घुलकर मरने दिया। जरा माफी माँग कर अपने आपको मृत्यु के मुँह से निकाल लेना उसके लिए चुटकी की बात थी। मगर माफी? वे अधपढ़े सत्याग्रही यह शब्द तो जानते ही नहीं। अपनी मर्जी से मौत को दावत देकर जीवन ममता को ललकारकर उन्होंने अपने का मिटा दिया।

उधर दूसरी श्रेणी के शहीद वे हैं, जिन्होंने अपने कर्तव्य पालन में, सत्याग्रह के सच्चे सैनिक की तरह आततायियों के निर्दयी आघातों का शिकार अपने को बनाया, पर जब तक प्राण वायु रही, तब तक कर्तव्य पथ से जरा भी न डिगे।

फिर उन सत्याग्रही स्वयंसेवकों की स्मृति के सामने स्वभावत: वीर-पूजा का भाव जाग उठता है, जिन्होंने गोलियों का स्वागत खुली छातियों से किया और पीछे की ओर मुँह न मोड़ा। पहले ये बातें दूसरे देशों के इतिहासों में पढ़ने को मिलती थीं मगर इस आंदोलन ने ऐसे नर-रत्नों और छिपेरुस्तमों को सामने ला दिया, जिनके त्याग और उच्च आदर्श सदियों तक इस देश के निवासियों

के जीवन को पुनीत बनाते रहेंगे और जिनकी मधुर स्मृतियाँ हजारों-हजार नवयुवकों को संसार के तुच्छ स्वार्थों के रास्ते से हटाकर मानव जीवन के उच्च आदर्शों की ओर प्रवाहित करेंगी। दुनिया के आदमी इन वीरों की समाधियों के सामने अपना माथा टेककर अपने स्वार्थ लोलुप जीवन का प्रायश्चित करेंगे। हमारी माताएँ और बहनें अपने उन वीरों की समाधियों को अपने आँसुओं से सीचेंगी और हमारे युवक उन वीरों को यादकर अपने हतोत्साह और निराशा की अंधेरी घड़ियों में नवजीवन और प्रोत्साहन का अनुभव करेंगे।

वह देश धन्य है, वह गाँव धन्य है, वह संसार धन्य है, जहाँ के वीर शहीदों ने एक ऊँचे आदर्श के लिए अपने प्राणों को न्योछावर कर दिया, इन्हीं शहीदों के कारण बिहार प्रांत का सिर दुनिया के सामने ऊँचा रहेगा।

शहीद रामसुंदर

सत्याग्रह आंदोलन में सबसे पहले सारन जिले के कटया थाने के स्वयंसेवक दल के अधिनायक श्री रामसुंदर लालजी उस इलाके के ताड़ों के बाल कटवाकर अपने जत्थे के साथ चले जा रहे थे। कहा जाता है कि एक नदी के पास कुछ एक चौकीदारों, दफादारों तथा कुछ पासी आदि बदमाशों ने इस दल पर छापा मार और श्री रामसुंदरजी को इतना मारा कि वे प्राय: मर ही गए और उसके बाद उन्हें तप्त बालू में गाड़ दिया। पीछे जब और लोग जमा हुए तो देखा गया कि उनके प्राण पखेरू उड़ गए थे। उस अमर शहीद के सम्मानार्थ प्रांतीय कांग्रेस कमिटी की आज्ञा से 29 जून 1930 को सारे प्रांत में रामसुंदर दिवस बड़े समारोह से मनाया गया।

बाबू गंगा विष्णु सिंह

सारन जिले के दरौली थाने के डुमरहर गाँव के जमींदार और अपने पिता के एकमात्र पुत्र गंगापुत्र सिंहजी फौजियों की गोली के शिकार हुए। सरकारी विज्ञप्ति द्वारा कहा गया है कि गाँववालों ने पुलिस-दल पर आक्रमण किया जिसके जवाब में पुलिस को गोली चलानी पड़ी। यह बात कहाँ तक विश्वसनीय है; यह कहना कठिन है, मगर फल तो प्रत्यक्ष ही है। बाबू गंगा विष्णु सिंह कांग्रेस के अंान्य भक्त और उत्साही कार्यकर्ता थे।

शहीद रामलखन सिंह

आप मुँगेर जिले के कलिया थाने के निवासी थे। आप 23 अगस्त को

जेल में परलोक वासी हुए। आप बीमारी की हालत में ही जेल भेजे गए और वहाँ पूरी हिफाजत न होने के कारण आपने जीवन-यात्रा समाप्त की।

शहीद युगल किशोर तिवारी

चंपारन जिले के ढाका थाने के स्वयंसेवक पं. युगल किशोर तिवारी पटना कैंप जेल में बीमार पड़े। इन पर ढाका अमन सभा के अवसर पर उसका विरोध करने के कारण बहुत सी लाठियाँ पड़ीं। आपका जख्म पूरा अच्छा भी नहीं हुआ था कि आप जेल में रख दिए गए और जेल में ही इनकी मृत्यु हुई।

शहीद श्री फागू कहार

आपकी मृत्यु भागलपुर जेल में हुई। आपकी अवस्था शोचनीय होने पर भी आपको जेल से बाहर नहीं किया गया और वहीं आपके प्राण-पखेरू उड़ गए।

कैंप जेल में

भागलपुर जिले के सत्याग्रही कैदी श्री भैरवदासजी, श्री कंचन महतो, श्री बिका साहु, श्री सरयू, हजारीबाग जिले के श्री हूमन महतो आदि—वीरों ने जेल में ही भिन्न-भिन्न व्याधियों से ग्रस्त होकर प्राण दिए। आप लोगों ने अंतिम समय माफी माँगकर छूटने से इनकार कर दिया और सच्चे सत्यग्रही की तरह कारागर में ही जान दी।

शहीद भगवान् लाल

नवंबर मे मुजफ्फरपुर में स्वतंत्रता दिवस अभूतपूर्व समारोह के साथ मनाया गया। उसी अवसर पर बहुत ही क्षुद्र बहाने से जुलूस पर गोली चलाई गई, जिसमें कांग्रेस स्वयंसेवक वीर भगवान्‌लाल ने अपनी जगह से बिना हटे सहर्ष गोलियाँ खाकर सत्याग्रही के धार्मिक और अचल हठ का परिचय दिया और अस्पताल में जाने के बाद उसने वीर गति प्राप्त की।

भूतपूर्व वाइसराय लाट इरविन साहब

(बीच में) आपके शासन काल में भारतीय राजनीति में आशातीत परिवर्तन हुए। आपका सद्भाव रहते हुए भी आप ही सरकारी दमन-नाट्य के सूत्रधार और अनगिनत आर्डिनेंसों के पिता थे। परंतु अंत में सत्याग्रही दल से सम्मानपूर्वक समझौता भी आपकी ही असंकुचितता और सहानुभूति से संभव हुआ।

श्री एम.आर. जयकर

आपके अथक प्रयास से गत समझौता संभव हो सका। आप हिंदू महासभा और लिबरल दल के प्रसिद्ध नेता हैं।

सर तेज बहादुर सप्रू

प्रसिद्ध लिबरल नेता, जिन्होंने कांग्रेस और सरकार के बीच समझौता कराने में बहुत प्रयत्न किए और अंत में सफल हुए।

श्री शशिधर गांगुली

पुरुलिया के प्रसिद्ध वकील गांगुली जिन्होंने राष्ट्रीय कार्यों में प्रमुख भाग लिया और जेल गए।

श्री अतुल कृष्ण घोष

पुरलिया के त्यागी देश नेता।

श्री जयप्रकाश लाल, बक्सर

आप बक्सर के उत्साही कार्यकर्ता हैं।

श्री सरयू प्रसाद सिंह

बेगूसराय के उत्सारी वकील और राष्ट्रीय कार्यकर्ता, जिन्हें जेल की सजा मिली थी।

श्री देवकी प्रसाद

राँची कांग्रेस कमिटी के मंत्री

बा. महेंद्र सिंहजी

आप सारन जिले के प्रमुख कार्यकर्ता हैं।

श्री विन्देश्वरी प्रसाद सिंह

आप खड़गपुर के पहाड़पुर ग्राम के रहनेवाले थे। आप 1921 में पटना छोड़कर देश के काम में लगे। वर्तमान आंदोलन में आपको 6 महीने की सजा हुई थी। पटना के कैंप जेल में फरवरी महीने में आपका देहांत हो गया। आपकी उम्र मृत्यु के समय 27 वर्ष की थी। आपको साहित्य से अच्छा प्रेम था और आपने अपने ग्राम में एक पुस्तकालय भी खोल रखा था।

श्रीराम चरित्र शर्मा

आप बिहार के बारदोली 'बिहट' के रहनेवाले थे। आप 1921 सें ही अध्ययन छोड़कर देश के काम में लगे थे। इस संग्राम में आपने बड़े जोरों से काम किया। पिकेटिंग आर्डिनेंस में आप पकड़े गए और भागलपुर सेंट्रल जेल में आपका देहांत हुआ। आपकी उम्र 25 वर्ष की थी।

❑

बेगूसराय हत्याकांड

श्री चंद्रशेखर सिंह

आप मैरवार ग्राम (बेगूसराय) के रहनेवाले थे। आप अपने ग्राम के सभापति थे। आपके उद्योग से वहाँ के चौकीदारों ने इस्तीफा दे दिया और लोगों ने चौकीदारी बंद कर दी। आप 1931 के स्वतंत्रता दिवस में बेगूसराय के जुलूस में शरीक हुए। वहाँ पुलिस की गोली खाकर आप मर गए।

श्री छट्ठू सिंह

आप रतनपुरा (बेगूसराय) के रहनेवाले थे। आप 1931 के स्वतंत्रता दिवस के अवसर पर गोली खाकर मरे।

श्री बनारसी सिंह

आप रतनपुरा (बेगूसराय) के रहनेवाले थे। आप मैट्रिक के विद्यार्थी थे। आप भी 26 जनवरी 1961 को गोली खाकर मरे।

श्रीरामचंद्र सिंह

आप बनद्वार (बेगूसराय) के स्वयंसेवक थे। 26 जनवरी 1931 को गोली खाकर शहीद हुए।

श्री तिलक महापात्र

आप एक मुसाफिर थे। आप बेगूसराय में स्वतंत्रता दिवस के जुलूस में शरीक हुए और गोली खाकर मरे।

पटन जेल में

श्री सुरेश तिवारी और श्री बाँकेलालजी बाँकीपुर जेल में व्याधिग्रस्त होकर मरे।

झालदा हत्याकांड

मानभूम जिले के झालदा शहर में सत्य मेला के अवसर पर पुलिस ने जनता पर गोली चलाई, जिसके फलस्वरूप सर्वथा गणेश महतो, मोहन महतो, गोकुल महतो, सहदेव महतो और शीतल महतो जख्मी होकर अस्पताल में मरे।

शहीद स्मारक

यह हर्ष की बात है कि इन शहीदों के विरोचित स्मारक के लिए भिन्न-भिन्न जिला कांग्रेस कमिटियाँ प्रयत्न कर रही हैं, हमें आशा है, बिहार प्रांत अपने बिछड़े वीरों के प्रति उचित सम्मान प्रकट करने और अपनी श्रद्धांजलि अपील करने में कसर न करेगा। ईश्वर उन वीरात्माओं को शांति प्रदान करे और उनके अनुपम त्याग हमारे स्वार्थ पूर्ण वायुमंडल को परिष्कृत करें।

❑

सारन में सत्याग्रह

सारन जिला, जिसका मुख्य नगर छपरा है, बिहार प्रांत का सीमांत जिला है। यदि इस जिले को बिहार प्रांत का मस्तिष्क कहा जाए तो अत्युक्ति नहीं। बिहार के राष्ट्रीय जीवन में इस जिले ने जितने अधिनायक और संचालक दिए हैं, उतने किसी दूसरे जिले ने नहीं दिए। स्वर्गीय मौलाना मजहरुल हक की निवास-भूमि, राजनीति के भीष्म पितामह बिहार-रत्न श्री ब्रजकिशोर प्रसादजी आदि अनेकानेक त्यागी देश भक्तों एवं सफल राजनीतिज्ञों की जन्मभूमि सारन जिले ने बिहार के राजनीतिक जीवन में बड़ा ही महत्त्वपूर्ण भाग लिया है। गत असहयोग आंदोलन में सारन जिले ने केवल अपने ही लिए कार्यकर्ता न तैयार किए, बल्कि वहीं के कार्यकर्ताओं ने कई दूसरे जिलों की राष्ट्रीय मर्यादा को भी रखा है। 1921 के असहयोग आंदोलन में भी इस जिले ने बहुत काम किया। यहाँ के बैरिस्टरों, वकील, मुख्तारों तथा विद्यार्थियों ने बड़ी संख्या में अपना काम छोड़ा और उसी के फलस्वरूप जो कार्यकर्ता-मंडली तैयार हो गई, वह जिले में ही क्या प्रांत भर में जागृति की प्राणवायु का संचार करती रही है। सारन जिला राष्ट्रीय शक्तियों का सुंदर एवं अक्षय भंडार है और यहाँ की राष्ट्रीय सेवा इतनी जबरदस्त है कि उसके लिए कोई काम असंभव नहीं। परंतु ये ही विशेषताएँ सर्वथा प्रशंसनीय और स्पर्धनीय होने पर भी स्वभावतः कई प्रकार के दुर्गुणों की जननी भी है और सारन जिला समय-समय पर जब अपनी शक्तियों का उचित उपयोग शत्रु से मुठभेड़ में नहीं कर सकता, तब जागृति एवं कार्यशक्ति का स्टीम बुरी दिशाओं में बहने लगता है और कार्यकर्ताओं में आपस के बड़े-बड़े झगड़े खड़े हो जाते हैं जिनके कारण कई अवसरों पर तो जिले का जीवन बिल्कुल विषमय हो गया है। परंतु ईश्वर की कृपा से जब कभी सरकार से जोर की आजमाइश का मौका मिला है, तब सारे संस्कारों को भूलकर सारन लँगोटी बांधकर खड़ा हो गया है। यह लड़ाका जिला

है और लड़ाई के कार्यक्रम को ही पसंद करता है और रणक्षेत्र में ही उसे अपनी खूबियों के प्रदर्शन का अवसर मिलता है।

लाहौर कांग्रेस ने जिस समय पूर्ण स्वाधीनता का प्रस्ताव स्वीकार करते हुए रावी के तट पर आजादी की पताका फहराई, उस समय सारन में जो जागृति की लहर उठी और 26 जनवरी, 1930 को बड़े समारोह से छपरा, गड़वा, दिघवारा, सोनपुर, एकमा, चैनपुर, माँझी, सिवान, गोपालगंज, मोरया कोठी आदि सभी प्रसिद्ध-प्रसिद्ध स्थानों में स्वतंत्रता दिवस मनाया गया। लोग काफी तादाद में आए थे और जहाँ पग-पग पर इस बात की शंका थी कि गोली भी चल सकती है, वहाँ उस समय के बाद ही लोगों पर एक दूसरा रंग चढ़ गया। भावी संग्राम की आशा में जिले भर में पूरी तैयारी की गई। सिवान में जिला सभा हुईं, जिसमें श्रद्धेय राजेंद्र बाबू भी थे और उन्होंने बताया कि कोई भी कांग्रेस कार्यकर्ता किसी भी दूसरे काम में न लगे और जब कटैया में दूसरी सभा हुई तो यह तय किया गया कि कोई भी कांग्रेस सदस्य डी.बोर्ड चुनाव में भाग न ले। उस समय पंडित गिरीश तिवारी मंत्री थे और उन्होंने ही काम को बहुत आगे बढ़ाया। इन दो बैठकों के बाद बंसतपुर, एकमा, माँझी, कस्बा, छिवारा तथा कई स्थानों में सभाएँ की गई और लोगों का बताया गया कि भविष्य में उन्हें क्या करना होगा। सारन इधर अपनी तैयारी कर रहा था, उधर भारत हृदय-सम्राट महात्मा गांधीजी नमक-कानून तोड़ने की तैयारी कर रहे थे।

नमक सत्याग्रह

नमक-कानून भंग करने का निश्चय हो चुका था। महात्माजी दांडी यात्रा के लिए प्रस्थान कर चुके थे। सारन जिला कांग्रेस कमिटी ने भी निश्चय कर लिया कि यहाँ भी नमक-कानून भंग होगा। यह बिहार में पहला स्थान था, जहाँ नमक-कानून पहले-पहल भंग किया गया। जि. कांग्रेस कमिटी ने सारन के तीनों सबडिवीजनों में एक-एक स्थान चुना था। तदनुसार ता. 6 अप्रैल को सिवान के गोरयां कोठी में तथा ता. 8 अप्रैल को जियापुर में नमक-कानून तोड़ा गया। नमक-कानून भंग के सर्वप्रथम सरदार पं. भरतमिश्रजी चुने गए थे। सरकार को उस दिन की पूर्व सूचना दे दी गई थी। पहला दल नमक-कानून भंग करने के लिए रवाना हुआ और छपरे के टाउनहॉल के मैदान में उन वीरों का सम्मान किया गया। तिलक लगाया गया और स्वयं डॉ. महमूद साहब ने वीरों की बहादुरी की प्रशंसा करते हुए उन्हें विदा किया। दाउदपुर स्टेशन पर जत्था बरिजा के लिए उतरनेवाला था वहाँ जैसी तैयारी थी, उसका वर्णन कठिन है। लोग हजारों की संख्या में थे और उन वीरों पर पुष्प

वृष्टि की गई। बारेजा में एक महती सभा हुई और पीछे नमक-कानून भंग किया गया। इस प्रकार दूसरे दिन गोरया कोठी, तीसरे दिन हजियापुर में नमक-कानून तोड़ा गया। थोड़े दिन में ही एकमा, मिरजापुर, दिधवारा, छपरा मुफसिल, छपरा टाउन, सिवान भोरे आदि स्थानो में नमक-कानून धड़ाधंड़ भंग किया गया और कोई ऐसा मुख्य स्थान न रह गया, जहाँ नमक-कानून न तोड़ा गया हो।

गिरफ्तारियाँ

जिला कांग्रेस कमिटी ने पहले से ही तय कर लिया था कि अमुक व्यक्ति के बाद अमुक व्यक्ति जिला राष्ट्रीय सत्याग्रह समिति के संचालक होंगे। इस प्रकार दर्जनों संचालक नियुक्त कर लिए गए थे। स्वयंसेवक काफी तादाद में ये किए गए थे और यह दृढ़ आशा थी कि स्वयंसेवकों और कार्यकर्ताओं के लिए काम न रुकेगा और ऐसा ही हुआ। दमन का श्रीगणेश बरेजा में ही हुआ। दूसरे दिन अर्थात् ता. 7 अप्रैल को बाबू बच्चन सिंह तथा ब्राजनंदन सिंह बरेजा में पकड़े गए। ता.7 को बाबू सरयूलाल गोरया कोठी में तथा ता. 8 को युद्ध समिति के प्रधान, पंडित भरत मिश्रजी गोपालगंज में तथा जिला सभा के सभापति बा. नारायण प्रसाद सिंह पकड़े गए। उन लोगों को 6 मास की सजा मिली, परंतु बाबू नारायण प्रसाद सिंह को एक वर्ष की। इस प्रकार एक सप्ताह के अंदर सारन के सभी प्रमुख कार्यकर्ता पकड़ लिये गए। उनमें भोरे के श्री हरि नारायणलाल, सिवान के रामरक्ष उपाध्याय, एकमा के बा. लक्ष्मी नारायण सिंह, छपरा मुफस्सिल के बा. रुद्र नारायण सिंह, बरेजा के पं. गिरीश तिवारी प्रभृति सज्जनों के नाम उल्लेखनीय हैं। जिला में सर्वप्रथम बा. महेन्द्र सिंहजी दफा 108 में 1 मास पहले पकड़ लिये गए थे। जिस समय जिले में तैयारी हो रही थी और लोगों को कांग्रेस प्रोग्राम समझाया जा रहा था, उसी बीच में उनको पकड़ लिया गया। और ता. 16 मार्च को उन्हें 6 मास की सजा मिली। जिला मजिस्ट्रेट, एस. पी. सदल बल सत्याग्रह के सभी केंद्रों में मौजूद थे। पर उन लोगों का ऐसा बहिष्कार हुआ कि उन्हें रहने का स्थान न मिला और उन्हें लाचार होकर तीनों नमक केंद्रों से दूर जाकर रहना पड़ा। दूसरे दिन से पुलिस नमक कड़ाहों का जब्त करने लगी और स्वयंसेवकों को पकड़ने लगी। एक स्थान में तो नमक के टूटे बरतन से पुलिस इंस्पेक्टर की कृपा से एक 8 वर्ष के बच्चे का हाथ कट गया और इस घटना की रिपोर्ट उसी के खून से लिखकर जिला में भेजी गई। जब पुलिस की ओर से ऐसा होने लगा तो कांग्रेस की ओर से भी युक्ति निकाली गई। पहले जत्थेदार पकड़े जाते थे, परंतु जब पुलिस आती तो सभी अपने को नायक

बताते, तब पुलिस लाचार हो जाती! पहले पुलिस कड़ाहों को जब्त करती, परंतु जब बड़े-बड़े मिट्टी के बरतनों (हंडियों) में नमक बनने लगा तो पुलिस हंडियों को ले जाने से मजबूर हुई। जब नमक जब्त होने लगा तो बीच में नमक रखा जाता था और चारों ओर चक्रव्यूह बना दिया जाता। ऐसी हालत में पुलिस अंदर जा न सकती और यदि कोशिश भी करती तो खौलते कड़ाह में गिर पड़ती और चक्रव्यूह तोड़ना कठिन था। इस प्रकार सरकार पद-पद पर लाचार होने लगी और नमक सत्याग्रह ग्राम-ग्राम में होने लगा।

पिकेटिंग और बहिष्कार

कुछ दिनों के बाद गाँजा शराब ताड़ी और विदेशी वस्त्रों की दुकानों पर पिकेटिंग जारी हुई। पिकेटिंग साधारण न थी। बिक्री एकदम बंद हो गई। विदेशी कपड़ों की गाँठे बाँध दी गई। ताड़ के दाल कटवाने का प्रचार चला और एक महीने के अंदर सारे जिले के ताड़ बालहीन हो गए। सरकार को दमन का एक दूसरा मौका मिला और दफा 107 में बाबू फिरंगी सिंह, बा. राम प्रसाद सिंह, बाबू जगलाल चौधरी, बा. वासुदेव नारायण सिंह, प्रसिद्ध जमींदार वीर बा. हरमाधव सिंह, पं. जीवानंद शर्मा, पा. सभापति सिंह, बा. बसंत लाल, बा. अम्बिका सिंह आदि को एक-एक साल की सजा मिली। बा. राजेश्वर प्रसाद सिंह, पं. राजराजेश्वर तिवारी, बरेजा, बा. द्वारिका नाथ तिवारी आदि को 6 मास की सजा दी गई। इसी बीच में एकमा में एक दिन 33 गिरफ्तारी हुईं, जिसमें 17 आदमियों को 16 मास की सख्त सजा दी गई। विधवारा, थाने के बा. राम विनोद सिंह जी उसी समय पकड़ लिये गए। मौलानियाँ डकैती केस के अभियुक्त योगेंद्र शुक्ल भी वहाँ ही गिरफ्तार हुए और उन लोगों पर मौलानियाँ संबंधी मुकदमा चलाया गया। वायसराय महोदय ने धड़ाधड़ आर्डिनेंसों को जारी करना आरंभ कर दिया और अब उन्हें पकड़ने में सुविधा होने लगी।

जिस तरह सरकार की ओर से दमन किया गया, उसी तरह लोगों ने भी काफी दृढ़ता दिखलाई। कई विद्यार्थियों ने पढ़ना छोड़कर संग्राम में भाग लिया। वकीलों, मुख्तारों ने भी पूरी मदद की। वकीलों में बा. जलेश्वर प्रसाद, बोरेशदत्त सिंह, बा. विश्वनाथ मिश्र, बा. योगेंद्र लाल, एवं मुख्तारों में बा. रामनिरीक्षण ओझा, बा. हरि नारायण मेहता जेल गए। कुछ दिन बार बरेजा एकमा, दरौली, महाराजगंज, भोरे, कटेया, गोपालगंज थानाओं में काम बहुत जोरों से बढ़ा और बहुत लोग पकड़े गए। जेल जाने के पहले सावलिया बाबू (पं. राजेश्वर तिवारी) ने बरेजा में जो काम

किया था, वह सराहनीय है और उसी का फल है कि बरेजा इतना नाम प्राप्त किए हुए हैं। दरौली में पं. रामायण शुक्ल, मैरवा में बा. रामायण सिंह, बा. पृथ्वीपाल सिंह, बरौली में बूढ़े बा. राम देनी सिंह, एकमा में वीर त्यागी बा. रामसेवक सिंह, गुठनी में बा. धर्मदेव लाल, महाराज गंज में बा. उमादत्त शर्मा ने बड़ी बहादुरी से काम किया। नवयुवक जमींदारों में चैनपुर के बा. रंजन प्रसाद सिंह तथा बा. पारसनाथ सिंह, गुठनी थाने के बा. चंदेश्वर सिंह, पटेढी के प्रतिष्ठित जमींदार बा. महामया प्रसाद अपना सारा कामकाज छोड़कर कांग्रेस के लिए अथक परिश्रम करते हुए कूद पड़े और बहुत जोरों में काम कर जेल चले गए। जिले के प्रमुख कार्यकर्ता बा. चंद्रिका सिंह, बा. झूलन प्रसाद सिंह वकील, पं. आद्याशरण पांडे, बा. त्रिभुवन सिंह, बा. दुर्गाराय, बा. महादेव राय, बा. गोपालजी उस समय तक पकड़ लिये गए थे। मुसलमान समाज के बड़े उत्साही कार्यकर्ता मो. सैयद सज्जाद भी गिरफ्तार कर लिये गए। आपका सारा परिवार कांग्रेस भक्त है। इस प्रकार थोड़े ही दिनों में जिले के प्रमुख कार्यकर्ता, स्वयंसेवक, जिला सभा के सदस्य गण, प्रत्येक थाने के कार्यकर्ता आदि जितने थे सबके सब जेल में बंद कर दिए गए। दमन का दौरा इतना होने पर भी जिले का काम एक क्षण के लिए बंद न हुआ। पिकेटिंग बराबर जारी रही। जिन-जिन लोगों ने विदेशी वस्त्रों को चोरी से मँगाया था और बेचा था, उन्हें पूरा दंड भी दिया गया। फल यह हुआ कि थोड़े ही दिनों में विदेशी कपड़ों की बिक्री बंद हो गई।

राजेंद्र बाबू की गिरफ्तारी

सारन में इस प्रकार सत्याग्रह-संग्राम प्रतिदिन आगे बढ़ने लगा। यहाँ कई साधु भी पकड़े गए। पूज्य राजेंद्र बाबू का दौरा इस जिले में हुआ। ता. 3 तथा 4 जुलाई को उन्होंने सिवान और गोपालगंज में भ्रमण किया था और ता. 5 को ज्यों ही ये सदर में दौरा करने जा रहे थे, पकड़ लिये गए। यह खबर बिजली की तरह चारों ओर फैल गई और करीब 10 हजार लोगों का एक बहुत बड़ा जुलूस निकला और जेल की बगलवाली सड़क से जुलूस जा रहा था। जेल अधिकारी यह देखकर घबरा गए और हवाई फायर होने लगा। लाठियों का प्रहार हुआ और भीतर भी बहुत जोरों से खलबली मच गई थी। किसी प्रकार शांति हुई। इसी प्रकार की एक दूसरी घटना उस समय हुई थी, जिस समय योगेंद्र बाबू शुक्लजी के पैरों में बेड़ी दी जा रही थी, परंतु उस दिन भी भगवान् की कृपा से अशांति न हो सकी।

चौकीदारी कर-बंदी

चौकीदारी टैक्स बंद करने में भी सारन जिला सबसे आगे रहा है। बरेजा इसका अगुआ था। सरकार की ओर से प्रतिदिन धमकियाँ दी जाती थीं, परंतु लोग टस से मस न हुए। इस प्रकर माँझी में, बसंतपुर थाने में, गुठनी तथा महाराजगंज, मोरे, करेमा, दरौली में कर नहीं दिया गया था। इसके अतिरिक्त कोई भी थाना बाकी न रहा जहाँ चौकीदारी एक-दो ग्रामों में बंद न हो। टैक्स वसूली में सरकार की ओर से बड़े ही रोमांचकारी अत्याचार हुए। बरेजा, अरिआँव, घोरहट तथा निकट के कई ग्रामों में जा-जाकर पुलिसवालों ने मनमानी लूट मचाई। जितनी चींजे पाती उठा ले जाती थी। सावलिया बाबू के घर से 12 के बदले में 500 की चीज उठा ले गई। अरिआव के गरीब किसानों के घर छप्परों को नष्ट-भ्रष्ट कर दिया था। मैं जब एक घर में पहुँचा और पूछा कि पुलिस तुम्हारे घर से क्या ले गई थी तो पता लगा कि एक हँसुये को छोड़कर उसके घर में कुछ रह नहीं गया था। पूछा तुम खुश हो उत्तर, मिला—'स्वराज्य के लिए प्राण देने को तैयार हूँ। यदि मेरा घर लुट जाए और स्वराज्य मिले तो इससे ज्यादा खुशी और क्या होगी।' यह एक गरीब बुढ़िया के वाक्य थे। इसी तरह पुलिस ने डुमरहर और बड़हुलिया में दरौनी थाने के निकटस्थ ग्रामों में लूट मचाई थी। भोरे का दृश्य अनुपम था। पकिगपुरा, अर्कपुर तथा कई ग्रामों में चौकीदारों और प्रेसिडेंटों ने मनमानी लूट मचाई थी। इस तरह कटेया, महाराजगंज, गुठनी तथा अन्य कई थानों मे पुलिसवालों ने लूट मचाई। कई जगह सशस्त्र पुलिसवालों ने ग्राम के प्रधानों को घोड़े के पिछाड़ में बाँधकर घसीटा था। इस प्रकार चौकीदारी टैक्स बंदी और वसूली का काम बराबर जारी रहा है।

गोली चली

सारन की लड़ाई से सरकार घबरा उठी और सर्वप्रथम बरेजा में अतिरिक्त पुलिस बैठाई गई। जब काम और बढ़ा और लोग न डरे तो थोड़े ही दिनों में दरौला कटेया और भोरे में अतिरिक्त पुलिस बैठाई गई। पुलिस ने जाकर किसानों को जिस तरह का कष्ट दिया, कहना कठिन है। राह चलते को लाठियों से मारा, गरीब बनियों की चीज कम मूल्य पर ले लेती, ग्रामों से खाद्य पदार्थ, जलावन, तरकारी आदि बिना माँगे उठा लाती तथा प्रतिदिन एक-न-एक नया काम करती थी। कटेया थाने में बा. रामसुंदरजी शहीद हुए।

इसके बाद गत दिसंबर माह में दरौली के 2 स्थानों में गोली चली। वह बड़हुलियाँ ग्राम में चौकीदारी वसूल करने के लिए सशस्त्र पुलिस ता. 2-12-30

को पहुँची और उनके आते ही कुछ भीड़ इकट्ठी हो गई। भीड़ को हटाने के लिए उन लोगों ने निहत्थों पर बेतों से प्रहार किया। जब लोग न हटे तो गोली चलाई गई जो एक गाय को लगी और वह तुरंत मर गई। ता. 27 जनवरी को पुलिस का दल डुमरहर खुर्द पहुँचा। वहाँ ग्राम में प्रवेश करते ही अकारण मारना आरंभ किया। पीछे गोली भी चली और बाबू गंगा विष्णुराय को गोलियाँ लगीं और सिवान जाते-जाते उनका प्राणांत हो गया। दो आदमियों को और गोली लगी परंतु वे बच गए। उसके बाद जो अत्याचार हुए, वह लिखना कठिन है। लोग ग्राम छोड़कर हट गए। गत तीसरी बार ता. 16 दिसंबंर को भोरे में गोली चली। उस दिन भोरे में किसान सभा होनेवाली थी। करीब 15 हजार लोग इकट्ठे थे। पुलिस की ओर से उन्हें छितर-बितर कर देने की चेष्टा लाठी प्रवाह से की गई, परंतु जब लोग न हटे, तब गोली चलाई गई और लगभग 20 आदमी घायल हुए। इस संबंध में सरकार ने कई तरह की विज्ञप्तियाँ निकाली गईं और कहा गया कि जनता की ओर से जुल्म किया गया है। भोरे के संबंध में कहा गया था कि दारोगा पर गोली चलाने की चेष्टा की गई थी। परंतु यह बातें बिल्कुल निराधार हैं। सरकारी आदमियों के बाल तक टेढ़े न हुए थे, फिर इसी से पता लग जाएगा कि सरकारी विज्ञप्ति कहाँ तक सच है। उसके बाद बड़हुलिया के 11 व्यक्ति डुमरहर खुर्द के 13 व्यक्ति तथा भोरे के 25 व्यक्तियों पर बलवा का मुकदमा चला, जिसमें बड़हुलिया के 5 व्यक्तियों को एक वर्ष से लेकर एक मास की सख्त सजा दी गई है और शेष पर मुकदमा चल रहा है।

स्वतंत्रता दिवस मनाने के दिन गोरया कोठी में पुलिस ने भी अड़ंगा लगा दिया और दूसरे दिन गोरया कोठी और निकस्थ ग्रामों में लूट सी मच गई और लोगों को महान कष्ट दिया गया। बा. नारायण प्रसाद सिंह के घर से बहुत से सामान नए कर दिए गए। अतिरिक्त पुलिस बुलाई गई, जो अभी तक वहाँ पर रखी गई है। उस संबंध में लगभग एक सौ लोगों को पकड़ा गया था। अब तक सारन के प्रमुख कार्यकर्ता पं. देवव्रतजी, श्री हीरालाल शर्राफ, पं. महेंद्र शास्त्री, बा. अवधनंदन प्रसादजी, बा. विश्वनाथ मिश्र, बा. हरनारायण महत्ता, बा. महावीर प्रसाद, बा. यदुनंदन पांडे, बा. दीनानाथ पांडे, बाबा कृपाल दास आदि जेल चले गए थे।

इस संग्राम में छोटे-छोटे बच्चों ने भी कम बहादुरी नहीं दिखालाई। अनेक जेल गए। जेल के अंदर 8 तथा 9 वर्षों के बच्चों ने हो साहस दिखाया वह अवर्णनीय है। बूढ़ों की भी यही हालत रही। 70 वर्ष के बूढ़े जेल में थे। बीहपुर सत्याग्रह में पं. रमापति पांडे, जिनकी अवस्था लगभग 72 वर्ष की है, एकमा थाने

से गए थे और उन्हें कई लाठियाँ लगी थीं और 6 मास की सजा भी मिली थी। बीहपुर–सत्याग्रह में सारनवालों ने बहुत बड़ी मदद की थी और काफी स्वयंसेवकों को भेजा था। 75 वर्ष के वृद्ध पं. नगनारायण तिवारी, जो दोनों आँख के अंधे थे, एकमा थाने से 16 मास की सख्त सजा पाकर जेल गए थे और छपरा जेल में प्रतिदिन वही प्रार्थना करते रहे।

महिलाएँ

इस संग्राम में स्त्रियों ने भी कम काम नहीं किया है। सर्वप्रथम श्रीमती जनक दुलारी देवी बराबर घूम–घूमकर काम करती रहीं। उनके बाद परदा नशीन महिलाओं में श्रीमती जनक किशोरी देवी, धर्मपत्नी बा. योगेंद्र लालजी वकील कार्यक्षेत्र मे आईं। पति के जेल में जाने के बाद आप छपरा नगर सभा की संचालिका हुईं और अपने कामों को भली–भाँति निभाया। श्रीमती रामस्वरूप देवी धर्मपत्नी बा. रहमाधव सिंहजी जमींदार अमनौर एस्टेट का नाम उल्लेखनीय है। आप एक उच्च कुल की स्त्री हैं, जहाँ परदे की परंपरा है। जब बाबू साहब जेल चले गए, तब श्रीमती राम स्वरूप देवी परदे के बँधन को तोड़कर लड़ाई के मैदान में आ डटीं और सारे जिले में भ्रमण किया। आपके वीर पुत्र श्री कृष्ण माधव सिंह ने पढ़ाई छोड़कर अपनी माताजी के साथ प्रशंसनीय देश–सेवा की।

छपरे जिले में आपने स्त्री समाज में नव–जीवन पैदाकर दिया। स्त्रियों का शिविर स्थापित हुआ और थोड़े ही दिनों में दर्जनों स्त्रियाँ परदा फाड़कर बाहर आईं और समर भूमि में कूद पड़ीं। पहले दिन छपरे में महिलाओं का जुलूस निकला, जिसमें श्रद्धेय बाबू राजेंद्र प्रसाद की बहन, नारायण बाबू की तीन पुत्रियाँ, श्रीमती रामस्वरूप देवी, श्रीमती जनक किशोरी देवी, श्रीमती शांतिदेवी (धर्मपत्नी बाबू राम निरीक्षण ओझा), बा.चंद्रिका सिंह की धर्मपत्नी बाबू योगेंद्र लाल की बहन, कटरे के एक सोनार की महिला, मास्टर साहब बंगाली बाबू की धर्मपत्नी आदि थीं। कुछ ही दिनों के बाद पुलिस ने श्रीमती जनक किशोरी देवी, श्री जोगेंद्र बाबू की धर्मपत्नी और उनकी बहन श्रीमती रंजन देवी, बाबू चंद्रिका सिंह की धर्मपत्नी बा. राम निरीक्षण ओझा की धर्मपत्नी श्रीमती रामस्वरूप देवी प्रभृति स्त्रियों को पकड़कर प्रत्येक को 6 मास सजा दिलवाई। इसके पूर्व श्रीमती जनक दुलारी देवी सोनपुर में लाठी खाकर स्वयंसेवकों के जत्थे का संचालन करने में पकड़ ली गई थीं। इनके बाद स्त्री समाज में जोश पैदा हुआ।

सोनपुर मेला

सोनपुर मेले के अवसर पर विदेशी चीजों तथा मादक द्रव्यों पर पिकेटिंग करने का निश्चय जिला। कांग्रेस कमिटी की ओर से लिया गया था। तदर्थ काफी स्वयंसेवकों को चारों ओर से बुलाया गया। सरकार भयभीत हो गई और उसने सोनपुर कांग्रेस कमिटी को गैर-कानूनी संस्था घोषित कर दी। जब स्वयंसेवक काफी तादाद में मेले में पहुँच गए और जुलूस निकालना आंरभ कर किया तो उनपर लाठियों की मार पड़ी और चारों ओर घोड़े दौड़ाए गए। मेले में भगदड़ मच गई। स्वयंसेवक बराबर डटे रहे। स्वयंसेवकों को गिरफ्तार कर पुलिस फिर छोड़ देती थी।

पुलिस ने सोनपुर कांग्रेस कमिटी के ऑफिस को जब्त कर लिया और बिहार प्रांतीय हिंदू सभा, जो उस समय वहाँ प्रचार कार्य में अपना कैंप ले गई थी उसकी भी बहुत चीजें जब्त की ली गई। पं. गिरीश तिवारी मेले में प्रवेश करते ही पकड़ लिये गए और उन्हें 6 मास की सजा दी गई। इस प्रकार सरकार की ओर से लाखों प्रयत्न किया गया लेकिन कष्ट-सहन कर वीर सत्याग्रहियों ने अपना काम बराबर जारी रखा। इस प्रकार सोनपुर मेले में कांग्रेस की विजय हुई।

सन् 1931 में

पिछले तीन मास का इतिहास कम रोचक नहीं है। वर्ष के आरंभ में जितने कार्यकर्ता थे, जेल के अंदर थे। जो छूटकर आए, उनमें बहुत कम बच रहे। जवाहर दिवस के दिन लगभग 155 गिरफ्तारी हुई थीं। पं. गिरीश तिवारी के मुकदमे के दिन छपरा कचहरी में जो लाठी चली थी उससे लोग और क्षुब्ध थे। वकीलों ने भी सत्याग्रह कर दिया था परंतु पीछे वह बंद हो गया। जवाहर दिवस की बड़ी तैयारी थी और खबर थी कि गोली चलेगी परंतु वीर सत्याग्रही डटे रहे। लाठी प्रहार की जरा भी परवाह न की और उस दिन छपरे में 26 आदमी पकड़े गए, जिनमें बाबू बनारसी प्रसाद, बाबू रामनिरीक्षण ओझा प्रधान थे। दोपहर तक शहर के अंदर घोड़े दौड़ाए गए, परंतु संध्या समय सब शांतिपूर्वक बीत गया।

गत फरवरी मास में बाबू ब्रजनंदन प्रसाद, बाबू जानकी शरण शाही, बा. जनक तिवारी तथा पं. जगंनाथ मिश्र, बाबू यतींद्र नाथ सूर (गुही बाबू) जुलूस निकालने के कारण पकड़ लिये गए। उपरोक्त तीनों सज्जन वकील हैं। मिश्रजी तथा गुही बाबू को 6 मास की सजा मिली। कुछ दिन बाद सारन के प्रख्यात कार्यकर्ता बाबा रामोदार दासजी का आगमन हुआ और सारन को बहुत बड़ी सहायता उनसे मिली।

सरकार की दमन नीति भी पीछे बदल गई। वहाँ स्वयंसेवकों को पकड़-

पकड़कर जाड़े के दिनों में भूखा रखती और कपड़े भी नहीं देती और पीछे छोड़ देती रही। परंतु हमारे वीरों ने पीठ कभी नहीं दिखलाई। पटना कैंप जेल में रखकर जो यंत्रणाएँ स्वयंसेवकों को दी गई हैं, उनसे हमारे वीर कभी विचलित नहीं हुए। कई मृत्यु मुख में चले गए थे, परंतु अपने सिद्धांत को न छोड़ा। विद्यार्थी, साधु संन्यासी, मुसलमान, महिलाएँ, नन्हें नन्हें बालक तथा बूढ़ों ने जिस तत्परता से काम किया है, उसका वर्णन यहाँ करना कठिन है। इस प्रकार सारन संग्राम मे वीरता दिखाई है।

❑

मुजफ्फरपुर में सत्याग्रह

सत्याग्रह की तैयारी

कलकत्ता कांग्रेस के बाद इस जिलें में नवजीवन का संचार हुआ। एक वर्ष में जो कार्यक्रम देश को पूरा तैयार करने के लिए बनाया गया था, उसको इस जिले ने बड़ी खूबी के साथ पूरा किया। जितनी आबादी पर कांग्रेस सदस्या बनाने को था, उससे कहीं अधिक कांग्रेस सदस्य बनाए। प्रत्येक मुख्य स्थानों में सभाएँ हुईं जिले के सौभाग्य से सरदार पटेल, पडिंत जवाहरलाल नेहरू तथा बिहार प्रांत के मुख्य नेताओं का भ्रमण यहाँ हुआ और लोगों में जागृति पैदा हुई। बाबू राम दयालु सिंह, ठाकुर रामनंदन सिंह मथुराबाद तथा बाबू दीप नारायण सिंह प्रभृति नेताओं ने जी-जान से पूरी कोशिश की और इस जिले को भावी युद्ध के लिए तैयार कर लिया। लाहौर कांग्रेस के बाद जब स्वतंत्रता दिवस मनाने का निश्चय हुआ तो इस जिले में कोई ऐसा मुख्य स्थान न रहा होगा, जहाँ स्वतंत्रता दिवस सजधज के साथ न मनाया गया हो। हजारों की उपस्थिति प्रत्येक सभा में हुई और दूर से आकर स्वतंत्रता की घोषणा को लोगों ने सुना। बाबू रामदयालु सिंह के अदम्य उत्साह से प्रतिदिन प्रभात फेरी का श्रीगणेश यहाँ ही से हुआ था। सरकारी कर्मचारी इसे क्यों कर देख सकते थे। संध्या समय जो टोलियाँ निकाली जाती थीं, उन्हें बंद कर देना पड़ा। जब शहर में इसकी मनाही हो गई तो देहातों में इसका प्रचार बढ़ा। स्वतंत्रता दिवस के दिन मुजफ्फरपुर के तिलक मैदान में जो समारोह था, वह अवर्णनीय है। 20 हजार जनता एकत्रित थी और बाबू रामदयालु सिंह ने घोषणापत्र पढ़ा। सीतामढ़ी में बाबू रामनंदन सिंह, कटरे में बाबू मथुरा प्रसाद सिंह, हाजीपुर में बाबू दीपसिंह ने हजारों की उपस्थिति में घोषणा-पत्र पढ़ा। विदेशी वस्त्र न खरीदने के काफी प्रतिज्ञा-पत्रों पर लोगों ने हस्ताक्षर किए। इस प्रकार मुजफ्फरपुर सत्याग्रह-संग्राम की तैयारी कर महात्माजी की आज्ञा की प्रतीक्षा कर रहा था।

नमक सत्याग्रह

ता.12 मार्च को जिस दिन महात्माजी ने दांडी यात्रा के लिए प्रस्थान किया था, उस दिन महती सभा तिलक मैदान में हुई और व्याख्यानदाताओं ने बताया कि सत्याग्रह-संग्राम में भाग लेने को सबकोई तैयार हो जाएँ और शीघ्र नमक-कानून भंग किया जाए। ता. 1 अप्रैल को पं. जवाहरलाल नेहरू का भाषण इस जिले के बरगनिया, सीतामढ़ी मुजफ्फरपुर और हाजीपुर की बड़ी सभाओं में हुआ। पंडितजी ने लोगों को तैयार हो जाने को कहा, पूज्य पाद राजेंद्र बाबू उनके साथ थे। ता. 5 अप्रैल, 1930 को सीतामढ़ी में जिला कमिटी की बैठक हुई और निश्चय हुआ कि नमक-कानून भंग हो और जिला के संचालक बाबू रामदयालु सिंह बनाए जाएँ। तदनुसार नमक-कानून भंग करने के लिए ता. 8 अप्रैल को जिला मंत्री बाबू जनकधारी प्रसाद के नायकत्व में एक जत्थे ने (11 स्वयंसेवकों का) तिलक मैदान से निकलकर शहर के प्रधान मुहल्लों से होता अखड़ा घाट सेवाश्राम में विश्राम किया। जब तिलक मैदान से नमक-कानून भंग करने को जत्था निकला तो उस सयम का दृश्य मनोहर था। पीछे-पीछे हजारों की संख्या में स्वयंसेवक और जनता थी। लोग पुष्प वृष्टि करते, सुंदर-सुंदर फल खिलाते, मालाएँ पहनाते, चंदन लगाते और जय-जयकार मनाते जाते थे। ता. 13 अप्रैल को जत्था पैदल चलकर शिवहर पहुँचा और हजारों की उपस्थिति में नमक-कानून भंग किया गया। उसी दिन बा. जनकधारी प्रसाद, बा. ललित कुमार सिंह नटवर, बा. हरिनाथ तथा बा. टुनटुनप्रसाद को पकड़ लिया गया और उन्हें 6 मास की सजा दी गई। उसी दिन शिवहर में ही बा. रामदयालु सिंह तथा पिता और पुत्र ठाकुर नवाब सिंह और ठाकुर रामनंदन सिंह दफा 117 के अनुसार पकड़े गए। रामदयालु बाबू को डेढ़ वर्ष, ठाकुर रामनंदन सिंह को 2 वर्ष और ठाकुर नवाब सिंह को 6 मास की सख्त सजा मिली। उसी दिन तिलक मैदान में बा. सरयू प्रसाद वकील के नायकत्त्व में नमक बना। नमक भी उस दिन बेचा गया और शिवहर में नमक का पेकेट 50 रु में बिका। जब मुजफ्फरपुर में वे लाए गए तो एक बहुत बड़ा जुलूस निकाला गया, जिसमें 40 हजार लोग थे और उन्हें जेल फाटक तक पहुँचाया। जेल फाटक पर बहुत ज्यादा भीड़ हो हो गई थी, परंतु रामदयालु बाबू के कहने पर भीड़ तुरंत हट गई उसी दिन बाबू मथुरा प्रसाद सिंह मुजफ्फरपुर में पकड़े गए और उन्हें एक वर्ष की सख्ता सजा दी गई। ता. 13 अप्रैल को तिलक मैदान में एक दूसरे जत्थे ने कटरा थाने में नमक बनाने के लिए बाबू सुखदेव प्रसाद को नायकत्व में प्रस्थान किया और 21 अप्रैल को पैदल गंगेया में पहुँचकर नमक बनाया। उसी थाने में धनौर, जनुआरा और गायघाट में नमक-कानून भंग किया गया। ता. 15 अप्रैल

को एक जत्थे ने पारु थाने में नमक बनाने के लिए प्रस्थान किया और ता. 16 को फतेहाबाद में नमक बनाया। हाजीपुर में गांधी विद्यालय में नमक बनाया गया और श्रीरामदत्त सिंह पकड़े गए। इस प्रकार थोड़े दिनों में ही सारे जिले में नमक-कानून भंग कर दिया गया और ग्राम-ग्राम में नमक बनने लगा।

पिकेटिंग और गिरफ्तारी

प्रमुख कार्यकर्ताओं के पकड़ लिये जाने पर काम में किसी प्रकार की शिथिलता न हुई, काम और जोर से जारी हुआ। कुछ दिन बाद बाबू रणेन्द्र नाथ राय चौधरी वकील तथा बा. रामजी प्रसाद पकड़ लिये गए।

सीतामढ़ी में ठाकुर रामनंदन सिंह के बाद रामाशीश ठाकुर काम कर रहे थे। वे भी पकड़ लिये गए और श्री पुरुषोत्तम राय वैष्णव भी पकड़ लिये गए और उन्हें 1 साल की सख्त सजा दी गई। जब की यह बात है, तब आर्डिनेंस जारी हो गए थे। जिले भर में पिकेटिंग जारी थी। मुजफ्फरपुर शहर कपड़े का प्रधान केंद्र है और यहाँ बहुत अधिक बिक्री भी होती है। दुकानदारों की संख्या भी कम नहीं है। वे बड़े धनी हैं, पर विदेशी कपड़े कम आते हैं। जब कांग्रेस की ओर से कड़ा पहरा बैठाया गया तो अंत में लाचार होकर उन लोगों ने विदेशी कपड़े की गाँठ बँधवा देने को स्वीकार कर लिया और गाँठ बाँधी गई और उनपर कांग्रेस की मुहर लगाई गई। गाँजा, शराब, ताड़ी की दुकानों पर पिकेटिंग खूब जोरों में थी। श्रीमोहन लाल गुप्त पकड़ लिये गए और उनको एक साल की सजा मिली।

बा. विंधेश्वरी प्रसाद वर्मा तथा बाबा नरहरि दास ने घूम-घूमकर जिले भर में प्रचार किया। अकेले सीतामढ़ी सब डिवीजन में 60 स्थानों में नमक बनाया गया। नए आर्डिनेंस जारी हो जाने के बाद गिरफ्तारियाँ भी आरंभ की गईं। दफा 117 के अनुसार बड़े-बड़े लोग बराबर पकड़ लिये जाते थे। बाबा नरसिहंदासजी भी उसी में पकड़ लिये गए और उन्हें 1 साल की सजा मिली। बाबू श्रीनारायण ठाकुर, बाबू सूवा लाल कर्ण प्रभृति बहुत जल्द पकड़ लिये गए। बा. शुकदेव प्रसाद गौड़ को 6 मास की सजा मिली। इस प्रकार दमन का दौरा रहा परंतु वीर काम से विचलित न हुए। पिकेटिंग बराबर जारी रही और जिले भर में कोई ऐसी दुकान न बचीं जहाँ धरना न दिया जाता हो। चरखा प्रचार भी कम न हुआ। उस ओर भी लोगों का खयाल था।

तिलक मैदान मे 5 जून को चरखा दंगल बड़े समारोह के साथ हुआ और काफी स्त्रियों ने उसमें भाग लिया था। स्त्रियाँ की भी एक सभा श्री ज्ञानचंद सोंधा के परिश्रम से महथा धर्मशाला में हुई। पुरुष और स्त्रियाँ दोनों में काफी जोश था। बड़े घर कर स्त्रियाँ

उस दिन आयी थीं। बा. विंधेश्वरी प्रसाद वर्मा पकड़ लिये गए और उनके स्थान पर बा. दीपनारायण सिंह जी संचालक चुने गए। काम बराबर जारी रहा, यद्यपि दमन कम न था।

गैर-कानूनी समाचार

मुजफ्फरपुर में स्त्रियों ने कम काम न किया। सत्याग्रह-संग्राम आरंभ होने के बाद से ही श्रीमती बा. रामदयालु सिंह, श्रीमती रामतनुक देवी, श्रीमती बा. विंधेश्वरी बाबू की धर्मपत्नी तथा कई स्त्रियों ने जिले भर में घूमकर काम किया और लोगों के उत्साह को बढ़ाया। मुजफ्फरपुर ने सरकार के प्रेस आर्डिनेंस का अच्छा जवाब दिया। जब सब अखबार बंद हो गए तो 'सत्याग्रह समाचार' नामक हस्त लिखित परचा निकाला। प्रांत में यह पहले-पहल हुआ था और अंत तक यह समाचार-पत्र प्रकाशित होता रहा। सरकार की ओर से लाख कोशिश की गई परंतु पता न लगा कि यह कहाँ से प्रकाशित होता है। इसकी काफी बिक्री होती थी और लोग खूब पढ़ते थे। 'सत्याग्रह समाचार' से जिले को बहुत लाभ हुआ और काम बहुत जल्दी आगे बढ़ गया। सरकार अंत में 'डुप्लिकेट' का पता न लगा सकी और लाचार हो गई। इस प्रकार यह समाचार-पत्र बराबर प्रकाशित होता रहा। इस संबंध में कम गिरफ्तारियाँ न हुईं। अब तक प्रमुख कार्यकर्ताओं में बाबू राधामोहन सिंह, बा. रामलखन सिंह, बा. छविनाथ पांडे, वा ज्ञानचंद्र सोंधा, बा. सरयू प्रसाद, बा. अवधेश्वर प्रसाद सिंह, बा. देवेन्द्रनाथ गुप्त, बा. जानकी जीवन तथा अन्य कार्यकर्तागण जेल में भेज दिए गए थे।

कुमार सिद्धेश्वर प्रसाद सिंह

आप गया जिला के प्रथम डिक्टेटर हैं। साल की सजा मिली थी। आप भूतपूर्व एम.एल.ए. हैं।

कुमार कालिका सिंह

आप मुँगेर जिला के मुख्य कार्यकर्ता हैं, जो जेल से हो आए हैं। आप गिद्धौर राजपरिवार के युवक हैं।

श्री कैलाश बिहारी लाल

आप भागलपुर के प्रधान कार्यकर्ता हैं। आपने भी जेल की सजा भोगी है।

श्री सत्यनारायण सिंहजी

दरभंगा जिले के प्रथम डिक्टेटर और बिहार के होनहार राष्ट्रीय सेवक, जिन्हें जेल की सजा मिली है।

श्रीमती विन्ध्यवासिनी देवी

आप पटना की निर्भय कार्यकर्त्री हैं जो जवाहर दिवस के जुलूस का नेतृत्त्व करती हुई गिरफ्तार की गईं।

श्रीमती सरस्वती देवी

आप हजारीबाग की प्रमुख कार्यकर्त्री हैं, जिन्होंने बड़ी वीरता से उस जिले में सत्याग्रह को जारी रखा और अपने छोटे बच्चे का साथ लेकर हजारीबाग जेल में रहीं।

श्रीमती रामस्वरूप देवी (बहुरियाजी)

आप सारन के प्रसिद्ध जमींदार और राष्ट्रीय कार्यकर्ता श्री हरिमाधव सिंह की धर्मपत्नी हैं, जिन्होंने गत सत्याग्रह में जी खोलकर काम किया और काफी जागृति उत्पन्न की।

श्रीमती रामप्यारी देवी

धर्मपत्नी श्रीजगत नारायणलालजी, जिनको जेल-यात्रा पर पटना जिले का संचालन अपने ग्रहण किया और आपकी गिरफ्तारी सराय में हुईं।

श्रीमती विद्यावती देवी

जिन्होंने गया में अपूर्व जागृति ला दी। आप सरमेरा (पटना) निवासी राष्ट्रीय कार्यकर्ता बा. नवल सिंह की धर्मपत्नी हैं। गत सत्याग्रह में आप दोनों जेल गए।

श्रीमती मीरा देवी

हजारीबाग की उत्साही देश सेविका, जिनका हजारीबाग को उठाने में बड़ा योगदान है। आपको जेल की सजा भी मिली थी।

पटना की प्रसिद्ध देश-सेविकाएँ

जिन्होंने पटना सत्याग्रह और पिकेटिंग में भाग लिया। (१) मि. हसन इमाम की पुत्री श्रीमती समी, (२) श्रीमती इमाम हसन (३) श्रीमती विंध्यवासनी देवी (४) श्रीमती सी.वी. दास (५) कुमारी गौरी दास, जिन्होंने पटने में बड़ा सत्याग्रह उत्साह पैदा कर दिया।

पंडित बजरंग दत्त शर्मा

आप गया के पुराने और सुप्रसिद्ध कार्यकर्ता हैं। गत आंदोलन में आप छह मास कारागार का दंड भोग चुके हैं।

श्री जुगेश्वरप्रसाद खलिश

आप गया जिला कांग्रेस कमिटी के मंत्री हैं, जो अभी जेल से हो आए हैं।

बाबू रामचरित्र सिंह (मुँगेर)

आप बिहार विद्यापीठ के प्रोफेसर थे, जिन्हें गत सत्याग्रह में जेल की सजा मिली थी।

पंडित देवव्रत शास्त्री

आप चंपारन जिले के चौथे डिक्टेटर थे, जिन्हें कैद की सजा हुई थी। आप सहयोगी 'प्रताप' के सहकारी संपादक हैं।

अमर शहीद

मुजफ्फरपुर के सोनवर्षा थाने में बाबू सिद्धेश्वर प्रसाद सिंह नौकरी करते थे। जब सत्याग्रह की लड़ाई छिड़ी तो उन्होंने नौकरी छोड़ दी और जेल गए। जेल में टाइफाइड से पीड़ित होकर स्वर्गवासी हो गए। इस जिले के प्रथम शहीद यही थे। मुजफ्फरपुर में एक दूसरी घटना भी हो गई, जो बड़े महत्त्व की है। ता. 26 जनवरी की बात है कि मुजफ्फरपुर में स्वतंत्रता दिवस मनाया जानेवाला था। उसकी बहुत बड़ी तैयारी की गई थी, पर सरकार ने उसे भंग कर देने के लिए जी में ठान लिया था। उस दिन हाजीपुर और सीतामढ़ी में गिरफ्तारी हुई परंतु मुजफ्फरपुर में गोली तक चल गई। तिलक मैदान में जुलूस निकाला निश्चित था। काफी लोग इकट्ठे होने लगे तो लठधार पुलिस ने लाठी प्रहार से लोगों की भीड़ को तितर-बितर करने की चेष्टा की। लाठियों की वर्षा हुई, परंतु उस दिन मुजफ्फरपुरवालों ने जिस वीरता, गंभीरता, साहस और आदर्श को देश के सामने उपस्थित किया, वह भारत के इतिहास में स्मरणीय रहेगा। जब पुलिस लाठी से प्रहार कर थक गई और लोग हटे नहीं तो लाचार होकर गोलियाँ चलाईं। स्वर्गीय बाबू भगवान् लाल के 3 गोलियाँ मर्मस्थल में भी लगीं और उनका प्राणांत अस्पताल में हो गया। दूसरे को 7

गोलियाँ लगीं, परंतु वे बच गए। कई और को गोलियाँ लगी थीं। लाठी से भी कई घायल हुए। बाबू जनकधारी प्रसाद जो हाल में ही जेल से वापस आए थे, मंच पर से गिरा दिए गए। 40 आदमियों की गिरफ्तारी हुई और उनपर बलवा का मुकदमा चलाया गया। दूसरे दिन से बराबर जुलूस निकाला गया, परंतु कोई हस्तक्षेप न हुआ। राय बहादुर बा. द्वारिकानाथ तथा उनके पुत्र तथा बा. गौरीदत्त सेठ इत्यादि पर भी मुकदमा चला, पर अंत में 27 आदमियों पर से मुकदमा उठा लिया गया और 22 पर मुकदमा चलता रहा।

कर-बंदी

चौकीदारी कर-बंदी का आंदोलन इस जिले में भी उठाया गया। हाजीपुर सब डिवीजन में इसका प्रचार अधिक हुआ और 40 ग्रामों में चौकीदारी-कर-बंदी-कर दिया गया। कुछ चौकीदारी प्रेसिडेंटों ने त्याग-पत्र भी दे दिए, परंतु यह आंदोलन प्रमुख कार्यकर्ताओं के जेल चले जाने के बाद ढीला पड़ गया। जब कांग्रेस नाजाएज संस्था करार दे गई तो यहाँ पुलिस का अत्याचार बहुत बढ़ गया। पिकेटरों को पकड़कर पुलिस थाने में ले जाती, बिना खिलाए रखती, पर्याप्त कपड़ा नहीं देती, नंगा कर पीटती, गालियाँ देती और दूर ले जाकर छोड़ आती थी। पहली जनवरी का दृश्य भी बड़ा विचित्र था। स्वतंत्रता दिवस मनाया जानेवाला था, पुलिस पलटन गस्त लगा रही थी, दूसरी ओर स्वयंसेवक राष्ट्रीय गान गाते घूम रहे थे। पुलिस यह देखकर घबरा गई, और तुरंत गिरफ्तारी आरंभ हुई। 350 स्वयंसेवकों को धमकी दी गई परंतु वे टस से मस न हुए। पुलिस ने लाचार होकर उन्हें छोड़ दिया। केवल 20 स्वयंसेवकों पर अभियोग लगाया गया। वीरपुर के इलाके में कुछ लोगों का माल जब्त हुआ। फिर वहाँ 200 घुड़सवार भेजे गए और जनवरी तक 125 घरों में लूट सी मच गई। बेलसंड, परशुराम पुर, बाज पट्टी, परिहार, बसंत पट्टी तथा रजौली आश्रम जला दिए गए और कई तरह के अत्याचार उनपर हुए। इस प्रकार मुजफ्फरपुर में काफी दमन सरकार की ओर से हुआ।

मुजफ्फरपुर ने बड़ी बहादुरी से इस सत्याग्रह-संग्राम में भाग लिया है और बराबर अपना काम आगे ही बढ़ाते रहा है। बीच में संधि हो गई, अन्यथा यह जिला दिखला देता कि जिस साहस से इसने असहयोग की लड़ाई को सफल बनाया था, ठीक उसी तरह सत्याग्रह-संग्राम को आगे बढ़ाता।

❑

दरभंगा में सत्याग्रह

दरभंगा जिला बिहार का यद्यपि अग्रणी जिला नहीं कहा जा सकता, तथापि उसका स्थान राष्ट्रीय जीवन में कुछ ऊँचा ही और सत्याग्रह-संग्राम में मुख्य रहा है। प्रांत के वयोवृद्ध नेता बाबू ब्रजकिशोर प्रसाद और बाबू धरणी धरजी ने जो चंपारन सत्याग्रह के समय महात्माजी के साथ रह चुके थे, 1921 से ही जिले के राष्ट्रीय जीवन को जगाने का काम किया और जिस समय पहली बार 1921 में महात्माजी ने दरभंगा में पदार्पण किया था, उस समय जिले भर के लोगों ने उस सर्वश्रेष्ठ पुरुष का संदेश सुनकर हृदयगत ही नहीं किया, बल्कि उसे कार्यरूप में परिणत करने का निश्चय कर लिया। फलस्वरूप जिले भर में एक नहीं चार-चार राष्ट्रीय उच्च-विद्यालय खुले, जिनमें राष्ट्र के भावी सैनिक तैयार होने लगे। साथ ही कार्यकर्ता लोगों ने जिले भर में भ्रमण कर प्रचार और संगठन का काम जारी किया और जनता को महात्माजी का संदेश सुनाकर उनके हृदय में राष्ट्रीयता का भाव पैदा किया। यहाँ पर यह लिखते बड़ा दुःख हो रहा है कि जहाँ 1921 से ही मांय नेता बाबू ब्रज किशोरप्रसादजी के नेतृत्त्व में जिले का कांग्रेस कार्य सुचारु रूप से चलता आ रहा था, वहाँ कुछ ही दिन बाद मधुबनी के कार्यकर्ताओं में कुछ वैमनस्य आ जाने के कारण उसमें गड़बड़ी पैदा हो गई, और एक खास कार्यकर्ता ने अपने स्वार्थ और द्वेष के भाव से ऐसी दलबंदी पैदा की जो राष्ट्र के सेवक के लिए कदापि उचित नहीं थी। जिले के अभाग्य की बात एक और यह भी हुई कि इसी समय उसके सर्वमान्य नेता ब्रजकिशोर प्रसाद वहाँ से पटना चले आए, जिससे स्वभावतः कांग्रेस के काम में कुछ ढीलापन आ गया। परंतु जो राष्ट्रीयता का बीज वहाँ की जनता के स्वच्छ हृदय-स्थल में आपने बोया था उसका अंकुर सूखा नहीं। कई असमर्थ हाथ उसे सींचने को आगे आ गए और वह धीरे-धीरे पनपने लगा। कुछ समय के बाद बिहार में एक ऐसी घटना हुई, जिसका स्मरण कर सभी का

हृदय शोक विह्वल हो जाता है। महात्माजी के प्रिय भानजे श्रीमान् मगन लालजी गांधी के असामयिक देहावसान से बिहार को यद्यपि कुछ कलंक सा लगा, तथापि इस दुःखद घटना से दरभंगा जिले को एक ऐसा लाभ हुआ, जो कभी भुलाया नहीं जा सकता। उसी कर्मनिष्ठ स्व. मगन लाल गांधी की स्मृतियों में जिले के होनहार कार्यकर्ता श्री रामनदंन मिश्र ने मझौलियाँ ग्राम में मगनाश्रम बनाया, जिसने देश सेवा व्रत के व्रती निःस्वार्थ और कर्मियों का संघ स्थापित करने का अनुपम काम किया। पीछे चलकर सदर सब डिवीजन और समस्तीपुर के कुछ इलाकों में इसके कार्यकर्ताओं ने ग्रामों में घूम-घूमकर लोगों में राष्ट्रीयता की वह लगन लगा दी, खद्दर के लिए वह प्रेम पैदा कर दिया और साथ ही रूढ़ियों को विनष्ट करनेवाले विप्लवकारी विचारों से जनता के बीच वह आंदोलन पैदा कर दिया, जिसकी जितनी प्रशंसा की जाए, थोड़ी है। भावी स्वतंत्रता-संग्राम के लिए इस प्रकार क्षेत्र तैयार ही हो रहा था कि उधर लाहौर कांग्रेस ने पूर्ण स्वतंत्रता के प्रस्ताव को पास कर दिया। 27 जनवरी को जिले भर में स्वतंत्रता दिवस इस उत्साह से मनाया गया कि यह शंका मिट गई कि भावी स्वतंत्रता-संग्राम में यह जिला कैसा भाग लेगा। पहली मार्च 1930 को मगनाश्रम में हिंदुस्तानी सेवा दल का एक शिविर खुल गया और महात्माजी की 12 मार्च की रणयात्रा की खबर अब पहुँची तो वहाँ की कांग्रेस कमिटी ने झट युद्ध-परिषद् कायम किया और उत्साही नेता बाबू सत्यनारायण सिंह को प्रथम-नियुक्त करके सत्याग्रह-संग्राम प्रारंभ करने की घोषणा कर दी।

नमक कानून भंग

जिला सरदार बाबू सत्यानारायण सिंह ने जिलाधीशों को खबर कर दी कि 18 अप्रैल को पिपरा में नमक-कानून तोड़ा जाएगा और तदनुसार 17 अप्रैल को ही आप चार सत्याग्रही सैनिकों के साथ समस्तीपुर से दरभंगा चले। समस्तीपुर की जनता ने अपने सरदार की रण-यात्रा के अवसर पर बड़ा जुलूस निकाला और पुष्प-वृष्टि एवं आरती आदि से उनकी विदाई की। उस दिन शाम को वे ने दरभंगा लालबाग राष्ट्रीय विद्यालय में पहुँचे, जहाँ स्थानीय जनता की एक विशाल सभा हुई। सभा में सरदार साहब और श्री सत्यनदंन मिश्र के भाषण हुये। सभा समाप्त कर जब लोग जुलूस के साथ अपने नेताओं के नेतृत्व में लौट रहे थे कि राह में ही सरदार श्री सत्यनारायणजी और श्री रामनंदन मिश्र को पुलिस ने गिरफ्तार कर लिया। दो घंटे के भीतर ही जेल के अंदर इनके मुकदमे का फैसला हो गया और इन्हें डेढ़ वर्ष की कड़ी कैद हो गई। बिजली की तरह यह खबर जिले भर में फैल

गई और दूसरे दिन तमामी हड़ताल मनाई गई। सरदार गिरफ्तार हो गए, पर नमक बनाने का निश्चय लोगों का बना रहा और 18 अप्रैल को पिपरा ग्राम में सैनिकों के जत्थे ने पहुँचकर नमक बनाया। लोगों में अपूर्व जाग्रति हो गई, पिपरा में जो नमक बनाकर उसे लेकर श्री रामनंदन मिश्र की धर्मपत्नी राजेश्वरी देवी ने दरभंगा शहर में स्वयं घूम-घूमकर बेचा। पश्चात् समस्तीपुर और मधुबनी सब डिवीजन के इलाके में भी कई जगहों पर नमक बनना और बिकना प्रारंभ हो गया। यह रफ्तार एक महीने तक रही, पर कोई गिरफ्तारी नहीं हुई।

सदर कैंप

15 मई के बाद लहेरियासराय में सदर सत्याग्रह कैंप खुला, जिसमें 40 के करीब स्वयंसेवक और स्वयंसेविकाएँ रहने लगीं। ये लोग नियमित रूप से लहेरियासराय में रोज जुलूस निकाला करते थे, जिसके कारण बाजारवालों पर बड़ा प्रभाव पड़ा।

20 मई को जिले भर में भ्रमण करने के लिए पटना से बाबू राजेंद्र प्रसादजी आए। उनके स्वागत में मगनाश्रम से 300 राष्ट्रीयझंडाधारी स्वयंसेवकों का जुलूस निकलकर दरभंगा राष्ट्रीय स्कूल में पहुँचा। इस जुलूस को देखकर अधिकारियों के मानो कान खड़े हो गए। इसीलिए 21 मई को सरकार की ओर से बिना लाइसेंस लिए जुलूस निकालने की मनाही दे दी गई, पर निषेधाज्ञा के होते हुए भी बाजार में बराबर जुलूस निकलता रहा।

विदेशी वस्त्र और शराब की दुकानों पर धरना, विदेशी कपड़े के बहिष्कार और खादी प्रचार का आंदोलन पहले से ही चल रहा था, पर जब प्रा. कांग्रेस कमेटी की आज्ञा विदेशी कपड़ों और शराब की दुकानों पर धरना देने के लिए पहुँची, तो इस आंदोलन ने और भी जोर पकड़ लिया। दरभंगा में 22 मई से धरना शुरू हो गया। स्वयंसेविकाएँ भी शहर में घूम-घूमकर फेरी दिया करती थीं और विदेशी कपड़ा नहीं खरीदने का अनुरोध करती थीं। समस्तीपुर में भी 29 मई से और मधुबनी में 10 जून से कपड़ों की दुकानों पर पिकेटिंग होने लगी और इतनी प्रभावी हुई कि दुकानदारों ने कांग्रेस से समझौता करके अपने कपड़ों की गाँठों पर मुहर चिपका दी और नया विदेशी कपड़ा न मँगाने का निश्चय किया। इस समय यद्यपि 100 के लगभग स्वयंसेवक धरना दे रहे थे, पर उनकी गिरफ्तारी कुछ दिनों तक नहीं हुई, परंतु 18 जून से स्वयंसेवक लोग पकड़े जाने लगे और 20 जून को जिला सरदार बाबू रामबहादुर गुप्त, बाबू हृदय नारायण चौधरी वकील सिंह गिरफ्तार कर लिये

गए। 30 जून को दरभंगा कैंप पर भी घावा हुआ। इन घटनाओं ने जनता में और भी सनसनी फैला दी और जिले भर में शराब, ताड़ी और गाँजे की दुकानों पर धरना दिया जाने लगा ताड़ के बालको कौन कहे कितने ताड़ और खजूर के पेड़ भी काट डाले गए। अब तक काले कानून जारी किए जा चुके थे और तदनुसार स्वयंसेवकों की खूब गिरफ्तारी होने लग गई। 4 अगस्त को जिला कांग्रेस कमिटी के कार्यालय पर स्थानीय अधिकारियों ने लठधारी बहुसंख्यक कांसटेबलों के साथ हमला किया और जिला सरदार श्रीचतुराननदास को तथा वहाँ जितने स्वयंसेवक थे, सभी को गिरफ्तार कर लिया। इस घटना के बाद भी धरना और गिरफ्तारियाँ बनी रहीं, पर चुने-चुने कार्यकर्ताओं के जेल जाने के कारण काम में कुछ शिथिलता जरूर आ गई। इसी समय बाबू धरणीधरजी पुनः संग्राम क्षेत्र में उतरे और आपके पदार्पण से कामों में फिर कुछ बल आ गया। लेकिन आप भी अधिक दिन तक जेल के बाहर नहीं रह सके।

जवाहर दिवस

16 नवंबर को जब जवाहर दिवस मनाने के लिए तमाम जिले में जुलूस निकाले गए तो दरभंगा शहर में भी एक बड़ा जुलूस निकला। जुलूस के साथ प्रधान कांग्रेस नेता बाबू धरणीधर, जिला कांग्रेस कमिटी के मंत्री बाबू रामचरण सिंह तथा और कई अन्य मुख्य कार्यकर्ता लोग भी थे। पुलिस जुलूस पर लाठी और डंडे चलाए और कइयों को जख्मी कर दिया। सभा के आयोजकों को भी भंग कर दिया और बाबू धरणीधरजी, बाबू रामचरण सिंह, हजारीबाग जेल से हाल में ही लौटे हुए बाबू चतुरानन दास तथा और कई कार्यकर्ताओं को गिरफ्तार कर लिया और उन्हें जेल में कैद की सजा दी गई। इस दिन जिले भर में 90 जगहों में जवाहर दिवस मनाया गया जिनमें लगभग 15 स्थानों से डेढ़ सौ के लगभग लोग गिरफ्तार हुए।

धरणी बाबू आदि के जेल चले जाने पर कार्यकर्ताओं का उत्साह घटा नहीं बल्कि वे और जोश से काम करने लगे। इस समय बाबू रामनिरीक्षण सिंह, एम.ए., जिला सरदार, समस्तीपुर के इलाके में घूम-घूमकर धरना और बहिष्कार के काम को खूब बढ़ाने लगे। शायद ही ऐसी कोई ताड़ी या गाँजे आदि की दुकान रही हो जहाँ अच्छी तरह धरना न दिया जाता हो। पुलिस वारंट लिए आपके पीछे-पीछे रहती थी और जब आपको गिरफ्तार नहीं कर सकी तो आपको तंग करने के लिए पचासों पुलिस जाकर आपके घर पर बेजाब्ता रुपए घर की चीजों को निकालकर ले आई। इस घटना से और भी सनसनी फैली और काम बढ़ चला। पीछे आप गिरफ्तार कर लिये गए। आपकी गिरफ्तारी के बाद भी काम अच्छी तरह चलता रहा और संधि

होने के पूर्व तक संग्राम में किसी प्रकार की सुस्ती नहीं आई।

इस जिले के कुल 911 व्यक्ति संग्राम में काम करने के कारण जेल गए।

श्री पटेल बाबू अपनी मृत धर्मपत्नी के साथ

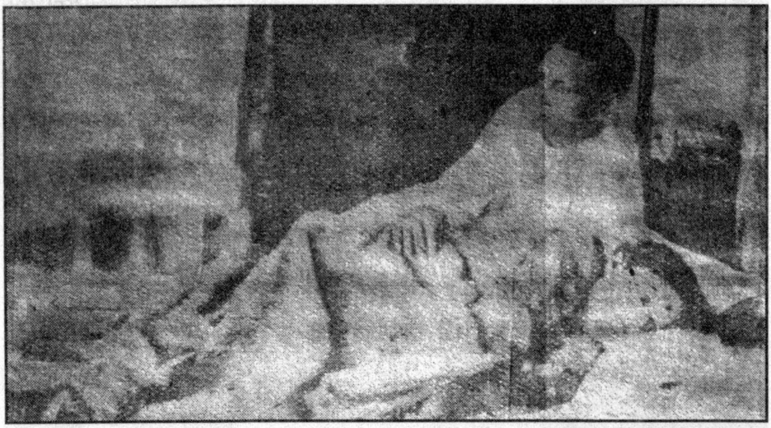

भागलपुर के प्रसिद्ध वकील और राष्ट्रीय कार्यकर्ता श्री उपेंद्र नाथ मुकर्जी और आपकी स्वर्गीय धर्मपत्नी देवीजी ने अपने पति की गिरफ्तारी के बाद भागलपुर में अपूर्व जागृति फैलाई। आपने स्वयंसेविका दल का संगठन किया, जिनके द्वारा दुकानों पर जोरदार धरना दिया जाने लगा। आप राष्ट्रीय कार्य करती हुईं बेरी-बेरी रोग से ग्रस्त होकर परलोकवासिनी हुईं। शोकाकुल पटेल बाबू अपनी पत्नी के शव के निकट बैठे हैं।

श्रीमती नवलकिशोर प्रसाद

आप पटना के प्रसिद्ध बा. नवलकिशोर प्रसाद नं. 1 की धर्मपत्नी हैं, जिन्होंने गत सत्याग्रह में पटना में राष्ट्रीय कार्यों को करते हुए पिकेटिंग में बड़ा भाग लिया।

श्रीमती चंद्रावती देवी

आप समस्तीपुर के वकील बाबू गिरवरधर की धर्मपत्नी हैं, जिन्होंने गत राष्ट्रीय आंदोलन में जोरदार भाग लिया और स्वयंसेविका दल संगठित कर पिकेटिंग को सफल बनाया।

श्रीमती कुसुम कुमारी देवी (आरा)

आप आरा के कार्यकर्ता बाबू रामायण प्रसादजी की धर्मपत्नी हैं, जिन्होंने जवाहर दिवस को आरा शहर में राष्ट्रीय ध्वजा फहराई थी। आप बड़ी विदुषी हैं और राष्ट्रीय कार्य में बड़ा उत्साह रखती हैं।

श्री अंबिकाकांत सिंह

पटना नगर कांग्रेस कमिटी के उत्साही मंत्री और 'सर्चलाइट' पत्र के मैनेजर, जो गत सत्याग्रह में दो बार जेल गए।

श्री रामेश्वर प्रसाद वर्मा

पटना जिला कांग्रेस कमिटी के स. मंत्री और 'महावीर' के मैनेजनर जो थे और पिछले 1921 में भी जेल गए सत्याग्रह में आपको दो सजाएँ हुईं।

श्री जस्सुलाल गुप्त

पटना सिटी के प्रमुख कार्यकर्ता, जिन्हें जेल की सजा मिली थी।

श्री यमुना प्रसाद झा

पटना सिटी के उत्साही कार्यकर्ता, जो 124-ए धारा में गिरफ्तार हुए।

शाहाबाद

शाहाबाद बिहार के प्रसिद्ध जिलों में है। इसका मुख्य नगर आरा है, जिसकी ऐतिहासिक प्रसिद्धि है। आज से लगभग 75 वर्ष पहले जब सारा देश गुलामी की नशीली नींद में सो रहा था, शाहाबाद जिले ने अपनी ऐतिहासिक वीरता के आदर्श को रखते हुए सशस्त्र क्रांति की ओर पैर बढ़ाया था और 1857 के गदर में उस तपस्वी कुँअर सिंह के बुढ़ापे के खून में क्षत्रिय को सच्चे जोश का उफान आया था और उसने ब्रिटिश राज्य की जड़ तक हिला डाली थी। शाहाबाद वही कुँअर सिंह और अमर सिंह का शाहाबाद है। यहाँ के लोग स्वभावत: वीर और पराक्रमी होते हैं। यह जिला राष्ट्रीय कामों के लिए शक्ति और साधन का महान् भंडार है और इसमें जरा भी संदेह नहीं कि यह जिला आज जहाँ है, उससे बहुत अधिक आगे बढ़ सकता है। यह बात तो सरसरी नजर दौड़ाने से भी मालूम हो जाती है कि कुछ वयोवृद्ध कार्यकर्ताओं को छोड़ शाहाबाद का कार्य वहाँ के नौजवानों के ही हाथ में है। यों तो अब सत्याग्रह की परीक्षित मूर्ति और सार्वजनिक सेवा में एवं ख्याति सैनिक स्वामी भवानी दयालजी के कितने वर्षों के प्रवास के बाद इस जिले में आने से अब इस सिलसिले में परिवर्तन की संभावना है, फिर भी यहाँ के कार्य के वास्तविक संचालक वीर युवक ही हैं। इन्होंने ही आज दस वर्षों से जिले के भाग्य का निर्माण किया है और शाहाबाद में जो कुछ हुआ है, उसका विशेष महत्त्व इसीलिए है चूँकि वे इन्हीं युवकों की कीर्तियाँ हैं और इसके लिए इस जिले को कुछ नाज होना भी स्वाभाविक है, इन युवक कार्यकर्ताओं की एक बिरादरी सी बन गई थी और यद्यपि समय-समय पर पारस्परिक विद्वेष की क्षणिक लहरों ने उस पवित्र संगठन को बिगाड़ने की चेष्टा की, फिर भी वह उनके जीवन पर अधिक टिकाऊ प्रभाव न डाल सकी। वही तो इन कार्यकर्ताओं का प्राण है, क्योंकि उनके नामों के पीछे न तो बड़े-बड़े पुच्छले हैं, न अनुभव का भंडार और

न वैसा साधन ही, जिससे वे इन गुणों में कोई चमत्कार दिखा सकें।

सन् 1930 के सत्याग्रह का इतिहास जानने के पूर्व हमें आज से 9–10 वर्ष पीछे की ओर एक बार दृष्टिपात करना चाहिए, जब इस युद्ध का बीज बोया गया था। आज के सैनिक जिन अखाड़ों में युद्ध–कला सीखकर युद्ध–क्षेत्र में उतरे हैं, उनमें से बहुतों की स्थापना उसी समय हुई थी। 1921 के असहकार–युद्ध की घोषणा होते ही सारे देश ने समर–साज सजाया था। बलिदान की जो आग उस बार धधकी थी, उसमें वीर बाँकुड़ा कुँवर सिंह की जन्म भूमि ने भी यथेष्ट हवन दिया था। स्कूल और कॉलिज के लड़कों ने पढ़ना छोड़ा, स्वराज्य–सेवक–संघ तथा कांग्रेस कमिटिया कायम हुईं तथा 1921 का महत्त्वपूर्ण प्रांतीय राजनीतिक सम्मेलन भी मो. सफी दाउदी साहब की अध्यक्षता में यहीं हुआ था। फिर राजनीतिक व्यापकता बढ़ती ही गई। श्री शिवशरण दास साधु की उदारता से बेलौटा में कोई 10000 रुपए का भकान कांग्रेस आश्रम के लिए मिला, फिर पं. भवानी दयाल संन्यासी ने एक विशाल प्रवासी–भवन का निर्माण किया।

गत वर्ष लाहौर कांग्रेस के बाद कार्यकर्ताओं ने स्वाधीनता का संदेश गाँवों में फैलाना प्रारंभ किया। 26 जनवरी को सभी जगहों पर स्वाधीनता की प्रतीज्ञा ली गई। सारे जिला में उत्साह लहराने लगा, इसके बाद जिले भर में प्रचार का काम होने लगा। साथ ही स्वयंसेवकों की भरती भी होने लगी। इस बार बसंत के झंडा–उत्सव में पुलिस ने छेड़खानी की। फलतः लोगों को सत्याग्रह का आश्रय लेना पड़ा, जिसके चलते श्री हरिहर सिंह, बा. विंध्याचल प्रसाद, पं. रामप्रवेश पांडेय, बा. रामदेनी सिंह और बा. नारायण प्रसाद पर मुकदमे चले। 12वीं मार्च को इन लोगों ने जेल–यात्रा की और इधर महात्माजी की डांडी यात्रा शुरू हुई। फिर क्या था, शाहाबाद भर में एक प्रकार की बिजली सी दौड़ गई।

इसी समय जिला कांग्रेस कमेटी के सभापति स्वामी भवानी दयाल जो संन्यासी दक्षिण अफ्रीका ले लौटकर आ गए। उन्होंने कांग्रेस का संगठन किया। महात्माजी को रण–यात्रा पर बधाई भेजी और स्वयं यज्ञ समिति कायम कर जनता में अलख जगाने को निकल पड़े। यह काम सरकार की मरजी के खिलाफ साबित हुआ और साथ 28वीं मार्च को गिरफ्तार कर लिये गए। आप जाब्ता फौजदारी की 124 धारा के अनुसार जेल भेज दिए गए और डिक्टेटरी का भार प्रोफेसर अब्दुल बारी साहब के कंधों पर पड़ा।

इस समय तक नमक–युद्ध की शानदार घटा सारे देश में घिर गई। यहाँ भी स्वयंसेवकों के जत्थे प्रचार के निमित्त गाँवों में घूमने निकले, जिसमें एक बाबू

मंगलचरण सिंह के नेतृत्त्व में भभुआ गया और दूसरा बाबू रंगबहादुर प्रसाद की अध्यक्षता में सासाराम गया, जिसके सभी स्वयंसेवक कार्य करते हुए उधर ही गिरफ्तार हो गए। अप्रैल मास के राष्ट्रीय सप्ताह में बबुरा में बाबू सिद्धेश्वरी प्रसाद सिंह एक्स. एम.एल.सी. और चौगाई में सरदार हरिहर सिंह के नेतृत्त्व में नमक-कानून भंग किया गया। इन दो स्थानों में कानून टूट जाने पर दूसरी-दूसरी जगहों पर भी नमक-कानून भंग होने लगा। वैलौंटी में पं. हरगोबिंद मिश्र, भभुआ के बा. रा. और सहसराम में मौलाना साहउद्दीन साहब ने अपने-अपने यहाँ के मजिस्ट्रेटों को नोटिस देकर हजारों के बीच नमक बनाया। नमक-कानून-भंग का प्रचार बड़े जोरों से हुआ, किंतु गिरफ्तारियाँ नहीं हुईं। शायद सरकार ने बला को टाल देने की सोच रखी थी। देखते-देखते स्वयंसेवकों की संख्या काफी बढ़ गई थी।

1930 अप्रैल मास के अंतिम सप्ताह में पटना में जो झंडा सत्याग्रह हुआ, उसमें शाहाबाद ने काफी मदद की थी। पहला जत्था आरा से बाबू रघुवंश नारायण सिंहजी की अधीनता में पटना आया, जिसमें पं. इंद्रदेव और बा. मिश्री लाल को बड़ी चोट आई। दूसरा जत्था श्रीसोमेश्वर सिंह की नायकता में चौगाई से आया और तीसरा जत्था कुँवर सिंह बैटेलियन नाम से 100 स्वयंसेवकों का पटना पहुँचा। कहना नहीं होगा कि इस समय इस सत्याग्रह को चलाने का श्रेय शाहाबाद को ही प्राप्त था। सरकार ने खूब भय दिखाया, किंतु यह कुँवर सिंह की प्राणवीर संतान कब डरनेवाली थी? आखिर सरकार को झुकना पड़ा और जेलों में बचे-खुचे स्वयंसेवक लौटकर शाहाबाद आए।

धरना

मादक-द्रव्य निषेध का आंदोलन भी इस जिले में काफी सफलता के साथ हुआ है। और शायद यहाँ की अधिकांश गिरफ्तारियाँ पिकेटिंग के चलते हुई हैं। नशीली चीजों की दुकानों पर कड़ी पिकेटिंग जारी हुई। धीरे-धीरे बात यहाँ तक बढ़ गई कि गाड़ीवानों तक ने निश्चय कर लिया कि डीपों से पीपा न ढोएँगे। 19वीं जून को सारा स्टेशन पर उन लोगों की दृढ़ता देखने योग्य थी। सारे स्टेशन पर पीपे पड़े थे, किंतु उन्हें ढोनेवाला कोई कहीं मिलते ही न थे। कोई गाड़ीवान् अपने निश्चय से विचलित न किया जा सका। लोग अपनी-अपनी गाड़ियों में तिरंगा झंडा लगाकर राष्ट्रीयता का नारा लगाते हुए गाड़ियाँ हाँकते थे। अंत में सरकार ने लाचार होकर लारियों का प्रबँध किया। इसी अवसर पर पं. प्रद्युम्न मिश्र, श्री इंद्रदेव शर्मा, हरनंदन पाठक, युगेश्वर पांडे, बाबू विंध्याचल प्रसाद आदि गिरफ्तार कर लिये गए।

यह आंदोलन ज्यों-ज्यों घना होता जाता था, त्यों-त्यों गिरफ्तारियाँ बढ़ती जाती थीं। गिरफ्तारियों से लोगों में जोश मिलता है और इसके फलस्वरूप लोग स्वयंसेवक भी अधिक संख्या में बनते हैं। पुलिस ने जब गिरफ्तारियों को असफल पाया तो वह बौखला गई। पिकेटिंग करते हुए स्वयंसेवक बिना अपराध के ही पीटे जाने लगे। आरा के पुलिस अफसर मि. चर्चर ने तो गड़हनि आदि के शिवरों में घुसकर लोगों को स्वयं पीटा, शिविरों पर पुलिस ने धावा बोलना शुरू कर दिया। कहीं लोग निर्दोष ही पीटे जाते थे और कहीं शिविर अकारण ही लूट लिए जाते थे। यह काम जारी रहा। साथ ही आंदोलन भी चलता रहा।

विदेशी-वस्त्र-बहिष्कार का आंदोलन भी तीव्र गति से प्रारंभ हुआ। यदि दुकानदार सीधे से गाँठ पर मोहर न लगाते थे तो उनकी दुकानों पर पिकेटिंग बैठाई जाने लगती थी। फलतः यह आंदोलन भी काफी सफल सिद्ध हुआ।

प्रांतीय कांग्रेस कमेटी के निर्णय के अनुसार चौकीदारी बंद करने की योजना होने लगी। निश्चय हुआ कि टैक्स बंदी के बदले चौकीदारों, सरपंचों और यूनियन बोर्ड के सदस्यों से इस्तीफा दिलाया जाए। कई सबडिवीजनों में यह कार्य अंशतः सफल भी हुआ।

मई महीने में एक प्रमुख घटना यह हुई कि डिस्ट्रिक बोर्ड और म्युनिसिपैल्टी ने अपने-अपने मकानों पर राष्ट्रीय झंडे उड़ाए किंतु पुलिस ने बलात् इन्हें अलग कर दिए।

अमन सभा

देश की जागृति को रोकने के लिए सरकार ने अमन सभा की स्थापना जून में की थी। किंतु इसने अपने पैर बढ़ाने तब शुरू किए जब जिला के प्रमुख कार्यकर्ता गिरफ्तार कर लिये गए। किंतु, यह सभा कभी भी कामयाब न हुई। जहाँ-जहाँ इस सभा की बैठक होती थी, वहाँ-वहाँ राष्ट्रीय सभाएँ भी की जाती थीं। अतएव इसकी एक भी सफल बैठक न हो सकी, जहाँ इसकी बातें लहरों कानों में न पड़ी हों।

कांग्रेस की आज्ञानुसार सारे जिले में बड़े समारोह से जवाहर दिवस मनाया गया और बड़ी-बड़ी सभाएँ हुईं। राष्ट्रपति का भाषण पढ़ते हुए श्री गुप्तेश्वर पांडेयजी गिरफ्तार कर लिये गए।

कार्यकर्ताओं के जेल चले जाने के बाद भी शाहाबाद अपने वीर परंपरा के आदर्श को रखता हुआ समर-क्षेत्र में आगे रहा।

जनवरी 1931 के प्रथम सप्ताह में बहुत से कार्यकर्ता अपनी मियाद पूरी कर जेलों से लौट आए। उनके आगमन से फिर एक बार नई लहरें लहराने लगीं और कार्य की विधि तीव्र होने लगी। 26 जनवरी, 1931 को स्वाधीनता दिवस धूमधाम के साथ मनाया गया। आरा नगर में उस दिन श्रीयुत बाबू रामनारायण प्रसाद की धर्मपत्नी श्रीमती कुसुम कुमारी देवी ने राष्ट्रीय झंडा फहराया और संध्या समय उनकी अध्यक्षता में महती सभा हुई। पुलिसवालों ने तो उस समय किसी प्रकार की छेड़खानी नहीं की, किंतु पीछे से कुल प्रमुख कार्यकर्ताओं को गिरफ्तार कर लिया, जिसमें जेल से उसी दिन रिहा होकर आए हुए बाबू हरिनंदन सिंह, एडवोकेट पटना हाईकोर्ट गिरफ्तार कर लिये गए थे।

आरा के प्रसिद्ध लाश केस का 30 जनवरी, 1931 को फैसला हुआ, जिसमें 15 अभियुक्तों को भिन्न-भिन्न धाराओं में डेढ़ साल की कैद की सजा हुई थी। उस मामले से फिर एक बार सनसनी पैदा हो गई और जागृति की लहर सी लहरा गई थी।

इसके बाद की दूसरी घटना 24 फरवरी की है, जिसमें ताड़ी की दुकानों की बंदोबस्ती की पिकेटिंग में श्रीमती कुसुम कुमारी देवी और सरदार हरिहर सिंह के साथ लगभग 50 स्वयंसेवक गिरफ्तार हुए थे। उस दिन श्रीमतीजी जेल के फाटक पर ले जाकर छोड़ दी गई और इस प्रकार जेल में न जा सकीं।

इस समय में गांधी इरबिन समझौता जोरों पर चल रहा था, जो मार्च के प्रथम सप्ताह में जाकर तय हुआ और इस प्रकार से यह विशाल आंदोलन समाप्त हुआ।

इस जिलें को इस संग्राम में अपने पाँच प्रिय कार्यकर्ताओं को खोना पड़ा है जिसमें पं. रामजन्म पांडेय आरा जेल से बीमार होकर आए और बाहर आकर उनकी मृत्यु हो गई। बाबू जैराम सिंह पटना कैंप जेल में ही मृत्यु को प्राप्त हुए, सीताराम पाठक कलकत्ते में हड़ताल कराते समय पुलिस के डंडों से घायल होकर स्वर्ग सिधारे और दो ने कांग्रेस कार्य करते हुए ही मृत्यु का आलिंगन किया।

❑

भागलपुर में सत्याग्रह

भागलपुर बिहार का एक प्रमुख जिला है। इसने 1921 के असहयोग आंदोलन के समय भी नाम कमाया था और इस संग्राम में इसने अपना कर्तव्य अच्छी तरह से निभाया।

महात्माजी की रणयात्रा करते ही वहाँ के कार्यकर्ताओं ने भी सत्याग्रह-संग्राम की पूरी तैयारी कर ली। आधा अप्रैल बीतते-बीतते जब काफी सत्यावादी सैनिक भरती हो चुके थे तो प्रांतीय कांग्रेस ने नमक-कानून भंग करने आज्ञा दे दी।

जि. कां. कमिटी ने 20 अप्रैल को बीहपुर थानांतर्गत गौरीपुर ग्राम में नमक बनाकर कानून भंग करने का निश्चय कर लिया। तदनुसार जिला मजिस्ट्रेट को अल्टिमेटम भिजवाया और 22 सैनिकों के जत्थे 18 ता. को गांधी आश्रम से श्रीयुत महादेव सर्राफ और श्रीयुत दीपनारायण अग्रवाल के नायकत्त्व में रवाना हुए। पहला जत्था बा. कैलाश बिहारी लाल के नेतृत्व में जाने वाला था, पर आप इस समय ज्वाराक्रांत थे, अत: आप जत्थों के साथ पैदल न चलकर रेल से ही गौरीपुर के लिए रवाना हुए।

20 तारीख को 10 बजे दिन में पहले जत्थे ने नमक बनाना शुरू किया। दर्शकों की अपार भीड़ हो गई। 2 बजे एस.पी. ने 1 इंसपेक्टर सबइंसपेक्टर और 20-30 कॉन्स्टेबलों के साथ वहाँ पहुँचकर नमक बनाने के क्षेत्र पर आक्रमण कर दिया और बा. कैलास बिहारी लाल (प्रथम सरदार), बा. महादेव सर्राफ तथा श्रीसैयद जहुरुल हसन को गिरफ्तार कर लिया। पुलिस ने नमक की हंडियों को फोड़ डाला और नमक के बरतन न छोड़नेवाले सैनिकों पर एक सबइंसपेक्टर ने लाठियाँ चलाईं। कितनों को चोट लगी और 2 तो मूर्च्छित हो गए। दूसरे दिन भी नमक बना और कानून तोड़ा गया।

24-4-30 को बीहपुर में जिला कांग्रेस कमिटी की बैठक हुई। बाबू रामेश्वर

नारायण अग्रवाल जिला कमिटी के अध्यक्ष और सरदार चुने गए। मधेपुरा और सुपौल सबडिवीजन को नमक काननू तोड़ने की आज्ञा दी गई और प्रांत से नशीली चीजों तथा विदेशी वस्त्रों की दुकानों पर धरना देने की शीघ्र आज्ञा माँगी गई।

29 अप्रैल को सुपौल में नमक बना और कानून भंग किया गया। यहाँ बाबू शत्रुहन सिंह चार सैनिकों के साथ गिरफ्तार किए गए।

इस समय सबौर में भी नमक बना और बाबू पद्माकर भा.स. मंत्री जि. कां. कमिटी, श्रीयुत बोध नारायण मिश्र, श्री शिवशंकर प्र. यादव तथा श्री बेचू नारायण सिंह गिरफ्तार हुए। इस समय जिले के विभिन्न केंद्रों में नमक बनने लगे और गिरफ्तारियाँ होने लगीं। 1-5-30 को ठाकुर भगवत सिंह भी सबौर में पकड़े गए और आपको 14 महीने और 100 रुपए जुरमाने की सजा भागलपुर शहर में सत्यवादी सैनिक फेरी लगाकर ताड़ी, दारू, गाँजा आदि पीने वालों को और विदेशी वस्त्र बहिष्कार करने के लिए लोगों को समझाने लगे।

6 मई को जिले के हर मुख्य स्थानों में महात्माजी की गिरफ्तारी के कारण पूर्ण हड़ताल रही। शाम को भागलपुर शहर में एक बड़ी विशाल सभा हुई जिसमें बाबू दीपनारायण सिंह का सारगर्भित भाषण हुआ। विदेशी कपड़ों की होली भी जली। 7 ता. को वकीलों की एक सभा हुई जिसमें कइयों ने महात्माजी के जेल में रहने तक वकालत छोड़ने और संग्राम में भाग लेने की घोषणा की।

जिले भर में संग्राम का काम जोरों से चला और जिला सरदार श्री रामेश्वर नारायण जी अग्रवाल 8 मई की रात को गांधी आश्रम भागलपुर में 117 दफे के अनुसार गिरफ्तार कर लिये गए। आपको 18 महीने की कड़ी कैद और 500 रुपए का जुर्माना देने की सजा हुई। 10 ता. को राजपुर में पं. बुद्धिनाथ झा और सुपौल में श्रीयुत राजेंद्र मिश्र तथा श्री जयराम नमक कानूत में गिरफ्तारकर लिये गए।

मधेपुरा में भी खूब उत्साह के साथ नमक-कानून बनाया गया और कुछ गिरफ्तारी भी हुईं। वहाँ के हाईस्कूल के एक अध्यापक ने महात्माजी की गिरफ्तारी पर त्याग-पत्र दे दिया।

अब जिले भर में धरना का काम जारी हो गया। बीहपुर में भी बड़े उत्साह से कार्य आरंभ हुआ। यहाँ की जनता ने जो वीरता गत सत्याग्रह में दिखाई है, वह इस जिले के ही लिए नहीं, प्रांत भर के लिए गौरव की बात है। अत: बीहपुर सत्याग्रह का वर्णन अलग अध्याय में दिया जाएगा।

31-5-30 को देश पूज्य राजेंद्र बाबू भागलपुर पधारे, पर शीघ्र वहाँ से आवश्यक काम से चला जाना पड़ा। 1 जून से भागलपुर शहर में भी पिकेटिंग जारी

हो गई। कई स्वयंसेविकाएँ भी धरना देने लगीं, फलस्वरूप विदेशी वस्त्रों की गाँठे बँधने लगीं। मधेपुरा और सुपौल सबडिवीजन में भी धरना के काम में सफलता मिली। धरना पर से कितने सैनिक पकड़े गए, कितने पीटे गए, पर उत्साह बढ़ता ही गया। जिले के सभी स्थानों में मादक-द्रव्यों की बिक्री एकदम से कम हो गई। दो एक को छोड़कर प्रायः सभी विदेशी कपड़ों के दुकानदारों ने अपने कपड़ों की गाँठें बाँधकर मुहर लगा दी। पासियों ने इस्तीफा दिया और ताड़ के बाल काटे गए। श्री रामेश्वर नाथ अग्रवाल के बाद पटेल बाबू सरदार चुने गए और आपने भी बड़े उत्साह से काम को आगे बढ़ाया। झुंड के झुंड स्वयंसेवक कार्यकर्ताओं के सहित जेल को भरने लगे। कहीं-कहीं चौकीदारी कर-बंदी भी हुई और कितने चौकीदारों ने इस्तीफा दाखिल किया।

चौकीदारी करबंदी में गौरीपुर के श्री रामानंदी सिंह का 200 रुपए का एक घोड़ा केवल 6 रुपए चौकीदारी टिकट के लिए कुर्क कर लिया गया। इसी प्रकार उसी ग्राम के कलम साह की 5 भैंसे, जिनकी कीमत लगभग 500 रुपए की होगी 6 रुपए में ही खोल ली गईं।

बीहपुर के आस-पास करीब 7-8 गाँवों में चौकीदारी देना लोगों ने बंद कर दिया था और सभी प्रकार के कष्ट सहने को लोग तैयार थे। चौकीदारी टिकट वसूलने के लिए एक इंसपेक्टर तथा 12 बंदूकधारी पुलिस ऑफिसर घूमते थे और एक-एक रुपए के टिकस की चीजें उठा ले जाते थे।

कुछ कुर्कियों का ब्योरा यहाँ दिया जाता है :-

नाम	टिकस जायदाद	कुर्की चीजें	कीमत
श्री निर्मल चौधरी	2 ॥	4	
श्री पंचानंद चौधरी	3 ॥	1 गाय	15 रुपए
श्री सबूरी चौधरी	3 ॥	1 गाय	50 रुपए
श्री बनवारी चौधरी	1 रुपए	थाली, लोटा आदि	8 ॥

16 नवंबर को जवाहर दिवस जिले भर में खूब समारोह के साथ सैकड़ों स्थान पर मनाया गया और सैकड़ों आदमी गिरफ्तार हुए। खास भागलपुर शहर में 5 हजार लोगों का जुलूस निकलकर लाजपत पार्क में पहुँचा। जुलूस के साथ डी.एस. पी. पहले ही पार्क में मौजूद थे। जुलूस के पार्क में पहुँचने पर वहाँ राष्ट्रीय झंडा

फहराया गया और बाद में राष्ट्रपति पं. जवाहरलालजी का भाषण बा. विष्णुलोक चौधरी पढ़ने लगे। वह पढ़ते ही पकड़ लिये गए। इनके बाद जितने पढ़ने के लिए उठे, उन सभी के हाथ से भाषण का कागज पुलिस छीनकर फाड़ देती थी। फिर भी 300 भाषण का परचा बंटा गई।

इस जिले से कुछ 735 आदमी जेल गए और गांधी इरविन संधि के पहले तक बड़ी वीरता से संग्राम का काम यहाँ जारी रहा। बीहपुर सत्याग्रह के कारण दूसरे जिलों से भी इस जिले को मदद लेनी पड़ी, फिर भी भागलपुर की जनता ने गत संग्राम में जैसा भाग लिया है, उससे जिले का सिर अवश्य ऊँचा रहेगा।

❑

प्रांत के कुल जेलयात्री

सत्याग्रह-संग्राम में बिहार प्रांत से कुल जेल जानेवाले की जिलेवार संख्या नीचे दी जाती है :-

मुँगेर 2405, भागलपुर 2067, पटना 1758, चंपारन 1921, सारन 1464 दरभंगा 911, मुजफ्फरपुर 863, शाहाबाद 765, पूर्णिया 765, गया 509, स. प्रगना 453, हजारीबार 270, मानभूमि 242, सिंह भूमि 97, राँची 60, पलाम् 1, कुल जोड़ 14251।

स्व. श्री भगवान्लाल जी

जो जवाहर दिवस को मुजफ्फरपुरं में वीरतापूर्वक पुलिस की गोली का खाकर मरे।

स्व. श्री रामचरित शर्मा

बीहट निवासी और सत्याग्रही, जो भागलपुर जेल में भेजे गए थे और वहीं और वही आपका देहांत हुआ। आप एक होनहार युवक थे।

स्व. रामकृष्णदासजी

आप अदला, पटना जिले के निवासी हैं, जिन्होंने पटना जेल में प्राण दिए।

कांग्रेस की कार्य समिति के सदस्य

जो जेल मुक्त होने के अनंतर ही राजनीतिक परिस्थिति पर विचार करने के लिए आनंद भवन में एकत्रित हुए थे, उनका सम्मिलित फोटो। प्रथम पंक्ति में (बाँई ओर से दाहिनी ओर)श्रीमहादेव देसाई, बाबू राजेंद्र प्रसाद, सरदार शरर्दूल सिंह, सरदार बल्लभभाई पटेल, डॉ. एम.ए. अंसारी, पंडित जवाहरलाल नेहरू, पंडित मालवीय, मो. अब्दुल कलाम आजाद, मि. सेनगुप्त, मिसेज कैपटेन, मिस मनीवेन पटेल।

द्वितीय पंक्ति में (1) चौ. खलिकुज्जमा; (2) मि. एस.ए. ब्रेल्वी; (3) डॉ. सैयद महमूद; (4) डॉ. पट्टवी सीतारामैय्या; (5) श्री जैराम दास दौलत राम (6) श्री शंकर लाल बैंकर; (7) श्री डॉ. सत्यपाल; (8) के.एस. मुंशी; (9) बा. पुरुषोत्तमदास टंडन; (11) श्री सी. राजगोपालाचारियर; (12) श्रीमती उर्मिला देवी और (13) मिस्टर टी.ए.के. शेरवानी।

अंतिम पंक्ति में : सर्वश्री (1) पंडित गोविंद मालवीय; (4) मथुरा दास बिक्रमजी; (25) रफी अहमद किदवई; (1) लाला दनी चंद; (8) आसफ अली; (9) यूसुफ इमाम और (10) प्रो. अब्दुल बारी।

पं. गोविंद कांत मालवीय

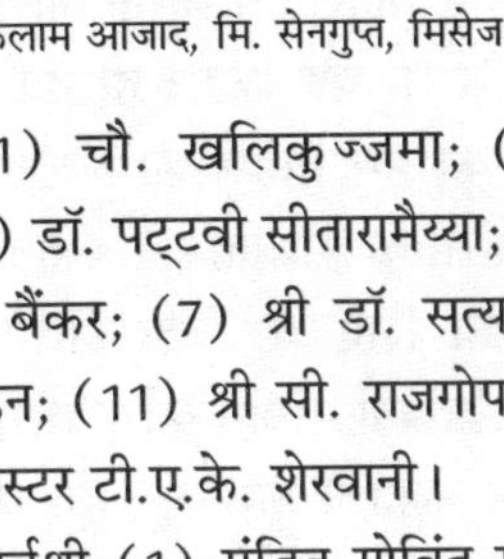

गत आंदोलन में आप अखिल भारतवर्षीय कांग्रेस कमिटी के मंत्री रह चुके हैं तथा जेल भी गए थे।

बीहपुर सत्याग्रह

बीहपुर बिहार के भागलपुर जिले का एक थाना है। यह थाने का मुख्य नगर है और यहाँ एक जंक्शन स्टेशन भी है। बीहपुर ने गत सत्याग्रह–संग्राम में जो दुर्दमनीय साहस, अतुलनीय वीरता और दृढ़ता एवं अवर्णनीय कष्ट–सहिष्णुशीलता दिखाई है, उससे वह बिहार ही का नहीं, देश भर का आकर्षण केंद्र बन गया है। बीहपुर को हम बिहार का धरना कहें तो कोई अत्युक्ति नहीं होगी। इसने सत्य और अहिंसा के सिद्धांतों को बरतता हुआ मातृभूमि का स्वतंत्रता के लिए जो यज्ञ किया, उसके लिए उस जिले को ही नहीं, प्रांत को भी गौरव है। लाहौर की कांग्रेस ने जब स्वतंत्रता–संग्राम की रणभेरी बजाई और 12 मार्च 1930 को जब संसार के सर्वश्रेष्ठ योद्धा ने कुछ चुने हुए वीर सैनिकों के साथ युद्ध के लिए डंडों को प्रयाण कर दिया तो बीहपुर भी स्वतंत्रता–संग्राम में अपना भाग पूरा करने के लिए बैचेन हो उठा। बीहपुर गाँधी आश्रम में शिविर खोला गया। वहाँ नमक बनाकर कानून तोड़ा गया और बाद में शांत रीति से वहाँ की शराब की दुकानों पर स्वयंसेवकों ने धरना देना प्रारंभ कर दिया। वहाँ के अधिकारियों को यह बात बहुत खटकी और इसीलिए बीहपुर सत्याग्रह का काम रोक देने के लिए या तो यों कहिये कि उसमें प्रबलता प्रदान करने के लिए पुलिस बेजा कार्रवाई करना प्रारंभ कर दिया।

पहली जून 30 को जि. मजिस्ट्रेट और पुलिस सुपरिन्टेंडेंट 20 सशस्त्र सिपाहियों के साथ बीहपुर पहँचे और मादक द्रव्य की दुकानों पर शांत रीति से धरना देते हुए स्वयंसेवकों पर आक्रमण कर दिया और उन्हें वहाँ से हटा दिया। स्वयंसेवकों के हाथ से राष्ट्रीय झंडा छीन लिया और डाक बँगले में ले जाकर जहाँ जिला मजिस्ट्रेट और पुलिस सुपरिंटेंडेट का डेरा था, जला डाला। तुरंत दूसरा जत्था पहुँच गया और उसके सैनिक भी पीटे गए और उनका झंडा पुनः जला दिया गया।

इस पर स्वयंसेवकों के जत्थे के जत्थे झंडे का भस्मावशेष प्राप्त करने के लिए वहाँ जाने लगे और उनपर लाठियों की वर्षा होने लगी। उधर दुकानों पर धरना देने के लिए स्वयंसेवक भी बराबर जाते ही रहे। इस प्रकार साढ़े पाँच बजे तक 8 सैनिक घायल हो गए जिनमें 3 की बुरी हालत थी। इसी समय मजिस्ट्रेट ने वहाँ के सत्याग्रह कैंप को गैर कानूनी संस्था घोषित कर दिया और उसके सभी लोगों को लाठियों की वर्षा से वहाँ से बलपूर्वक निकाल दिया और गांधी आश्रम पर कब्जा कर लिया। इसके साथ ही पुलिस ने वहाँ के खादी भंडार पर भी कब्जा करके उसकी चीजों को फेंक दिया, यद्यपि खादी भंडार का सत्याग्रह–संग्राम से कोई संबंध न था।

इस घटना से वहाँ की जनता में काफी सनसनी फैल गई। लोगों ने स्वयंसेवकों के भोजनार्थ दूर–दूर से वस्तुएँ ला–लाकर भेंट कीं।

स्वयंसेवकों ने पुलिस के इसकाम को अन्यायपूर्ण समझा और इसीलिए अधिकृत आश्रम को पुनः अपने अधिकार में लाने के लिए सत्याग्रह प्रारंभ कर दिया।

प्रतिदिन 5 सत्याग्रही सैनिकों की टोली उस शिविर पर अधिकार प्राप्त करने के लिए जाने लगी। पुलिस उन स्वयंसेवकों को शिविर में पहुँचने से रोकती, रोकती ही नहीं उनपर इस प्रकार लाठियों से प्रहार करती थी कि स्वयं अमानुषिकता भी लज्जित हो जाती थी। पुलिस के निर्दयी व्यवहार ने जनता में सनसनी फैला दी, सत्याग्रहियों में जोश पैदा कर दिया और साथ ही परिस्थिति को भयंकर कर दिया। दिनोंदिन सत्याग्रह उग्ररूप धारण करता गया और पुलिस के निर्दयी व्यवहार और सत्याग्रहियों की अद्‌भुत वीरता को देखने के लिए प्रतिदिन बीस–बीस हजार लोग इकट्‌ठे होने लगे। पुलिस स्वयंसेवकों को तो मारकर बेहोश कर ही देती थी, साथ ही दर्शकों पर भी प्रहार करने से बाज नहीं आती।

6 ता. को अधिकृत कांग्रेस ऑफिस से कुछ दूर पर आम के बगीचे में 15–20 हजार लोगों की एक सभा हुई। एक यूरोपियन ऑफिसर की आज्ञा से पुलिस वहाँ पहुँची और एकत्रित जनता पर प्रहार करना आरंभ कर दिया। लगभग एक सौ लोग घायल हुए, जिनका कांग्रेस के डॉक्टरों ने प्रारंभिक उपचार किया। 7 ता. के जत्थे पर मार तो नहीं पड़ी, पर उसके स्वयंसेवकों के हाथ पाँव बाँधकर जमीन पर सुला दिया गया और पुलिस दर्शकों पर लाठी बरसाने लगी। पुलिस ने कांग्रेस डिस्पेंसरी पर भी आक्रमण किया और दवाइयों की शीशियाँ फोड़ डालीं।

प्रांतीय नेताओं का बीहपुर में पर्दापण

पुलिस के निर्दयी व्यवहारों और सत्याग्रहियों की दृढ़ता का समाचार प्रांतीय

कांग्रेस कमिटी में पहुँचा तो पुलिस की ज्यादती देखने के लिए पटना से बाबू राजेंद्र प्रसाद, प्रो. अब्दुल बारी, प्रो. ज्ञान साहा, बाबू बलदेव सहाय वकील तथा बाबू मुरली मनोहर प्रसाद, संपादक 'सर्चलाइट' आदि नेता 9 जून को बीहपुर पहुँचे। मदांध पुलिस ने 'सब धान बाइस पसेरी' समझा और इन पूज्य नेताओं पर भी खुलकर लाठियों की वर्षा की। प्रो. बारी साहब को ऐसी लाठी लगी कि सर फूट गया, खून बहने लगा और ऐसी हालत हुई कि महीनों तक खाट लेनी पड़ी। पुलिस की इस घटना के प्रतिवाद स्वरूप बाबू अनंत प्रसाद, बाबू कमलेश्वरी सहाय, बाबू नवलकिशोर प्रसाद तथा बाबू श्यामनारायण सिंह शर्मा, 4 काउंसिलरों ने अपने पद से इस्तीफा दे दिया। सरकारी अफसरों का भी कुछ दिल पिघला और जिला मजिस्ट्रेट के हृदय में शिविर लौटा देने का विचार उठा, पर इस मामले में वह स्वतंत्र न थे। एक तो पुलिस सुपरिंटेंडेंट ही उनकी राय का समर्थक न था, दूसरा प्रांतीय सरकार से उन्हें आज्ञा लेनी थी।

जिला मजिस्ट्रेट का प्रयत्न

अस्तु, जिला मजिस्ट्रेट ने बिहार सरकार से कैंप लौटा देने के संबंध में बात करने के लिए वहाँ की कांग्रेस कमिटी से 3 दिन का समय माँगा। सिद्धांत के अनुसार सत्याग्रही को मेल के किसी मौके को खोना न चाहिए। अतः कांग्रेस कमिटी ने मजिस्ट्रेट को समय दिया और उस समय के लिए जत्था भेजना स्थगित किया गया। 3 दिन के भीतर प्रांतीय सरकार से जिला मजिस्ट्रेट को उत्तर न मिला इसीलिए उन्होंने कुछ और समय माँगा और कांग्रेस की ओर से समय दिया गया। परंतु जिला मजिस्ट्रेट का यत्न सफल न हुआ और उन्होंने स्वयंसेवकों को सूचना दी कि बिहार सरकार की आज्ञा है कि कैंप नहीं लौटाया जाए, इसीलिए कैंप नहीं लौटाया जाएगा।

सत्याग्रह का पुनः प्रारंभ

मजिस्ट्रेट की सूचना पाने के बाद 21 जून से सत्याग्रह पूर्ववत् प्रारंभ कर दिया गया। अब भी स्वयंसेवकों पर पहले जैसी ही मार पड़ती पर इस समय से गिरफ्तारी भी शुरू हो गई। मुकदमे की जाँच के लिए एक खास मजिस्ट्रेट बीहपुर भेजे गए।

पुलिस का अत्याचार

बीहपुर में पुलिस ने स्वयंसेवकों के ऊपर कैसा अत्याचार किया, वह अत्यंत ही रोमांचकारी और लज्जाजनक है। वह स्वयंसेवकों के ऊपर निरर्थक लाठी की

वर्षा ही नहीं करती, उन्हें कभी-कभी दिन-भर भूखे-प्यासे खड़ा रखती। श्री बलदेव दास नामक एक स्वयंसेवक को इतनी मार लगी कि मुँह से खून गिरने लगा। कहा गया है कि उसके कान में पम्प से हवा दी गई, जिससे कान खराब हो गया। यह भी अभियोग है कि कभी स्वयंसेवक पानी में खड़े कर दिए जाते और उनके ऊपर कीचड़ डाली जाती वे पीटे जाते। बेहोशी आने तक वे छोड़े नहीं जाते और ज्यों ही होश आता कि पुनः मार पड़ती। जब पुलिस पीटते-पीटते थककर छोड़ देती तो अन्य स्वयंसेवक उन्हें उठाकर ले जाते। ऐसी-ऐसी भयंकर बातें कही जाती हैं। 9-10 और 11 सितंबर को जो जत्थे भेजे गए थे, उनके शरीर को गुरखे सिपाहियों ने बूट पहने हुए जोर-जोर से दबाया और जब वे कंठगत-प्राण हो गए तो छोड़ दिया। इसी महीने के अंत में एक 8 वर्ष के बच्चे को पुलिस ने इतना पीटा कि उसकी बहुत बुरी दशा हो गई। इस प्रकार बीहपुर में पुलिस ने अपने काले करनामे से वहाँ के सत्याग्रह में प्रोत्साहन देने और अपने नाम पर कलंक लगाने के सिवा और कुछ नहीं किया। इस तरह के अनेक अभियोग खुलेआम लगाए गए हैं और लगाए जाते हैं। पुलिस के इसी अत्याचार के कारण वहाँ के 215 चौकीदारों और कुछ सरपंचों ने भी इस्तीफा दे दिया है। सशस्त्र पुलिस थाने के गाँवों में जा-जाकर आतंक फैलाने की कोशिश करती और चौकीदारों को भय और प्रलोभन दे-देकर उनसे इस्तीफा लौटा लेने को कहती।

स्वयंसेवकों की दृढ़ता और वीरता

पुलिस की सारी ज्यादतियों के होते हुए भी बीहपुर के सत्याग्रहियों ने जो दृढ़ता दिखाई, उसकी मुक्त कंठ से प्रशंसा की जा सकती है। एक दिन पुलिस की लाठियों से एक जत्था घायल होता, इसको देखते और और जानते हुए भी दूसरे दिन आनंद और उमंग के साथ दूसरा जत्था आगे बढ़ता और पुलिस की निर्दयीता का सानंद स्वागत करता। स्वयंसेवक लोग कभी-कभी दिन-दिनभर भूखे-प्यासे रहते और कभी जाड़े में पेड़ो तले ठिठुरकर रात बितानी पड़ती। इतना होते हुए भी वे तनिक भी विचलित नहीं हुए और सत्याग्रह में थोड़ी भी शिथिलता नहीं आई।

पूजा के अवसर पर कुछ दिनों के लिए सत्याग्रह स्थगित किया गया, पर पुनः जारी कर दिया गया। केवल बीहपुर इलाके से ही जब काफी स्वयंसेवक जेल जा चुके तो भागलपुर के दूसरे भागों से भी स्वयंसेवक उत्साह के साथ वहाँ पहुँचे। प्रांतीय कांग्रेस की आज्ञा से मुँगेर तथा दूसरे जिलों में भी वहाँ सैनिक पहुँचे। इस सत्याग्रह में कुल 2000 से ऊपर स्वयंसेवक जेल-यात्री बनाए गए। जो लोग घायल

होते, उनके लिए बीहपुर में दवा दारू का भी प्रबंध सरकार ने नहीं किया था और वे सीधे भागलपुर रवाना कर दिए जाते।

देवी मंदिर शिविर के रूप में

गांधी आश्रम के जप्त हो जाने के बाद स्वयंसेवक लोग दूसरी जगह शिविर बनाकर टिकने लगे, पर पुलिस ने उस शिविर से भी स्वयंसेवकों को निकाल दिया। जब उन लोगों ने तीसरा कैंप बनाया तो उसपर भी धावा कर अधिकार कर लिया गया। उसके सारे सामान-कपड़े और अन्नादि सब जला दिए गए बरतनादि तोड़-फोड़ डाले! इस प्रकार तीन कैंपों के अधिकृत हो जाने पर स्वयंसेवकों ने वहाँ के देवी के मंदिर को ही शिविर बना लिया और उसी में रहने लगे। पुलिस ने उसको चारों ओर भी पहरा बैठा दिया। पुलिस दिन में दो-दो, तीन-तीन बार छापा मारती और स्वयंसेवकों को गिरफ्तार कर लेती। कभी-कभी केवल उन्हें निकाल बाहर कर देती। एक दिन एक 9 वर्ष के लड़के को, जिसे 103 डिग्री बुखार लगा था, खींचकर शिविर से बाहर कर दिया।

सभी शिविरों से पुलिस जितनी चीजें उठा ले गई, उनकी कीमत लगभग 200 रुपए की कूती जाती है।

प्रशंसा की बात

स्वयंसेवकों के ऊपर जितना अत्याचार और जुल्म किया गया, उन सबको झेलते हुए सत्याग्रहियों ने दृढ़ता के साथ बीहपुर सत्याग्रह को क्षणिक संधि के पूर्व तक जारी रखा। मगर सबसे प्रशंसा की बात बीहपुर की यह रही कि क्या जनता और क्या सत्याग्रही, सभी ने पूर्ण शांति कायम रखी। यही बात उनकी सफलता का द्योतक थी और यदि संग्राम जारी रहता तो भी बीहपुर के सत्याग्रही कभी-न-कभी विजय-माला अवश्य धारण करते।

समझौते के बाद

क्षणिक संधि के कारण अभी सत्याग्रह बंद है, फिर भी बीहपुर से सत्याग्रह के समय की पुलिस अभी तक उठाई नहीं गई है। यह डर बैठा डाला पुलिस का दल इन दिनों बीहपुर में जिस प्रकार की अपनी पशु-प्रवृत्ति का प्रदर्शन कर रहा है, उससे स्थानीय लोगों की इज्जत पर खतरा आ पहुँचा है और क्रय बीहपुर के लोगों के लिए ही नहीं वरन् गाँवभर के लोगों के लिए अत्यंत अपमान की बात है। इसके अतिरिक्त पुलिस दिन-दहाड़े जो गुंडापन जाहिर कर रही है, उससे जनता

में शांतिभंग होने की संभावना हो सकती है। शांति रक्षा के नाम पर ढोंग रचनेवाली सरकार अपने इन बद चालों का कान उमेठती है या नहीं, यही देखना है। यह भी निस्संदेह कहा जा सकता है कि यदि स्थानीय सरकार, पुलिस की इन लज्जा-जनक बातों पर ध्यान न दिया तो इसका बुरा परिणाम हुए बिना न रहेगा।

❑

मुँगेर में सत्याग्रह

मुँगेर जिला अपनी विशेषताओं के कारण एक ऐतिहासिक जिला है। किसी काल में इसकी प्रसिद्धि दूसरे जिलाओं से कम नहीं रही है। गत सत्याग्रह में भी इस जिले ने अपने प्रशंसनीय कामों के कारण काफी प्रसिद्धि पाई है।

लाहौर कांग्रेस ने जब स्वतंत्रता का प्रस्ताव पास कर दिया और भावी संग्राम की सूचना दे दी तो मुँगेर भी मैदान में कूद पड़ा। 26 जनवरी, 1930 को स्वतंत्रता दिवस जिले भर में उमंग के साथ मनाया गया। भावी संग्राम की तैयारी के लिए बाबू श्री कृष्ण सिंह ने जिले का दौरा शुरू किया। चारों तरफ संगठन का काम प्रारंभ हो गया। कांग्रेस के सदस्य पर्याप्त संख्या में बनाए गए। स्वयंसेवक भरती किए जाने लगे। महात्माजी की डांडी यात्रा होते ही जिला कांग्रेस की कार्यकारिणी की बैठक हुई। सत्याग्रह प्रारंभ कर देने का निश्चय हो गया। बा. श्री कृष्ण सिंह ही प्रथम डिक्टेटर चुने गए। कुमार कालिका प्रसाद सिंह ने लखीसराय की ओर और बा. सुरेश चंद्र मिश्र ने गढ़पुरा की ओर प्रचारार्थ प्रस्थान कर दिया।

नमक-कानून भंग

युद्ध समिति ने 20 अप्रैल से नमक-कानून भंग करने का निश्चय किया। तदनुसार 17वीं अप्रैल को बा. श्री कृष्ण सिंह ने गोगरी के 11 सैनिकों के एक जत्थे के साथ और बा. नंदकुमार सिंह ने खड़गपुर जत्थे के साथ मुँगेर से गढ़पुरा और चौकी (लखीसराय) के लिए नमक-कानून तोड़ने को प्रस्थान किया। प्रस्थान के समय का दृश्य उत्साहवर्द्धक और मनमोहक था। हजारों की भीड़ सैनिकों की विदाई में उपस्थित थी। राह में जनता ने सैनिकों की आरती उतारी। कई जगहों में सभाएँ भी हुईं और लोगों को अहिंसात्मक संग्राम की खूबियाँ बताई गईं। 20 अप्रैल को दोनों जगहों में नमक बनाया गया, पर उस दिन पुलिस ने छेड़छाड़ न की। 21 ता. को देवघर के बा. शशिभूषण राय तथा बा. नंदकुमार सिंह लक्खीसराय में नमक बनाते पकड़ लिए गए

थे। देवघर में नमक बनाने की मिट्टी नहीं मिलती थी, इसीलिए वहाँ से बा. शशिभूषण राय एक जत्था सैनिक के साथ इसी जिले में चले आए थे। 21 ता. को श्री कार्यानंद शर्मा भी गिरफ्तार हो गए गढ़पुरा में नमक बनाते समय गिरफ्तारी नहीं हुई पर बाबू श्री कृष्ण सिंह 23 ता. को बेगूसराय में गिरफ्तार कर लिये गए। साथ ही कई अन्य कार्यकर्ता भी पकड़ लिये गए, पर नमक जहाँ-तहाँ बनता रहा। सरकार ने अब चुप्पी साध ली। इधर वर्षाऋतु भी आ गई। अतः नमक बनाने का काम बंद कर दिया गया।

बहिष्कार

नमक-कानून का भंग कर चुकने पर विदेशी वस्त्र और मादक द्रव्य बहिष्कार का काम खूब जोरों पर प्रारंभ किया गया। विदेशी वस्त्र व्यवसायियों ने आंदोलन की गति देखकर अपने आपको कांग्रेस के समक्ष समर्पित कर दिया। विदेशी कपड़ों की गाँठ पर मुहरें लग गईं। शराब-ताड़ी की दुकानों पर धरना चलता रहा। ताड़ों के बाल भी काटे गए। कहीं-कहीं करबंदी का काम भी शुरू हो गया। इस समय तक कई आर्डिनेंस जारी हो चुके थे। अतः गिरफ्तारियों की धूम मच गई। स्थान-स्थान पर आश्रम आदि जला दिए गए और उनके सामान उठा लिये गए। स्वयंसेवकों पर लाठियों और बेंतों की वर्षा हुई कभी-कभी उन्हें जूते भी लगे, पर सभी अत्याचारों का स्वयंसेवकों ने उत्साह के साथ मुकाबला किया।

इस जिले में कुल 2405 सैनिक जेल-यात्री हुए। प्रांत के किसी जिले में इतनी गिरफ्तारियाँ नहीं हुईं। यह जिले के लिए सचमुच गौरव की बात है कि स्वतंत्रता-संग्राम में इस दृष्टिकोण से यह सभी जिलों से आगे रहा।

जवाहर दिवस

16 नवंबर, 1930 को जवाहर दिवस संपूर्ण जिले में धूमधाम से मनाया गया। मुँगेर शहर में तो 15-20 हजार लोगों का एक विशाल जुलूस निकला। जुलूस के ऊपर लाठियों की वर्षा हुई और जुलूस के नायक श्री देवेंद्रनारायण सिंह, वकील के सिर में गहरी चोट लगी। आप गिरफ्तार हुए और दो मास की सजा हुई। उसी दिन जिले के दूसरे अधिनायक और जिला कांग्रेस कमिटी के मंत्री बाबू नेमधारी सिंह तथा इनके सहायक बाबू निरापद मुखर्जी पकड़े गए। दोनों आदमियों को छह-छह महीने कैद और पचास-पचास रुपए जुरमाने की सजा हुई। इस दिन जिले भर में 175 गिरफ्तारियाँ हुईं, 18 नवंबर को बाबा श्रीकृष्णसिंहजी पहली अक्टूबर को ही छह मास की सजा भुगतकर लौटे थे, पुनः गिरफ्तार कर लिये गए और 6 महीने कैद और 50 रुपए जुरमाने

की सजा दे दी गई। इन पर एक मुकदमा पटना में भी चलाया गया और उसमें इनको 1 साल की सजा दी गई।

बेगूसराय के तेघरा थाने का काम अधिकारियों को बड़ा अखरता था। कई बार खुद एस.डी.ओ. और जिला मजिस्ट्रेट ने शस्त्र पुलिस के साथ बीहट और रामदीरी ग्रामों में जाकर लोगों के ऊपर आतंक फैलाने का यज्ञ किया, पर लोग कब दबनेवाले थे। अत: वहाँ अतिरिक्त पुलिस का बोझ लाद दिया गया।

इस जिले ने बड़ी वीरता के साथ क्षणिक संधि के पूर्व तक सत्याग्रह का काम चालू रखा।

बेगूसराय कांड

26 जनवरी, 1931 को जिले भर में स्वतंत्रता दिवस बड़े उत्साह के साथ मनाया गया। कहीं पर कोई दुर्घटना नहीं हुई, पर बेगूसराय में उस दिन हत्याकांड ही उपस्थित हो गया। 10 हजार आदमी का एक बड़ा जुलूस कांग्रेस ऑफिस बेगूसराय से निकलकर बाजार में प्रवेश कर रहा था। अधिकारियों ने रुकावट डाली, पर जुलूस चलता ही रहा। पुलिस ने लाठियों की वर्षा की। भीड़ में किसी ने दो-एक ढेल रोड़े चलाए। बस, मद्रासी एस.डी.ओ. ने गोली चलाने का हुक्म दे दिया। फलत: दो ढाई सौ लोग घायल हुए और 7 तो वहीं शहीद हो गए। बेगूसराय का यह हत्याकांड गत सत्याग्रह-संग्राम में एक ही था।

लखीसराय के बड़हिया थाना में कांग्रेस का बड़ा काम हुआ। उस जगह से लगभग 45 आदमी पकड़े गए। उनमें प्रधान विलायती बाबू, काशी बाबू, राम कृष्ण सिंह आदि थे। आजकल वहाँ काम संगठित रूप से चल रहा है।

बीहट

मुँगेर जिले के तेधवरा, थानांतर्गत बीहट ग्राम के गत सत्याग्रह-संग्राम में जो वीरता और कष्ट सहनशीलता दिखाई है, उसका उल्लेख भी यहाँ आवश्यक है।

जिस बीहट को लोग बिहार की बारदोली कहने लगे, उसने 20 अप्रैल को नमक-कानून तोड़ने के लिए अपना 11 सैनिकों का पहला जत्था मान्य नेता बाबू श्री कृष्ण सिंह के साथ गड़पुरा में भेजा। कई स्थानीय पर उन लोगों ने नमक बनाया। 15 मई के करीब में मादक द्रव्य और विदेशी वस्त्रों के बहिष्कार के संबंध में प्रांतीय कांग्रेस कमिटी की शाखा पाकर इसकाम में इसने खूब जोर लगाया। केवल दो दिनों में ही ग्राम के सारे ताड़ के बाल-काट डाले गए। विदेशी वस्त्र बहिष्कार का प्रोग्राम

भी ग्राम में शीघ्र सफल कर लिया गया। बीहट के सैनिक तथा कार्यकर्ता ने अपने ग्राम में इसकाम को सीमित न रखा, बल्कि उसके आस-पास चारों ओर के ग्रामों में काफी जागृति पैदा कर दी। बेगूसराय में 30-40 सैनिकों का 3-4 जत्था सदा धरना देने लगे और वहाँ सफलता भी मिली। तेघरा के कार्यकर्ता बा. वासुदेव नारायण और उनके 20-22 सैनिक जब पकड़ लिये गए तो बीहट ने तुरंत 3-4 जत्था वहाँ भेज दिया। जून के अंत में बीहट के बाबू राम चरित्र सिंहजी बेगूसराय में गिरफ्तार हो गए। इनकी गिरफ्तारी से बीहट में और भी उत्साह बढ़ा और लोगों में सनसनी भी आ गई। बीहट के आसपास के 30-40 ग्रामों को मिलाकर एक सर्किल कायम हुई, जिसमें पंचायत कायम हुई। प्रति 15 दिन में एक बार सर्कलभर के लोग सभा में इकट्ठा होते। प्राय: सब दिन बीहट में तथा आसपास के स्थानों में जुलूस निकलता। अब तेघरा थाना की पुलिस को जहाँ-तहाँ बीहट ही नजर आने लगा। उसने बीहट में निकले हुए जुलूस के अगुवा बा. बलदेव सिंह तथा बा. बच्चा सिंह पर वारंट किया और एक दिन वहाँ पहुँच ग्राम के एक पहलवान बा. लड्डूलाल सिंह को गिरफ्तार कर लिया। दूसरे दिन जब बा. बलदेव सिंह और बा. पच्चा सिंह को गिरफ्तार करने गई तो मारपीट करना शुरू कर दिया। ग्राम के किसी आदमी को पुलिस पाती, मार बैठती थी। इस बात से ग्राम के लोग भी कुछ उत्तेजित हो गए। कुछेक के ढेले आदि फँसने की भी खबर है। इस घटना से ग्राम के 38 आदमी पर मुकदमा चलाया गया, जिनमें से 9 छोड़ दिए गए और 29 आदमियों को 2-2 वर्ष की कड़ी कैद की सजा हुई, जो अभी भी आरा जेल में हैं।

इस दमन से भी लोग दबे नहीं, बल्कि आगे बढ़कर चौकीदारी कर बंद करने का आंदोलन भी प्रारंभ कर दिया।

अब सरकार की ओर से बीहट में प्युनिटिव पुलिस बैठा देने का हुक्म दे दिया गया। इसके साथ हरीग्राम वालों में हिजरत करना प्रारंभ कर दिया। हजारों की संख्या में लोग गाँव छोड़कर कहीं चले गए। सभी स्त्रियाँ और बच्चे अन्यत्र भेज दिए गए। केवल कुछ ही लोग गाँव में रह गए, जो खेती और घरों आदि की देख-रेख करते थे।

बाद में ग्राम में अतिरिक्त पुलिस बैठा दी गई, जो और बचे हुए लोगों पर भी अत्याचार करने लगी। इस प्रकार जो बीहट थोड़े दिन पहले हरा-भरा और सत्याग्रही सैनिकों की चहल-पहल से गुँजाएमान था, एकदम उजाड़ हो गया।

क्षणिक संधि हो गई है, पर अब तक भी उसका उजड़ापन दूर नहीं हुआ है। सच तो यह है कि इस संग्राम में बीहट के लोगों ने काफी भाग लिया और अनेक कष्ट सहे। ❑

पटना नगर

पटना नगर सन् 1928 में प्रांतीय कमिटी द्वारा एक अलग जिला कायम कर पटना जिला कांग्रेस कमिटी से अलग किया गया। पटना नगर कांग्रेस कमिटी के मंत्री बिहार विद्यापीठ के स्नातक और सहयोगी 'सर्चलाइट' के सहकारी संपादक श्रीमनीचंद्र नारायण राय ने पटना में विशेष रूप से रचनात्त्मक कार्य किया। उन्होंने लालटेन के तमाशों (Lautern Slides) की सहायता से पटना के मुहल्ले में देश की स्थिति पर भाषण दिए और जनता को स्वराज्य की आवश्यकता बताई। उनके इस प्रयत्न से काफी जागृति हुई जिसे पटना के अधिकारी सह न सके और अंत में, अपनी देशभक्ति की बलिहारी 1929 में दो साल के लिए जेल में भेज दिए गए।

पटना सिटी

पटना का यह सौभाग्य था कि पटना सिटी, में जो पटना शहर का वास्तविक और स्थायी अंग है, कुछ नवयुवकों और कार्यकर्ताओं के प्रयत्न से अच्छी जागृति होने लगी और परिणाम यह हुआ कि आगे चलकर सत्याग्रह-संग्राम के मौके पर सिटी ने पटना को नाम रख लिया।

लाहौर कांग्रेस के बाद पटना शहर में भी अच्छी जागृति देखी गई और 26 जनवरी को स्वतंत्रता दिवस अच्छी तरह मनाया गया। उसके बाद दो वर्ष वहाँ खादी की बिक्री इतनी बढ़ गई कि स्थानीय खद्दर भंडार माँग पूरी न कर सकता था।

फिर भी जिस समय बिहार के अन्य जिले या स्वयं पटना जिला (मुकम्मिल) सत्याग्रह की तैयारी में संलग्न था, पटना नगर कुछ किंकर्तव्यविमूढ़ सा स्तब्ध दीखता था। परंतु भगवान् की कृपा से और सत्याग्रह की प्रोत्साहिनी नौकरशाही के सहयोग से पटना में ऐसी स्थिति खड़ी हो गई जिसने पटना नगर में अभूतपूर्व जागृति ला दी और उसका प्रभाव प्रांत की राजनीतिक प्रगति पर पड़ा।

पटना सत्याग्रह

यद्यपि पटना शहर कांग्रेस कमिटी के गंभीर सलाहकारों की ऐसी राय न थी, फिर भी 'सर्चलाइट' के प्रबंधक और नगर कांग्रेस कमिटी के उत्साही मंत्री श्री अंबिकाकांत सिंह', 'युवक' के जोशीले युवक-संपादक श्रीरामवृक्ष शर्मा बेनीपुरी, सिटी के कार्यकर्ता बाबू जस्सूलाल, तथा पंडित यमुना झा आदि के जोर देने पर यह निश्चय हुआ कि पटना में सत्याग्रह आरंभ हो और सिटी में नमक बनाया जाए। 15 अप्रैल को श्री अंबिकाकांत सिंह के नेतृत्त्व में एक दल सत्याग्रहियों का झंडा लिए हुए रवाना हुआ। वह दल ज्यों ही स्थानीय सुलतानगंज थाने के पास पहुँचा कि पुलिस दल ने जुलूसवालों जुलूस का लाइसेंस माँगा, जिसके न दिखलाने के बाद पुलिस अधिकारियों का बड़ा ही नीच व्यवहार हुआ, जिसकी चोट पटना की जनता के दिलों पर स्थायी रूप से रहेगी। स्वयं एस.पी. ने सत्याग्रहियों को मारने का हुक्म दिया और सड़क पर सोए हुए सत्याग्रही बुरी तरह पीटे और ढकेले गए। श्री अंबिकाकांत सिंह को सख्त चोट लगी और उनके साथियों को भी मार पड़ी। वे लोग गिरफ्तार कर लिये गए। श्री अंबिकाकांत की गिरफ्तारी के बाद श्रीरामवृक्ष शर्मा बेनीपुरी ने राष्ट्रीय झंडा अपने हाथ में लिया। वे भी गिरफ्तार कर लिये गए। श्री जस्सूलाल तथा एक और युवक गिरफ्तार किए गए। सुलतानगंज का दृश्य बड़ा ही रोमांचकारी हो गया। इन गिरफ्तारियों और मारपीट के बाद भी बचे हुए सत्याग्रही टस से मस न हुए और आगे बढ़ने की चेष्टा करने लगे। पुलिस ने उन्हें घेरा बांधकर वहीं रोक दिया और वे भी वीरों की तरह बे-खाए पिए रात भर वहीं डटे रहे। इतने में सारे शहर में सनसनी फैल गई और दर्शकों का तांता बँध गया। 'महावीर' ने विशेषांक निकालकर इसकांड की पूरी खबर फैला दी और उसके दिन में दो विशेषांक निकलने लगे। इस अवसर पर 'महावीर' के विशेषांकों युद्ध विज्ञप्तियों (War Bulletin) का काम किया। सुलतानगंज में सरकार और सत्याग्रहियों से घनी मुठभेड़ हो गई और सत्याग्रहियों के कष्ट-सहन और धैर्य तथा नौकरशाही के पाशविक बल और मद में जोर की आजमाइश चली।

पुलिस अधिकारियों की अकारण की गई ज्यादतियों ने शहर पर अधिक प्रभाव डाला और सत्याग्रह ने व्यापक रूप धारण किया। प्रांतीय नेताओं ने भी इधर ध्यान दिया और नियमित रूप से सत्याग्रह आरंभ हो गया। सत्याग्रह के लिए स्वयंसेवक इकट्ठे किए गए और दिन में 4-4 सत्याग्रहियों के दल राष्ट्रीय झंडा लिये राष्ट्रीय गान गाते उधर की ओर जाने लगे और उनके पीछे हजारों की संख्या में दर्शक हो लेते। वहाँ सुलतानगंज थाने के पास अफरीदी घुड़सवार अपने खूँखार नायक

मि. चर्चर के नायकत्व में डटे थे। उनके अलावा पटना के नवजवान ए.एस.पी. मि. वाकर के साथ साधारण पुलिस थी। इन ऑफिसरों ने अपनी घृणित कार्यवाहियों से सबकी नजर में पुलिस का गिरा दिया। जब सत्याग्रही दल यहाँ पहुँचता, तो घुड़सवार सारी सड़क घेरकर खड़े हो जाते और सिपाही सत्याग्रहियों से निर्दयीतापर्वूक झंडे छीनने थे। कभी तो योरोपियन ऑफिसर किसी को मारकर नाली में गिराता, तो कभी पुलिसवाले उन्हें घायलकर झंडा छीन लेते। इस प्रकार कितने ही सत्याग्रही जख्मी हुए, पर बहुतों ने झंडा नहीं छोड़ा। परंतु अब पुलिस की ज्यादती सत्याग्रहियों की ओर से कुछ कम होकर दर्शकों की भीड़ पर अधिक होने लगी। तमाशबीनों और राहगीरों पर घोड़े दौड़ाए जाते और उन्हें बेटन और लाठियों से रगेदा जाता। स्वयं बा. राजेंद्र प्रसादजी और प्रो. अब्दुल बारी पर वार किए गए। प्रो. बारी तो जख्मी भी हुए, पर राजेंद्र बाबू किसी तरह बचे। कितने ही प्रतिष्ठित लोगों को बेकारण पीटा गया। इन पंक्तियों के लेखक को भी जो घटनास्थल पर दर्शक रूप में समाचार संग्रह कर रहा था, आदमियत से असहयोग किए हुए मि. चाकर के डंडे खाने पड़े। यह सच है कि इन दो अंग्रेज युवकों की जघन्यता ने पटना में जो जागृति पैदा कर दी, वह महात्मा गांधी के सैकड़ों व्याख्यानों द्वारा भी संभव न होता। नगर के हर वर्ग के लोग शाहाबाद में सहायता पहँचाने लगे। प्रांत के हाजीपुर तथा शाहाबाद इलाकों से स्वयंसेवक आने लगे और पटना के व्यापारियों ने बिना माँगे रुपयों और अंन से सत्याग्रह को बढ़ाया। पटना में नया जीवन आ गया।

पुलिस की इस निर्दयीता के विरोध में पटना के नागरिकों की एक महती सभा मि. हसन इमाम के सभापतित्व में हुई, जिसमें अत्याचारों की निंदा की गई। श्रीमती हसन इमाम ने भी जख्मी सत्याग्रहियों को देखा था और उनका हृदय इस घटना से द्रवित हो गया। उन्होंने विदेशी कपड़ा छोड़ दिया और आगे चलकर आंदोलन में बहुत भाग लेने लगीं।

सत्याग्रह की विजय

पुलिस की ज्यादतियाँ बढ़ती गईं और अब स्वयंसेवकों के जत्थे बहुत आगे ही रोके जाने लगे। एक दिन पटना कॉलेज के सामने दुकानों में घुस-घुसकर दर्शकों को मारा गया। अंत में राजेंद्र प्रसादजी तथा पटना के जिला मजिस्ट्रेट से बातें हुईं और पीछे सत्याग्रहियों का जत्था बे रोक-टोक झंडा लिए निकल गया और इस प्रकार सत्याग्रह की विजय हुई। वहाँ से पुलिस और सवार हटा लिये गए और पीछे स्वयंसेवकों को भेजना भी व्यर्थ समझकर बंद कर दिया गया।

नमक सत्याग्रह

इसके साथ-ही-साथ पटना सिटी में नखास पिंड पर श्री यमुना झा तथा अन्य कार्यकर्ताओं के प्रयत्न से नमक बनने लगा और सारे शहर में नमक बिकने लगा। गोविंद मित्र रोड में भी श्री रामप्रसाद सिंह के प्रयत्न से नमक बना। पटना सिटी में दुकानों पर धरना आरंभ हुआ। इधर बाँकेपुर में भी महिलाओं के प्रंशसनीय प्रयत्न से जोरदार पिकेटिंग होने लगी, जिसके डर से यहाँ के व्यापारियों ने कांग्रेस से समझौता कर लिया। धरना देने के काम में श्रीमती विंधवासनी देवी तथा अन्य महिलाओं ने बड़ा ही प्रशंसनीय कार्य किया, शराब की दुकानों पर भी धरना दिया जाने लगा। कई शिविरों के संगठन हुए और जनता तन-मन-धन से सहायता करने लगी। श्री हसन इमाम ने भी आंदोलन में धन से सहायता की। श्री नवल किशोर प्रसाद वकील ने नगर कांग्रेस कमिटी अपनी मोटर दे दी। बाबू बलदेव सहायजी वकील के प्रयत्न से विदेशी वस्त्र बहिष्कार में बड़ी सहायता मिली।

जुलाई मास में स्त्रियों के जुलूस के संबंध में 'सर्चलाइट' संपादक श्री मुरली मनोहर प्रसाद, नगर कांग्रेस कमिटी के स्थापनापत्र मंत्री श्री साइंधरसिंहजी एम.ए.बी.एल. तथा बा. फुलन प्रसाद वर्मा एम.ए.बी.एल. (इन दो सज्जनों ने इस सत्याग्रह में वकालत छोड़ दी थी) पर मुकदमा चला और ये लोग जेल गए।

सिटी के पिकेटिंग बड़ें जोरों से आरंभ हुई और यहाँ के कार्यकर्ताओं ने आश्चर्यजनक काम कर दिखाया। श्री जमुना झा, डॉ. रामभजन, बाबू धूरन सिंह, श्री लल्लूलाल, श्री जगदीश पांडेय आदि ने बड़ा ही सराहनीय काम किया। डॉ. रामभजन गुप्त की धर्मपत्नी भी कार्यक्षेत्र में उतर आईं और अपने कार्यों से सब पर बड़ा प्रभाव डाला। सिटी में गिरफ्तारी भी जोरों से हुई। परंतु कार्यकर्ताओं और स्वयंसेवकों के बिना काम न रुका। सिटी के व्यापारियों और गाले वालों ने धन और अन्न से सत्याग्रह शिविरों की बड़ी सहायता की।

बांकीपुर में यद्यपि कभी-कभी शिथिलता होती गई, फिर भी बा. बलदेव सहाय, बा. ब्रजनंदन प्रसाद, बा. ब्रजनंदन सहाय, बा. कमलेश्वरी सहाय, बा. सिंहेश्वर प्रसाद आदि स्थानीय वकीलों की मदद से काम चलता रहा। बाँकीपुर शिविर की कई बार तलाशी ली गई और अंत में पुलिस ने शिविरवाले मकान के मालिक पर भी मुकदमा चला दिया।

पटना सिटी और बाँकीपुर में जवाहर दिवस बड़े समारोह से मनाया गया और जनता में बहुत उत्साह रहा।

बा. गिरवरधर

समस्तीपुर स. का. कमिटी के सभापति, जो सपरिवार कांग्रेस कार्य में लगकर 6 मास कैद की सजा भोग आए हैं।

श्री यदुनंदन सहाय

आप समस्तीपुर के रईस और उत्साही कार्यकर्ता हैं, जिन्हें 6 मास कैद की सजा मिली थी।

श्री नंदकिशोर प्रसादजी

आप पटना जि. कां. कमिटी के पाँचवें डिकटेटर हुए। आपको गत आंदोलन में दो बार जेल यात्रा करनी पड़ी, पहले आप डि. बोर्ड के कर्मचारी थे। सत्याग्रह आरंभ होने पर आपने पद त्याग दिया।

श्री राम विलास सिंह, श्रीमती राम विलास सिंह, इनके लड़के राम लोचन सिंह, यह सारा परिवार कांग्रेस-भक्त है। बा. रामविलास सिंह, पिता-पुत्र जेल से हो आए हैं।

बाबा रामोदर दासजी (उपनाम सांक्रत्तायन राहुल)

आपने 1921 के सत्याग्रह में सारन जिले में बड़ी जागृति पैदा की थी। पीछे आपने विदेशों के अगम्य स्थानों में भ्रमण किया। आप अब भी राष्ट्रीय कार्यों में बड़ा उत्साह रखते हैं।

पं. युगलकिशोर शास्त्री

खड्गपुर (मुँगेर) निवासी। आपकानपुर के 'प्रताप' पत्र के सहायक संपादक हैं। हाल में ही जेल से छूटे हैं।

बाबू रामपाल सिंहजी

आप निर्मली जिला भागलपुर के धनी रईस और मुख्य कार्यकर्ता हैं तथा जेल से हो आए हैं।

ब्रह्मचारी रघुनाथजी

हाल ही में आप जेल से हो आए हैं। आप बेगूसराय के मुख्तार और उत्साही कार्यकर्ता हैं।

बाबू हीरामल शराफ

आप दिघवारा सारन जिला के धनी महाजन और उत्साही कार्यकर्ता हैं जो गत आंदोलन में जेल से हो आए हैं।

बाबू बैजनाथ प्रसाद

आप बेगूसराय के एक उत्साही कार्यकर्ता हैं तथा जेल से हो आए हैं।

बाबू शीतल सिंह

आप आरा जिला के वयोवृद्ध कार्यकर्ता हैं, जिन्हें गत सत्याग्रह में कैद की सजा मिली थी।

❑

पटना जिला

बिहार की राजधानी पटना प्राचीन और नवीन ऐतिहासिक महत्त्वों से भरा हुआ है। वैसे ही पटना जिला भी प्राचीन इतिहास का गौरव स्वरूप है। परंतु असहयोग आंदोलन के आरंभ के पहले इस शहर को छोड़कर इस जिले की राजनीतिक जागृति नगण्य थी। असहयोग की लहर ने नए-नए कार्यकर्ताओं को कार्यक्षेत्र में ला दिया। उसी समय पटना जिला कोर्ट के होनहार वकील बा. जगत नारायणलाल जी, बिहार के प्रसिद्ध वकील श्री ब्रजनंदन प्रसाद, मो. मुहम्मद यासीन, बा. चंद्रवंशी सहाय बेरिस्टर आदि ने कचहरी छोड़ी। उसी समय पटना जिला कांग्रेस कमिटी का संगठन हुआ, जिसके पहले सभापति बा. चंद्रवंशी सहाय हुए और बा. जगतनारायणलाल मंत्री बनाए गए। नए कार्यकर्ताओं ने जिले में जोरों से काम आरंभ किया। बा. ब्रजनंदन प्रसाद ने बिहार सबडिवीजन में काफी जागृति पैदा की। मोकामा में बा. आदित्यनाथ सिंह शर्मा, घोसवरी के बा. राघव सिंह, श्री रामप्रसाद शर्मा, पं. अमीर त्रिवेदी आदि, दानापुर सब डिवीजन में श्री पुण्यदेव शर्मा, श्री कीर्तिनारायण शर्मा, सदर में बाबू रंगबहादुर सिंह, बाबू गया प्रसाद सिंह आदि ने अच्छा काम किया।

असहयोग आंदोलन में इस जिले में काफी गिरफ्तारी भी हुईं।

असहयोग आंदोलन के बाद देश में शिथिलता आती गई और अधिकांश कार्यकर्ता अपने-अपने पेशों में लगने लगे। मगर इस जिले में जीवन की ज्योति जगाए रखने का श्रेय श्री जगत नारायणलाल जी तथा उनके अन्य सहयोगियों को ही है, जिन्होंने किसी-न-किसी तरह पटना जिला कांग्रेस कमिटी को जीवित रखा।

शहीद हरदेव

पटना जिले में नए सत्याग्रह आंदोलन की प्रगति का वर्णन करने के पहले नागपुर झंडा सत्याग्रह में यहाँ से गए हुए वीर हरदेव सिंह की स्तुति को श्रद्धांजलि

अर्पण करना आवश्यक है, जिन्होंने नागपुर जेल में अपने प्राण गँवाए। ये विक्रम के निवासी थे और नागपुर झंडा सत्याग्रह में पटना से गए थे। इनके स्मारक-स्वरूप विक्रम में हरदेव कूप विद्यमान हैं।

पुनर्जागृति

कलकत्ता कांग्रेस के बाद पटना जिला पर मेंम्बरी का जो हिस्सा लगाया गया वह पूरा हुआ। लाहौर कांग्रेस के बाद 26 मई को जिला भर में स्वतंत्रता दिवस मनाया गया और जिला भर में नवीन जीवन का संचार हुआ। उस समय तक बाबू जगतनारायणलाल ने जो कांग्रेस स्वतंत्र दल की ओर से काउंसिल में गए थे अपने विचारों के अनुसार काउंसिल न छोड़ी थी। परंतु दिवस के मनाने में पूरा भाग लिया।

नवीन सत्याग्रह का मार्ग महात्माजी अभी खोज रहे थे। महात्माजी ने जब सत्याग्रह का मार्ग स्थिर कर लिया और रणभेरी बजाई, तब पटना जिला कांग्रेस कमिटी के सभापति बाबू जगतनारायणलाल ने भी काउंसिल छोड़ दी और तन-मन से जिला को तैयार करने में लग गए। इन के प्रधान सहायक थे स्वामी सहजानंदजी सरस्वती और बाबू कीर्तिनारायण शर्मा।

इन तीनों ने पहले समूचे दानापुर सब डिवीजन के मुख्य-मुख्य स्थानों में विराट् सभाएँ कीं और 6, 7 सौ स्वयंसेवक सत्याग्रह के हेतु भरती किए।

बाबू नरसिंहनारायण सिंह फिर बाबू जगतनारायणलाल तथा बा. कीर्तिनारायण शर्मा ने बाढ़ सब डिवीजन का दौरा किया। प्राय: एक सहस्त्र से अधिक रुपए नगद और वचन में मिले। छ:-सात सौ स्वयंसेवक भरती हुए।

चौकीदारी कर-बंदी के लिस जिला कभी तैयार न जँचा, परंतु नमक सत्याग्रह को ही यथासंभव सर्वत्र आरंभ करने का आदेश होते ही जिला के अंदर उपयुक्त स्थान चुन लिये गए जिनमें से एक अमहरा गाँव था, जहाँ नोनी मिट्टी पर्याप्त रूप से उपलब्ध हो सकती थी।

महात्माजी की डांडी के लिए यात्रा हो चुकी थी। 6 से 13 अप्रैल तक का राष्ट्रीय सप्ताह बीता जा रहा था। भिन्न-भिन्न प्रांत और जिले नमक सत्याग्रह में सम्मिलित होने के लिए अपने पैर बढ़ा रहे थे।

पटना जिला के सरदार ने भी निश्चित किया, यद्यपि अभी बिहार और सदर दो सबडिवीजनों को यात्रा बाकी ही थी, कि 13 अप्रैल को निश्चय ही पटना जिला में नमक-कानून तोड़ा जाए।

पटना शहर के लिए भी यही तिथि तय हुई। प्रांत के सरदार बा. राजेंद्र प्रसाद

ने इजाजत भी दे दी। नमक-कानून के तोड़ने का पहला स्थान अमहरा ही सुनिश्चित किया गया। मुश्किल से दो दिन बाकी थे। इतने ही समय के भीतर यह खबर विद्युत् की नाई सर्वत्र फैल गई कि अहमरा में 13 अप्रैल को कानून भंग होगा।

जिला सरदार ने जिला मजिस्ट्रेट को लिखित सूचना भेज दी कि 13 अप्रैल को 8 बजे संध्या समय अमहरा में नमक-कानून तोड़ा जाएगा।

12 की रात को सरदार के साथ प्रथम जत्था में जाने के लिए चुने हुए सत्याग्रही पटना पहुँच गए। पटना में प्रातः काल एक बड़ी सभा हुई और सरदार को जत्था के साथ उपयुक्त भाषणों, मंगलाचार और जयध्वनि के साथ एक सजी लौरी से विदा किया गया।

जत्था पैदल जुलूस में महेंद्रू तक जाकर लौरी से शहर, दानापुर, खगौल और नौबतपुर होता हुआ उसी दिन 4 बजते-बजते विक्रम पहुँचा। इन सभी स्थानों में विराट् सभाएँ हुईं, जुलूस निकले, जत्थे का स्वागत हुआ और कई जगह फोटो चित्र खींचे गए, दानापुर और विक्रम में थैलियाँ भी भेंट की गईं।

6 बजते-बजते विक्रम की विराट् सभा के बाद जत्था पैदल विदा हुआ और बहुत मना करने पर भी सैकड़ों व्यक्ति साथ चल पड़े। 4 कोस पैदल वज्रध्वनि और राष्ट्रीय गान के साथ भरे उमंगों में तेजी के साथ बढ़ता हुआ जत्था अमहरा के निकट पहुँचा। दूर ही से पुष्प-मालाओं से दलों में आकर लोगों ने स्वागत किया।

सहस्त्रों की भीड़ उस स्थान में इकट्ठी थी, जो पुष्प घेरों से सजाकर नमक बनाने के लिए ठीक किया गया था, चूल्हे आदि बने थे। करीब आठ बजे रात में प्रार्थना और यथोचित विधियों के साथ नोनी मिट्टी का पानी हंडियों में रखा गया और नमक तैयार होने लगा। उस समय का तैयार किया नमक उसी रात को डाक द्वारा बेचा गया और सैकड़ों रुपए डाक से मिले। अमहरा गाँव में भी काफी जागृति फैल गई और नमक सत्याग्रह का काम जारी रहा। दूसरे दिन भी नियमानुसार नमक बनने लगा। उसी समय सरदार जगतनारायणलालजी, तथा श्री कीर्तिनारायण शर्मा गिरफ्तार कर लिये गए। जनता में बड़ी उत्तेजना फैली और लोगों में जोश उमड़ आया। गिरफ्तारी के समय अमहरा के श्रीरामचंद्र सिंह सत्याग्रही के हाथों से नमक छीनने के प्रयत्न में पुलिस ने उस वीर की अंगुली तोड़ डाली। श्रीजगतनारायणलालजी तथा कीर्ति बाबू को 6-6 मास कैद की सजा मिली।

जेल जाते समय सरदार ने स्वामी सहजानंदजी सरस्वती को जिले का सरदार बनाया और स्वामीजी बड़े उत्साह और योग्यता से अपने कर्तव्य का पालन किया। परंतु कुछ ही दिन बाद वे भी गिरफ्तार कर जेल भेज दिए गए।

उनके जेल जाने के बाद जिले के काम में कुछ ढीलाई आ गई। परंतु कई केंद्रों में काम जारी रहा। बाढ़ इलाके में पुंडारक में भी रामप्रसाद शर्मा तथा अन्य उत्साही कार्यकर्ताओं के प्रयत्न से नमक भी बन रहा था और दूसरे कांग्रेस कार्य भी जारी थे।

श्री जगतनारायण

पटना जिला के पुराने कार्यकर्ता श्री जगतनारायण बी.एस.सी. के क्षेत्र में आ जाने से पटना जिले का दबता हुआ काम सँभल गया। उन्होंने जिले का संचालन ग्रहण किया और देहान्तों में चकर लगाकर जागृति उत्पन्न की और सत्याग्रह का काम चल पड़ा।

उसी समय पटना जिला कांग्रेस कमिटी के उत्साही सहायक मंत्री और 'महावीर' के प्रबंधक श्री रामेश्वर प्रसाद वर्मा पर सत्यानंद बुलेटिन प्रकाशित करने का आरोप लगाया गया और वे पकड़ लिये गए। उन्हें दो अभियोगों में सवा साल की सजा हुई।

श्री जगतनारायणजी अथक परिश्रम करते हुए बख्तियारपुर में गिरफ्तार कर लिये गए और उन्हें बाढ़ के मजिस्ट्रेट ने भिन्न-भिन्न दफाओं में 18 महीनों की सख्त सजा दी।

उनकी जेल-यात्रा के बाद पटना जिले के सरदार हुए श्री गंगाशरणजी साहित्य-रत्न। आप अमहरा सत्याग्रह के समय से ही काम कर रहे थे। इन्होंने भी बड़े उत्साह से काम किया और बड़ी संख्या में स्वयंसेवक इकट्ठे किए गए। धरना देने का काम प्रायः सभी केद्रों में जारी किया गया और अधिकांश बाजारों में विदेशी कपड़ों की गाँठे बँध गईं। पटना जिले ने कुछ स्वयंसेवकों से पटना नगर कांग्रेस कमिटी को भी मदद की। गंगाशरणजी की गिरफ्तारी के बाद बा. राघव सिंहजी सरदार बनाए गए और उन्होंने भी सत्याग्रह कार्यक्रम को अच्छी तरह निभाया। पिकेटिंग और चौकीदारी आर्डिनेंसों के अनुसार बाढ़ और दानापुर सबडिवीजनों में बड़ी गिरफ्तारी हुई। मगर स्वयंसेवक बराबर जुटते गए।

इतने ही में पहली अक्टूबर को जिले के प्राण-स्वरूप प्रथम सरदार श्री जगतनारायणलालजी हजारीबाग जेल से छूटकर आ गए। जिला कांग्रेस कमिटी ने आपका अभिनंदन किया और छूटने के दूसरे ही दिन आपने दानापुर की महती सभा में भाषण दिया, जिसके कारण आप 17 ता. को गिरफ्तार कर लिये गए। जितने दिन बाहर रहे, आपने जिले की बिखरी हुई शक्तियों का संकलन और सुव्यवस्था की। श्रीकीर्तिनारायण शर्माजी भी जेल से उन्हीं के साथ आए थे। आपने भी जिले का काम अच्छी तरह से सँभाला। एकगंर सराय में भाषण देते हुए श्री जगतबाबू गिरफ्तार कर लिये गए और उन्हें दानापुर के मजिस्ट्रेट ने 9 मास कैद की सजा

दी। उसके बाद ही आप पर जेल में ही एकंगर सरायवाली सभा में भाषण देने के कारण आर्डिनेंस के अनुसार मुकदमा चला और 6 मास की सजा और दी गई। वह आपकी 4थी सजा थी।

श्रीमती रामप्यारी देवी

दानापुर के मजिस्ट्रेट ने जिस समय श्री जगत बाबू को कैद की सजा सुनाई, उस समय का दृश्य देखने लायक था। उन्होंने भरी अदालत में अपनी धर्मपत्नी श्रीमती रामप्यारी देवी को जिले का सरदारनी नियुक्त करते हुए उनके हाथों में राष्ट्रीय झंडा दे दिया। यह दृश्य बड़ा ही हृदय-द्रावक था। देवीजी ने भी वीर-पत्नी की तरह उस झंडे की इज्जत रखी और श्री कीर्तिनारायण शर्मा के साथ आपने पटना जिले के सुदुर देहातों में भ्रमण किया, जिसका जनता पर बहुत अच्छा प्रभाव पड़ता था। कतरी सराय में श्रीमतीजी भी गिरफ्तार कर ली गईं और आप बिहार जेल में रखी गईं। स्वास्थ्य ठीक न होने पर भी आपने जमानत पर छूटने से इनकार कर दिया। लगभग एक मास हाजत में रखकर देवीजी पर केवल 400 रुपए जुरमाने का फैसला सुनाया गया। देवीजी ने जुर्माना देने से इनकार कर दिया।

देवीजी ने दानापुर के उत्साही कार्यकर्ता श्री नंदकिशोर लालजी को जिला सरदार निर्वाचित किया। नंदकिशोर बाबू पटना जिला बोर्ड के एकाउंटेंट थे, परंतु सत्याग्रह की पुकार से आपने 1930 में नौकरी को लात मार दी और सत्याग्रह क्षेत्र में उतर पड़े। आपने भी जिले के काम को बहुत मजे से सँभाला। आपको जेल-यात्रा के बाद अमहरा के उत्साही युवक श्री श्याम नंदन सिंह बी.ए. ने जिले का संचालन किया।

पटना जिला गत सत्याग्रह आंदोलन में अपना उचित भाग लिया और गिरफ्तारियों की संख्या में इस जिले का स्थान ऊँचा ही रहा। इस जिले से कुल 1758 सत्याग्रही जेलों में गए। उन यात्रियों में से जेल के कष्टों और अत्याचारों को सहन करते हुए जिला के वीर श्रीरामकृष्ण दासजी जिन्होंने पहले भी दानापुर व पटुआखाल के सत्याग्रह में सम्मिलित हो अनेकों बार जेल यात्रा की थी, मरणासन्न होने पर निकाले गए और माता की बलिवेदी पर शहीद हुए। इस प्रकार बैंकटपुर के सुरेश्वर तिवारी शिवनार के बाबू सरयू सिंह और दानापुर के मधु महतो ने भी शहीद होकर अपनी और जिला की कीर्ति को अमर किया।

❑

गया में सत्याग्रह

लाहौर की कांग्रेस ने 31 दिसंबर, 1929 की बारह बजे रात्रि के बाद आजादी की रण-भेरी बजाकर 26 जनवरी, 1930 को सारे देश में स्वतंत्रता दिवस मनाने की घोषणा कर दी। राष्ट्र की यह घोषणा क्षण भर में ही विशाल भारत के एक सिरे से दूसरे सिरे तक बिजली की तरह दौड़ गई। राष्ट्रपति के सिंह-नाद से सभी नर-नारियों के हृदय गद्-गद् हो उठे। एक छोर से दूसरे छोर तक स्वतंत्रता-दिवस मनाने की बड़ी-बड़ी तैयारियाँ होने लगीं। गया जिला कांग्रेस कमिटी के सहायक मंत्री श्री जगेश्वर प्रसाद 'खलिश' भी लाहौर से लौटते ही इस महान् यज्ञ की सफलता में दिलोजान से लग गए। पं. बजरंग दत्त शर्मा के नायकत्व में स्वयंसवेकों के दल जिला के प्रत्येक भाग के चक्कर काटने लगे। ग्रामीण जनता पूर्ण उत्साह दिखाने लगी। परंतु दुःख के साथ लिखना पड़ता है कि जिला कांग्रेस कमिटी के मंत्री ही ऐसे विचलित हो उठे कि अंत में 25 जनवरी, 1930 को अपने पद से इस्तीफा देकर यह भार श्री 'खलीश' जी के मत्थे ही मढ़ दिया। परमात्मा की इस परीक्षा से कार्यकारिणी समिति का उत्साह और भी दूना हो गया। गया की जान्सन शाही ने गाँव-गाँव में जुलूस और सभाबंदी करने का दमामा बजाकर स्थान-स्थान पर सशस्त्र पुलिस की प्रदर्शनी करा दी। गाँव के एक मामूली चौकीदार से लेकर बड़े-बड़े अफसरों को भय प्रदर्शन का नंगा नाच करने का ऑर्डर सुनाया गया। पर जनता अपने दृढ़ निश्चय से टस-से-मस न हुई और 26 जनवरी, 1930 को स्थान-स्थान पर राष्ट्रीय झंडे फहराए गए, जुलूस निकले, सभाएँ हुईं और राष्ट्र का संदेशा सुनाया गया। खास 'गया' शहर में 5 हजार जनता की उपस्थिति में श्रीमान कुमार सिद्धेश्वर प्रसाद सिंह ने घोषणा पढ़ी। 26 जनवरी के इस अवसर पर मनोहर दृश्य ने जिला में एक नवीन उत्साह पैदा कर दिया। जिला कांग्रेस कमिटी ने सत्यवादी सैनिक और कांग्रेस सदस्य बनाने का कार्य जोरों से आरंभ किया।

चारों ओर सदस्य और सैनिक दोनों की संख्या बढ़ने लगी। पं. बजरंगदत्त शर्मा, डॉ. युगल किशोर सिंह, बा. सहदेव प्रसाद सिंह, श्री शिवकुमार सिंह, बा. शत्रुहन सिंह तथा श्री महंथ भगवत दास देहातों में घूम-घूमकर राष्ट्रीय सैनिक बनाते और राष्ट्र की सहायता करने के लिए ग्रामीण जनता को उत्साहित करते। श्री जगेश्वर प्रसाद 'खलिश' ने स्थान पर लोगों को सरकार का कालचित्र दरशाते हुए सत्याग्रह-संग्राम की बलिवेदी पर चढ़ने को ललकारा। दृढ़ किसानों और उत्साही युवकों ने रण-निमंत्रण को हृदय में स्थान दिया और सैकड़ों की संख्या में सैनिक भरती हुए। 12-3-30 की महात्माजी की ऐतिहासिक यात्रा ने देश के एक कोने से दूसरे कोने तक एक विचित्र आग लगा दी। गया के जर्जर प्राणों को भी महान् शक्ति का दान मिला। 2 अप्रैल 1931 को 'कानून भंग' करने की स्थिति पर विचार करने के लिए जिला कांग्रेस कमिटी की कार्यकारिणी की बैठक बुलाई गई। इस समाचार ने जिलाधीश मि. जान्सन की छाती पर साँप लोटा दिया और अभी 1 अप्रैल का सूर्य अपने शयनगार से बाहर भी नहीं निकला था कि कांग्रेस मंत्री श्री जगेश्वर प्रसाद 'खलिश', डॉ. युगल किशोर सिंह तथा बा. शिवकुमार सिंह फौजदारी की 107 धारा के अनुसार अचानक गिरफ्तार कर लिये गए। इस अचानक गिरफ्तारी का सारा रहस्य 2 अप्रैल को होनेवाली बैठक में विघ्न डालने के सिवा और कुछ नहीं था। वास्तव में इनके सिवा कोई भी चौथा आदमी ऐसा न था, जो कमिटी के सारे कागजात और जिले की स्थिति की पूरी जानकारी रखता हो। अतएव पेशी के दिन तक के लिए जमानत दे दी गई। 2 अप्रैल की बैठक में 'बार काउंसिल' की स्थापना कर और श्रीयुतकुमार सिद्धेश्वर प्रसार सिंह को सत्याग्रह-संग्राम का प्रधान सेनापति बनाकर पं. बजरंगदत्त शर्मा की देख-रेख में सत्याग्रह आश्रम की नींव डाल दी गई।

ता. 1-5-31 को श्री कुमार सिद्धेश्वर प्रसाद सिंह सरदार के नायकत्व में गया से प्रथम सत्याग्रही जत्था नमक-कानून का श्राद्ध करने के लिए 'कर्मा भगवान्' नामक गाँव को रवाना हुआ। तीन हजार की उपस्थिति में श्रीमती कृष्णादेवी ने सरदार और सैनिकों को विजय मालाएँ दीं और कौमीनारों के बीच उन्हें रण-विदाई दी। गया के लिए वह एक अपूर्व दृश्य था। रास्ते में स्थान-स्थान पर जनता ने अपने सरदार और सैनिकों का दिल खोलकर स्वागत किया। कई जगह उनकी आरती की गई। दो मई को बा. मथुरा प्रसाद भी पटना से वहाँ पहुँचे। बड़े गाजे-बाजे और उत्साह के साथ नमक बनाकर कानून तोड़ा गया। यह पहला जत्था विजय प्राप्त कर सत्याग्रह शिविर को लौट आया। उस दिन गिरफ्तारी नहीं हुई।

'कर्मा भगवान्' की आग गावाद सबडिवीजन के चारों ओर अपनी चिनगारियाँ फेंकने लगी। इधर जहानाबाद नवादा तथा सदर सबडिवीजन में भी कानून भंग का बिगुल बजा। एक सप्ताह के भीतर कर्मा भगवान् के अलावा, नवीनगर, अरथुआ, नवादा, वरवां, जहानाबाद, अरवल, परैया, देवरी, मउ, पतिआवा, और सिमरी इत्यादि अनके स्थानों में नमक बनाए गए और सभी जगह जनता का उत्साह सराहनीय रहा। जहाँ-जहाँ नमक बनाया गया वहाँ की हजारों जनता ने नमक बनाने में सहायता पहुँचाई। इसी बीच में 5-5-30 को महात्मा गांधी अनिश्चित काल के लिए गिरफ्तार कर लिये गए। आपकी गिरफ्तारी का समाचार पाते ही जिला भर में एक साथ हड़ताल मनाई गई। वकील मुख्तारों ने कचहरियों का और छात्रों ने स्कूलों का बॉयकाट किया। औरंगाबाद के राय साहब श्री अखौरी कृष्ण प्रकाशजी ने अपनी उपाधि लौटाकर सरकारी अत्याचार का घोर विरोध किया। इसके उपरांत गया शहर के चौराहों पर जनता ने सामूहिक रूप से 'नमक-कानून' भंग कर जान्सन शाही को अपनी शक्ति आजमाने की खरी चुनौती दी।

अब धर-पकड़ का सौदा शुरू हो गया। 10 मई को 'कर्मा भगवान्' के कर्मवीर बा. बदरी नारायण सिंह और 11 मई को 'सरदार' कुमार सिद्धेश्वर प्रसाद सिंह पकड़ लिये गए। उसी दिन तीसरे पहर को 143 धारा के अनुसार पं. बजरंग दत्त शर्मा को भी गिरफ्तार कर लिया गया। नौकरशाही ने सोचा था कि एक साथ तीन गिरफ्तारियों के बाद सत्याग्रही दल दब जाएगा, पर 'उल्टे बुझले राम' की उपमा सिद्ध हो गई। क्षण भर में ही सत्याग्रही वीरों की संख्या सैकड़ों तक पहुँच गई। इतने में ही 12-5-30 को गया की पवित्र भूमि ने हमारे प्रांतीय कांग्रेस के सहायक मंत्री श्री मथुरा प्रसादजी को भी 'कृष्ण मंदिर' का पुजारी बना दिया।

सामूहिक रूप से नमक-कानून तोड़ चुकने के उपरांत ''बार काउंसिल'' का ध्यान विदेशी वस्त्र और मादक द्रव्य बहिष्कार की ओर आकर्षित हुआ। वीर सैनिक इन मोर्चों की ओर छावनी डालने लगे। एक ओर गया का सत्याग्रह आश्रम अपनी सेना की वीरता दिखाने लगा, दूसरी ओर औरंगाबाद के श्री यदुवंश सहाय वकील तथा बा. राजजन्म सिंह मुख्तार ने सरकारी कचहरी को छोड़कर औरंगाबाद शिविर का झंडा अपने हाथों में ले लिया। विदेशी वस्त्र और मादक वस्तु की दुकानों पर पहरा बैठ गया, बड़े-बड़े गैर-कानूनी जुलूस निकले, सभाएँ हुईं और जनता को सत्याग्रह युद्ध में दृढ़तापूर्वक भाग लेने को ललकारा गया। गिरफ्तारी भी जोरों से होने लगी। एक तरफ एक दिन में बीसों सैनिक पकड़ लिये जाते थे। दूसरी तरफ पचासों भरती हो जाते थे। शहर से लेकर ग्राम-ग्राम की उत्साही जनता लड़ाई में

कूदने लगी। मि. जान्सन की सफेद आँखें यह दृश्य क्योंकर देख सकती थी ? बस ! 15 जून 1930 को 49 सैनिकों के साथ इधर गया जिला कांग्रेस कमिटी के अध्यक्ष बाबू गौरीशंकर शरण सिंह को शाही मेहमान बना लिया और उधर जून के अंतिम सप्ताह में औरंगाबाद बार काउंसिल के सेनापति श्री यदुवंश सहाय और बा. राजजन्म सिंह की स्वतंत्रता छीन ली गई। साथ ही वह सहायक मंडली भी गिरफ्तार कर ली गई जो कभी प्रगट और कभी अप्रगट रूप से काउंसिल की सहायता कर रही थी।

इस प्रकार यद्यपि उस समय जबकि राष्ट्र ने रण-निमंत्रण दिया था, गया का कांग्रेस-संगठन ठीक न था, तथापि इसने अपना उचित कर्तव्य निभाया।

क्षणिक संधि के पूर्व तक उत्साहपूर्वक काम चलता रहा और कुल 509 सैनिक जेल भेजे गए।

❑

पूर्णिया में सत्याग्रह

पूर्णिया जिला बिहार का पूर्वीय जिला है। यहाँ के अधिकांश लोग कृषक हैं। संपूर्ण जिले में कोसी नदी की शाखाएँ जहाँ-तहाँ बहती हैं। इसी कारण इसकी जलवायु अच्छी नहीं है। यह जिला यद्यपि अन्य कई जिलों से पीछे है, तथापि इसने स्वतंत्रता की लड़ाई में प्रशंसनीय भाग लिया है। इसकी राष्ट्रीयता और स्वातंत्र्य भावना कोई नई नहीं है। 1921 में जब नरश्रेष्ठ महात्मा गांधी ने असहयोग को जन्म देकर स्वतंत्रता की आवाज बुलंद की तो पूर्णिया भी जाग पड़ा था। उसके प्रत्येक सबडिवीजनों में दो-दो, चार-चार ऐसे कर्मठ कार्यकर्ता हो चले थे, जिन्हें जिले को जगाने का श्रेय दिया जा सकता है। इनके प्रयत्न से ही तिलक स्वराज्य फंड में पूर्णिया जिले से 21000 रुपया दिया जा सका था। इस प्रथम आंदोलन के पश्चात् स्वराज्य पार्टी का युग आया और इसके साथ ही कुमार गंगानंद सिंह कार्यक्षेत्र में उतरे। कुमार साहब ने एसेंबली के कामों के अलावा आपने कांग्रेस कार्य में भी सहायता दी इस समय कांग्रेस-कार्यों में प्रबलता न थी, तथापि जिले भर में एक ऐसा काम जारी था जिसके द्वारा लोगों में बराबर मातृभूमि के संदेश का प्रचार जारी रहा। धर्मपुर में श्री वैद्यनाथ प्रसाद चौधरी ने महात्माजी के धर्मपुर में पदार्पण करने की स्मृति मे एक उच्च राष्ट्रीय विद्यालय खोल रखा था। इस विद्यालय ने जिले के राष्ट्रीय जीवन में जो जगमगाहट उस समय भी जारी रखी, जबकि देश में केवल काउन्सिल और डिस्ट्रिक्ट मोर्ड से कुरसियाँ प्राप्त करने के लिए ही ऊधम मचा था, वह थोड़ी नहीं कहीं जा सकती। मातृभूमि की स्वतंत्रता के लिए मर-मिटने वाले सैनिकों का निर्माण करना तो इस विद्यालय का उद्देश्य था जो साथ ही इसके हरएक वार्षिकोत्सव के अवसर पर देश के बड़े नेता वहाँ पहुँचे करते और लोगों के हृदय राष्ट्रीय जीवन का संचार किया करते थे। फलतः पूर्णिया के खास कर

धर्मपुर के लोग, इस विद्यालय के कारण राष्ट्रीय जीवन की होड़ में बहुत आगे हो सकें।

गत सत्याग्रह-संग्राम में पूर्णिया को आगे बढ़ाने का अधिक श्रेय भी वैद्यनाथ प्रसाद चौधरी को दिया जा सकता है। राष्ट्रीय विद्ययालय रूपी अखाड़े में अपनी शक्ति को बढ़ाते हुए वैद्यनाथ बाबू ने जिले को आगे बढ़ाने का श्रेय प्राप्त किया। 1926 में बाबू गोकुल कृष्ण राय जिला कांग्रेस के मंत्री चुने गए। आपके सहयोग से काम बढ़ चला और आगे चलकर 5000 से ऊपर कांग्रेस के सदस्य बनाए गए। जब लाहौर कांग्रेस ने स्वतंत्रता का बिगुल बजवाया तो यहाँ भी भावी सत्याग्रह के लिए तैयारी होने लगी। इस समय श्री कुमार गंगानंद सिंह ने सभापति पद से इस्तीफा दे दिया और कुछ पुराने कार्यकर्ता भी तटस्थ से रहे पर सर्वश्री गोकुल कृष्ण राय, चौधरी बंधु, सत्यदेव नाथ राय, बोकाई मंडल और श्री अशरफी लाल वर्मा आदि दृढ़ निश्चय कर सत्याग्रह की तैयारी करने लगे। महात्माजी की दांडी यात्रा करते ही श्री वैद्यनाथ प्रसाद चौधरी गाँव-गाँव में घूमकर सभा तैयार करने लगे और लोगों केा चौकीदारी कर बंदी के लिए तैयार करने लगे। पर शीघ्र ही प्रांत से आज्ञा आई कि अभी केवल नमक सत्याग्रह ही प्रारंभ होगा। इसीलिए उसी की तैयारी होने लगी। एक हजार के लगभग स्वयंसेवक बन गए। अप्रैल के अंतिम सप्ताह में उनकी एक सभा कुरसेला में हुई, जिसमें उनका कर्तव्य उन्हें अच्छी तरह समझाया गया। उनकी जाँच हुई और वे दृढ़ पाए गए। 28 अप्रैल 1930 को कार्यकर्ताओं की अंतिम बैठक हुई और सत्याग्रह के सभी पहलू पर विचार करने के बाद 2 मई को सत्याग्रह प्रारंभ करने का निश्चय कर लिया गया। सरदार श्री गोकुल कृष्ण राय ने लिखा मजिस्ट्रेट को उसी दिन अल्टिमेटम दिया और 29 मई को आपने 11 चुने हुए सत्याग्रहियों के साथ पूर्णिया से टीकापट्टी को नमक बनाने के लिए रण-यात्रा की। उस दिन का दृश्य अभूतपूर्व था! हृदय को उभाड़नेवाले राष्ट्रीय गान हो रहे थे। शहर के हजारों स्त्री-पुरुष सेनापति को विदा करने के लिए जुटे थे। सेनापति की वयोवृद्धा माता ने गद्‍गद्‍ हृदय से पुत्र के कपाल में टीका लगाया और वंदे मातरम् एवं शुभ शंखनिनाद के बीच 30 मील दूर टीका पट्टी के लिए यात्रा शुरू हो गई। राह में राष्ट्रीयता की लहर लहराते हुए आप पहली मई को टीकापट्टी पहुँचे और पुलिस सुपरिन्टेंडेंट की आँखों के सामने नमक बनाने लगे। दो स्वयंसेवकों के साथ आप उसी दिन गिरफ्तार हो गए और दूसरी मई को आपको 6 महीने की सादी कैद और 5 जुरमाने की

सजा दे दी गई। दूसरे दिन बाबू वैद्यनाथ प्रसाद चौधरी ने नमक बनाया। आप भी गिरफ्तार कर जेल में डाल दिए गए। बस क्या था, लोगों में अपूर्व जोश भर आया। कई इलाकों में नमक बनाना प्रारंभ हो गया। पूर्णिया में प्रतिदिन सभाएँ करके, कानून तोड़कर नमक बेचा जाता और जेल गए नेताओं और कार्यकर्ताओं के प्रति कृतज्ञता प्रकाश किया जाता। अब सरकार ने भी अपना रूख बदल लिया। उसने नमक बनाने वाले स्वयंसेवकों को छोड़ दिया और जिले भर के मुख्य-मुख्य कार्यकर्ताओं को जेल देकर आंदोलन बंद करने का ठान लिया। इस प्रकार एक-दो सप्ताह के भीतर ही पं. रामदेनी तिवारी, बाबू बोकाई मंडल, जिला कां. कमिटी के सभापति बाबा अंबिका प्रसाद चौधरी, श्री सत्येंद्रनाथ राय, श्री सुगानंद राय तथा श्री अनूप लाल महतो आदि सब-के-सब जेल में डाल दिए गए। श्री अशरफी लाल वर्मा जी ने हाल ही में घर से लौटे थे और जो कांग्रेस कार्य का भार लेने ही वाले थे, डेरे पर से ही गिरफ्तार कर लिये गए। कांग्रेस कमिटी के स. मंत्री श्री लाल दास भी 1 वर्ष के लिए जेल में डाल दिए गए। पर सत्याग्रह में तनिक भी ढिलाई न आई और अधिकारियों की आशा पर पानी फिर गया।

इस समय श्री धर्मपुर गांधी विद्यालय के अध्यापक और छात्र भी कुछ दिनों के लिए स्कूल बंद कर पूर्णिया शिविर में चले गए और उन्होंने कांग्रेस का काम चलाने और पिकेटिंग करने का काम प्रारंभ किया। इसी समय दो और नए कार्यकर्ता श्री वासुदेव मंडल और श्री सतीश मंडल मिले जो बड़ी दृढता से वैद्यनाथ बाबू आदि के जेल से लौटने तक करते रहे, इस समय तक संपूर्ण जिले में धरना का काम शुरू कर दिया गया। कटिहार क्रेंद से तो प्रतिदिन दर्जनों सत्याग्रही जेल जाते, फिर भी सत्याग्रही सैनिकों की कमी नहीं हुई। धर्मपुर गांधी विद्यालय के श्री जीवत्व शर्मा तो जेल जा चुके थे और उनके कुछ छात्र नए निश्चय के अनुसार पुन: विद्यालय में चले आए थे पर अन्य कार्यकर्ताओं ने काम को बराबर चालू रखा। 'पूर्णिया दर्पण' के सहायक संपादक श्री सूर्यनारायण सिंह ने भी इस समय के कांग्रेस कामों में हाथ बँटाया। 'पूर्णिया दर्पण' ने भी सत्याग्रह संग्राम की पूरी खबरें छापकर और जनता में राष्ट्रीय भावना को जाग्रत रखने की पूरी चेष्टा कर अपना कर्तव्य निभाया। पर सरकार को यह अच्छा न लगा अत: 'पूर्णिया दर्पण' से तथा जिस प्रेस में वह छपता था, उससे एक-एक हजार की जमानत माँगी गई। फलस्वरूप पत्र और प्रेस दोनों बंद हो गए। पत्र के बंद हो जाने पर सूर्यनारायण सिंह, बाबू धर्मपुर गांधी विद्यालय में जाकर काम

करने लगे। जवाहर दिवस के अवसर पर आपने स्कूल के आसपास के कई गाँवों में जाकर राष्ट्रीय झंडा फहराया और राष्ट्रपति के भाषणों के अंश दुहराए।

पूर्णिया के सत्यग्रह संग्राम में टीकापट्टी और उसके आसपास के गाँवों के लोगों ने आशातीत भाग लिया। किसी को यह उम्मीद न थी कि निरी अनपढ़ जनता से सैकड़ों की संख्या में दृढ़ और कर्तव्य परायण सत्याग्रही मिल सकेंगे। टीकापट्टी ने बता दिया कि गाँव की भोली-भाली जनता सत्याग्रह-संग्राम में सरकारी स्कूल से निकले छात्रों की अपेक्षा बढ़कर काम कर सकती है।

अस्तु, टीकापट्टी सदर छावनी बनी और श्रीवासुदेव मंडल के संचालन में तब तक जिले का काम चलता रहा जब तक गोकुल बाबू तथा वैद्यनाथ बाबू आदि जेल से न लौट आए। इन लोगों के कृष्ण मंदिर से लौटने पर पुनः प्रबलगति से धरना और बहिष्कार का काम होने लगा। 26 नवंबर को जिले के विभिन्न स्थानों में जवाहर दिवस बड़े समारोह के साथ मनाया गया पर गिरफ्तारी कहीं नहीं हुईं। इसके बाद गुलाब बाग मेला बहिष्कार का आंदोलन खूब सफलता के साथ चला। मेले में नेताओं, कार्यकर्ताओं और स्वयंसेवकों को लाठियों की मार भी लगी। पर इस घटना का प्रभाव इतना पड़ा कि मेला नहीं के बराबर हुआ। इसी प्रकार खगड़ा मेला में भी कृष्ण राय वहाँ पहुँचकर कार्य संचालन करने लगे। सैकड़ों की संख्या में स्वयंसेवक गिरफ्तार भी हुए, पर उनकी संख्या बराबर बढ़ती गई।

धीरे-धीरे सभी कार्यकर्ता जेल से निकल आए और संगठित तरीके पर काम चालू हो गया तथा समझौता होने पर ही काम में रद्दोबदल हुआ।

जिले के 765 व्यक्तियों ने कृष्ण मंदिर की यात्रा की और श्री सुंदर तांतो नामक एक स्वयंसेवक ने आरा जेल में अपने प्राण की आहुति भी चढ़ाई। इस घटना से जिले का सिर ऊँचा हो गया।

इस जिले में यद्यपि संगठित रूप से चौकीदारी करबंदी आंदोलन प्रारंभ नहीं किया गया, पर तो भी दो-बार स्थानीय लोगों ने चौकीदारी देना बंद कर दिया। कुछ चौकीदारों ने इस्तीफा भी दाखिल किया। अररिया के एक दरोगा और एक हवलदार ने भी काम छोड़ दिया।

पूर्णिया के संग्राम में यद्यपि महिलाओं का प्रमुख भाग नहीं है तो भी उनकी सेवा प्रशंसनीय हुई। श्रीमती गोकुल कृष्ण राय ने हजारों रुपए का चंदा वसूल कर कांग्रेस कार्य में मदद पहुँचाई। आपके उदाहरण से श्री पार्वती देवी आदि दो एक अन्य महिलाओं ने भी कार्यों में हाथ बँटाया और महिला समाज

का सिर ऊँचा किया। श्रीमती सत्यवती देवी (धर्मपत्नी, श्रीगोकुल कृष्ण राय) ने चंदा ही नहीं वसूला, लगभग एक हजार की कीमत का अपना आभूषण भी कांग्रेस में दान कर दिया।

सब मिलाकर पूर्णिया का सत्याग्रह संतोषजनक रहा और उम्मीद है कि यदि पुनः संग्राम छिड़ा तो पूर्णिया मातृभूमि को आजाद करने में काफी भाग लिए बिना न रहेगा।

❑

राँची में सत्याग्रह

राँची छोटा नागपुर डिवीजन का एक बड़ा जिला है। इसकी 12 लाख की आबादी में करीब 8 लाख उरांव और मुंडा जाति के लोग हैं। बाकी 4 लाख अन्य सभी जाति हैं। वे उरांव और मुंडा ताना भगत भी कहलाते हैं। जिस समय महात्माजी ने सत्याग्रह शुरू किया उस समय में राँची कांग्रेस कमिटी संगठित भी नहीं थीं। पर कांग्रेस की सूचना पाते ही ताना भगतों में उत्साह आया। श्रीयुत यतींद्र नाथ ठाकुर जिला कमिटी के मंत्री चुने गए और जगह-जगह सत्याग्रही सैनिक भरती करने का भार उन पर दिया गया। स्वयंसेवक भरती होने लगे।

राँची के ब्रह्मचर्य विद्यालय में भी काफी जागृति हुई। यहाँ के छात्र और अध्यापक भी स्वराज्य संग्राम में भाग लेने को तत्पर हो उठे। राँची शहर में श्रीयुत निवारण बाबू का भाषण हुआ, उसी दिन ब्रहचर्य विद्यालय के एक शिक्षक और कुछ छात्र नमक-कानून को तोड़ने के लिए कंठा को पैदल रवाना हुए। इस बात को देखकर सरकार चौंक उठी।

8वीं अप्रैल को राँची से 26 मील की दूरी परी चोरिया ग्राम के बाजार में श्रीयुत नागरमल मोदी के सभापतित्त्व में ताना भगतों की एक विराट् सभा हुई। बहुत से ताना भगत सत्याग्रही सेना में भरती हुए। इसी प्रकार राँची जिले भर में सभाएँ हुईं। राष्ट्रीय झंडे फहराए गए।

पं. जवाहरलाल नेहरू की गिरफ्तारी की खबर पाकर सारे शहर में पूरी हड़ताल मनाई गई। बाद में शीघ्र सत्याग्रह समिति का संगठन किया गया। सभापति डॉ. पूर्णचंद्र मित्र सभापति श्री क्षितिज चंद्र वसु तथा मंत्री श्री देवकी नंदन प्रसाद हुए। श्रीयुत गुलाब तिवारी ने शराब की दुकानों पर तथा डुरंडा मंदिर के पुजारी श्री राम शरण दास ने विदेशी वस्त्रों की दुकानों पर पिकेटिंग कराने का

भार लिया। नमक बनाने की तरकीब जानने के लिए दो भगत पुरुलिया शिल्पाश्रम में भेजे गए। करीब 800 स्वयंसेवक भरती हुए, जिनमें ताना भगतों की ही संख्या सात सौ से ऊपर की थी।

महात्माजी की गिरफ्तारी पर भी शहर में हड़ताल मनाई गई। रात की सभा में भाषण देते हुए आनंद बाबू ने ब्रिटिश शांति शृंखला के नग्नरूप का वर्णन किया। ब्रह्मचर्य विद्यालय के छात्र जुलूस बनाकर सभा में आए थे। वक्ताओं के ओजस्वी भाषणों से जनता पर बड़ा प्रभाव पड़ा।

स्थानीय सरकार ने राँची की राष्ट्रीय जागृति को रोकने का निश्चय कर लिया। 12 मई को बा. नागरमल मोदी को 108 धारा के अनुसार गिरफ्तार कर लिया। उसी दिन पूर्ण बाबू भी गिरफ्तार किए गए। जेल जाते समय पूर्ण बा. ने अपनी पत्नी को जिला कांग्रेस की सभानेत्री नियुक्त किया। जिस स्थान पर कांग्रेस की सभा हुई करती थी, उसको तार से घेरकर सरकारी अधिकारियों ने नोटिस लगा दिया की यह वि.डबल्यू.डी. की जमीन है। इसका नाजायज उपयोग करनेवाला दंड का भागी होगा। अतः पूर्ण बाबू की स्त्री ने उस दिन मोटर और रिक्शा स्टैंड में सभा की। इन गिरफ्तारियों से जनता की सहानुभूति कांग्रेस की ओर और भी अधिक बढ़ गई। बाद में देवकी बाबू भी गिरफ्तार कर लिये गए। अब पिकेटिंग शुरू हो गई। एक महीने के भीतर ही 77 प्रसिद्ध मादक द्रव्यों की बिक्री कम हो गई।

बिना लाइसेंस के जुलूस निकालने और पिकेटिंग करने के कारण ताना भगत भी जेल गए।

16 जून को क्षितिज बाबू भी 144 धारा के अनुसार गिरफ्तार कर लिये गए और उन्हें दो वर्ष की सख्त सजा मिली।

इसी प्रकार जिले के प्रायः सभी मुख्य कार्यकर्ता पकड़ लिये गए, फिर भी ताना भगतों के साहस से कांग्रेस का काम चलता रहा।

इस जिले से लगभग 60 व्यक्ति जेल गए।

राँची में सत्याग्रह का वर्णन करते समय वहाँ के बीरसा आंदोलन का जिक्र किए बिना नहीं रहा जा सकता है। जिसके फलस्वरूप आज राँची के ताना भगत स्वतंत्रता-संग्राम में काफी भाग ले रहे हैं। ऊपर कहा गया है।

पटना झंडा सत्याग्रह का पहला दृश्य

पटना झंडा सत्याग्रह का दूसरा दृश्य

पटना जिले के डिक्टेटर-गण

बाईं ओर श्रद्धेय श्री जगतनारायण, प्रसिद्ध नेता सहजानंद सरस्वती, जगत नारायण बी.एस.सी., श्री गंगाशरणजी, श्रीमती रामप्यारी देवी, श्री कीर्ति नारायण शर्मा

बाबू विफेन बिहारी वर्मा अपने दल के साथ नमक कानून भंग करने जा रहे हैं।

श्री जयनारायण झा विनीत

आप बिहार विद्यापीठ के स्नातक, समस्तीपुर राष्ट्रीय विद्यालय के प्रधानाध्यापक और हिंदी के सुकवि हैं। आप भी राष्ट्रीय कार्य करते हुए 6 मास हुए जेल गए।

बा. विंध्याचल प्रसाद

आप शाहाबाद के प्रमुख उत्साहित कार्यकर्ता हैं, जो गत 10 वर्षों से उस जिले के राष्ट्रीय कार्यों में उचित भाग ले रहे हैं।

श्री सिद्धेश्वरी प्रसादजी

आप शाहाबाद के अग्रगण्य राष्ट्रीय कार्यकर्ता हैं, जिन्होंने कांग्रेस के आदेशानुसार काउंसिल की मेंबरी से इस्तीफा दिया और राष्ट्रीय कार्य करने की सजा भोग चुके हैं।

श्री लक्ष्मी नारायण सिंह

आप बिहार विद्यापीठ के स्नातक और सारन जिले के उत्साही कार्यकर्ता हैं जिन्हें गत सत्याग्रह में जेल की सजा मिली थी।

बा. कपिलदेव नारायण सिंह

आप सारन जिला निवासी हैं जो बेगूसराय सबडिवीजन में राष्ट्रीय कार्य करते हुए जेल गए।

तामिल नाड में सत्याग्रह

(ले. मंत्री तामिल नाड कांग्रेस कमिटी)

मद्रास शहर से

महात्माजी के दांडी यात्रा कर चुकने पर मद्रास शहर के स्वतंत्र संघ (Independent League) के कुछ नवयुवक शहर में सत्याग्रह आंदोलन प्रारंभ करने के लिए प्रचार करने लगे। जब श्रीयुत टी. प्रकाशम ने नेतृत्व करना स्वीकार किया तो सभी नवयुवक उनके नेतृत्व मे काम करने को इकट्‌ठे हो गए। 13 अप्रैल 1930 को आंदोलन बाजाना प्रारंभ कर दिया गया जबकि श्रीयुत प्रकाशम और श्रीयुत नागेश्वर राव के नेतृत्त्व में एक जुलूस निकाला गया जो शहर के मुख्य-मुख्य सड़कों से गुजरता हुआ समुद्र के किनारे पहुँचा, जहाँ हजारों मनुष्यों ने समुद्र के जल को औंट-औंट कर नमक बनाया। नमक-कानून के प्रति दूसरे दिन तोड़ा जाने लगा और यह रफ्तार तब तक रही, जब तक श्रीयुत प्रकाशम और श्रीयुत नागेश्वर राय गिरफ्तार न कर लिये गए। इन दोनों की गिरफ्तारी के बाद सैनिकों ने श्रीमती दुर्गा बाई को अपना सरदार चुना। इसी समय सत्याग्रही सैनिकों का संगठन किया गया और उदयवन में एक शिविर खुला। 25 अप्रैल को 15 सैनिकों का एक जत्था नमक बनाने को पुनः गया। इस जत्थे के ऊपर पुलिस ने लाठियों की वर्षा की जिससे जनता में सनसनी फैल गई। 27 तारीख को समुद्र के किनारे पुलिस की कार्रवाई का विरोध प्रदर्शित करने के लिए एक सार्वजनिक सभा हुई। सभा समाप्त हो रही थी कि पुलिस ने अचानक लोगों पर आक्रमण कर दिया। पुलिस ने गोली भी चलाई। फलस्वरूप हाईकोर्ट के भारतीय वकील श्रीयुत ई.के. गोविंद स्वामी का प्राणांत हो गया। इसी घटना के साथ 144 धारा की नोटिस भी सभी प्रकार की सभाएँ और जुलूसों को रोक देने के लिए निकाली गई। पर इस बात से सत्याग्रही सैनिकों को कानून तोड़ने का मौका मिला। उदयवन के सैनिक सभा कर और जुलूस निकालकर

कानून तोड़ने और पुलिस का अत्याचार आनंद से सहने लगे।

अब मद्रास से 9 मील दूर सोलंगा मातवर में एक दूसरा कैंप श्री सुपाद शंकर ने खोला। यह शिविर सफल शिविरों में से एक निकला, क्योंकि इसके द्वारा ग्रामवासियों में भी सत्याग्रह का भाव प्रविष्ट हुआ। पीछे यह शिविर उदयवन शिविर के ही अधीन कर दिया गया। उदयवन में स्वयंसेवक काफी तादाद में जुटने लगे और प्रांतीय सेवा दल के उपसभापति श्रीयुत ई. कृष्णांगर ने उन्हें ट्रेनिंग देने और उनका अंतरंग प्रबँध करने का भार अपने ऊपर लिया।

श्रीमती दुर्गा बाई के गिरफ्तार हो जाने पर श्रीयुत ई. कृष्णांगर ने आंदोलन का नेतृत्व ग्रहण किया। आप भी अप्रैल ही में 30 सत्यग्रहियों के साथ गिरफ्तार हो गए। उद्यवन शिविर पर पुलिस ने धावा कर दिया और उसमें से सैनिकों को बाहर निकाल दिया। शिविर के सैनिक इस धरना के पहले से ही विदेशी वस्त्र और मादक द्रव्यों की दुकानों पर बड़े पैमाने पर धरना दे रहे थे। वे उदवयन के आस-पास की बस्तियों में भी काफी प्रचार कर रहे थे।

जब श्रीयुत सत्यमूर्ति, जो झंडाभिवादन के समय गिरफ्तार हुए थे छूटे तो इन्होंने विदेशी वस्त्र बहिष्कार आंदोलन में और जोर लगाया। इसी काम से आप जेल भी भेज दिए गए। आपके बाद श्रीयुत भाष्यम् ने नेतृत्व ग्रहण किया और बहिष्कार का काम बढ़ाया। इस समय कोयंबटूर, कांजीपरन आदि स्थानों में धरना जारी था, परंतु शहर में खूब जोरों से बहिष्कार का काम चलाना ही उत्तम समझा गया। इस समय श्रीयुत भाष्यम् और सैनिकों पर लाठियों की बड़ी मार पड़ी। इस घटना ने बहिष्कार आंदोलन में और जोश पैदा कर दिया। पुलिस, जिसकी नीति पहले केवल गिरफ्तारी करने की थी, अब सत्याग्रहियों के ऊपर लाठी आदि से घोर अत्याचार करने लगी। इस अत्याचार को सत्याग्रहियों ने वीरता के साथ सहन किया और उत्साहपूर्वक संग्राम जारी रखा। यद्यपि सैनिकों की संख्या एवं अन्य साधनों मे मद्रास, बंबई की बराबरी में न था, फिर भी महीनों तक जोश के साथ आंदोलन के अंत में कई सम्मानीय महिलाओं ने भी संग्राम में पदार्पण किया और आंदोलन में अजीब शक्ति ला दी। फलस्वरूप उनमें से कितनी गिरफ्तार भी हुईं।

मुफस्सिल में

तामिलनाड कांग्रेस कमिटी के सभापति श्रीयुत पं. राजगोपालाचारी ने महात्माजी की डांडी यात्रा के पश्चात शीघ्र त्रिचनापोली से सौ मील दूर बेदारण्यम के लिए सत्याग्रहियों के एक जत्थे के साथ यात्रा की। इस यात्रा ने बड़ा उत्साह पैदा

किया और जनता के सत्याग्रहियों की सहायता की। पुलिस ने उनके ऊपर मुकदमा चलाया, जिन्होंने सत्याग्रहियों को एक क्षण के लिए ठहराकर चाय आदि से भी स्वागत किया। बेदारण्यम पहुँचकर इन लोगों ने जेलों और लाठियों की परवा नहीं कर नमक इकट्ठा करना आरंभ कर दिया। पं. राजगोपालाचारी गिरफ्तार कर लिये गए तो श्रीमती लक्ष्मी देवी सभापति हुईं। शिविर पर भी हमला किया गया और पुलिस ने अपने अत्याचार से आस-पास में आतंक फैला दिया। इस समय तक वर्षा प्रारंभ हो गई इसीलिए नमक इकट्ठा किया जाना छोड़ दिया गया।

जब मद्रास शहर और बेदारण्यम के शिविर बंद कर दिए गए तो आंदोलन भिन्न-भिन्न जिलों में फैल गया जिनमें मदुरा टिनांली और कोयंबटूर के नाम उल्लेखनीय हैं। केंद्रों में पुलिस ने लाठियाँ और गोलियाँ भी चलाईं। मदुरा टिनावली आदि स्थानों से स्वयंसेवक मद्रास शहर और वेदारण्यम् शिविरों में भी भेजे गए।

मद्रास और तमिलनाडु दोनों में कुल 2500 से 3000 तक सैनिक काम में लगे थे। तामिलनाडु बहिष्कार समिति गैर कानूनी भी करार दी गई थी। पुलिस का अत्याचार भी अन्य स्थानों से यहाँ कम न हुआ। यहाँ एक कांग्रेस हॉस्पिटल भी कायम हुआ, जिनमें घायल सैनिकों का उपचार हुआ करता था। इसे काफी सफलता भी मिली।

सत्याग्रह के प्रारंभ के समय एक प्रांतीय स्वदेशी लीग की स्थापना हुई थी, इसने अपने प्रचार द्वारा आंदोलन के लिए वातावरण तैयार करने में बड़ी सहायता पहुँचाई।

तमिलनाड ने गत सत्यग्रह संग्राम में अपना जो कर्तव्य पूरा किया है, उसपर यह यथार्थ गर्व कर सकता है।

❑

हृदय के टुकड़े

कविवर मोहन लाल महतो गयावाल 'वियोगी' कविरत्न

चला, देखना बँधु! सुमन मुरझाने जरा न पावें।
चला, देखना बँधु! मधुप उपवन से कहीं न जावें॥
चला, देखना बँधु! तुनुक डाली पर नीड़ बना के।
ये मेरे अल्हड़-विहंग पीछे न कहीं पछतावें॥
सखें! सींचना नयनों की झारी से इस बारी को।
सीतल करते ही रहना नन्हीं-नन्हीं क्यारी को।

\+ + + +

चले, सखे! फूलों में क्या है हम काँटों का काम।
फूलो-फलो हमारे धन है 'निर्धन के धन राम'
तुम मधुमय-यौवन के हो यौवन मधुकरके प्यारे।
हो विश्वास-अनिल के ऊषा के नयनों के तारे॥
हमें भूल जाना पर 'अपने ही हैं इतना याद रहे।
हम तो चले तुम्हारी यह प्यारी क्यारी आबाद रहे॥

\+ + + +

भूल न जाना सखे! वही हैं—पतझड़ के निश्वास।
भूल न जाना सखे! वही हैं—गत यौवन का हास॥
भूल न जाना सखे! वही हैं—गोपन पहला प्यार।
भूल न जाना सखे! वही हैं—असफल विरहोच्छ्‌वास॥
उषा:काल के हैं प्रदीप-हम सखे! भूल मत जाना।
बाँहें गहे की लाज मीत मलयनिल! सदा निभाना॥

❑

जागरण

श्री कामश्वर शर्मा, 'कमल'

(१)

जाग, यौवन–विप्लव शृंगार।
विश्व बँध–गौरव स्वदेश के, उठ रे शेर नवीन !
कफन बाँध बढ़नेवाला जग, भारत अर्वाचीन!!
मातृ मंदिर में हुई पुकार!
जाग, यौवन–विपुल–शृंगार!!

(२)

जाग, रे बल–पौरुष–विज्ञान!
समर–शिखा में लाख–लाख निज प्राणाहुतियाँ डाल,
लाल लाल नर–मुंडों से भर दे भूतल का थाल,
उड़ा दे नभ में नवल–निशान॥
जाग, रे बल–पौरुष–विज्ञान!!

(३)

जाग, रे जाग, शहीदा खून!
खौल कुँवर का रक्त पुराना ले–ले तप्त हिलोर।
जग, यतींद्र–से लाल वीर माता के कई करोड़॥
गिरें पग–पग पर शीश–प्रसून।
जाग रे, जाग शहीदी खून॥

(४)

जाग, रे भूखा–प्यासा देश!

नस–नस में चिनगारी भरकर, तन–मन में तूफान।
कायरता का हृदय चीरकर ज्वालामुखी—समान॥
प्रकट कर प्रकट शक्ति अवशेष!
जाग रे, भूखा–प्यासा देश!!

(५)

जाग, रे जीवन के कंकाल!
प्राण–हीन, मूर्च्छित–से, अजर, जीर्ण–शीर्ण–शृंगार
फिर से शीघ्र सजा ले भर के सबल शौर्य की धार
खोल उठ, खूनी आँखें लाल॥
जाग रे, जीवन के कंकाल॥

❑

सत्याग्रही वीर

(श्री उमेश चंद्र प्रसाद 'ईश' समस्तीपुर)

कौन हैं ? इस नवरण प्रांगण के अलबेले मस्ताने हैं।
नस–नस में है व्याप्त शूरता देश–प्रेम दीवाने हैं॥
अपनी धुन के पक्के हैं बस आजादी के चेले हैं।
दु:ख के तुफानों में इन ने खेल अनेकों खेले हैं॥
सहन शक्ति की मूर्ति अमर आत्मा के अमर पुजारी हैं।
जगती को आदर्श दिखाने को ये नवयुग कारी हैं॥
रिपु के ह्दयस्थल में भयंकर उपजानेवाले हैं!
सत्याग्रह रण विजयी तो कुछ ऐसे ही मतवाले हैं॥
केवल हिंसा रहित अस्त्र का ये प्रयोग दिखलाते हैं।
तो भी रिपु के प्रलयंकर शस्त्रास्त्र व्यर्थ हो जाते हैं॥
अब देखो ये विजय पताका हममें जो फहराते है।
रिपुकुल के मुख हारकालिमा लगी हमें बरताती है॥

❑

ये छत्तीस करोड़ बनेंगे पुनः अमर अवतार

हैं कंकाल हुए तो भी है जीवन इनमें शेष।
बदले बहुत तदपि इन में है शेष आर्य के वेष॥
वे ही सुधा सरोवर वे ही हैं विभूति भंडार।
करना है कुछ तो करना है केवल जीर्णोद्धार॥1॥
करना होगा आत्म–क्षेम–क्षमता विस्मृति संहार।
करना होगा नयनों बयनों में स्फुलिंग–संचार॥
भरना होगा उष्ण रक्त का तन में तीव्र प्रवाह।
भरना होगा स्वत्त्व प्राप्ति का नस–नस में उत्साह॥2॥
ये जिनको पहचान उठेंगे जभी स्कंध में स्कंध।
जोड़ युद्ध में जुड़ जाएँगे तोड़ रूढ़ि प्रतिशोध॥
होने लग जाएगा जग को महा प्रलय का त्रास।
कर न सकेंगे शोषित शोषक खल दल और विलास॥3॥
झंझा के झोंके से इनकी भृकुटि भंगिमा देख।
पावक के पारद सी रह सकती न अनघ की रेख॥
ज्योति जाल में बदल जाएँगे पार तम तार।
ये छत्तीस करोड़ बनेंगे पुनः अमर अवतार॥4॥

पं. जयनारायण झा 'विनीत'
विद्यालंकार विशारद

❑

सांत्वना

विश्व-विजय की भेरी।
अरी अंब! क्यों आकुल होती शीघ्र बज चली तेरी॥
विश्व-विजय की भेरी॥
कर देने को समुद समर्पण, समर-अग्नि में प्राणः
होड़ लगाए अड़ी-खड़ी है, तेरी सब संतान॥
भाग्य-सूर्य अब उदय हो चला, मिटकर रात अंधेरी॥
अरी अंब! क्यों आकुल ॥
विश्व-विजय की भेरी॥
माया-ममता का न रहा है, कुछ भी चित में लेश;
एकमात्र मर-मिटना ही है, सबका अब उपदेश।
तेरी अविरल गुण-गरिमा को गा-गा देती फेरी॥
अरी अंब! क्यों आकुल ॥
विश्व-विजय की भेरी॥
तोड़ चुके मोरचा अनेकों, अब अंतिम संग्राम;
आ झटका है कर-बंदी पर, नगर-नगर डगर-गृह-ग्राम;
वीर बारदोली बन जाने को, उद्‌यत है अपि री॥
अरी अंब! क्यों आकुल॥
क्यों न साधना सफल बनेगी, गांधी-सा कप्तान;
जब है साथ हमारे, निश्चय रिपु-दल स्पार-सम्मान;
भागेंगे अवश्य ही भागेंगे, न अधिक है देरी॥
अरी अंब! क्यों आकुल होती,
शीघ्र बज चली तेरी।
विश्व-विजय की भेरी।

—विप्लवी श्रीकामेश्वर शर्मा 'कमल'
'साहित्य-भूषण', 'कविरत्न'

❑

युवक-धर्म

कलियुग नहीं कर्म युग है यह क्रांति कर्म करना है धर्म।
भव्य-भावना से प्रेरित ही बलि चढ़ जाना ही है कर्म॥
विषम वेदना की उठ-उठकर देखो ये उत्ताल तरंग।
विकल कर रही है जगती को शिथलित हैं इसके प्रयत्त्यंग॥
फैल रही है आज चतुर्दिक् अंतर्जग की भीषण आह।
कर देगा जल मग्न विश्व को नयन नीर का प्रबल प्रवाह॥
करने का कल्यान विश्व का हँस-हँसकर होना बलिदान।
युवक-जगत का धर्म यही है—कर्म यही है आज महान्॥

—श्री भगवान् मिश्र 'निर्वाण'

❑

बंबई के प्रसिद्ध नेता मिस्टर के. एफ. नारीमैन

कराँची कांग्रेस पंडाल का दृश्य

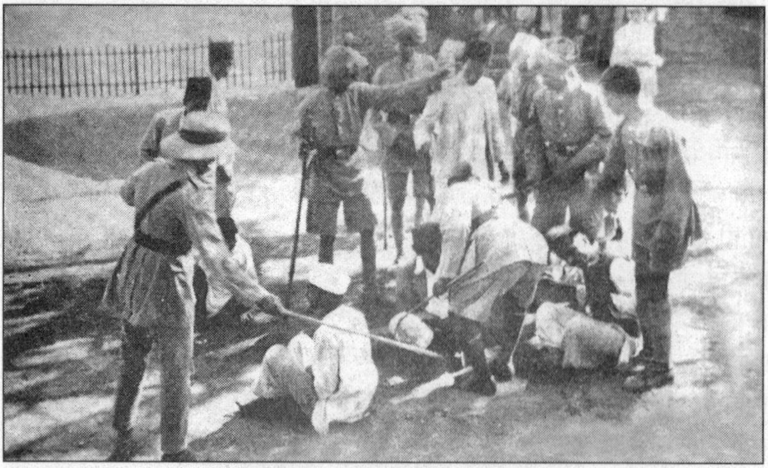

बंबई सत्याग्रह का एक दृश्य। पुलिस की लाठियाँ काम कर रही हैं।

बिहार के वीर बाँकुड़े

राजबंदियों की नामावली

गत सत्याग्रह समर में जिन लोगों को कैद की सजाएँ हुईं उनकी पूरी नामावली प्रकाशित करने की हमारी उत्त्कट इच्छा थी। हम जानते हैं कि हमारा सत्याग्रह विशेषांक इन वीरों की नामावली के बिना अपूर्व रह जाएगा। इसीलिए जहाँ तक संभव हुआ है हमने भिन्न-भिन्न सूत्रों से वीर सत्याग्रहियों के नाम इकट्ठे किए हैं। क्या ही अच्छा होता है कि हमारी यह सूची पूरी होती और सबके नाम इसके अंदर आ जाते; मगर हमें भय है कि कई जिलों की सूची पूरी नहीं हो सकेगी कारण है कि कई जिलों में तो सिल-सिलेवार सूची रखी ही नहीं गई हैं और कितने जिलों से तो पूरी मिल भी न सकी हैं। फिर भी जहाँ तक संभव हुआ है हम सकंलित नामावली प्रकाशित कर रहे हैं। हम जानते है कि ऐसा करके हम उन वीरों के प्रति अन्याय कर रहे हैं, जिनके नाम छूट जाते हैं मगर हम उन्हें विश्वास दिलाना चाहते हैं कि यदि संभव हुआ बचे हुए लोगों की नामावली मिलते ही हम उसे 'महावीर' के साधारण अंकों में सहर्ष प्रकाशित करेंगे। (संपादक)

पटना जिला

सर्वश्री सरदार जगत नारायणलाल, कीर्ति नारायण सिंह, स्वामी सहजानंद सरस्वती, गेंदा सिंह, नथुनी गुप्त, शिवनंदन गुप्त, रामेश्वर प्रसाद वर्मा, स. मंत्री जिला कांग्रेस कमिटी, रामानुग्रह सिंह, भवानी प्रसाद, शिवनंदन हलवाई, गोपीनाथ तिवारी, रामनंदन सिंह, राधेश्याम, युगेश्वर प्रसाद, शीतल सिंह, सुरेशचंद्र वर्मा, रामेश्वर सिंह, मुरारी शर्मा, अंबिका प्रसाद, रामलखन सिंह, रामप्रसाद अग्रवाल, सीता राम शरण, हरि प्रसाद, कारू पांडेय, रघुलाल, रामस्वरूप शर्मा, रामबुझावन शर्मा, विलटू महतो, मधुसूदन सिंह, हरखू सिंह, चंद्रिका महतो, जगत नारायण बी.एस.सी., अनंत मिश्र, बाँके बिहारी गुप्त, अनंत सिंह, रामबाबू साहु, कामेश्वर

शर्मा, देवकीनंदन शर्मा, परमेश्वर लाल, गया प्रा. सिंह, महीप नारायण सिंह, शिवशरण सिंह, राधिका सिंह, रामदयालु पाशमान, रामा बल्लभ चतुर्वेदी, विकाउ सिंह, बलदेव राम, लक्षुमन सिंह, योघा गोप, ब्रह्म सिंह, रामलोचन सिंह, भुवनेश्वर सिंह, संत ठाकुर, रामबहादुर लाल, गोपीलाल गुप्त, सूरजमल गुप्त, अवध बिहारी सिंह, दयानंद सिंह, सर्वा सिंह, हरदेव सिंह, न. हरदेव सिंह नं. 2, महराज शरण मिश्र, रामचंद्र शर्मा, कुंडल सिंह, मुलुकआजाद सि., परशुराम सिंह, श्यामबिहारी प्रसाद सिंह, बच्चन शर्मा, राममुद्रिका प्रसाद सिंह, द्वारिका महतो, पं. कपिलदेव शर्मा, गोकुल लाल, जटन सिंह, कारु महतो, लक्ष्मी सिंह, पं. टुन पांडे, ईश्वर दास, पं. सिंहेश्वर पांडे, रामस्वरूप सिंह, भगवत सहाय, कामेश्वर सिंह, लालजी साव, परमेश्वर सिंह, मथुरा प्रसाद, ठाकुर सिंह, देवशरण माली, रामजी हलवाई, रामकृष्ण शर्मा, महेंद्र प्रसाद सिंह, श्याम नंदन सिंह बी.ए., चंद्रिका सिंह, गया सिंह, देवकी सिंह, युगेश्वर सिंह, लखनदेव सिंह, वासुदेव सिंह, राजनाथ सिंह, जगदीश प्रसाद सिंह, रुद्रनारायण सिंह, गजाधर प्रसाद सिंह, करवोला सिंह, हरकेश्वर सिंह, केदार प्रसाद सिंह, सोमर सिंह, नाथो सिंह, चंद्र प्रसाद सिंह, श्री नारायण सिंह, सियाराम सिंह, नारायणलाल, रामनंद सिंह, शिवधारी सिंह, बंसी राम, राम बालक सिंह, श्रीमती रामप्यारी देवी लालजी प्रसाद सिंह, रामकेश्वर महतो, रामा शाव देवकी मुशहर, हरिहर राम, मुखलाल सिंह, हरंगी साव, उमाकांत शर्मा, केदार नाथ सिंह, बिहारी सिंह, रामकिसुन दास, वटन शर्मा, सीताराम पांडे, राशमणी, रामनंदन सिंह, ब्रह्मदेव नारायण त्रिवेदी, रामचरित्र सिंह, रामसिंह, रामलखन सिंह, जगतनारायण सिंह, चतुर्गुण, हलखोरी राम, रोहन सिंह, सजीवन सिंह, कुँवर भरत सिंह, मंगलू दास, कामेश्वर शर्मा, 'विप्ल्वी कमल', केदार सिंह, रामेश्वर सिंह, ब्रह्मदेव नारायण सिंह, ज्वाला प्रसाद मारवाड़ी, चंद्रमणि प्रसाद सिंह, शिवप्रसाद गुप्त, नरसिंह नारायण सिंह, बंशी लाल, रामचंद्र सिंह, छैछू सिंह, थारू महतो, अंबिका उपाध्याय, जगत नारायण सिंह, नथुना लाल, योधन सिंह, हरिहर सिंह, ददबार सिंह, ब्रजकिशोर मिश्र, मिश्री भगत, श्रीमोहन, अयोध्या पांडेय, सिद्धेश्वर सिंह, केशो बरई, अयोध्या पांडे, नारायण मुख्तार, कामता नाथ त्रिवेदी, पं. केशव प्रसाद मिश्र, प्यारे सिंह, रामवृक्ष सिंह, वासुदेव सिंह, लक्ष्मीनारायण सिंह, कुनकुना सिंह, यदुनंदन सिंह, सीताराम साहु, काली सोनार, लक्ष्मी नारायण, स्याम बनिया, राम खेलावन राय, श्रीस्मेलर, देवनंदन सिंह, सुखराम बनिया, जयनारायण माहुरो, फौजदार कहार, वासुदेव कानू, राम खेलावन सिंह, भुगेलू, हनुमान माहुरी, झूलन साहु, वासो सिंह, शिवशंकर गिरि, यमुना सिंह, हृदय नारायण सिंह, अवध कुमार सिंह, जगन्नाथ

शर्मा, हीरालालजी, हरिहर महतो, रामप्रसाद शर्मा, 'प्रेमी' सुरेंद्र शर्मा, रामचंद्र शर्मा, विंधेश्वरी शर्मा, रामावतार शर्मा, शिवजानकी शर्मा, गनौरी सिंह, चंद्र माधव सिंह, महावीर सिंह, कपिलदेव सिंह, शिवनंदन सिंह, शिवनंदन तीर्थ, सहदेव सिंह, जगेश्वर पांडे, सुखदेव महतो, ठाकुर महतो, महावीर पुरी, गोखुल हलवाई, गोखुल पाशवान, योगेन्द्र तमोली, सुखू साहु, बदरी साव, दाहुलाल धानुक, माधो सिंह, जगदीश पांडे, गीता प्रसाद, हजारी सिंह, मो. कासीम मियाँ, कुमर सिंह, काशी प्रसाद, वासुदेव साहु, बुद्धन दास, रामदास सिंह, महावीर गोसाई, शिवनंदन पांडे, मीतलाल, गोप, रामलक्षण सिंह, सौखी सिंह, ठाकुर सिंह, ठाकुर बसंत सिंह, रामप्रताप सिंह, बसंत सिंह, लक्ष्मी सिंह, पं. दामोदर शर्मा, रामाशीश सिंह, रामाधीन सिंह, लक्ष्मीचंद्र बोध, नारायण सिंह, मथुरा प्रसाद जाएसवाल, रामनाथ राउत, वासुदेव गिर, मुनि सिंह, कामता प्रसाद सिंह, जगदेव शर्मा, जुल्मधारी शर्मा, सत्यदेव शर्मा, शिवरण शर्मा, विष्णुदेव शर्मा, देवनंदन शर्मा, नारायण शर्मा, व्यास सिंह, पं. अमिताभ त्रिवेदी, देवा सिंह शर्मा, अयोध्या शर्मा, रामशरण पांडे, वासुदेव महतो, रामप्रसाद मिश्र, रामलगन सिंह, ब्रह्मा सिंह, चंद्रिका सिंह, रामस्वरूप राम, सत्यनारायण प्रसाद, सरयू ओझा, राम रक्षा सिंह, बद्री हलवाई, सिंह, माधव राय, रामचंद्र राय, राधेकृष्ण, राधेश्याम, लेखा साव, मोहन राम, चमारी तांती, शिवपूजन पांडेय, नारायण सिंह, यदुनंदन प्रसाद, चिंतामणि राय, कामेश्वर पांडे, सुखदेव राय, जगदेव राय, छोटन राय, बुलाकी लाल, शीतल प्रसाद जगदैव महतो, जगंनाथ साव, रामलगन सिंह, रामवृक्ष सिंह, तेतर सिंह, जगदम प्रसाद, खूबलालजी, मदन लाल, महंत रामदासजी, बिंदा हलवाई, हीरा हलवाई, मो. हसन आरजू, रघुनी सिंह, राधेश्यामजी मोती हलवाई, लवण हलवाई, दिवाकर शर्मा, जगदम प्रसाद, माधो प्रसाद, हरवंश प्रसाद, पदुम प्रसाद, ब्रह्मदेव हलवाई, जगंनाथ प्रसाद, गंगा शर्मा, अयोध्या प्रसाद, मौजी प्रसाद, बाबू लाल प्रंसाद, रामप्रसाद सिंह, बदरी प्रसाद, रामचंद्र प्रसाद, भागो हलवाई, नारायण प्रसाद, प्रयाग प्रसाद, चमरू शर्मा, द्वारिका शर्मा, हरिलाल, बचावन सिंह, सिया शरण सिंह, जागोलाल, अक्षयवट प्रसाद, रामजी शर्मा, बाबूलाल सोनार, सरयुग शर्मा, सिंहश्वेर प्रसाद, अखिलदेव नारायण सिंह, महावीर प्रसाद सिंह, आदित्त्य प्रसाद सिंह, शिवधारी सिंह, जगदंबी प्र. सिंह, कामेश्वर प्रसाद सिंह, बिजली प्रसाद सिंह, लड्डू सिंह, रामखेलावन सिंह, रामजी सिंह, रुक्मिणीशरण सिंह, आँधी सिंह, महासिंह, अच्छे सिंह, सीतराम सिंह, मथुरा प्रसाद सिंह, बुलकी गोप, केदारनाथ पाठक, गयालाल, धर्म लाल, सरयू सिंह, देवकी सिंह, अंबिका तिवारी, रामजी शर्मा, जानकी प्रसाद, रामकृष्ण दास, केशो प्रसादजी

वकील, कन्हैया प्रसादजी, मो.ख्तार, सिंहेश्वर सिंह, दयानंद मिश्र, चंद्रिका सिंह, दहारी राम, सुखारी महतो, रामप्रसाद सिंह, सुंदर शर्मा, गोवर्द्धन साव, राधेकिसुन सिंह, जनक सिंह, जगदेव सिंह, शिवालाल, गोसाई महतो, गणेश महतो, रामलखन पांडे, बेचन सिंह, रागवृंद सिंह, रामवरन सिंह, रामप्रीत सिंह, ब्रह्मदेव सिंह, मुद्रिका सिंह, सिधेश्वर सिंह, डोमन साहु, बदरी प्रसाद, रामप्रसाद राम, चंद्र शेखर शर्मा, रामकृष्ण, त्रिवेणी प्रसाद शर्मा, गौरी प्रसाद शर्मा, रामधारी प्रसाद शर्मा, प्रयाग राम, हरिदेव महतो, हरिहर महतो, राम महतो, गर्भू महतो, मिश्री राउत, गुलेश्वर महतो, मिता सिंह, रामफल सिंह, रामजी प्रसाद, झौरी महतो, मुरली धर सिंह, गनौरी साव, देवनाथ राम, बदरी राम, गनौरी सिंह, लालधारी सिंह, मुसाफिर सिंह, चंद्रिका सिंह, राम स्नेही सिंह, रामप्रताप लाल, परमेश्वर सिंह, बच्चू सिंह, गौरी सिंह, रामधीन सिंह, प्रयाग महतो हरदेव महतो, बेनी सिंह, लालकिसुन साव, तुलसी मिस्त्री, दुर्गा महतो बाल गोविंद साहु, किशोरी दास, हीरा महतो, नारायण दास, मथुरा प्रसाद सिंह, चंद्रिका सिंह, नंदु महतो, बाबू लाल साह, हरिनंदन पांडे, हरिदेव सिंह, रामेश्वर महतो, बलदेव सहाय, भगवान्धारी सिंह, श्यामसुंदर साह, रामेश्वर सिंह, रघुनंदन साह, भगवान् तिवारी, हरिश्चंद्र शर्मा, साधु शरण सिंह, रामस्वरूप सिंह, बाबू लाल पांडे, रामफल द्साद, सुरुप लाल, ईश्वर पांडे, कमर सा रामकेवल तिवारी, जयप्रकाश सिंह, भल्लू महतो, ब्रह्मदेव सिंह, महाराज शर्मा, नंद किशोर प्रसाद, गोपीनाथ गुप्त, डोमा साहु, सिदेश्वर प्रसाद, मुन्द्रिका सिंह, चंद्रिका सिंह, विंदेश्वरी सिंह, राम नंदन प्रसाद सिंह, नंदा प्रसाद सिंह, बलदेव महतो, रामवृक्ष शर्मा, हरनंदन सिंह, रामस्वरूप सिंह, राम सरीकन सिंह, कुँवर महतो, कामेश्वर प्रसाद, गिरगिट पांडे लक्ष्मी सिंह, जमुना सिंह, भगवान् सिंह, रामदेव सिंह, गौरी महतो, हरनाथ सिंह, रामनारायण तंबोली, किशोरी लाल, ज्वाला प्रसाद, भरत सिंह, किशोरी साव, रामसेवक लाल, शीतल प्रसाद सिंह, सहदेव सिंह, उदितनारायणलाल, रामचंद्र प्रसाद बनिया, मुन्ना लाल, देवलाल सिंह, रामचरण लाल, इसरी महतो, गुरुसहाय महतो, मेदनी महतो, हनुमान दास, दयाली महतो, ईश्वरी प्रसाद, गुलेश्वर प्रसाद, सींगशरण, बुलांकी सिंह, बाबू लाल, सूर्यदेव, श्री ईश्वर, रासफल दुसाध, दलपत शर्मा, श्री मुनेश्वरी, हरिश्चंद्र शर्मा, भगवान् पांडे, जगनारायण शर्मा, अनंत शर्मा, सीता राम सिंह, किशोरी शर्मा, हजारी दुसाध, रामगुलाम सिंह, देवकीनंदन सिंह, नथुनी पांडे, लक्ष्मीनारायण आर्य, केशवलाल, मंगल गोप, रामेश्वर सिंह, रामदास, अनूप सिंह, शिवशंकर गिरी, मथुरा सिंह, गया सिंह, वेदाराम तमोली, रघुनंदन महतो, वासुदेव महतो, सत्यदेव सिंह, जगेश्वरी ठाकुर, धर्म सिंह, बालगोविंद सिंह,

हरिसिंह, बैजनाथ महतो, सरदार गंगाशरण सिंह, हीरा सिंह, बेसलाल सिंह, लखपति सिंह, बृजनंदन सिंह, बेरादर सिंह, कौलेश्वर सिंह, हरिहर सिंह, शिवनंदन महतो, शिब्बू नारायण सिंह, नारायण महतो, राम गुलाम सिंह, विष्णु हलवाई, रामकिशुन तांती, भत्तू तांती, कलर मिश्र, ईश्वरी महराज, मुंशी जमादार, रामलषण, बाबू राज सिंह, त्रिवेनी प्रसाद, मन्नू सुनार, जयराम जन्नू, दुसाध, मोतीलाल, नंदकिशोर प्रसाद, गणपति, रामजी, निरंजन प्रसाद, धनपति टुनटुन शर्मा, वृक्ष पांडे, मुन्नी साव, द्वारका सिंह, रामवरण शर्मा, मन्नू साव, द्वारिका सिंह, बंगाली सिंह, युगल महतो, हीरा लाल, मौलाना सैयद हसन सज्जाद, ब्रह्मदेव सिंह, महाराज प्र. पांडे, हजारी दुसाध, तुलसी गोपू, हरिकृष्ण तिवारी, अनुग्रहित गोप, महावीर सिंह, सुदेश्वर पांडे, रामन्नजु शर्मा, ढ़ालूं शर्मा, संत लाल, इंद्रदेव सिंह, राम दास प्र., हर लाल महतो, लखन महतो, मोहन लाल सिंह, सिया शरण सिंह, ब्रह्मदेव लाल, रामेश्वर सिंह, पुपन पांडे, मुनीश्वर दयाल, टीपन सिंह, बृजरंजन सिंह, बिंदेश्वरी प्रसाद गंगाराम, हारो महतो, बनवारी, प्र. महावीर, प्र. शिवनंदन सिंह, सुगंबर सिंह, जगत सिंह, जगेश्वर ठाकुर, सहदेव सिंह, शिवनंदन महतो, जानकी राम, सुरेस सिंह, मधुसूदन लाल, सुखु सिंह, बालकिशुन सिंह, नोखू महतो, रामचंद्र जी नायक, अक्षेवर सिंह, रामानंदन सिंह, दुखित सिंह, राधो शरण, रामप्रसाद, जनक सिंह, राची सिंह, रामतवक्या सिंह, अंबिका सिंह, भोला बनिया, जीतन सोनार, योधन महतो, वासुदेव राम, वासुदेव महतो, राम चरित्र सिंह, मदसूदन तिवारी, अयोध्या प्र. लखनसिंह, जयलाल, द्वारका सिंह, पुष्कल पांडे, रामजी साव, रघुनाथ साव, जलाधारी सिंह, त्रिवेणी सिंह, फकीरी साव, कीरीत साहु, कुँअर सिंह, बलदेव मिश्र, अमीर सिंह, हजारी हलवाई, महादेव रूढ़ी, जगेश्वर सोनार, लछू हलवाई, गणेश हलवाई, गंगा प्रसाद, नुनु प्रसाद, खयाली सिंह, जगदंबी प्रसाद, सखीचंद हलवाई, भागो लाल, अंबिका प्रसाद, हरवंश सिंह, बाबू लाल सोनार, हरिनारायण सिंह, अंबिका सिंह, द्वारिका महतो, चंद्रपति प्रसाद, मेघू प्रसाद, विश्वनाथा शर्मा, रामबुझावन सिंह, प्रिया शरण सिंह, डॉ. रघुराज सिंह, हरिनंदन साह, बैजनाथ सिंह, रामदेव सिंह, बाँके लाल, ब्रह्मदेव सिंह, रामहरि सिंह, लाल किशुन, रामगुलाल सिंह, रघुनंदन सिंह, बुलकुन माली, छोटू साव, शिवधर प्रसाद, समली प्रसाद, महादेव सिंह, गुरुप्रसाद सिंह, दशरथ सिंह, बाली तांती, वीर बहादुर सिंह, गंगा सिंह, हीरा सिंह, रामचंद्र प्रसाद, ब्रज बिहारी सिंह, वंशलोचन प्रसाद, बालो सिंह, रामविनादे शर्मा, रामचरित्र खत्री, जगंनाथ शर्मा, कीर्तिभगत, विष्णुदेव शर्मा, राम नरेश शर्मा, जयराम भगत, देवकी नंदन, चंद्रशेखर प्रसाद, बंशरोपन सिंह, कैलाश सिंह, महादेव माली, गंगा प्रसाद, रामावतार सिंह, नूर पंडित,

धर्म सिंह, रामशरण सिंह, राम विलास सिंह, कुँअर सिंह, ब्रह्मदेव सिंह, जगननंदन सिंह, गंगा सिंह, परमानंदजी यदुनंदन सिंह, राम लखन भगत, गुलाब प्रसाद, दीपनारायण सिंह, मुन्नी लालजी, कैलाश सिंह, मंगल दास, राज कुमार सिंह, सेवक सिंह, शिवनंदन महतो, मुन्ना सिंह, जय साव, लक्ष्मण महतो, सोहराम पंडित, रामवृक्ष सिंह, सकलदीप सिंह, श्याम लाल, वजीर सिंह, जुंगी सिंह, बाबू लाल सिंह, नवल किशोर सिंह, जगनारायण सिंह, गनौरी सिंह, लक्ष्मी नारायण सिंह, भगवत सिंह, बुझावन दुसाध विष्णु हलवाई, राम किसुन ततमा, राम खेलावन नोनिया, राजा सिंह, फगुनु नोनियाँ फलर पांडे, गया सिंह, बृजबिहारी सिंह, बाबू छोटू लाल, डॉक्टर साहब, रामवृक्ष सिंह, गोवर्धन लाल, विष्णुदेव शर्मा, बाँके बिहारी सिंह, राशीमयी, लक्ष्मी सिंह, रमेशच्रंद्र सिंह, जीतेंद्र शर्मा, मंगरू गोप, दुलार गोप, देवनारायण सिंह, बेनी माधव तिवारी, हरिनारायण सिंह, द्वारका सिंह, रामविलास सिंह, रामलगन सिंह, राजेंद्र प्रसाद, रज्जजू प्रसाद, दमड़ी सिंह, अनूप सिंह, महीवन सिंह, रामवतार सिंह, रामगोविंद सिंह, लाल सिंह, रामचंद्र सिंह, माही सिंह, फारूकासिंह, देवनारायण सिंह, रामपलक सिंह, बखोरी पंडित, बिंदुल सिंह, मल्लू साव, पूरन देव शर्मा, राधे सिंह, हरिहर महतो, दीपनारायण सिंह, सर्वश्री पं. सुरेंद्र शास्त्री, लालजी, श्यामनारायण, संतोषी सिंह, रामदेव सिंह, पारसनाथ सिंह, प्यारेलाल, डीलु साह, रामनारायणलाल, बदरीनाथ, लखनदेव सिंहजी, सिवनंदन सिंह, जुगल सिंह, कमलेश्वरी पांडे, अमरनाथ, देवकी सिंह, गौरीशंकर, राधिका प्रसाद, सुरेश मिश्र, मुसाफिर सिंह, हरदेव सिंह, देवकीनंदन सिंह, रामधनी सिंह, खेदबराय, जगतराम, आनंदी राम, रामपति, रामवृक्ष, जयाभागिरथ, भगवत राय, सीताराज सिंह, रामवृक्षराम, नारायण भगत, त्रिवेनी प्रसाद, बनवारीजी, शिवनाथजी, बेरामड़ी, देवनारायणजी, जागोराम सुख लाल महतो, हरिद्वार महतो, रामस्वरूप देव, मुंशी, ब्रह्मोधानक परमेश्वर नारायण, शिवनारायण सिंह रामदास, रामचंद्र प्र. बासुदेव, जलधर प्र., बिहारी गोप, रामखेलावन कसेरा, जगरनाथ, करोरा, कमलेश्वर कसेरा, चंदर कसेरा, मोहन कसेरा, मंगल कसेरा, डीमन कसेरा, किशोरी कसेरा, गुरुचरण, सुखुगोप, लल्लू गोण, रामलखन राय, रामचंद्र आर्य, उदासी साधु, गुलटेन, जनकधारी सिंह, नंहकराय, बंगाली, स्वामी बिरवल, दास देवी लाल, परमेश्वर लालजी, गयाकिसुनलाल, गोपीलाल, महाबीरलाल, प्रसादलाल, गोविंद गोप, बाबूलाल, केदारनाथ वर्मा, छट्टू सिंह, जानकी सिंह, हीरा सिंह, चंद्रशेखर प्रसाद, रामलोभित तिवारी, राम पदार्थ सिंह, निकाल सिंह, झरीलाल साह, प्रताप राम, जुगुल सिंह, गोकुलेश्वर प्रसाद, द्वारका प्रसाद, वासुदेव, किसुनदेव, विद्या तिवारी,

दासोजी, चूड़ामणिजी, नंदलालजी, अंबिका कांत सिंह, सीताराम सिंह, हरिहर सिंह, झूमक, विक्रम राम, रामचंद्र प्र.जी, गिरधरमणि वर्मा, खदेरन महतो, जतन रायजी, आनंदीजी, रामवृक्ष ओझा, बुझावन लाल, छोटे पंडित, शिवनंदन सिंह, यमुना सिंह, भगवान् दास, रामसुंदर लाल, गेंदा राम, रामविलास राम, असमान सिंह, सुखदेव महाराज, ब्रह्मदेव, रामेश्वरलला, वसंतू सिंह, लखन लाल, वशिष्ट, लाल बाबू, बुलकन, रामखेलावन, रामचंद्र, द्वारका रामऔतार, लक्ष्मी, बजरंगी, तुलसी, दुरगी, नारायणलाल, सीताराम, जयकिसुन, गोपी, गोविंद, बलदेव, रामप्रसाद डोमन, भगत परमेश्वर सिंह, श्रीमती विंध्यावासिनी देवी, रामकृपाल सिंह, रामदास, महावीर सिंह, यदुनंदन सिंह, परमेश्वर सिंह, आनंदमोहन दास, गोपाल शरणजी, कैलाशपति, रघुनंदन प्रसाद, मुन्नीलाल, विभूतिभूषण भट्टाचार्य, जगत प्रसाद, प्यारे मोहन प्रसाद, महिमा शरण, भगेरू चौधरी, टन्नू मियाँ, लालजी राम, बेरारद सिंह, सुदर्शन सिंह, लालजी प्रसाद, राजकिशोर, लक्ष्मीनारायण, चंद्रशेखर तिवारी, रामनाथ, दानी सिंह, करोड़पति सिंह, गोविंद शरण, नगीना सिंह,जीवन पांडे, केशसरी नंदन पांडे, टगडलसाह, महावीर दरजी, मिसरी लाल, बंशी पंडित, भुवनेश्वर सिंह, राम धनी सिंह, लाली महतो, कमलेश्वरी प्रसाद, रामकिसुन, रामदयालु महतो, पधकोड़ी नोनियाँ, ज्ञान नोनियाँ, लाला सिंह, कर्मचंद साह, प्रयाग, विक्रम नोनियाँ, मथुरा प्रसाद, हलू मियाँ, लक्ष्मण मिश्र, रत्तण, मिश्र, वजीर गोप, कपिलदेव सिंह, रामलखन सिंह, रामकृष्ण पांडे, गरीब दास।

❑

मुँगेर

सर्वश्री शतीशचंद्र घोस, उपेंद्रनारायण, वंशीधर मलिक, नवल किशोर, मंडल, रामलखन मंडल, रामभजन मंडल, गोसाई पोदार, पूरन मंगल, जुगल मंडल, जमुना प्रसाद, बलबीर मिश्रा, शिवकांत झा, रामस्वरूप शर्मा, सत्यनारायण शर्मा, सच्चितानंद झा, बिरंची चौधरी, उपेंद्र नाथ सिंह, अंबिका सिंह, मुरलीधर झा, मेदनी कुमार, सौखीमंडल, कारी मंडल, असरफी मंडल, बिंदा मंडल, मिश्री मंडल, साखी मंडल, भुवनेश्वर मंडल, रामेश्वर मंडल, यमुना प्र. सिंह, जनार्दन मिश्र, नित्यानंद सिंह, यमुना प्र. सिंह, जर्नादन मिश्र, नित्यानंद सिंह, यमुना सिंह न. 2, नंदकिशोर सिंह, वागेश्वर सिंह, राधाकांत सिंह, मेवालाल सिंह, नागेश्वर प्रसाद, रामधारी सिंह, कीर्तिनारायण सिंह, विश्वनाथ महंत, सारंगधर मिश्र, नंदकिशोर मिश्र, वासुदेव महतो, जोगेंद्र सिंह, शिवनंदन सिंह, रमेशचंद्र मिश्र, देवनंदन प्रसाद , जोगेश्वर पोद्दार, सुरेश चंद्र मिश्र, वासुदेव सिंह, भोला प्रसाद सिंह, बनारसी प्रसाद सिंह, रूपलाल महतो, चंद्रेश्वरी प्र. सिंह, जदूमंडल, भुवनेश्वरी प्र., सुखदेव मंडल, उपेंद्र प्रसाद, मुंशी साहु, राजपति मंडल, शिवनंदन भगत, अखलेश्वरी मंडल, श्री निवास राय, भुवनेश्वर साहु, भागवत प्रसाद, भगवान् मंडल, मनीलाल मंडल, रामनारायण मंडल, महावीर हजाम, नरसिंह मंडल, झारखंडी शर्मा, महेश्वर ना. सिंह, लखनलाल मिश्रा, मिश्री साहु, जुआ लाल सिंह, राधो सिंह, परसन महतो, रामावतार लाल, नाथ बिहारी राय, माधवनंदन चौधरी, परमेश्वर सिंह, यदुनंदन मिश्र, फुदकी सिंह, लवदेव पोदार, राजेंद्र सिंह, मोती महतो, उपेंद्र सिंह, यशोधर ठाकुर, सूर्यनारायण पोदार, कमलेश्वर साहु, सुखदेव झा, अशरफी पोतदार, खुशरू साहु, रामशरण प्रसाद, सुशील नारायण, मोगल मंडल, रौदी मंडल, जनक पोदार, महताब पोदार, रामेश्वर प्रसाद सिंह, लक्ष्मीनारायण सिंह, छेदी

मिश्र, रघुनंदन मिश्र, दामोदर मिश्र, लक्ष्मीकांत झा, ब्रह्मदेव ठाकुर, चंद्रधर मिश्र, महादेव प्रसाद, रामधनिक मंडल, दीनानाथ मिश्र, मंगल मिश्र, रामखेलावन सिंह, धाना मंडल, जगरूप मंडल, महावीर मंडल, सत्यनारायण सिंह, विद्या भूषण सिंह, मथुरा सिंह, परमेश्वरी सिंह, बालगोविंद सिंह, जगरनाथ मिश्र, जयकांत, झा, वंशी राय, बलदेव साह, जगदीश प्रसाद, शालिग्राम सिंह, रामचंद्र सिंह, नवल किशोर प्र., गिरिजा प्र. सिंह, जादंवी चौ., कमलेश्वरी चौ., बाँके पासवान, बनारसी लाल, बालगोविंद सिंह, कमलेश्वरी शर्मा, लखन गोप, आनंदी प्र. सिंह, सूर्य ना. सिंह, श्रीकांत झा, द्वारिका प्रसाद, अध्यापक किशुन लाल, रामसहाय महतो, जागो महतो, बलदेव ठाकुर, रामौतार कामती, राम प्रताप, महतो, गरीब दास, जुगेश्वर कामती, रामप्रताप महतो, रामोदित साह, हरिहर प्रसाद, जितेंद्र प्रसाद, धनकी लाल, हलधर प्रसाद सिंह, धर्मदत साह, रघुनाथ महतो, रामसुंदर गोप, गोविंदु प्र. मुंशी साहु, कालिचरण, मोगल प्रसाद, नरसिंह गोप, रामधनी सिंह, कोलो सिंह, रामौतार सिंह, सुरेश्वर सिंह, तारनी प्रसाद, सीता महतो, झब्बू साहु, सतन महतो, अंबिका प्रसाद, चंडी प्रसाद, सरयुग महतो, नारायण महतो, रायभजु पोदार, पंची दास, बैजनाथ, महतो, रामौतार, अजबलाल सिंह, उचित नारायण सिंह, सूर्य नारायण सिंह, दसरथ झा, सच्चिदानंद सिंह, देवदास, नौरंगी चौधरी, देवकीनंद झा, मुनीश्वर प्र. सिंह, सुखेदव मंडल, सरयुग प्र. सिंह, कुँअर माँझी, दीनानाथ पाठक, मदनराय अग्रवाल, गिरीश चंद्रपाल, नारायण सिंह, बनारसी पाठक, मदनराय अग्रवाल, गिरीश चंद्रपाल, नारायण, सिंह, बनारसी प्र. सिंह, श्रीनाथ झा, रामौतार सिंह, सीताराम मंडल, बलदेव सोनार, रामप्रसाद सोनार, बागीश्वरी सिंह, चमरू मंडल, मुनीलाल झा, पंचक, पलकधारी मंडल, मिश्री मंडल, रामटहल मंडल, राजपति मंडल, दीपनारायणलाल, रामजी सिंह, नागा बाबूजी, सिंहश्वर प्र. सिंह, गुलाब सिंह, रामजी सिंह, साधुशरण सिंह, लक्ष्मी प्र. सिंह, लालजी महरा, देवकी सिंह, जदुनंदन प्रसाद शर्मा, सूर्यदेव प्र. शर्मा, चंद्रशेखर प्र. शर्मा, सौखी प्र. शर्मा, देवकी प्र. शर्मा, दादू सिंह, जमुना सिंह, राम गुलाम सिंह, खेमचंद्र साह, दीनालाल, शिवशंकर लाल, नंदकुमार सिंह, शशि भूषण राय, टूका सिंह, सूर्यनारायण सिंह, विंदेश्वरी प्रसाद, खयाली सिंह, छोटन सिंह, गीत सिंह, शिवचंद्रा सिंह, भागवत तोंती, गया प्र. सिंह, मथुरा प्र. सिंह, किशोरी प्र. सिंह, हरदेव सिंह, वैद्यनाथ प्र. विश्वनाथ शर्मा, बेला गोप सरयू महती,

काशी प्र. सिंह, कार्यानंद शर्मा, चेतू महता, मोहन कहार, रामनारायण धानुक, बिलायती प्रसाद सिंह, गुल्मधारी सिंह, राजेश्वरी प्रसाद, महावीर सिंह, बदरीनारायण सिंह, अकलू राय, राम बहादुर सिंह, नंदलाल पांडे, अजबनाथ सिंह, मिश्री सिंह, वैष्णव दास, राम बहादुर शर्मा, महावीर सिंह, सागर मल केशान, लाछो राय, देवी प्रसाद लखन सिंह, पंचा सिंह, मुरली सिंह, भोला सिंह, वासुदवे महतो, रासो सिंह, हरलाल सिंह, हरिहर सिंह, बोढ़न सिंह, विष्णुदेव सिंह, रुर्धना महतो, रामचंद्र महतो, गुलाब सिंह, राम कृष्ण सिंह, बाढ़ो सिंह, लाला सिंह, श्याम किशोर सिंह, अंबिका प्रसाद सिंह, जगदीश शर्मा, जगदीश कहार, रामजीत सिंह, हरिहर प्र. शर्मा, देवकी प्रसाद सिंह, बलदेव प्र. भरडारी, भगवान् दास, भगवती चरण, पंचानंद शर्मा, शिवप्रसाद, महावीर, प्रसाद, रघुनंदन लाल, बालेश्वरी प्रसाद वर्मा, मुहम्मद वशीर, गजाधर दास, नाग मौलवी महतो, संभुनाथ लाल, परवारी लाल, शिवभरोश, जमुना प्र. सीताराम मटुकधारी लाल, रामेश्वर महतो, रामधन महतो, शंकर महतो, श्यामसुंदर लाल, कमला प्र. सिंह, द्वारिका प्र. सिंह, बिंदेश्वरी झा, बिंदेश्वर सिंह, अर्जुन सिंह, जगदंबी सिंह, सरयुग सिंह, कमलेश्वरी सिंह, रामफजु सिंह, गंगाराम दास, चुनी चौधरी, राम रक्षा सिंह, महावीर सिंह, राम गुलाम शर्मा, बलदेव प्र. सिंह, लक्ष्मी सिंह, तारनी मंडल, तनिक साहु, कारेलाल मिश्र, सहदेव सिंह, महावीर सिंह, जंग बहादुर ताती, रघुनंदन पांडे, हरबेनी सिंह, सरयुग सिंह, मटुक धारी सिंह, राधे लाल जगदेव सिंह, चमरु मंडल, चंडी प्रसाद सिंह, लक्ष्मी चौधरी, सरदारी मंडल, देवनंदन महतो, बनवारी गोप, सरयुग महतो, दुखा साहु, ब्रजनारायण सिंह, रामलखन सिंह कपिलेश्वरी झा, मोहन लाल भगत, श्यामसुंदर शर्मा, मुनेश्वर मंडल, जोगेश्वर प्रसाद, लक्ष्मी प्र. सिंह, भरत प्र. मंडल, महावीर महतो, बटुकेश्वर झा, जगमोहन झा, बनारसी महतो, त्रिपुरारी शर्मा, अनिरुद्ध प्र. सिंह, अनुमनि सिंह, गिरिवर प्र. सिंह, कालेस्वर झा, छेदी प्र. सिंह, तिलकधारी सिंह, फौदी मंडल, बनवारी मंडल, कामदेव सिंह, बनारसी प्र. सिंह, जमुना गुप्त जयी श्री पाठक, चंदिक प्र., कुशेस्वर प्र., हरिधन बनर्जी, रामवौतार सिंह, महेंद्र सिंह, सहदेव सिंह, अनंत लाल मिश्र, सहदेव राय, भुवनेश्वरी प्रसाद, गोविंद मंडल, बलदेव प्रसाद, अधिक लाल, सहदेव सिंह, त्रिवेनी कुमार, रामशरण शर्मा, तपेस्वर सिंह, छेदी प्र. सिंह, गिरिज प्र. सिंह, जुगलकिशोर उपाध्याय, नागेश्वर दुबे, डोमन सिंह, मुंशी सिंह, दुर्गा हलवाई, खलीफा, उचित लाल,

देवी दास मड़ावरी डेगन महतो, सोनेलाल चौधरी, झरी मंडल, शालीग्राम सिंह, मुखलाल, एकनाथ जयपाल, किशुन गणेशी, रूपचंद्र, दारोगा, मंडल, बलदेव, मंडल, गोविंद विष्णुदवे साह, भुनेश्वर गोस्वामी, जमुना प्र. सिंह, हृदय ना. सिंह, भागवत महतो, भुखा महतो, प्यारे भगत, रुदल सिंह, रमेश्वर, प्र. राय, जगदेव साह, परमेश्वर गोसाई, रामबरन महतो, भुनेश्वर गोसाई, ईश्वर सिंह, विश्वनाथ मंडल, भुवनेश्वर गोसाई, ईश्वर सिंह, विश्वनाथ मंडल कुशेशवर मंडल, भगीरथ मोदी, हरिचरण दास, भोला सिंह, नारायण महतो, अशरफी मंडल, गोवर्धन मंडल राधो महतो, फौजदार राय, सरजु महतो, चंद्रिका सिंह, रामजी महतो, शिवनंदन साह, वासुदेव राय, हरवंश राय, पं. गुदर झा, 'बिसमिल' मोगृत मिश्र, गोविंद शर्मा, रामानुग्रह शर्मा, छोटन सिंह, भुवनेश्वर मंडल, ब्रह्मदेव नारायण, फागु साह, बलदेव सिंह, रामकिशुन सिंह, बाजो चौघरी, ब्रह्मदेव ठाकुर, परमेश्वर चौधरी, जगदेव पाठक, रामप्रसाद, धर्म नारायण सिंह, रामेश्वर सिंह, बुलाकी सिंह, सोने लाल, रामचरित्र सिंह, रघुनाथ प्रसाद, श्रीरामा सिंह, हरबल्लपासी, सियाराम सिंह, रामकेश्वर प्र. सिंह, श्रीकृष्ण सिंह, जमुना प्र. सिंह, रघुनाथ प्र. वर्मा, सुकन गोप, परमेश्वर सिंह, विष्णु सिंह, रामकिशन सिंह, दिनेश मिश्र, मिश्री सिंह, सिहेश्वर सिंह, श्रीसिंह, अयोध्या सिंह, चंद्रशेखर सिंह, लालधारी सिंह, सत्य नारायण सिंह, रामौतार सिंह, रामेश्वर सिंह, झरीलाल चौधरी, परमेश्वर सिंह, रसुल सिंह, होड़ा सिंह, इनदरदेव नारायण सिंह, रामकृपाल सिंह, लक्ष्मीकांत ठाकुर, गीता सिंह, महावीर सिंह, विंदेश्वरी प्र. सिंह, सरयुगदास महंथ, ब्रह्म देवनारायण सिंह, रामबालक सिंह, राधो चौधरी, हरक महतो, झड़ी लालपाशवान, बौकू भगत, छोटी भगत, नाजो भगत, राधोत्त्साह कीर्तिकलाल भगत, बटोरी, भुजो भगत, भदई साह, दशरथ सिंह, भोला सिंह, नाथो हजारी, भुवनेश्वर प्रसाद, परमेश्वर साह, रामस्वरूप सिंह, कमलेश्वरी यादव, गोविंद महतो, चमरू महतो, मेदनी भगत, भिखारी गोप, जागो सिंह, बटेश्वर स्वरूप सिंह, भुपेंद्र महतो, हृदय ना. प्रसाद, प्रताप नारायण सिंह, बिंदा प्रसाद वर्मा, कोकाई गोप, धनीराम, भोला सिंह, बुचो सिंह, माधो सिंह, सिया सिंह, सुखदेव महतो, रघुनंदन सिंह, रामपलट सिंह, लखन लाल सिंह, रामनारायण सिंह, छवेला सिंह, रामगुलाम सिंह, हितो सिंह, लुचन बदानी, कुलदीप सिंह, जगधर सिंह, अशरफी सिंह, रामजी सिंह, भगवान् सिंह, रामस्वरूप महतो, सियाराम सिंह, सौखी सिंह, सुखदेव सिंह, रामेश्वर प्रसाद सिंह, अयोध्या

सिंह, रामकृपाल सिंह, रामपदारथ सिंह, अशरफी सिंह, रामेश्वर सिंह, हर्षित सिंह, राजेश्वर प्रसाद सिंह, सूर्यप्रसाद सिंह, अवध सिंह, बिंदेश्वरी झा, कमलेश्वरी प्रसाद सिंह, महेन्द्र प्रसाद, विष्णुदवे प्रसाद, कमला प्र. मिश्र, कमलेश्वर प्र. सिंह, रामेश्वर प्र. सिंह, शिवा सिंह, शत्रुघ्न सिंह, अनंत मिश्र, कपिलदेव नारायण सिंह, जगदंबी सिंह, अयोध्या मंडल, धनिका सिंह, बलदेव सिंह, मदनी प्रसाद सिंह, दामोदर सिंह, चतुर्भुज सहाय, रेवतराय, ब्रह्मदेव राय, मटुकी राय, ननूबाबाजी, राम राजिब सिंह, कारी लाल, बुद्धूलाल साह, द्वारिका प्रसाद, बालगोविंद सिंह, महराज महतो, कल्लर कोहरी, यंदू पाठक, रामानुग्रह सिंह, सियाराम सिंह, भिखा बढ़ी, रामजी कोइरी, विष्णुदेव चौधरी, रामखेलावन राय, रामप्रसाद चौधरी, परमेश्वर मिश्र, स्याम शंकर शर्मा, युगेश्वर प्रसाद सिंह, त्रिपित नारायण सिंह, श्रीनारायण सिंह, जयप्रकाश चौधरी, यमुना सिंह, रामफल सिंह, बदलेव सिंह, बच्चा सिंह, भैखा सिंह, जनक पासी, रामभजन सिंह, जगदेव प्रसाद सिंह, सिहेश्वर प्रसाद सिंह, गंगा प्रसाद कुमर, हरिहर प्र. सिंह, गोकुल प्रसाद, रामावतार सिंह, रामसुंदर शर्मा, बावन लाल डोमी मियाँ, हिबरन मियाँ, जनुना भगत, रामफल सिंह, परमेश्वर सिंह, केदारनाथ सिंह, शिवशंकर वर्मा, विष्णुदेव नारायण, कुमार कालिका प्रसाद सिंह, विष्णुदवे सिंह, शत्रुघ्न सिंह, रघुबीर सिंह, आनंदी सिंह, चतुर पाशवान, अर्जुनदेव, रामेश्वर सिंह, शंकर सिंह, लक्ष्मी सिंह, जमुना प्रसाद सिंह, चुनचुन प्रसाद सिंह, कमलेश्वर सिंह, वंशी बस फोड़ा, जदुसिंह, गौरी सिंह, मथुरा पांडे, बिंध्यैश्वरी सिंह, भगवत सिंह, सीताराम झा, सिंहेश्वर सिंह, बजरंगीसिंह, मित्रजीत सिंह, रासवारी सिंह, राधो सिंह, नवनीत प्रसाद सिंह, हरिकिशोर चतुर्वेदी, यक्ष सिंह, बेगू साह, देवी लाल, जमुना शुक्ल, जंगबहादुर सिंह, कार्तिक पांडे, जगदंबा प्रसाद सिंह, फूचन पांडे, चुनचुन पांडे, मखरू पांडे, शालो पांडे, बेचन मियाँ, ठाकुर सिंह, देवकी सिंह, शेष प्रसाद सिंह, भुलेश्वर सिंह, द्वारिका कहार, शिवनंदन जाटी सिंह, फलकधारी सिंह, सरयुग सिंह, भासोसिंह, बैठन राय गबौरा सिंह, प्रभु सिंह, बाबूलाल साह, जमुना भगत राम रूप सिंह, गोपी सिंह, प्रयाग साह, जगदीश पांडे, रामरूप गोप, खांडो सिंह, सत्य नारायण सिंह, जयप्रकाश सिंह, विद्या सिंह, ईश्वरी सिंह, द्वारिका सिंह, मथुरा मोदी, अजब लाल सिंह, दिनेश्वर तिवारी, सहदेव लाल, काशी लाल, कामेश्वरी पांडे, चंद्रभूषण महतो, दशरथ मोदी, हरिहर पांडे, वासुदेवसिंह, चेथरु, सिंह, प्रभुनारायण झा, बलदेव झा, त्रिलोकी

सिंह, महादेव सिंह, भोला सिंह, बावासिया रामदासजी, मिठन चौधरी, लड्डू लाल शर्मा, तारनी ईश्वर, मदन मोहन सिंह, गीता राम, गंगासाहु, रामस्वरूप सिंह, राधे सिंह, बलदेव सिंह, लखन सिंह, अजबलाल सिंह, दामोदर सिंह, त्रिपित नारायण सिंह, बाबूलाल सिंह, हीरा महतो, रामबहादुर सिंह, मिश्री सिंह, किशोरसिंह, रामधनी सिंह, रामशरण सिंह, रामखेलावन, भोलानाथ सिंह, रामचरण महतो, जुगल चौधरी, अंबिका शर्मा, पौखी सिंह, दूबे सिंह, जगत नारायण शर्मा, मिश्री सिंह, बशिष्ट नारायण, सहदेव सिंह, तारनी सिंह, दामोदर सिंह, मौजी सिंह, लाल सिंह, केदार प्रसाद सिंह, हर गौरी प्रसाद, रामचरित्र चौधरी, भुवन साह, नथुनी साहु, बाबा श्यामसुंदर दास, मेदनी, चुनी सिंह, सूबेदार सिंह, भक्ति सूदन सिंह, रघुनंदन चौधरी, खनतर सिंह, ननू चौ., रघुनंदन सिंह, रामावतार सिंह, कारी सिंह, रामकेसवर सिंह, धर्मनारायण सिंह, मीठन चौ. जुगलराम, भगवती लाल, कपिलदेव ना. सिंह, लक्ष्मी ना. सिंह, गया सिंह, अच्चुतानंद सिंह, तिलकधारी सिंह, बँधु कानू, छोटन दुसाध, सुकर कानू, माधो दुसाध, जयमंगल सिंह, जागेश्वर प्र. सिंह, बाबूलाल चौधरी, अचंभित पांडे, सुखदेव पांडे, राम जुलुम सिंह, रासो सिंह, बालमुकंद राम, राजेंद्र प्र. सिंह, बीरो सिंह, महावीर महतो, हरिहर झा, जनक सिंह, श्री नारायण वर्मा, सरयुग सिंह, वकील रामआगर सिंह, गजबदन सिंह, बनारसी झा, देव नंदन सिंह, जयनाथ सिंह, जवाहर सिंह, रामचंद्र सिंह, बच्छा सिंह, रामलोचन गोप, जुगल उपाध्याय, छोटेलाल मंडल, पलकधारी पाठक, तिलकधारी सिंह, अनंत साहु, भगीरथ मिश्र, चिंतामणि सोनार, गनौरी ततवाँ, श्री कृष्ण मिश्र, रामाधीन सिंह, जुगल किशोर सिंह, महादेव मंडल, नरसिंह मंडल, उचित नारायण सिंह, कंचन सिंह, भीम सिंह, रामेश्वरी लाल मारवाड़ी, कोकिल दास, अश्वनी कुमार चौ. सूर्य ना. मंडल, रघुनंदन प्र., संतोषी सिंह, दशरथ शर्मा, सुखदेव शर्मा, महावीर महतो, मदनराम, केशो कहार, रघुकहार, मिश्री हलवाई, वासुदवे महतो, केशो सोनार, ठकुरी साह, शिव सहाय साह, रामेश्वर सोनार, शिवा सिंह, कूला सिंह, सियाराम सिंह, मटकी सिंह, मोदी सिंह, बबुआ लाल सिंह, लखन सिंह, लेखा सिंह, रामसरुप सिंह, भैरव सिंह, बाबू सिंह, भेखा सिंह, अंबिका सिंह, बोढ़न सिंह, शामलाल, मुंशी लाल सिंह, बदरी सिंह, रामदेव सिंह, नौबत सिंह, रामफल सिंह, रामदेव सिंह, पीतो सिंह, महावीर सिंह, ब्रह्मदेव सिंह, नारायण मिश्र, भेकू सिंह, छोटन सिंह, मैनू सिंह, रामानंद शर्मा राधो सिंह, महावीर सिंह, सरयू सिंह, अयोध्या

सिंह, दासो सिंह, किशोरीलाल, शुक्र साहु, रामेश्वर महतो, कृष्ण मोहन पांडे, बिंदेश्वार सिंह, तिलकधारी महतो, सूर्य नारायण महतो, रघुवीर महतो, नंदकिशोर चौबे, रामाधीन सिंह, नरेंद्र प्र. सिंह, रामरूप लाल वर्मा, लखनलाल, बलिराम सिंह, दरोगा शर्मा, माधो तिवारी, गौगी शर्मा, मौलाना सदीक साहब, परमेश्वर सिंह, रामनंदन सिंह, बलराम सिंह, रामप्रताप सिंह, सुरेंद्र प्र. सिंह, श्याम शरण सिंह, कुमर सिंह, सिहेंश्वर मंडल, प्रबोध चंद्र, गिरिधर सिंह, रघुनंदन प्र. सिंह, नथुनी सिंह, रामावतार पांडे, मुद्रिका पांडे, ताजा सिंह, बलदेव चौबे, खयाली सिंह, भगवान्दास छट्ठू सिंह, रामसेवक सिंह, जयदेव सिंह, देवनंदन सिंह, महेश सिंह, रामवतार सिंह, त्रिवेणी सिंह, अनंत झा, रामकृष्ण गिरि, सूरज पोदार, राम शकल सिंह, रामसरूप सिंह, बालेश्वर सिंह, राघव राय, अनिल कुमार, रामदेव सिंह रामलखन, जलधर, ईश्वर देवी सिंह, भुवनेश्वर प्र. सिंह, कमलेश्वर प्र. सिंह, रामगुलाम राय, सुरेश्वर पाठक, श्री नारायण पाठक, बासुकीनाथ राय, कंतलाल मंडल, अयोध्या सिंह, अधिकलाल सिंह, रोहन राय, जनार्दन प्रसाद सिंह, प्रेम बनिया, खबरू बरही, तुलसी कोयरी, ब्रह्मदेव ईश्वर, मौजे मलाह, मुन्नीलाल साह, हरंडी मोची, गासो सिंह, बिरच्ची लौहार, रामेश्वर प्र. सिंह, शंकर झा, गोपी सिंह, गौर कांत पाठक, जगदीश मिश्र, नागेश्वर नायक, शिवाधीन सिंह, जगलासिंह, लक्ष्मी सिंह, भरण सिंह, भागवत सिंह, कुलदीप सिंह, भुवनेश्वर झा, सियाशरण माला, रामधारी सिंह, सिया सिंह, नेत्रधारा सिंह, निरापदा मुखर्जी वकील, देवेंद्र नारायण चौधरी रामेश्वर प्रसाद, दशरथी दास, सुरेश्वर चंद्र मिश्र, टूकबहादुर, राम लक्ष्मीनारायण शास्त्री, गोपी, कृष्ण काशी प्रसाद, जगदीश शर्मा, सुदेव राम, दुर्गा राय, दुष्पति भाती, गुरुसहाय महतो, लक्ष्मण सिंह, देवेंद्रनाथसिंह, नारायण साहु, श्रीमती सेवा देवी, विद्या देवी, ब्रह्मदेव झा, छोटन महतो, दुखा प्रसाद गोविंद नारायण, देवनारायण प्रसाद, रामप्रसाद सिंह, मुंशी शाह, रामेश्वर प्रसाद सिंह, मौजा कुमर, द्वारिका प्रसाद सिंह, अयोध्या कुमर, भजनानंद शर्मा, माधो सिंह, साधना देवी, श्री कृष्ण सिंह, जयनारायण सिंह, अखिलेश्वर प्रसाद सिंह, वाली भगत कारे राय, दामोदर सिंह, उचित सिंह, राम बहादुर सिंह, सूर्य नारायण पांडे, रसीक सिंह, देवना सिंह, रामरक्षा सिंह, महावीर गोप, बिशेश्वर सिंह, वैद्यनाथ मिश्र, परमहंसजी लखन, लाल मिट्ठू सिंह, दयानंदजी बंगाली, साहु, बाबूलाल सिंह, धान्धी सिंह, नत्थन प्रसाद, हाकिम सिंह, टोको सिंह गोरखा सिंह, चमक लाल

सिंह, आसमना सिंह, सकलदीप महतो, इसरू महतो, छट्‍टू भगत, रामवेनी सिंह, सूर्य नारायण प्रसाद जागो नागेंद्र सिंह, लालजी भगत, दयानंद प्रसाद वर्मा भुवनेश्वर प्रसाद सिंह, रामकिसोरजी, हरिशंकर दास, एकपाल बहादुर सिंह, दशरथ चौधरी चेकालाला सिंह, मेदन मिश्र, श्रीकांत मुखी सिंह, मथुरा सिंह, गोगू पोपाट, रीझन कुमर, अधिक लाल राय, अवनी कुमर, मथुरा पांडे, जुटर दुसाध, लाला सिंह, रामधारी गोप, रामशरण सिंह, छत्रपति गोप हितनारायण सिंह।

❑

जेल से विदाई

(पटना कैंप जेल से छूटते समय)

सैनिको! चलो निज मंदिर को अब अंत हुई ये लड़ाई है।
कर्तव्य तुम्हारा पूर्ण हुआ, इस रण के लिए बधाई है॥
जो कष्ट हुआ तुमको रण में, उसको न कभी लाना मन में।
अब विजय पताका ले कर में, घर जाने को ठहराई है॥
है कार्य बहुत बाकी अब भी, जो तुमको पूरा करना है।
तन से, मन से, ओ बैनन से, बस यही एक कमाई है॥
एक साथ रहे, हम सब–दुख आज वियोग हृदय में है।
अब चलो सिपाही निज निज गृह होती, अब आज जुदाई है॥
घर जाकर भूल नहीं जाना, इस दुखिया भारता माता को।
भाई, क्षमा करना मुझ को, अब जेल से आज विदाई है॥

'प्रेमी' श्री राम प्रसाद शर्मा

कैंप जेल

क्या बना है कैंप कारागार भी एक तार का।
हर तरफ चारों दिशा दीवार है क्या तार का॥
इसकी महिमा है अकथ गुण का न पारावार है।
क्या–क्या न बनता है बनाए बस इसी एक तार का॥
राजनीतिक कैदियों के बाल भी होते बड़े।
गूँथ कर कंघी बना लो भाइयों इस तार का॥
जेल में कुत्ते भी कैसे ढंग के होते हैं यार।
बंद करने के लिए फिर पिन बना लो तार का॥

गर कोई अनजान जाए चीर डालेगा उसे॥
जख्म भी अच्छा न होता जल्द है इस तार का॥
गर कभी पगली जो बजती तो हुकम होता है यह।
ये बाडरो! अब बंद कर दो गेट सब तुम तार का॥
कैंप में मेला जो होता हर शनिवार के दिवस।
मिलनेवालों के लिए एक आड़ रहता तार का॥

'प्रेमी' रामप्रसाद शर्मा

❑

सैनिक गान

श्री 'जटा'

१

हम सैनिक है समर क्षेत्र ही सुभग हमारा है सुरधाम।
मरकर अमर परम पद पाते ऐसा है कर्तव्य ललाम॥
हम हैं निडर! अभय! भय किस का? क्षण भंगुर जीवन के खेल।
खेल-खेल कर लड़ते-मरते तभी विजय से होता मेल॥
मुझे चाहिए तांडव करना
नहीं चाहिए लेश विराम।
हम सैनिक है समर क्षेत्र ही
सुभग हमारा हे सुरधाम॥

२

गिरते जहाँ तोप बादल से, गोली वर्षा की बौछार।
चमके-झमके विद्युत् सी जहं वीरों की प्यासी तलवार॥
अट्टहास हुँकार घोर अति मार-मार की मचे पुकार।
कट-कट छट-छट मरी-मरी की गूँजे सदा जहाँ गुंजार॥
वहाँ जोश से उछल-उछलकर
दिखलाते गौहर अभिराम।
हम सैनिक है समर क्षेत्र ही
सुभग हमारा है सुरधाम॥

❑

सारन जिला के राजबंदी

डिक्टेटर :- (1) पंडित भरत मिश्र, (2) बाबू चंद्रिका सिंह, (3) पंडित जीवानंद शर्मा, (4) बा. वीरेशदत्त सिंह, (5) पंडित देवव्रतजी, वाणप्रस्थ, (6) पंडित यदुनंदन पांडे (7) पं. महेंद्र शास्त्री, (8) पंडित गिरीश तिवारी (दोबारे) (1) बा. रामनिरीक्षण ओझा, (10) बा. हरनारायण मेहता, (11) पं. भरत मिश्र (दोबारे)
सभापति :- बाबू नारायण सिंह

उप सभापति :- पंडित इंदिरा रमण शास्त्री

मंत्र :- (1) पं. गिरीश तिवारी, (2) श्री अवधनंदनजी मद्रासी।

सहायक मंत्री :- पंडित अद्याशरण पांडेय, (2) पंडित दीनानाथ मिश्र।

प्रमुख व्यक्ति :- बा. महेंद्र सिंह, बा. लक्ष्मी सिंह, पं. रामरक्ष जी, बा. महात्मा प्रसाद, बा. झूलन सिंह, बा. जलेश्वर प्रसाद, बा. बिश्वनाथ प्रसाद मिश्र, बा. हरमाधो सिंह, पं. राजराजेश्वर तिवारी (सावलियाजी) बा. फिरंगी सिंह, बा. वासुदेव सिंह, बा. योगेंद्र लाल, बा. बनारसी लाल, बा. रंजन प्रसाद नारायण सिंह, प. द्वारिकानाथ तिवारी, श्री मंगल ब्रह्मचारी, बा. बच्चन सिंह, बा. चंद्रेश्वर प्रसाद नारायण सिंह, बाबू अंबिका सिंह, बा. महादेव सिंह, बा. गोपालजी, बा. रामदेनी सिंह, बा. हरलाल शराफ, बा. यतींद्र नाथ सूर (गुरी बा.) पं. जगंनाथ मिश्र, बा. जनक दीक्षित, बा. जानकी शरण साही, बा. बृजनंद सहाय इत्यादि।

देवियाँ :- श्रीमती जनककिशोरी देवी, श्रीमती स्वरूपरानी देवी, (अमनौर) (रईश श्री बा. हरदोमाधो सिंह, की धर्मपत्नी), श्रीमती जनक किशोरी देवी, (बा. योगेंद्र दास वकील की धर्मपत्नी), श्रीमती सीतादेवी (बा. चंद्रिका सिंह की धर्म पत्नी), श्रीमती सावित्री देवी, बा. रामनिरीक्षण ओझा की धर्मपत्नी, श्रीमती योगस्वरा देवी श्रीमती जनक दुलारी देवी, श्रीमती रंजन देवी।

बरेज :- बब्ब सिंह, सखीचंद्र साह, ब्रजनंदन सिंह, अवध बिहारी तिवारी,

नंद कुमार पांडे, ठाकुर दत्त, मिश्र, गिरीश तिवारी, रामवृक्ष राउत, रामबड़ाई राउत, बलदेव सिंह, राज राजेश्वर तिवारी, जन दुसाध, रामगुलाम दुसाद, जगंनाथ महतो, बुधाई राय, सभापति सिंह, कमला सिंह, वैद्यनाथ पांडे, हरिहर शुक्ल, रामआच्छे सिंह, देवपूजन सिंह, रामानंदन पांडे, रामलगन सिंह, नगीना राय, गणेश शर्मा, धरेंद्र तिवारी, रामचंद्र शर्मा, नगीना सिंह, इंद्रासन सिंह, बुंदेला सिंह, चंद्रदीप सिंह, रामदहिन सिंह, राम नारायण महतो, ब्रह्मदेव सिंह, चंद्र राउत, शिवकुमार तिवारी, रामाकांत चौबे, रामनंदन चौबे, बाँके बिहारी तिवारी, बिजली राउत, महावीर राउत, मांगेलाल साह, रामसिंगर सिंह, महादेव सिंह, रामधारी राउत, ब्रजनंदन आजाद, श्री केदार नाथ ब्रह्मचारी, श्री किशोर तिवारी, सुखलाल सिंह, भगवन् साह, रामतान दुबे, भृगुआश्रमजी, लक्ष्मण प्रसाद, श्यामसुंदर पहलवान, कैशव तिवारी, मनदेव तिवारी, वागेश्वर तिवारी, जयनारायण मिश्र, शिवप्रसाद सिंह, रामजी गिरी, रामदेआल महतो, रामवाल भारती, विरेदत्त सिंह, देवशरण राउत, शिवकरण तिवारी, विश्वनाथ सिंह, रामजपन प्रसाद, राधेमोहन सिंह, देवनंदन महतो, रामसुभाग महतो, देवधारी प्रसाद, जमुना तिवारी, रामजन्म सिंह, शिवपूजन सिंह, शिव महतो, चक्कर सिंह, सिगासन सिंह, हरिराम सिंह, छट्टू गिरी, सर्वानंद पांडे, अनिरुद्ध तिवारी, जलेश्वार सिंह, राम बिलास महतो, तोखन राउत, राम सुभाग सिंह, शिवनारायण सिंह, श्री राम सिंह, शिवकुमार महतो, झलक महतो, जागा साह, लक्ष्मण सिंह, रामचंद्र सिंह, रामपति सिंह, राम शंकर सिंह, कैलाश सिंह, परशुराम सिंह, ब्रह्मदेव सिंह, लाल बिहारी सिंह, जयपाल राउत, जमुना सिंह, जतन महतो, अनूप मिस्त्री, अवध बिहारी तिवारी, खेंधर पाठक, यशोदा पांडे, गोढन धोबी, प्रमेश्वर हजाम, बाबूराम तिवारी, रामपिपार तिवारी, सुखदेव पांडे, बँधु गिरी, रामशकल गिरी, जयकृष्ण सिंह, शकल महतो, ठाकुर सिंह, रामरूप सिंह, सुखदेव सिंह, राम बहादुर सिंह, राम लखन सिंह।

श्रीदिघवारा–सर्वशीबाबू, जगंनाथ प्रसाद बसंत लाल, भूपनारायण शर्मा, राम निहोरा तिवारी, राम एकपाल सिंह, माधव दास, कृष्णनंद महंथ, रामएकलाव सिंह, अमीर सिंह, श्री भगवान् सैनिक, राम भजन सिंह, शहदेव राम, उचित शर्मा, सेवक मिस्र, राम नारायण सिंह, रामलखन सिंह, सूरन सिंह, वासुदेव सिंह, देवनाथ सिंह, हरिवंश मिश्र, कमला मिश्र, देवकी प्रसाद, जमुना सिंह राम, सवारथ सिंह, रामसकल राय, रामबालक सिंह, हीरालाल शराफ, अमीर सिंह, बेचन सिंह, सूर्य प्रसाद, महावीर प्रसाद, रामनिरंजन प्रसाद, ब्रह्मसिंह, महादेव सिंह, काली सिंह, शिवपूजन मिश्र।

मसरख—सर्वश्री सहदेव शर्मा, तेजनारायण सिंह, हरदेव शर्मा, हरिंहर सिंह, देवनंदन सिंह, गोवर्धन सिंह, रामजी गुप्त, चंद्रिका सिंह, कमला सिंह, शोभा पांडे, धर्मनाथ पांडे, सूर्य सिंह, हरदेव सिंह, ठाकुर सिंह, बैजनाथ सिंह, गिरीश चंद्र सुपन महतो, धर्मनाथ सिंह, रामविलास राय, भरत मिश्र, दरोगा सिंह, श्यामदेव लाल।

छारा मुफसिल—देवनंदन सिंह, भोगराज सिंह, भोला सिंह, सताह सिंह, जगंनाथ सिंह, सूर्य सिंह, रामच्रंद पांडे, सूर्य सिंह, वृंदावन पांडे, रामबड़ाई सिंह, कपिलदेव सिंह, शिवकुमार सिंह, भोला तिवारी, रघुनाथ पांडे, रुद्रनारायण सिंह, मंगल सिंह, जगतनारायण सिंह, अवधनंदनजी 'मद्रासी'।

सिसवन—सर्वश्री सूर्य सिंह, सुखनंदन चमार, बाबू परशुराम सिंह, अंबिका सिंह, धीरज कमकर, सरयू कुरमी, लखू ठठेरा, रघुनाथ कलवार, नगीना अहार, सुधांशु सरकार, गणेश तिवारी, द्वारिका प्रसाद, ब्रजकिशोर तिवारी, शिवकुमार पांडे, ब्रह्मदेव राम, रंजन प्रसाद सिंह, त्रिवेणी पांडे, रामयश तिवारी, बाबू संगम सिंह, इंद्रासन सिंह, मगनी सिंह, नकछेदी सिंह, पारस बाबू, श्यामदेव बाबू, भूपसिंह, रामतपेश्वर सिंह, वृक्षा सिंह, चंद्रशेखर पाठक, रुपसहाय, फारुख, रुहानी सिंह, नूरी मियाँ, खलिल मियाँ रामनंदन राय, ब्रजनंदन सिंह वकील।

कटयाँ—सर्वश्री महादेव राय, भुआल पांडे, आगम पांडे, राम नंदन लाल, कमला मिश्र, दलसिंगार राय, बँधु चौबे, ज्वाला मिश्र, ब्रजनंदन प्रसाद, अग्र चौधरी, बुधन कोयरी, लखन कोइरी, विश्वेश्वर कोइरी, बालकोइरी मिश्र, राम लक्ष्मण कोठरी, रामवरण कोइरी, इंद्रासन कोइरी, गोपाल कोईरी, झगरू कोईरी, दुःखा कोइरी।

कुवाय कोट—सर्वश्री रुद्र प्रसाद, जलेस्वर पांडे, मुनेश्वर उपाध्याय, भागवत राम, गगनदेव।

कोठियाँ नारांव—उर्वशी रामभवन सिंह, आत्मसिंह, हवलदार सिंह, शिवकुमार सिंह, कपिलदेव सिंह, राम एकबाल सिंह, डॉ. विक्रमादित्त्य सिंह, मुन्नीलाल साह, निहोरा राउत।

सर्वश्री बनियापुर केशव ब्रह्मचारी, अनिरुद्ध शर्मा, विंदेश्वरी शर्मा, राम बिहारी शुक्ल, सूर्यदेव सिंह, धनुषधारी सिंह, जगंनाथ मिश्र, श्यामदेव ओझा, शिवजी पांडे, रामछबिल सिंह, कपिल देव सिंह, रामलई सिंह, माधो पांडे, विश्वनाथ सिंह, जंगबहादुर सिंह, रामविलास साह, ब्रहचारी मंगलदेवजी, गरीबा सिंह, बिंदा सिंह, सूर्यनाथ सिंह, विश्वनाथ सिंह, शीतल सिंह, शिवजी पांडे, कपिलदेव शर्मा, केशव ब्रहचारी, ठाकुर मिश्र, रामनाथ उपाध्याय, राम छपित सिंह, राम सागर महतो,

रामअयोध्या साह, रामसुंदर साह, रामजतन ठाकुर, बिंदा ठाकुर, रामजी ठाकुर, बाबा रघुनंदन गिरी।

महाराज गंज—सर्वश्री विनेश्वर सिंह, सरयुग सिंह, रामसुंदर सिंह, अंबिक सिंह, शिवकुमार सिंह, घिना सिंह, रामलखन सिंह, सालिग्राम, जूठन सिंह, गंगाधर सिंह, राजा सिंह, फेंकु सिंह, रामसुंदर राय, ऊमा दत्त शर्मा, रघुवर मिश्र, रामानंद प्रसाद, कपिलदेव प्रसाद, उमानाथ पंडित, रामगति महतो, बैजनाथ तिवारी, शिवरतन राउत, सीताराम महतो, रामा सिंह, बलिराम सिंह, गोपाल न. 1 राधाप्रसाद, खाकी प्रसाद, किशुनजी बजाऊ, शुकदेव मिश्र, बाबूलाल मिश्र, लक्ष्मीराम, गोरख प्रसाद सिंह, हरिहर प्रसाद, अमृत पंडित, रामनाथ प्रसाद, सभापति सिंह, विक्रम सिंह, श्यामा सिंह, जंगबहादुर सिंह, रामशब्द सिंह, बैकुंठ सिंह, मनहरन गोपीसिंह, रघुनाथ शरण पांडे, तिलेश्वर सिंह, बालेश्वर दबे, सुखदेव प्रसाद, रामसुंदर सिंह, सूरज सिंह, फुलेना प्रसाद, रामसेवक सिंह, रघुनंदन महतो, नगिना सिंह, वदेन राउत, शिवगोविंद महतो, समसुंदर सिंह, राजाराम सिंह, राजाराम पांडे, शिवगोविंद कुरमी, रामवद्‌न कमकर, वैजनाथ तिवारी, बलदेव सिंह, ब्रजनंदन गिरी, महादेव महतो, कपिलदेव सिंह, दारोगा सिंह, रामधन राउत, गोपाल न. 2, रामनंदन प्रसाद, सिंह, ठुकड़ सिंह, रामधन राउत, सूर्यदेव सिंह, झूलन सिंह, महामाया प्रसाद, अध्याशरण पांडे, पारसनाथ, रघुनाथ, दूधनाथ, जगंनाथ प्रसाद, रामचंद्र प्रसाद, दूधनाथ महतो, रामएकबाल सिंह, रामसेवक सिंह, बाबू राम सिंह, बैकुंठ सिंह, बैद्यनाथ तिवारी, सीताराम साह, महेंद्र पांडे, देवनंदन सिंह, जयराम महतो, लक्ष्मण प्रसाद, राजपति सिंह, नेपाली महतो, भागवत तिवारी ज्ञानीलाल, मिश्री सिंह, सीताराम शाह, राजनारायणलाल।

भोरे—सर्वश्रीहरिनारायणलाल, रतन दुबे, टेंगर कोइरी, अयोध्या तिवारी, रामसूदन कोइरी, खूसी कोइरी, राजबल्ली तिवारी, राजबल्ला अहीर, सिंहासन अहीर, रामसनेही पांडे, मनोगी कोइरी, राधा राय, नकछेद दास, राजनारायण तिवारी, रामपृत पांडे, हरिनारायणलाल, रामदयाल कांदू, मनोरथ शाह, गिरजा कूमर, लखन दूबे, जवाई कोइरी, महादेव अहीर, बाबू राम कोइरी काशी सैतवार, शोमदेव मिश्र, राजालाल, रघुवीर कोइरी, सीताराम कोइरी, सनेही कोइरी, ठाकुर राय, कामेश्वर कोइरी, रामधारी कोइरी, गरजूराय, तिलकधारी तिवारी, रामलगन राय, महादेव कोइरी, रामगोविंद कोइरी, पंचानन तिवारी, नारायण साहू, राम अवतार, राय, कालिका राय, महेश तेली, जगधारी मिश्र, किशुनदेव तिवारी, रघुनाथ दूबे, रघुनंदन कोइरी, निरंजन अहीर, रामलखन राय, नारायण अहीर, रामदेनी कोइरी, ठग कोइरी,

सत्यनाराण खाँ, जदू कोइरी, देवनंदन मिश्र, भोला साहु रेखा बढ़ई बलदेव बढ़ई, राजधानी खाँ, द्वारका खाँ, विसेश्वर कोइरी, सूर्यदेव साहू, जस्सी कोइरी, हरी नोनिया, भानुप्रताप कोइरी, रघुनी गोंड़, बिहारी कहार, सीताराम दूबे, रक्षा कोइरी, रघुनाथ अहीर, ब्रह्मदेव साह, रामराज भगत, गोपाल मिश्र, हरदेव, रामचंद्र शर्मा, गंगा विष्णु कोइरी, मलाह कोइरी, रामस्वरूप राय, दुःखी अहीर, सिंगासन तिवारी, मुंद्रिका दूबे, वासुदेव सैतवार, रामअवतार कोइरी, शिवनाथ राम, गोमर्धन दास, सतनारायण गोड़, रामलगन तेली, गिरवरधारी कोइरी, संगल अहीर, अयोध्या मिश्र, जगबहादुर मिश्र, विनध्यचरक पांडे, विश्वनाथ पांडे, बेंथी गोड़, विश्वेसर तिवारी, रामअवतार राय, शक्ति कोइरी, रामदेनी कोइरी, शुकदेव तिवारी, रामधारी अहीर, रजबल्ली सैतावर, परमेश्वर कोइरी, जट्टा कोइरी, राजबक्की सैतवार, रामदेव राम, राजकुमार कोइरी, रामसूरत कोइरी, हरिनंदन तेली, पौहारी तिवारी, महावीर अहीर, रामजीवन कोइरी, राखी गोड्, बिखुई सरदोनी अहीर,

इकमा—सर्वश्रीलक्ष्मी नारायण सिंह, फूलनदेव गिरी, हरिहर सिंह, रामबहादुर लाल, डॉ. विश्वेस्वर प्रसाद, रामाश्रे सिंह, लाल सत्यनारायण सिंह, लालबिहारी सिंह, रामराज पंडित, सीताराम पंडित, भृगुरासन महतो, माया महतो, नगनारायण तिवारी, सीताराम सिंह, गोपालजी सिंह, केशवर राय, रामसागर पांडे, जीवन सिंह, रामजतन मिस्त्री शिवनंदन पांडे, महेंद्र सिंह, विश्वनाथ साहु, रामगुलाम राउत, अयोध्या सिंह, ठाकुर सिंह, राम सरीखन गीर, कृष्ण तिवारी, कपिलदेव सिंह, जगंनाथ भारती, सीताराम भारती, रमन साह, पारस सिंह, राम सेवक सिंह, शिवकुमार मिश्र, रामकिशोर भारती, इंद्रदेव सिंह, जगतनारायण सिंह, रामप्रसन्न सिंह, पंचा माझी, सौदागर महतो, लक्ष्मण सिंह, शिवपूजन सिंह, शिवप्रसाद सिंह, विंध्याचल लाल, विश्वनाथ पांडे, गदाधर पंडित, जगंनाथ महाराज, जयजयराम मंगल पांडे, विश्वनाथ पांडे, धर्मनाथ भारती, बब्बन सिंह, गोपालजी पांडे, चुल्हाई साह, हरन साह, रामेश्वर सिंह, छविनाथ राय, पीठी महाराज, शिवशंकर दूबे, मोतीलाल रावत, गजाधर सिंह, तेजप्रताप सिंह, रामदासजी, चंद्रदेव सिंह, बलदेव सिंह।

परसा—सर्वश्री द्वारकानाथ तिवारी, हरिहर राम, देवनाथ शर्मा, केवलपति शर्मा, छुछ्छू शर्मा, सरयू, शर्मा, रतन महतो, जर्नादन पाठक, हरदेव शर्मा, अवधमल जी, महावीर प्रसाद,

गुठनी—सर्वश्री कमला प्रसाद वर्मा चंद्रेश्वर प्रसाद, नारायण सिंह, राजबंसी सिंह, धर्मदेव लाल, रामप्रसाद, भेड़िहर, सरयू, अहीर, नेमधारी नोनिया, अयोध्या

भगत, मुनीश्वर लाल, आदित्त्य प्रसाद, केशव नाथ तिवारी, गोनराज नोनिया, बच्चा पांडे, जमुना राम, शिवस्वरूप शुक्ल, खेदन कुर्मी, जगंनाथ साह, साधु शरण शर्मा, रामजतन प्रसाद, चंद्रशेखर भगत, कपिलदेव नारायण, राजमंगल प्रसाद, आदित्य वनदार, सर्वश्री पशुपति सिंह, गया सिंह, रामवदन सिंह, हरिहर प्रसाद, रामशुभग पाठक, जगलाल चौधरी, नौरत्न सिंह, इंद्रदेव प्रसाद, सूर्यदेव प्रसाद, दुर्गा सिंह, महेशी साह, रामनिहोरा साह, फिरंगी सिंह, अगलाल चौधरी (दोवारा), जितलाल सिंह, नवरत्न सिंह, इंद्रदेव प्रसाद, जनार्दन पांडे, रामस्वरूप साह, रामनाथ महतो, महावीर माझी, गनेशी माहतो, लालजी माहतो, हितलाल गोप, राम प्रसाद सिंह, परमा सिंह, नौरत्न सिंह, वैद्यनाथ सिंह, देवलाल सिंह, विश्वनाथ मिश्र, गया सिंह, राम प्रवेश सिंह, भोला साह, पंखी लाल रावत।

दरौली—सर्वश्री प्रभु दूबे, गंगूराय, बनारसी दूबे, इंद्रदेव राय गोड़, शिवप्रसाद राय, भूदेव राय, लखन राय, रामदान पांडे, सूरत राय, सेवक राय, गंगा विष्णु राय, चंद्रशेखर राय, रामलगन राय, राम अधार मिश्र, विक्रसा मिश्र, राजदेव मिश्र, बीरन राय, रामआश्रे राय, देवनंदन कांदु, रामरती गोड़, अजायद कोइरी, लखन कोइरी, नथुनी कहार। इस थाने से और भी आदमी गिरफ्तार हुए थे, जिनकी पूरी सूची अभी तक प्राप्त नहीं हुई है।

बैकंठपुर—सर्वश्री पं. विश्वनाथ तिवारी, सत्यनारायण प्रसाद, सूर्यवंश मिश्र, लालदेव सिंह, यमुना प्रसाद, अशरफी राम, सीतफुल राउत, बा. मोहर सिंहजी। ❑

भागलपुर

सर्वश्री कंलू ठाकुर, गंगा प्रसाद सिंह, बलदेव सिंह, गंगा प्रसाद, बहली चौधरी, रामऔतार सिंह, लखाचंद चौधरी, रामप्रसाद, भगत भीषम साह, जयनारायण सिंह, जगाय नोनिया, जागेश्वर खवास, नगेश्वर ठाकुर, अयोध्या भंडार, शोभन नोनिया, सीताराम भंडार, जोगेंद्र मोहन दास जहूरी, गोप बाकलाल भंडार, सटेश्वर झा, रामजी चौधरी, बलदेव चौधरी, लुटाई दास, धारी साह, जुगल प्रसाद सिंह, जगदीश प्रसाद सिंह, ठाकुर प्रसाद सिंह, महेश्वर सिंह, हरिनारायण साह, वाहन धोबी, रामेश्वर सिंह, भोला ठाकुर, दसई भंडार, ढलई भंडार, खूसीयाल भंडार, ठीठर ठाकुर, ढोराई कष्मत, रुद्दन सरदार नागेश्वर सिंह, बकनी भंडार डोमी मंडर, भोला मंडर, भोली साह, अधम मंडर, नुनु मंडर, अनंत लाल चौधरी, खेलाड़ी मंडल, लंगड़ मिशुवाले मंडल, परमेश्वर मिश्र।

❑

जगतनारायण लाल

जगतनारायण लाल का जन्म शाहाबाद जिले के आँखगाँव गाँव में 31 जुलाई, 1896 को हुआ था। इनके पिता भागवत प्रसाद स्टेशन मास्टर थे। इनकी प्रारंभिक शिक्षा आरा में हुई। इसके बाद गाजीपुर में। 1915 में इरविन कॉलेज, इलाहाबाद से स्नातक की डिग्री प्राप्त की। 1917 में स्नातकोत्तर व एल.एल.बी. की डिग्री प्राप्त की। एल.एल.बी. की डिग्री प्राप्त करने के बाद पटना उच्च न्यायालय में वकालत शुरू की। वकालत के साथ-साथ आजादी के आंदोलन में भी भाग लेने लगे। 1920-21 के असहयोग आंदोलन में सक्रिय भूमिका निभाई। आंदोलन के कारण इन्हें जेल भी जाना पड़ा। यह इनकी पहली जेलयात्रा थी। 1921 से 1944 तक कई बार जेलयात्रा की। आजादी के आंदोलन में डॉ. राजेंद्र प्रसाद से इनकी निकटता बढ़ी। इसके बाद मदनमोहन मालवीय के निकट भी हुए। 1921 में जेल से छूटने के बाद पटना स्थित बिहार-विद्यापीठ में अर्थशास्त्र के प्राध्यापक हुए। 1926 तक पढ़ाया। कांग्रेस से जुड़ चुके थे। इसी साल 'महावीर' साप्ताहिक का प्रकाशन भी शुरू किया। वे बिहार कांग्रेस कमेटी के प्रोमीनेंट सदस्य बने। 1922 से 28 तक से असिस्टेंट सेक्रेटरी रहे। 1930 में पटना जिला कांग्रेस कमेटी के अध्यक्ष बने। 1930 के नमक सत्याग्रह के समय ये पटना जिला सत्याग्रह कमेटी के नेता चुने गए। कई सालों तक ऑल इंडिया कांग्रेस कमेटी के सदस्य रहे। 1932 में बिहार प्रांतीय कांग्रेस कमेटी के सहमंत्री के रूप में भी काम किया। 1926 से 35 तक वे प्रांतीय हिंदूसभा के प्रधानमंत्री एवं सभापति भी रहे। वे बिहार सेवा समिति के संस्थापक सदस्य थे। हिंदू धर्म में इनकी गहरी आस्था थी और धार्मिक सहिष्णुता के प्रबल समर्थक थे। परदा प्रथा के विरोधी थे। अस्पृश्यता निवारण में भी महती भूमिका निभाई। भारत स्काउट एवं गाइड की बिहार शाखा के चीफ कमिश्नर भी रहे। 'महावीर' पत्रिका के साथ 'नवीन भारत' नामक पत्र का भी प्रकाशन किया। इसके संपादक और मैनेजिंग डायरेक्टर खुद थे।

सांप्रदायिकता के सवाल पर जब कांग्रेस में मतभेद हुआ तो इन्होंने कांग्रेस छोड़ दी और नेशनल पार्टी के सदस्य बने। इसका नेतृत्व मदनमोहन मालवीय कर रहे थे। बाद में फिर वे कांग्रेस में शामिल हो गए। देश की आजादी के बाद 1947 से पटना सिटी म्यूनिसिपल एडमिनिस्टेशन/कमिटी के चेयरमैन रहे और 1952 तक बिहार विधानसभा के उपाध्यक्ष रहे। 1959 में भारतीय/1948 में लिंग्विस्टिक बाउंड प्रतिनिधि के रूप में विदेश भ्रमण का भी अवसर मिला। इन्होंने इंग्लैंड, बर्मा, जापान की यात्रा की। इन्होंने तीन शादियाँ की थीं। एक शादी बचपन में ही हो गई थी। दो पत्नियों से तीन पुत्र एवं चार पुत्रियाँ हुईं। इनकी दूसरी व तीसरी पत्नी भी राजनीति में सक्रिय रहीं। इनकी तीसरी पत्नी रामप्यारी देवी देश की आजादी के लिए जेल भी गईं। जगतनारायण लाल का निधन 31 दिसंबर, 1966 को दस बजे रात में हुआ।

❑❑❑